떠도는 별의

유령들

AN UNKINDNESS OF GHOSTS

by Rivers Solomon

떠도는 별의 별의 유령들

러버스 솔로몬

이나경 옮김

황금가지

내 어머니와

그분의 어머니

이브까지 거슬러 올라가는 동안 계신

모든 어머니께 바칩니다

차례

열역학

애스터는 응급상자에서 메스 두 개를 꺼내 소독액에 날을 담그려 했다. 그러나 추워서 손가락이 떨리는 바람에 메스가 미끄러져 소독액 속으로 툭 떨어지고 말았다. 10분 뒤에 한 아이의 괴사한 발을 잘라야 했다. 이렇게 덜덜 떨며 실수를 하다니, 안 될 일이었다.

지금이 겨울이었나?

과산화수소수와 주황색 염료, 에스테르의 화학 발광 반응인 부연 빛이 간이수술실에 퍼졌다. T데크 사람들은 즉석에서 만든 랜턴을 '별항아리'라고 불렀다. 페닐 옥산염 에스테르는 고사하고, 과산화수소수는 어디서 구한 걸까.

"한 번 흔들어 주면 돼. 그러면 안에 든 것이 전부 섞이니까."

쌓아 올린 트렁크 두 개에 썩어 들어간 발을 올려놓은 플릭이 말했다.

"잘 봐! 보고 있어?"

물론 애스터는 보고 있었다. 플릭은 애스터의 눈을 못 본 걸까?

빛바랜 만화책 한 더미가 플릭 옆 뒤집어 놓은 바구니에 쌓여 있었다. 『밤의 황녀의 지배』 19권이 맨 위에 있었다. 표지에는 금속과 나무로 만든 원통형 장치를 들고 베이지색 트렌치코트를 입은 미리엄 샌티라는 여성이 그려져 있었다. 그 여자가 검지로 작은 레버를 당기자 튜브에서 은색 구슬이 튀어나와 적을 공격했다.

"라이플(rifle)."

추위에 꾹 다물었던 입을 살짝 벌리며 애스터가 중얼거렸다. 어릴 적 애스터는 이야기 속에서 모든 것을 바꿔 버리는 그 물건을 '리플스(ripples)'라고 불렀다. 연습이 부족해 f와 p가 비슷하게 보이는 바람에 처음부터 그 단어를 잘못 읽어 버렸던 것이다.

『밤의 황녀의 지배』 19권은 애스터가 어릴 적 가장 좋아한 만화책이었고, 마틸다호에서 구할 수 있는 다른 미리엄 샌티 시리즈와 함께 읽었다. 낡은 만화책들이 윙에서 윙으로, 데크에서 데크로 돌아다녔다.

"흔들면 안에서 어떻게 터지는지 봐! 펑! 펑! 펑!"

그녀 아니, 그네(they)가 별항아리를 흔들며 말했다. 애스터는 플릭에 대해 생각하다 실수를 한 것이 마음에 걸렸다. 아이들을 모두 여성 대명사로 부르는 애스터네 데크의 방식대로 해 버렸던 것이다. 그러나 이 데크에서 아이들은 무성복수형 대명사 '그네'로 지칭했다. 애스터는 그것을 꼭 기억해 두기로 다짐했다.

플릭이 별항아리를 공중으로 던졌다 잡으며 외쳐 댔다.

"폭발! 폭발! 진짜는 아니야. 폭발이 일어나면 불이 붙을 거고 불이 붙으면 뜨거워질 테니까."

모든 걸 다 안다고 믿는 아이들 특유의, 사무적인 말투였다.

"증조할머니가 예전에도 정전이 있었지만 괜찮아졌다고 했어. 일주일 지난 뒤엔 하층 데크 사람들이 에너지 배급을 받을 필요 없었다고. 춥지도 않고."

별항아리의 흐릿한 빛에 플릭의 진갈색 피부가 구릿빛으로 빛났다.

그럴 가능성은 없지만 혹시라도 의무관이 응답할 가능성이 있었다면 애스터는 무전을 했을 것이다. 의무관은 플릭을 G데크의 병원이나 따뜻한 곳으로 이동시키도록 통행증을 써 줬을 테고. 비뚤거리는 필기체로 서명을 하고 화려한 금인장을 찍었을 것이다. 애스터가 마틸다호의 경비원을 다 알지는 못했지만, 아는 경비원들은 '신의 손'이 발행한 통행권을 감히 퇴짜 놓지 못한다.

그러나 의무관은 3주 반 동안 연락이 두절된 상태였다. 정전이 시작된 이후로 계속. 의무관의 연락이 없으면 마틸다호 상부 데크에 접근할 수 없었다. 상부 데크에 접근할 수 없으면 난방도 누릴 수 없었다.

"꼭 별 같지?"

플릭이 랜턴을 하나 더 흔들어 화학 반응을 일으켰다.

애스터는 랜턴과 플릭을 번갈아 봤다.

"모르겠는데."

"별이란, 작은 게 모여서 빛을 만드는 거 맞지? 화학물질이랑 그런 거. 여기 귀여운 항아리들도 모여서 빛을 만들잖아. 역시 화학물질이고. 그렇지?"

"그래."

우주학을 공부한 덕에 애스터는 기본 화학에 밝았다.

"그러니까 같은 거지. 화학물질에 화학물질을 더하면 마법이 일어나."

플릭이 혀를 내밀며 말했다.

애스터는 아이의 확신에 감탄했다. 완전히 틀린 주장이긴 했지만.

"네가 제시한 모델은 특수성이 없어서 쓸모없어."

애스터는 생각보다 가혹하게 내뱉었다. 이렇게 하루가 끝나는 무렵이 되면, 타고난 퉁명스러운 말투를 타인의 마음을 헤아려 상냥하게 바꿀 기력이 없어졌다.

"그런 이론에 따르면 슈트케이스가 폭탄과 다를 바 없겠지.

설탕과 신타아제가 반응하면 짐 가방은 면직물이 될 거야. 산소는 화약을 산화시켜 폭발을 일으키고. '화학물질에 화학물질을 더하면 마법이 일어난다.'는 말은 이 두 가지 시나리오 모두 설명하는 편이지만, 슈트케이스와 폭탄은 전혀 다르잖아."

플릭이 고집스럽게 눈을 깜빡이기에 애스터는 아이에게 적당한 설명을 찾았다.

"뼈와 피가 있다고 해서 사람과 개가 똑같다는 말이나 마찬가지야."

"경비원들은 타르랜드 사람들을 맨날 개라고 부르는걸."

플릭이 허리에 손을 짚고 말했다.

애스터는 그 익숙한 단어에 움찔했다. 아주 오랜만에 들었지만, 여전히 소속감을 자극하는 말이었다. '타르랜드인'은 P, Q, R, S, T데크 거주자들을 가리켰는데, 데크는 마틸다호 내에서는 다른 무엇보다도 국가와 유사한 개념이었다.

"경비원들이 옳고 그름을 가르는 기준은 아니지."

애스터의 말에 플릭이 놀란 시늉을 하며 눈을 반짝 뜨더니 새된 소리로 말했다.

"그런 소릴 했다고 두들겨 맞을 거야, 이 여자야. 니콜리우스 군주는 천계(天界)가 정한 통치자란 걸 몰라? 그리고 그 경비원들은 니콜리우스의 병사들이고, 더 나아가 천계의 병사란걸? 그네들을 무시하는 건 천계의 지시를 무시하는 거라고."

"음, 네 발을 절단한 '후'에 천계가 벌을 내리기를 바라자. 네가, 그러니까 너처럼 올바른 윤리적 질서의 수호자가 내 신성 모독 때문에 피해를 입으면 안 되니까."

애스터는 의도치 않게 미소를 지었다.

"수술을 제대로 해 주면 내가 경비원에게 편지를 써서 애스터를 봐 달라고 부탁하면 어떨까? 철자 연습은 열심히 했고 뭐라고 말할지도 이미 정했어. 들어 볼래?"

장난기가 발동한 플릭이 씩 웃었다.

"친애하는 경비원 여러분."

입을 떼고 나서 플릭은 숨을 한 번 크게 들이쉬었다.

"정전으로 인해 니콜리우스 군주께서 최하급 선실에 사려 깊고 고귀하며 명예롭게 명령하신 새 에너지 배급으로 인해 전기가 없음으로 인해 이 아래는 난방이 없음으로 인해, 애스터가 잠시 저체온증이 일으킨 섬망에 빠져 광기를 부려 군주께 반하는 말을 해 버렸습니다. 이제는 다 나았으니 이런 일이 다시 일어나지 않을 겁니다. 겸손히 경의를 다해 얌전히 존경을 담아, 플로 '플리커' 새뮤얼스 올림."

플릭이 웃음을 터뜨리더니 고개를 숙였다.

"의견은?"

"네 빈정거리는 말투에 군주 경비대를 향한 경멸이 뚜렷이 드러나는 건 마음에 드네."

애스터가 양손을 호호 불고 열심히 문지르며 말했다. 주거니 받거니 하는 농담이 즐겁기는 했지만 그 대화는 추위 문제

해결에 도움이 되지 않았다.

"원하면 내 장갑 줄게."

그러면서 플릭이 들고 있던 별항아리를 내려놓고 칭칭 감은 손을 내보였다.

"이거 끼면 따뜻해져서 내 발을 싹둑 싹둑 싹둑 잘 자를 수 있을 거야. 축제 때 먹는 햄처럼 자르고 싶으면 잘라."

애스터는 플릭과 조심스레 눈을 맞췄다.

"네 제안이 진심인지 잘 모르겠다. 미튼 장갑을 끼고 절단 수술을 할 수 없잖아. 또 장난치는 거야?"

"응."

플릭은 우스갯소리를 한 게 뒤늦게 조금 멋쩍은 모양이었다.

"하지만 '따뜻하긴' 하다고. 토끼털을 댄 거야. 마틸다호에 토끼가 있었을 때 증조할머니가 구해서 댄 거래. 진짜 토끼. 진짜 토끼를 마지막으로 본 게 언제지?"

우주 전체에서 누군가 토끼를 마지막으로 본 게 언제인지는 알 수 없었으므로, 애스터는 그것이 대답을 요구하는 질문은 아니라고 여겼다.

"수술을 앞두고 유머를 즐기는 게 어울린다고 생각하지 않았는데, 우린 계속 농담을 하고 있네."

애스터는 사람들을 대하는 새로운 방법을 늘 기억에 저장했다.

플릭이 으쓱이자 어깨에 걸친 담요가 떨어졌다.

"전혀 안 어울리는 일을 하고 싶어. 여기 타이드 윙에서 하는 말이 있거든. '해야 한다'는 약한 것들이나 쓰는 말이라고.
이놈의 저주받은 우주선에서 제대로 돌아가는 게 하나도 없는
데 그따위 것에 왜 신경 써야 해? '해야 하는 일을 한다'고 내
발을 안 잘라도 되는 건 아니잖아? 난방이 돌아오는 것도 당
연히 아니고. 애초에 난방을 끄기로 한 사람을 죽여 버리지도
못하고. '해야 한다'는 건 300년 전 우리 옛날 고향이 없어졌을
때 사라졌어. 우주엔 '이래야 한다'는 게 없어. 엄마가 그런 거
안 가르쳐 줬어?"

플릭의 입에서 마치 구마를 당한 유령처럼 입김이 스르르
나왔다. 애스터는 그 입김이 농축된 H_2O 분자임을 알았지만
그래도 날아가는 형체에 손을 뻗어 봤다. 희게 이어지는 입김
하나하나가 조상이라고 상상했다. 비록 조상들은 죽었고, 마틸
다호가 떠나온 '위대한 생명의 집'과 함께 과거에 먹혀 버렸다
해도.

"내 어머니는 내가 태어난 날 자살했어. 어머니가 죽기 전에
내게 '해야 한다'는 말을 싫어하라고 가르치려 했을 수는 있어
도, 갓난아기는 언어를 처리하거나 기억을 형성하는 신경 능력
이 없으니 난 기억하지 못해."

플릭은 휘파람이라도 불 것처럼 입을 꾹 다물었다.

"증조할머니는 내가 남의 오래된 상처를 건드리는 버릇이
있댔어. 용서해 줘."

애스터를 빤히 보며 한 말이었다. 하지만 룬 그레이가 남긴

상처는 여전히 낫지 않은 채라서 플릭이 건드릴 필요도 없었다.

애스터는 정전 탓이라고 생각했다. 마틸다호가 마지막으로 전체 정전을 겪었던 때는 25년 전이었다. 들려오는 대화마다 그 숫자를 거론하는 듯했다. *25년 전에 고친 줄 알았는데.* 누군가 말했다. *25년 전 일이지만 어제처럼 기억나. 혹은 25년이라. 마틸다호에 그 이상은 시간을 벌어 줄 수 없었나?*

그 자체로는 무해한 투정이었지만, 애스터에게는 기억을 되살리는 말이었다. 어머니가 죽은 지 25년 되었음을.

"'해야 한다'에 관심 없는 여자라니. 아기한테 젖도 물리기 전에 떠나 버리고."

"뭐?"

애스터는 플릭이 말을 한 건 알았으나 무슨 뜻인지 몰라 되물었다. 룬을 생각하면 정신이 팔려 작업에 방해가 되곤 했다. 쓴맛에 집중력이 돌아오기를 바라며 차를 마셨다.

"이소프로필알코올 있어?"

그러자 플릭이 이맛살을 찡그렸다.

"증조할머니!"

한 번 부르고 더 크게 불렀다.

"증조할머니!"

플릭이 다섯 번째 불렀을 때 한 여인이 나타났다.

"왜 그러냐?"

여자는 천으로 만든 우상을 꼭 쥐고 물었다. 기도 중이었던 것이다.

플릭이 말했다.

"알코올이 필요하대."

어머니의 어머니의 어머니치고는 젊어 보이는 여자가 애스터에게 말했다.

"순수한 건 없네. '요와.'"

애스터는 그 호칭을 이해하는 데 시간이 걸렸다. 애스터가 사는 곳에서는 '영와(yongwa)'라고 했다. 타르랜드어로 '젊은이(young one)'라는 뜻이었다.

"쓸 만한 게 있긴 있지. 잠깐만 기다리게."

플릭은 증조할머니가 돌아오기를 기다리며 『밤의 황녀의 지배』를 읽었다. 15년 전에는 애스터의 소유였던 책이었다. 애스터가 어릴 적 쏟았던 레몬 커드가 아직도 맨 위 왼쪽 구석에 묻어 있었다. 11페이지에 나오는 밤의 황녀의 라이플 끝에도 묻어 있었다.

"이거면 되려나?"

여자가 돌아와 항아리를 건네며 물었다.

애스터가 뚜껑을 열자 오래되어 삭은 금속에서 주황색 녹가루가 떨어졌다. 그 냄새에 헛구역질이 나와서 애스터는 뚜껑을 도로 덮었다.

"술이에요?"

"그런 셈이지. 어디에 쓰려고? 술을 마시면 속은 더워질 텐데. 추천하진 못하겠네. 새 신발을 한 켤레 준다고 해도 그 오줌 같은 걸 마실 순 없으니."

여자가 추위에 갈라진 애스터의 귀를 꼬집었지만 애스터는 감각이 없어 느끼지 못했다.

"연료예요. 제가 만들 스토브에 쓰려고요. 저 깡통도 필요할 거예요."

애스터가 선실 구석 다음과 같이 적힌 커다란 원통을 가리키며 말했다.

마마 루의 베이크드 빈

갈색설탕, 단풍나무 시럽,

베이컨 패밀리 사이즈 3킬로그램

애스터는 그 통 안의 잡동사니를 비웠다. 골무 몇 개, 실타래 하나, 단추, 양귀비액 두 팩, 면도칼.

"양말이든 셔츠든 아무거나 주세요."

다른 두 여자가 재료를 모아 오더니 애스터의 지시대로 깡통에 쑤셔 넣었다. 충분히 채워지자 애스터는 플릭의 증조할머니가 가져온 항아리 내용물을 전부 부었다.

10대 아이 하나가 애스터가 쥔 라이터를 가리켰다.

"내가 해도 될까요?"

"해 봐."

애스터가 라이터를 건넸다. 여자아이는 씩 웃으며 그것을 들고 깡통에 댔고, 알코올에 불이 붙었다.

"얼마나 오래 탈까요?"

"서너 시간쯤."

애스터는 별항아리를 만든 여자들이 알코올 스토브는 만들어 본 적이 없다는 사실에 놀랐다. 마틸다호의 지리적 특성 탓이라고 여겼다. R데크 사람들이 두 세대 동안 알고 지낸 걸 V데크에선 아직 모르는 식이었다. 하층 데크의 2만 명에게는 저마다의 생활 방식이 만 가지 가까이 있었다. 그것이 금속과 언어, 무장 경비로 분리된 우주선의 본질이었다. 타르랜드라는 공통점을 지닌 데크에서도 정보는 밖으로 새어 나가지 않는 경향이 있었다.

작은 양가죽 코트로 몸을 감싼 여자가 말했다.

"어떻게 연기가 안 나지? 연기 안 나는 불은 처음 보네."

"알코올은 좋은 연료거든요."

애스터는 자세히 설명할 시간도 없이 수술장으로 돌아갔다. 플릭은 벌써 증조할머니 옆에 앉아 있었다.

"옆으로 누워 줘. 잠옷을 잠깐만 들어 올릴 거야. 괜찮지?"

애스터가 말하자 플릭이 잠옷을 직접 들었다. 애스터는 등을 스펀지로 문지르고 바늘을 꽂을 살갗을 꼬집었다. 불필요한 일이었지만, 의무관의 진료를 보고 배우면서 든 습관이었다. 신체 절단 기술 대부분은 Q데크 치유자들에게 배웠지만 애스터가 가장 많이 기억하는 건 의무관의 기술이었다.

"조금 따끔할 거야."

그렇게 말하고 나서 애스터는 아이의 척추에 국소마취제를 주사했다. 플릭이 칭얼거리며 증조할머니 손을 잡았다.

"셋 세면 압박이 느껴질 거야. 하나…… 둘…… 셋."

애스터는 플릭의 등뼈에 더 큰 바늘을 밀어 넣었다. 그리고 의자를 침대 아래로 밀고 가서 플릭의 중족골 위 괴저가 일어난 살갗을 꼬집었다.

"등에다 넣은 약이 다 되면 많이 아파?"

"응."

플릭은 눈가에 고인 눈물이 흐르기 전에 상의 옷깃으로 닦아 냈다.

애스터는 플릭의 목말뼈에 청진기를 대고 들었다. 혈액이 박동하는 소리가 꾸준히 들리는 걸 보면 혈액 순환이 된다는 뜻이었다. 절개하려는 곳에 잉크로 선을 그렸다. 발목뼈를 보존하면 의족을 연결하기가 더 쉬울 테니까.

"기분이 좋아."

"응?"

"선실이. 들판 데크에서 등에 아기 태양이 내리쬐는 기분이야."

플릭이 눈을 꼭 감았다. 이번 주에 벌써 열 번째로 애스터는 어머니를 떠올렸다. 아기 태양이란 소리에 어머니가 소환됐다. 어머니 룬은 마틸다호에 동력을 제공하는 소형 별에서 기계공으로 일했다.

"이 방법밖에 없는 거지? 살갗을 되살리는 약도 만든다면서. 만병통치약을 만드는 비밀 실험실이 있다던데."

증조할머니는 애스터의 왼손을 오른손으로 꼭 잡더니 손등 뼈 하나하나에 기도하듯 입 맞췄다.

"비밀 실험실 같은 건 없어요."

애스터는 거짓말을 했다.

"하지만 있다면, 말씀하신 치료제가 정말 있다면 감추지 않았을 거예요. 이 방법뿐이에요."

애스터는 메스로 플릭의 표피를 단호하게 가르고 근육까지 한 바퀴 선을 그리며 잘라 나중에 뼈대 위로 봉합할 피부가 남도록 했다.

"이 일에 책임 있는 자들이 반드시 보복당하기를."

플릭의 증조할머니가 두 손을 꼭 쥐어 앞치마에 찔러 넣고 말했다.

수술을 마치고 나자 플릭의 동맥은 충분히 묶였고 살갗도 봉합됐다. 통금까지 한 시간 남짓 남은 시각이었다. 애스터는 자른 발을 아이스박스에 넣었다. 자기 구역으로 돌아가기 전 식물관(혹은 플릭의 증조할머니 말마따나 비밀 실험실)에 갖다 두려면 서둘러야 했다.

"사람들 말이 옳아. 애스터는 좋은 치료사야."

플릭이 졸린 듯 눈을 껌뻑이며 말했다.

"의무관 그 여자만큼 훌륭해. 의무관의 능력은 하늘에서 왔다고 하는데."

애스터는 플릭이 의무관을 두고 '그 여자'라고 지칭한 것을 고쳐 주지 않았다. 어차피 또 잊어버릴 테니까.

플릭의 증조할머니는 증손주의 무릎을 새끼손가락으로 문질렀다.

애스터가 알약 열네 개가 든 갈색 병을 건네며 말했다.

"자, 매일 첫 식사 때 한 알."

마취 효과가 사라지면 갑자기 아프지 않도록 애스터는 플릭의 혈관에 점진적으로 효과가 감소하는 진통제를 주사했다. 플릭은 칭얼거리더니 팔꿈치를 짚고서 휘청거리며 느릿느릿 몸을 일으켰다. 눈을 가늘게 뜨고 아래를 내려다보면서 마취제 때문에 잘 움직이지 않는 다리를 흔들어 보려고 허리를 움직였다.

"없어졌어."

아이는 그렇게 말하더니 결국—결국에는—눈물을 흘리고 말았다. 증조할머니가 우는 아이를 꼭 끌어안았다.

2장

절단 수술에 관해서.

마틸다호가 우주로 출발한 지 70년째 되던 해, 상급 경비원
다수의 목숨을 앗아 간 재난이 발생하고 며칠 뒤, 프레더릭 하
우저라는 과학자가 타르랜드 인구 감소 문제의 해결책을 제안
했다.

하우저는 타르랜드인의 결함 있는 시체를 마틸다호의 에너
지로 재활용해 버리는 건 낭비라고 선언했다. 전류를 꾸준히
보내 주면 그네들을 완벽하고 순종적인 일꾼으로 부릴 수 있
다는 거였다. 영혼 없는 타르랜드인 시체가 밭만 잘 갈 수 있다
면, 그 종족이 고질적인 유전 결함 때문에 멸종돼도 상관없었
다. 생산량 손실은 없으니까.

재난에서 살아남은 소수의 사람들은 하우저의 계획에 눈살을 찌푸렸다. 천계의 피조물은 모두 죽음의 존엄성을 누릴 자격이 있다는 이유에서였다.

그러나 하우저의 주장에 따르면 타르랜드인은 천계의 피조물이 아니었다. 들짐승도 암수가 있지 않은가? 그래서 생육하고 번성할 수 있었다. 타르랜드인은 암수로 존재하지 않았다. 전혀.

축음기에 저장하여 남은 경비원들에게 영구히 남긴 연설에서 하우저는 타르랜드인이 혼돈의 땅에서 왔다고 설명했다. 훗날 천계는 혼돈의 땅의 허튼소리를 신성한 조직으로 바꾸고 통치했으며, 타르랜드인들의 악마 같은 모습은 천계의 성스러운 질서에 부합할 수 없었다고.

(애스터는 그가 말하는 게 의무관이 '유전성 부신 조절장애'라고 부른 증상임을 알고 있었다. 광범위한 호르몬 장애로 인해 타르랜드인의 신체는 경비대의 생각처럼 남녀가 뚜렷이 구별되지 않았다. 애스터가 테스토스테론을 분비하는 기관 없이 태어났음에도 머리카락이 없고 근육질의 체격을 지닌 것도 이 때문이었다.)

당시 임시 군주 역할을 맡았던 남자는 목청을 가다듬었다. 잔이 달칵거리는 소리가 녹음된 것으로 미루어 물을 마셨다. 그는 천계가 다스리는 곳의 피조물이 출신지와 상관없이 그런 수모를 당하는 것을 좌시할 수는 없다고 했다.

하우저는 타협안을 내놓았다. 그는 절단이란 방법으로 시신 전체가 아닌 신체 일부를 이용할 수 있다고 했다. 전기를 연결한 팔이 갈퀴질을 하고 전기를 연결한 손이 바느질을 하는 식으로.

임시 군주는 하우저를 물러나게 했지만, 하우저가 나간 뒤에도 회의는 계속되었고 그 과학자가 내놓은 아이디어의 장점을 논하는 토론이 이어졌다. 최근에 벌어진 재난으로 마틸다호는 혼란 상태였다. 이런 상황에서 하우저식 프로그램은 군주와 경비대의 우월성을 각인시킬 수 있었다.

그러나 결국, 그 계획을 실행하는 데는 자원과 인력이 너무 많이 필요하다는 결론이 내려졌다. 회의는 다른 안건으로 넘어갔고 녹음은 거기에서 뚝 끊겼다.

애스터는 자신들을 그렇게 취약한 입지에 몰아넣은 사건이 뭔지 설명한 녹음 기록이 있는지 의무관에게 물었던 적이 있다. 의무관은 고개를 저었다. 과도기의 경비대 회의 기록은 대부분 폐기되었다.

애스터는 그때 알게 된 것을 늘 기억했다. 이자들은 증거를 폐기하여 과거로부터 이어져 온 명예를 지킬 기회가 있었음에도, 사람의 팔다리를 재활용해 육체노동에 쓰는 방안을 진지하게 토론했던 것을 공식 기록에서 삭제해야 한다고는 추호도 생각하지 않았다는 것을. 무시무시한 잔인성과 무능한 과학 따위, 대놓고 신경 쓰지 않는 태도였다.

"저기, 잠깐만, 요와. 아직 가지 마."

플릭의 증조할머니가 애스터의 멜빵을 잡아 선실로 잡아당기더니 커다란 회색 외투를 내밀었다.

"이거 받게."

"전……."

애스터는 말을 하려다가 플릭이 '해야 한다'에 반대한 것을 기억하고 입을 다물었다.

"늦었어요."

"맞는지 봐 봐. 입어 보는 데 얼마 안 걸리니까."

플릭의 증조할머니 말투에서 멜루신 아주머니가 떠올랐다. 애스터를 키운 여인도 이렇게 고집이 셌다.

플릭의 증조할머니는 미소를 지으며 솜씨 없이 심은 금속 치아를 드러냈다. 임플란트를 한 사람이 누군지 몰라도 부비강 증대술, 상한 잇몸과 후면 턱 잇몸의 이식술을 실시하지 않았다.

애스터는 의료가방을 내려놓고 선물을 받았다. 안쪽에는 때 묻은 흰 양털이 덧대어져 있었다.

"마틸다호에 타기 전부터 우리 집안에 내려오던 물건이네. 에너지 배급제 전에는 미숙아로 태어나 체온을 유지 못 하는 아이에게 덮어 주는 것 말고는 별로 쓸모가 없었지. 아기들이 토한 거는 다 씻어 냈어. 선물이네. 마음에 드나?"

애스터는 보드라운 털을 꼭 쥐었다.

"너무 값진 물건이에요."

여인은 콧방귀를 뀌고 손을 내저었다.

"스토브와 맞바꾸기 적당한 거 같은데? 오히려 우리가 이익 본 셈이지."

복도에서 경비원이 고함치는 소리에 애스터는 밖에서 보이지 않는 곳으로 비켜섰다.

"하지만 스토브 재료는 주셨잖아요."

"지식이 없으면 재료는 의미가 없네. 애스터가 준 게 바로 지식이지. 스토브 값으로 외투, 그렇게 거래한 거야."

애스터는 시계를 확인하려고 왼쪽 바지주머니에 손을 넣었다. Q데크로 돌아가기 전에 식물관에 들르려면 지금 출발해야 했다.

"정말이에요, 별것 아니었어요. 이제 가 봐야 해요."

"어떻게 그런 선물을 별것 아니라고 하지? 2주 전에 그걸 만들 줄 알았다면 플릭이 동상에 걸리지도 않았을 텐데. 괴저가 일어날 만큼 심한 동상은 절대 안 걸렸을 거네. 저 스토브가 우리 애 발을 구했을 텐데."

플릭의 증조할머니가 검은 얼굴을 굳히며 말했다.

"알코올을 더 구하면 또 다른 애가 내 증손주 같은 일을 겪지 않게 할 수 있겠지. 내 말 믿게. 우린 구할 수 있어. 타이드 윙의 여자들은 뭐든 구할 수 있으니까."

그녀는 헐겁게 짠 숄을 목에 단단히 감고 말을 이었다.

"애스터는 똑똑해. 나나 플릭처럼 약속의 땅은 없다는 걸 알고 있지. 마틸다호는 고아야. 죽은 신들의 딸이지. 하지만 조상들은 실재하고 그네의 영혼이 움직이고 있네. 아기 태양의 힘이 빠진 것도 그네가 일으킨 소란이지. 우리에게 이제 움직일 때, 행동할 때라고 알려 주려고. 25년 전에도 같은 메시지를 췄지만 우리가 듣지 않았네. 그러니 더 큰 소리로 메시지를 줘야 했던 거야. 아기 태양을 더 심하게 부숴서. 내 말 듣고 있나?"

애스터는 여자가 문자 그대로 '듣고 있냐'는 질문을 한 것인지, '이해하냐'는 뜻으로 말한 것인지 알 수 없었다. 어느 쪽이냐에 따라 답이 달라질 것 같았다.

"조상의 영혼이 무슨 꿍꿍이인지 알 만큼 오래 살아남으려면 서로 도와야 해. 그렇다면 추워서 죽지 않아야 한다는 뜻이고. 그러니 제발 이 외투를 입어 보게."

애스터는 등에서 배낭을 내려 아이스박스와 의료가방 옆에 뒀다.

"그럴게요."

애스터가 외투를 걸쳤다.

"훌륭하네. 마음에 드나?"

3킬로그램쯤 되는 옷감의 무게가 애스터의 몸을 짓눌렀다.

"마음에 들어요. 따뜻하고 기분 좋게 묵직하네요. 진심으로 감사드립니다, '엘드와'."

여자는 고개를 갸우뚱하며 눈을 가늘게 떴다.

"억양이 강하군. '엘와'야. 엘드와가 아니라. 엘와. 훨씬 듣기 좋지? 시럽처럼 부드럽고. 그래도 그렇게 안 부르면 더 좋겠네. 늙었다는 말을 누가 듣고 싶겠어? '헬라와'라고 부르게나. 나도 치유자라네. 애스터처럼. 아, 아니지, 애스터와는 다르지. 무슨 생각을 하고 있나?"

여자는 애스터의 턱을 잡아 눈을 마주 보도록 돌렸다.

"세상사를 차단하고 한 번에 하나만 집중하는 사람이구먼. 그런 사람, 댁 같은 여자들을 가리키는 말이 있네. '인시와.' 내적인 사람. 자기 머릿속에서 살고 거기서 벗어나면 매 맞는 것처럼 아파하지."

애스터는 그보다 심한 소리도 들어 봤다. 모자라다, 멍청하다, 결함이 있다, 머저리 개 같으니, 엎드려서 다리를 벌려. 모자란 것.

하지만 애스터는 모자라지 않았다. 자신이 온전히 존재하는 것을 스스로 느끼고 있었다. 그런 욕은 어머니가 없다는 뜻 같기도 했다. 사람은 누구나 과거에, 부모와 조부모에게 속하는 부분이 있는데, 그런 내력이 없다면 불완전한 사람인 걸까?

"가능하면 빨리 돌아와서 플릭 상태를 볼게요."

그러고 나서 애스터는 다시 작별인사를 했다. 이번에는 플릭의 증조할머니가 순순히 놓아줘서 고마웠다.

복도 양쪽에 경비원이 하나씩 서 있었다. 애스터는 자기 데크 밖으로 나올 수 있는 통행증이 있었지만 시선을 끌고 싶지 않아 고개를 숙였다. 통행증이 있든지 없든지 그네들은 얼마든지 트집을 잡을 수 있었다.

머리를 민 10대 아이가 복도 가운데서 담요를 팔았고 손님들이 물물교환을 위해 줄을 섰다. 그네들은 비누, 솜뭉치, 상아 빗 따위를 교환품으로 가져왔다.

영하의 온도로 이미 약한 면역 체계가 악화됐고, 사람들은 추위에 별 도움도 안 되는 털목도리를 감고서 절뚝이며 자기 구역으로 돌아갔다. 애스터는 새로 얻은 외투를 건넬까 생각했지만, 걸치고 있으니 느낌이 너무 좋았다.

나이 지긋한 여인이 세 아이에게 소리를 지르자 아이들이 울었다. 눈물 때문에 눈 주위에 둥글게 그린 아이라인이 수채화처럼 번지며 뺨에 흘러내렸다. 이곳 T데크에서는 그렇게 했다. 얼굴에 검정으로 두껍고 큰 동그라미를 그렸다. 쓰레기를 뒤지고 다니는 동물 이름에서 따와서 '라쿤의 눈'이라고 불렀다. 쓰레기를 뒤지는 자들의 후손이기에.

그네들은 그렇게 말했다. 스스로에게 그렇게 말했다. 그네들의 이야기는 그렇게 전해졌다. 과거로부터 멀어지자 역사를 진정으로 아는 사람은 이제 아무도 없었다.

보아하니 아이들은 형제자매였다. 셋 다 눈동자가 똑같이 흐린 회색이었다. 눈 아래 잿빛으로 튀어나온 부분과 거의 같은 색 눈동자였다. 애스터는 들판 데크에서 작업하는 동안 그 아이들을 본 적 있었다. 물론 다른 데크 출신이라 아이들이 애스터 근처에서 일하지 않았지만 지나칠 때 눈에 띄었다.

나이 지긋한 여자가 앙상한 손가락으로 가리키자 아이들은 달아나다가 애스터와 부딪쳤다. 그러고는 사과도 없이 급히 달아나면서, 떨어뜨린 것은 없는지 주머니를 두드려 확인했다.

애스터를 비롯해 하층 데크 사람들은 뭐든 모았다. 주머니는 온갖 다양한 물건을 담는 새로운 기능을 얻었다. 양귀비액, 항생제, 씨앗, 실, 나사, 골무. 애스터는 밭에서 옥수숫대를 통째로 훔친 적도 있었다. 그것을 바짓가랑이에 숨겼다.

"앞 좀 잘 봐."

아이 하나가 어깨 너머로 외쳤고, 애스터는 그 말에 따랐다. 타이드 윙 다음은 트리뷰터리 윙이었다. 애스터는 계단을 내려가 T데크를 떠나 식물관으로 갔다. 적어도 그곳은 나름대로 조용했다.

3장

X데크의 구역이 전부 그렇듯이, 사일럼 윙에서도 썩는 냄새가 났다. *죽은 자들이 향수를 뿌리길 바랄 순 없지.* 애스터의 멜루신 아주머니가 말했었다. 멜루신은 애스터가 어릴 적에 그 버려진 데크를 안내해 줬더랬다. *여긴 유령밖에 없단다, 아가. 네가 원하는 대로 하렴.* 예전에 식당이었던 곳이 애스터의 식물관이 됐다.

애스터는 비밀 정원과 실험실이 주는 안식을 간절하게 바라며 거기로 돌아왔다. 손잡이를 돌려 해치를 열면서 공손히 눈을 감았다. 공기에서 시큼한 꽃향기가 났다.

안에서 서류 더미를 훑어보던 지젤이 입을 열었다.

"드디어 왔네. 통금시간이 다 됐어. 여기서 밤마다 해야 한다는 그 일 하러 오늘은 안 오는 줄 알았네. 압박인지, 압력 해제인지."

지젤은 '압축 해제'라는 걸 알면서도 일부러 그렇게 말했다. 애스터는 의료용품 가방을 바닥에 놓고 플릭의 발이 든 아이스박스를 해치 옆에 놓았다. 그날 아침부터 나가 있었을 뿐이지만 식물관의 이끼로 덮인 벽과 덩굴이 감싼 기둥이 그리웠다. 줄줄이 늘어선 식물 아이들이 익숙한 순서로 애스터를 맞이했다.

"여기서 뭐 하고 있어?"

애스터는 지젤을 상대할 기분이 아니었다. 쉬는 시간은 들판 데크에서 작업을 마친 뒤 플릭을 보러 가기 전에 짧은 저녁식사 시간뿐이었다. 조용히 혼자 있을 시간이 필요했다.

애스터는 배낭의 끈을 풀고 어깨와 팔을 흔들어 빼냈다. 그새 오른쪽 바지 주머니에 끼워 놓은 황동 방사능 측정기가 빠져나왔다. 변색되고 금이 간 것이라 고급 장신구가 되진 못했지만, 어머니 물건이라서 매일 착용하고 다녔다. 어머니가 아기 태양의 기계공으로 일할 때 방사능을 감지하기 위해 쓰던 거였다.

지젤이 한참 만에 대답했다.

"여기가 좋으니까. 언제든지 와도 된다고 하지 않았어?"

"내가 여기 있는 동안에는 와도 된다고 했지. 그건 상당히 중요한 조건이라고 보는데."

지젤은 애스터의 서류 위로 고개를 숙인 채 어깨를 으쓱였다. 그날 머리를 자른 모습이었다. 곱슬머리가 제자리를 모르는 것처럼 삐죽삐죽 튀어나와 있었다.

"나도 너만큼은 이곳에 권리가 있어. 내가 보기엔 내 식물관이기도 한걸. 여긴 따뜻한 데잖아. 실제로 따뜻하다고. 추운 게 너무 지겨워. 나도 너처럼 따뜻한 곳에 있을 권리가 있어."

애스터가 책상에서 열두 발자국 걸어가는 동안 방사능 측정기가 리듬에 맞추어 흔들렸다. 애스터는 그걸 꽉, 부드러운 금속에 손자국이 나도록 꽉 쥐었다. 이미 망가진 물건이라 더 부서질 수도 없었다. 어릴 적에는 그것을 고쳐 보려고 온갖 방법을 다 썼고, 우주선 안에서 방사능 수치가 가장 높은 곳에도 몰래 가져갔다. X데크에서도 시도해 봤다. 작동하지 않는 까닭이 사용을 잘못한 게 아닐까 싶어서였다. 어머니가 그 장치를 자연계에서 방출되는 정상적인 방사능이 아니라 다른 세계의 방사능을 검출하기 위해 쓴 것이 아닌가 싶기도 했다. 아홉 살이었지만 여전히 어린아이처럼 상상하길 좋아했던 애스터는 방사능 측정기를 들고 유령이 나타난다는 X데크 복도를 돌아다녔다. 멜루신 아주머니 말처럼 거기에 영혼들이 있다면 방사능 측정기가 삐삐 소리를 낼 것 같았다.

하지만 그런 일은 없었다. 버려진 것들을 파헤치기 좋아한 애스터는 마틸다호의 비밀 통로를 전부 다니며 측정기를 시험해 봤다.

"내 말을 듣긴 하는 거야?"

애스터는 딴생각을 하고 있었지만 지젤에게 그렇게 말하지 않을 정신은 있었다.

"듣고 있어."

"이 아래 있으면 안전한 느낌이야."

지젤이 흩어진 서류에서 시선을 들어 애스터를 봤다.

"이 우주선에선 믿을 곳이 없어. 장담하는데, 벽들도 살아 있다니까. 좋은 곳, 버려진 벽장을 찾았다 싶으면 바로 옆에 뭔가 도사리고 있어. 주로 경비원이지. 나를 찾아내는 기술이 따로 있다니까. 내 핏속에서 뭔가 냄새를 맡나 봐."

그러면서 앙상한 두 팔로 팔짱을 끼고 자기 몸을 끌어안았다.

"여기선 벌거벗고 있어도 되니까."

자리에서 일어난 지젤이 부츠를 벗어 던지고 타이츠를 내렸다.

"아름다울 만큼 따뜻해. 그리고 안전하고."

지젤이 카운터 위에 올라앉아 허벅지를 벌리자 읽던 서류들이 엉덩이에 눌려 구겨졌다.

"이 온기는 마치…… 유령을 불러내는 사람에게서 나온 에너지 같아."

몇 분 전에 어머니의 방사능 탐지기로 유령을 찾아내려 했던 일을 떠올려 놓고서 지젤의 생각을 터무니없다고 꾸짖는다면 이중인격 같겠지만, 그래도 애스터는 지젤의 생각을 고쳐 줘야 한다고 여겼다.

"여기가 따뜻한 건 유령이나 마법과는 상관없어. 아기 태양에서 뽑아낸 에너지를 동력으로 쓰는 난방기 때문이지."

"그게 그렇게 간단하면 왜 하층 데크의 다른 곳에서는 안 쓰는 거야?"

"큰 선실 한 곳을 덥히는 데 필요한 에너지랑 하층 데크 열 곳을 데우는 데 필요한 에너지는 비교할 수 없지. 마틸다호 전기 소모량을 모니터링하는 사람이 알아차릴 거야."

"그럼 그렇게 하는 동안 상층 데크 난방을 '안' 하면?"

지젤은 불가능하다는 애스터의 설명을 무시하고 씩 웃었다.

"네 소중한 의무관에게 도움을 청하면 되잖아. 그 사람이 어디든지 통행증을 써 주니까 넥서스로 가는 통행증도 써 줄 거야. 그러면 저놈들이 우리 난방을 끈 것처럼 네가 상층 난방을 꺼 버리면 되잖아. 난 착해. 저놈들의 소박하고 조그만, 몇백만 킬로미터짜리 저택들을 냉동시키라는 말은 아니야. 절대! 사냥터랑 풀밭 난방만 끄라는 거지."

지젤은 정말 그런 일을 할 수 있다고 믿는 듯, 점점 진지한 말투로 변했다.

"상층 데크의 평균 저택 크기는 860제곱미터야. 몇백만 킬로미터가 아니라."

"중요한 건……."

지젤이 어이없다는 표정을 지으며 입을 열었지만, 뭐가 중요한지는 애스터도 알고 있었다. 상층 데크에 숲과 호수와 해변과 사냥터가 있는데도 하층 데크의 난방만을 차단하는 것은, 정말 에너지 절약이 목적이라면 타당한 조치가 아니었다.

야생생물 보호구역을 보호해야 한다. 지젤과 마찬가지로 애스터도 상층 데크의 자연 공간 보존의 중요성을 설파한 신문 기사를 읽었다.

"우리 운명이랑 그네들의 운명을 바꿀 수만 있다면 그렇게 하겠어."

애스터가 말했다. 상층 데크의 남자 둘이 어느 평화로운 마틸다호의 오후에 A데크 생울타리 미로에서 길을 찾아 헤매는 모습을 상상하니 즐거웠다. 남자들은 갑자기 발가벗겨진 것처럼, 확실한 추위를 느낄 터였다. 미로에서 길을 잃고 온기를 나누려고 끌어안고 있다가 결국 저체온증으로 죽겠지.

"곧바로 그렇게 할 거야."

그러자 지젤은 카운터에 앉아 흔들던 다리를 멈췄다.

"그럴 거야? 정말로? 가끔 너도 그네들과 다를 바 없는 것 같아……. 말하는 투가. 무슨 신이라도 되는 것처럼 이 우주선을 돌아다니는 꼴도. 이유가 뭐야? 이 아래에 사는 우리 중에도 의사와 치유자가 많은 데다, 의무관 도움 없이 잘 살아왔어. 바보 같은 통행증을 얻을 수 있다고 네가 별다른 게 아니야."

애스터는 바지 주머니에서 튀어나온 실밥을 손톱으로 긁어 뜯었다. 애스터도 자신이 특별할 거 없다는 데, 좋은 의미에서 남다른 건 아니라는 데 동의했다. 좀 더 정확히 말하자면, 애스터는 그저 이상했다. 늘 그랬다.

아홉 살 때 애스터는 작은 나무 인형에 카디건과 청색 코듀로이 바지를 입혔다. 지젤이 상층 데크 사람들의 옷장에서 훔친 옷감으로 엄지를 옷본 삼아 만든 것이었다.

깔끔하게 차려입은 인형을 똑똑하고 중요한 과학자라고 설정했다. 인형 친구들은 그 여자 인형을 위해 무도회를 열어 줬다. 모두가 그 인형을 좋아하고 소중히 여겼으니까. 그 인형이 옆에 있는 것을 어색하거나 불쾌하게 여기지 않았으니까.

애스터는 연단으로 삼은 실패 앞에 그 인형을 놓았다. *박사 인형의 우주학 연구가 이룬 쾌거로, HSS 마틸다호는 거주 가능한 행성을 발견했습니다. 이제 우리는 집 없이 하늘을 떠돌아다니지 않아도 됩니다.* 체크무늬 치마를 입은 다른 인형이 박사 인형를 소개했다.

넌 정말 멍청해. 지젤이 말했다.

네가 멍청하다고 해도 상관없어. 네 의견에 신경 쓰지 않고 내가 원하는 걸 계속 할 거야. 애스터가 말했다.

지젤은 다리를 꼬고 팔꿈치를 무릎에 괴고 앉아 있었다. *좋아. 그 지루한 놀이를 같이 하지, 뭐⋯⋯. 나는 누구 할까?* 지젤은 나무 인형 하나를 들어 튀어나온 부분과 곡선을 엄지로 쓰다듬었다. *내가 라이벌이 되면 어때? 교수 인형은 네 박사 인형이 이 우주선에서 벗어날 수 있다고 생각하면 바보라고 해.*

교수 인형은 예전에 밤의 황녀가 한 것처럼 네 바보 같은 무도회에 폭탄을 터뜨려 모두 날려 버릴 계획이야. 지젤은 쪼르르 가더니 성냥갑을 가져왔다. 폭발물이야.

교수 인형이 무도회에 폭탄을 터뜨리면 마틸다호 전체가 파괴될 거야.

잘됐네. 마틸다호는 쓰레기니까. 지젤은 신발상자를 뒤져 교수 인형에게 적당한 옷을 찾았다. 인형의 나무 몸뚱이를 다 드러내는 빨간 반짝이 드레스를 골랐다.

네 교수 인형은 직업에 어울리는 옷차림이 아니야. 경비원 인형들이 옷을 보고 뭔가 이상하다는 걸 알아차리고 네 계획을 막을걸.

교수 인형이 인형 젖가슴으로 경비원들의 주의를 끌 거야.

이 인형에는 젖가슴이 없어. 인간 형태와 일치하는 외형은 아무것도 없어. 애스터가 무성(無性)의 나무 인형을 검지로 쓰다듬으면서 말했다. 입도 없는걸.

교수 인형이 폭탄을 터뜨렸다. 지젤은 작은 인형 조각을 사방으로 내던지며 폭발 시늉을 냈다. 박사 인형은 살아 있던 적 없는 것치곤 죽은 게 분명한 모습으로 공중으로 날아올랐다. 박사 인형은 우주를 좋아했고, 마틸다호가 사라지기만 한다면 추위 속을 영영 떠돌아다니는 것도 마다하지 않았다.

그 놀이가 재미있어서 둘은 (몇 가지 변화를 주긴 했지만) 서너 차례 반복했다. 특히 애스터는 연금학 지식을 테스트하기 위해 만든 진짜 폭탄으로 경비원 사무실에서 모의 폭발을 일으키기도 했다.

애스터는 서너 차례 방화를 더 저질렀지만 잡히지 않았고, 경비원에게 들키면 둘 다 큰일이라고 지젤이 사정해서야 그만뒀다. 그 시절에 하던 일을 애스터가 계속했다면, 확률상 우주선 전체를 날려 버렸을 가능성이 컸다.

"마틸다호의 지배 체제 붕괴에 내가 얼마나 헌신했는지는 잘 기록되어 있지."

애스터는 지젤의 동그란 눈을 마주 보며 말했다.

"내가 추위를 없앨 수 있으면 없애리라는 사실을 의심하지 말아 줘. 상층 데크 사람을 모조리 죽일 능력이 내게 있다면 그 역시 기꺼이 하리란 것도."

지젤은 소리 없이 미소를 짓더니 다시 발뒤꿈치를 캐비닛에 두드렸다. 눈을 내리깔며 물러서는 드문 모습이었다.

"알아. 네가 누구인지야 잘 알지. 그냥 지겨워서 그래. 늘 여기처럼 따뜻하면 좋겠어. 이보다 따뜻하면 더 좋고. 불처럼 되고 싶어. 진실한 건 불뿐이니까. 아니면 네가 불구덩이에 던지는 무쇠 냄비처럼 되고 싶어. 아침이 되면 은식기처럼 빛나는 쇠만 남고, 녹이나 망가진 부분은 타서 사라지잖아."

지젤은 드러난 팔꿈치를 긁으며 보이지 않는 딱지를 뜯었다. 지난 한 해를 거치며 지젤은 뼈와 가죽만 남았다.

"다 타서 재만 남기고 폭발하고 싶어."

"생각을 진정시킬 약을 줄까?"

심장이 두근거리는지 지젤이 손으로 가슴을 누르는 걸 보며 애스터가 물었다.

지젤 옆에는 유리 분무기가 놓여 있었다. 애스터가 연약한 씨앗에 물을 줄 때 쓰는 것이었다. 지젤은 그것을 집어 들더니 선실 맞은편으로 던졌다.

"네 약은 싫어. 알약이든 시럽이든 독약이든. 네가 가까이 있는 것도 싫어. 여기 왜 왔는지 모르겠다."

애스터는 지젤의 폭발에 놀라지 않았다. 지젤과는 항상 껄끄러운 상태라 접촉할 때마다 늘 마음의 준비를 하곤 했다.

"예전에는 네가 약을 달라고 했으니까 권한 것뿐이야. 저거 치워 줄래?"

애스터는 깨진 분무기 병을 가리켰다.

지젤은 카운터에서 내려가 조각난 유리를 맨발로 밟으면서 걸어갔다. 그러고는 허리를 숙이더니 한 손으로 파편을 쓸어 다른 손에 담았다.

"청소 끝."

애스터는 지젤이 유리 조각을 쓰레기통에 버리고 발바닥에서 피를 흘리며 다시 카운터에 앉는 모습을 지켜봤다. 쇠 바닥에 피가 감쪽같이 섞여 들어서 붉은 핏방울과 녹 자국을 구별할 수 없었다.

"이제 만족해?"

애스터는 지젤이 어떤 대답을 원하는지, 필요로 하는지, 기대하는지 알 수 없었다. 갈수록 두 사람 사이의 대화는 마치 애스터가 제대로 준비 못 한 적성검사처럼 느껴졌다.

"아니."

"잘됐네! 나도 마찬가지니까!"

"그게 왜 잘된 건지 모르겠어."

애스터는 핀셋과 의자, 문 옆에 둔 아이스박스를 가져왔다. 의자에 앉아 아이스박스에 지젤의 피투성이 발을 올려놓았다.

"실례잖아."

"뭐?"

"그 안에 그 애 발이 들어 있지? 그걸 발받침으로 쓰다니, 도대체가. 들판 데크에 묻을 셈이야?"

"어떻게 할지는 정하지 않았어. 묻는 게 적절할까? 의무관은 소각하니까 나도 그렇게 하는데."

애스터는 지젤의 발을 무릎에 얹고 살갗에 박힌 유리 조각을 하나씩 빼내려 했다.

"깊이 박힌 파편은 없지만 그래도 통증은 있을 거야."

"상관없어. 그게 좋아. 아프면 더 빨리 걷게 되겠지. 정신 바짝 차리고."

애스터는 재빨리 효율적으로 유리 조각을 제거했다. 다 마친 뒤에는 붕대를 감을 테니 따뜻한 비눗물에 발을 씻으라고 지젤에게 지시했다. 애스터는 그사이 수첩 내용을 수정했다.

오늘 할 일 목록이 있는 페이지를 펼치고 성공적으로 마친 항목에 줄을 그었다.

> 아침 식사
> ~~몸 씻기(오늘은 비누와 솔을 사용하기)~~
> ~~이 닦기~~
> 의무관이 어디 있는지 찾기
> 임상약리학 19장 다시 읽기
> ~~S데크의 노파 재발 확인~~
> ~~플릭의 발 절단~~

지젤이 수첩을 낚아채 가는 바람에, 애스터가 마지막 항목에 긋던 줄이 번졌다.

"씻는 걸 기억하려고 적어 둔다니 믿을 수가 없다."

지젤이 눈살을 찌푸리고 읽다가 말했다. 애스터의 글씨는 글 잘 쓰는 두 살짜리가 쓴 것 같았다. 읽을 수 있는 사람은 지젤뿐이었다.

"난 하는 일을 전부 기록하는 게 좋거든."

문서화. 멜루신 아주머니는 그렇게 불렀다. *기록. 기억.*

지젤은 수첩에서 그 페이지를 찢어 둥글게 뭉쳤다.

"라이터 있어?"

"아니."

"거짓말해?"

그 질문에 애스터는 대답하지 않았다.

"라이터가 마법에 걸렸어?"

이번에도 애스터는 대답하지 않았다.

"보여 줘."

지젤이 허리에 손을 짚고 말했다. 애스터는 주머니에 손을 넣어 라이터를 꺼내고 입을 열었다.

"무슨 꿍꿍이인지 몰라도 낭비야."

부탄을 더 사려면 양귀비액 몇 그램이 필요한데, 아직 양귀비꽃은 피지도 않았다.

"낭비 아니야. 내가 태울게. 기분 좋을 거야."

"가치 있는 걸 태우는 게 어떻게 기분 좋은지 이해가 안 돼."

"언젠가는 전부 먼지가 될 거잖아. 그걸 빨리 깨달을수록 좋은 일이지. 오늘이든, 내일이든, 100만 년 후든. 넌 왜 그렇게 기억되고 싶어 해? 누구한테? 아무도 널 알아주지 않을 거야. 내가 널 아는 것만큼은."

"내가 정해 놓은 체계가 있어. 목록에서 지우지 못한 항목은 내일 할 일로 넘어가. 한 항목이 14일 연속해서 있으면 왜 그 일을 게을리했는지 검토하고, 그날은 그걸 처리하는 데 써야 해."

지젤은 구겨 버린 목록을 화분에 던졌다. 하지만 거기서 그치는 성격이 아니었기에, 절뚝이며 선반으로 가서 애스터의 수첩을 또 꺼내 훑어보기 시작했다.

"이건 아직 못 읽어 봤네. 이것도."

지젤이 파일에 든 서류를 획획 넘기자 오래되어 빛바랜 종이가 바닥으로 우수수 떨어졌다. 애스터 어머니의 유품이었다. 어머니의 일지, 노트, 스케치.

애스터는 진청색 잉크로 쓴 공식과 표, 방정식을 봤다. 자신과는 달리 정확하고 가지런한 글씨체였다. 룬 그레이의 좀 기이한 독백을 적은 파일이 지젤의 눈에 들어왔다. 애스터가 그 내용을 완전히 외고 있는 일지였다.

재커리 웨스트라는 동료가 오늘 물었다. 왜 쥐냐고. 하필이면 어째서 그런 하찮은 동물로 변하고 싶냐고. 그에게 잘난 척 대답을 해 줬다. "쥐가 안 될 까닭은 또 뭐야?" 하지만 진짜 이유는 쥐를 동경하기 때문이다. 빈틈 사이로 들어가 어디든지 돌아다닐 수 있는 게 좋다. 마틸다호에서 나를 보내 주지 않는 곳까지 잡힐 염려 없이 갈 수도 있고. 좌현 쪽 선미로 50걸음 더, 좌현 쪽으로 더. 운명의 방향을 바꾸는 건 불가능하지 않다. 변성을 일으키는 것도. 과거와 같은 것은 없다. 현재의 존재를 계속 유지하는 것도 없으리라.

애스터는 어머니의 헛소리를 이해할 수 없었다. 앞뒤가 맞는 말이 하나도 없었다. 일지의 글씨체를 보면 한 사람이 쓴 것이었지만 그것 말고는 100명의 사람이 썼다 해도 믿을 수 있었다. 어머니는 일종의 조기 치매를 겪은 듯했다.

"소유욕 부릴 것 없어. 정리하려는 것뿐이야."

그 자료를 애스터만큼 잘 아는 유일한 사람인 지젤이 말했다. Q데크에서 그 일지에 쓰인 언어를 아는 사람은 애스터 말고는 지젤뿐이었다.

Y데크 여성 룬은 이유 없는 자살만큼이나 이질성 때문에 수수께끼 같은 존재였다. 그녀는 Y데크의 관습과 예절, 생사와 천계에 대한 의식을 지녔다. 거기에 Y데크의 유머 감각, Y데크의 입맛, 그리고 애스터와 연관 있는 것을 꼽자면 Y데크의 대화 방식까지도. 룬이 쓴 언어는 애스터가 열 살 때 엄마의 저널을 읽어 보려고 했을 때 처음 본 것이었다.

애스터는 상층 데크 언어를 배운 방식으로 어머니의 언어를 배웠다. 이런저런 자료와 선생 들을 통해서. 당시 멜루신 아주머니가 E데크 아이를 돌봤는데, 그 아이의 친구를 돌본 유모가 W데크 사람이었고, 그 유모에게는 Y데크에 비커 씨라는 먼 친척이 있었다.

비커 씨는 경비대가 Y데크 사람의 딸인 애스터를 Q데크에 배치한 것을 안타깝게 여기며 아이에게 진짜 조상의 언어를 말하고 읽는 법을 가르쳐야 한다고 믿었다. 딱히 배울 생각이 없던 애스터는 Q언어도 Y언어와 마찬가지로 진짜 조상의 언어라고 멜루신 아주머니에게 말했다.

Q데크에서 자랐으니 애스터의 몸은 늘 Q언어를 먼저 말했

다. 조상이란 몸에 전해져 내려오는 것이 아닌가? 더욱이 경비대가 애스터를 거기 배치한 것은, 애스터의 생리학적 특징으로 미루어 아버지가 타르랜드인이라고 믿었기 때문이다.

그래도 멜루신 아주머니는 애스터에게 Y언어 교습을 받으라고 했다. 필요한 경비원들과 안면을 튼 뒤 애스터를 통금 후 몰래 Y데크로 보냈다. 애스터는 못마땅했지만 좋은 점도 있었다. Y테크에서는 방사능 측정기를 쓸 수 있을 터였다. 어머니가 있던 곳이니 그 장치가 드디어 작동할지 모른다고 생각했다. 복도 여기저기를 돌아다니다가 비밀 벽과 위로 끝없이, 도저히 기어오를 수 없는 곳까지 뻗어 있는 비밀 기둥도 발견했다. 천계로 이어지는 통로일 거라 믿었지만 그렇게 신성한 곳에서도 방사능 측정기는 울리지 않았다. 지젤이 그 장치를 애스터의 손에서 쳐내 기둥 아래로 떨어뜨리기도 했다. *그 멍청한 물건에 집착 좀 그만해. 작동 안 한다니까.*

방사능 측정기는 쓰지 못했지만 애스터는 어머니의 언어를 읽고 말할 수 있게 됐고, 열두 살이 되어서는 룬의 노트를 술술 읽을 수 있었다. 지젤은 Y언어를 나중에 배웠지만 애스터보다 빨리 늘었고, 룬의 일지를 읽기 자료로 썼다.

애스터는 어머니의 책이 꽂힌 선반으로 가서 아코디언 파일과 바인더, 봉투의 등을 손가락으로 건드렸다. 그러다 마지막 파일, 물어뜯은 애스터의 손톱과 같은 갈색 카드집 앞에 멈췄다. 애스터는 그 선반 앞에서 지젤을 향해 돌아서며 손으로 입을 쓱 문질렀다. 그러면서 손바닥 냄새를 맡았다. 플릭의 발을 절단하면서 꼈던 장갑의 라텍스 냄새가 짙게 났다.

"네 어머니가 자신을 끝장낸 이유가 여기 어딘가에 있을 것 같아. 그러면 내가 찾아낼 거야. 그분 일지를 읽는 건 좋은 추리소설을 읽는 것 같아. 하지만 진짜니까 더 좋지."

그때 해치 쪽으로 휙 돌아선 지젤의 표정이 흥분과 호기심에서 공포로 변했다.

"발소리가 들려."

지젤은 그렇게 말하고 카운터에서 내려와 여우처럼 빠른 동작으로 식물관을 가로질러서 식물 뒤에 숨었다.

애스터는 침착했다. 누군지 알고 있었다. 그가 찾아올 이유는 없었지만 지젤과 멜루신 이외에 애스터의 식물관을 아는 이는 한 명뿐이었다.

애스터는 해치로 가서 의무관에게 문을 열어 줬다.

그는 핼쑥하고 지친 모습이었다. 평소와 같이 동작이 우아했지만, 애스터 눈에는 그 흠잡을 데 없는 자세에 노력이 들어간 것이 보였다. 옷 솔기가 뜯겨 있었다. 애스터는 그의 침착한 태도가 무엇인지 알았다. 노력의 결과였다. 극도의 자의식.

"의무관님."

애스터는 그가 공식 직함을 얼마나 싫어하는지 알면서도 이렇게 부른 것이 미안했다.

"애스터."

그의 얼굴에 온갖 감정을 숨긴 미세한 표정이 스쳐 지나갔다. 평소보다 창백한 얼굴을 보니, 애스터는 드디어 자기보호 본능이 발동한 의무관이 어떻게든 얼굴색을 희게 한 것인지 궁금해졌다. 정전으로 선내에 혼란이 일어났고 경비대는 그런 상황을 용납하지 못했다. 혼란 뒤에는 소요가, 소요 뒤에는 봉기가 일어났다. 경비대는 완강히 밀어붙였고, 설사 마지 못해 순응하는 시기가 있었다 하더라도…….

의무관의 피부는 희지 않았다. 흰 편이지만 흰색은 아니었다. 사춘기를 지나며 진짜 조상이 누군지 분명해졌어도, 아니라고 하면 지위를 유지할 정도는 하얬다. 상층 데크 출신 아버지와 하층 데크 출신 어머니. 그런 부모에게서 태어난 아이는 아래층에 속한다고, 어느 C데크 여자가 말했었다. 의무관은 들판 데크에서 한 시간 이상 있으면 옅은 황갈색 피부가 진짜 갈색이 됐고, 새카만 머리카락은 확실히 구불거렸다. 코와 입술은 애스터보다 더 납작했다.

"안 좋아 보이네요."

애스터가 의무관의 충혈된 눈을 보고 말했다. 그가 사라졌을 때 몹시 염려스러웠다. 그럴 이유가 있었던 듯했다.

"가서 앉아요."

애스터는 식물관의 편한 의자를 가리켰다. 그가 쓰던 의자였다. 애스터의 물건 중 값어치가 나가는 건 전부 원래 그의 것이었다.

"그래도 될까?"

의무관이 묻더니 한 팔로 애스터의 어깨를 감쌌다. 애스터는 고개를 끄덕이고는 그를 부축해 의자로 갔다. 의무관이 털썩 주저앉자 바짓단이 올라갔다. 전자기계의족 2.5센티미터가 보였다. 무릎과 감쪽같이 연결된 의족은 정강이와 종아리, 발목, 발의 형태를 갖추고 있었다. 성한 다리와의 차이는 피부와 근육, 뼈가 아닌 금속으로 만들어졌다는 점뿐이었다. 플릭이 얻게 될 의족과는 전혀 다른 것이었다.

애스터는 그가 찾아온 목적을 짐작하고 캐비닛에서 오피아너스를 꺼냈다. 양귀비액의 진통 효과가 있지만 체내에 더 오래 머무르고 행복감을 일으키지 않으며 의무관의 다리와 하체 관절을 괴롭히는 깊은 통증에 특히 효과가 좋았다. 애스터가 직접 합성하는 약제라, 가진 사람은 애스터뿐이었다.

"외투 벗으세요."

대신 의무관은 소매를 올렸다. 애스터는 그의 손목에 심어놓은 정맥 내 투여기를 세척한 뒤 오피아너스를 주사했다.

"무력감에도 주사를 놓아줄까요?"

"부탁해."

"심해지는군요."

애스터가 주사를 가져오며 말했다. 약이 떨어졌을 때 왜 찾아오지 않았는지 궁금했지만, 그는 말할 생각이 없는 모양이었다. 이날 의무관의 태도는 완전히 사무적이었다.

"다음에도 날 찾아오지 않고 이렇게 버티려면 위에서 일반 스테로이드를 맞는 게 낫겠어요."

소아마비 후 증후군을 이렇게 심하게 겪을 필요는 없었다.

"전에도 여러 번 말했지만, 싫어."

의무관은 애스터가 특별히 만든 약 이외에는 스테로이드를 거부했다. 쉽게 구할 수 있는 스테로이드와 달리, 애스터가 주는 약은 아픈 근육에만 효과를 발휘했다.

애스터는 그가 스스로 주사를 놓고 싶어 하는 걸 알고 말했다.

"자요. 이것만 필요하면 배달로 보냈을 거예요. 오늘 밤은 위로 올라가지 않고 여기서 쉬어도 돼요. 하지만 난 곧 가야 해요. 통금 때문에. 내일 돌아올 수 있어요. 함께 아침식사를 해요."

"여기 있을 수 없어."

애스터는 실망한 표정을 감추려고 고개를 돌렸다.

"여기 온 건 네 도움이 필요해서야. 니콜리우스 군주의 병이 위중해서 내가 치료를 맡게 됐어."

의무관은 손가락을 가지런히 깍지 꼈다. 그의 손등에서 분홍색으로 주름진 낙인 자국이 보였다. 자신을 신에게 봉헌했음을 뜻하는 인장이었다.

"시시각각 상태가 나빠지고 있어. 가만히 있으면 며칠 안에 사망할 거야. 기껏해야 2주. 그래서 찾아온 거야."

애스터는 지젤이 숨어 있는 쪽을 흘낏 봤다. 곧 자동 강우 시뮬레이터가 작동할 테고 지젤은 가벼운 안개비를 맞을 것이다.

"군주의 건강 상태를 물은 기억은 없는데요."

시오를 향한 애틋한 마음이 갑자기 사라졌다. 애스터는 의무관이 병이 난 데다 경비대를 상대로 저지른 여러 가지 불법 행위가 밝혀져 결국 구속된 줄 알았다. 그런데 그동안 폭군을 돌보고 있었다니.

눈가가 부어오른 얼굴로 의무관이 말했다.

"군주의 치료를 도와줘. 해독제가 있다면 네게 있겠지."

해독제라는 말이 애스터의 관심을 끌었다.

"니콜리우스 군주가 중독됐어요?"

애스터가 책상으로 걸어가며 물었다. 표정에서 무엇이 드러날지 몰라, 다시 얼굴을 감추고 싶었다.

"누구 소행인지 알려 주면 감사패를 보내고 싶군요."

높은 광대뼈 덕에 우아하고 엄격해 보이는 의무관이 입을 꾹 다물고 근엄한 표정으로 애스터를 봤다.

"농담할 때가 아니야."

"농담 아닌데."

농담이 맞긴 했지만 애스터는 그렇게 대답했다. 플릭에게서 배운 거였다. 분위기가 어색해질 때마다 농담을 해라. 적절하든 말든.

"그럼 뭐 때문에 병이 난 건지 알겠어?"

의무관이 애스터에게 다가와선 부드럽게 쓰다듬으려는 듯한 자세를 취했다. 애스터를 다치게 할까 봐 걱정하는 사람처럼.

다른 사람들은 애스터에게 손을 댈 때 자신이 다칠까 봐 걱정하는 것 같은데.

"지금까지 군주가 병든 것도 몰랐어요."

"알아. 내 말 믿어 줘, 나도 알아. 니콜리우스를 시해하는 일이 얼마나 유혹적인지. 하지만 그 뒤를 이을 사람은 훨씬, 훨씬 더 나빠. 니콜리우스가 죽는다고 결과적으로 뭔가 이룰 수 있을 것 같아?"

애스터는 그렇게 흐트러진 의무관의 모습은 처음 봤다.

"그자의 죽음 그 자체로 목적을 이룬다고 생각하겠어요."

그러고 나서 애스터는 자신이 미끼를 물었음을 깨달았다.

"후계자가 누군데요?"

"너한테 말하는 건 현명치 않은 것 같아."

"그럼 도울 이유가 없네요."

애스터는 책상 위에 꺼내 놓은 펜을 통에 도로 넣고 실험일지를 정리했다.

의무관은 주먹을 쥔 손으로 충혈된 눈을 문질렀다.

"부탁이야! 내 말 믿어. 여태 우리가 알고 지낸 내내 널 돕고 보호해 줬잖아?"

"우리가…… '알고 지낸' 내내 날 돕고 보호해 준 것 말고도 많은 일을 했죠."

애스터는 알고 지냈다는 말을 더듬었다. 둘 사이를 그렇게 별 것 아닌 것으로 치부한 데 가슴이 아픈 이유를 알 수 없었다.

"널 안전하게 지키는 것 말고 내가 뭘 했다고?"

"당신이 한 식사가 날 안전하게 지켜 줬나요? 목욕이? 읽는 책이? 미안하지만 이해가 안 되네요."

화가 났다기보다는 황당한 기분으로 애스터가 받아쳤다.

의무관의 표정이 누그러지더니 고개를 숙였다.

"말 그대로 전부 그랬다는 뜻은 아니야. 구체적으로 말했어야 했는데. 다시 말하지. 우리가 알고 지낸 내내 너와 관련된 문제에서는 돕고 보호하는 일만 했어. 너와 네 생활에 직접 연관된 경우엔 말이야."

애스터는 앉아 있던 의자에 두 발을 올려 몸 전체를 동그랗게 말았다.

"알겠어요."

애스터는 말을 글자 그대로만 이해하지 않도록 충분히 연습했다고 생각했지만, 문자적 해석 경향은 불쑥불쑥 나타나 사람을 바보로 만들었다.

"내가 터무니없는 소리를 했어. 과장이지. 말 그대로 받아들이지 않는다 해도, 지나치게 부풀린 소리였어."

애스터는 몸에서 힘을 뺐지만 다리는 여전히 올린 채였다.

"니콜리우스 군주의 후계자가 누군지 말해 줘요. 안 그러면 그가 죽지 않게 도와줄 이유가 없어요."

의무관은 보통 초조해하는 사람이 아니었지만, 포마드를 바른 머리를 손으로 쓰다듬고 발을 구르는 모습은 초조하다는 표현 외에 달리 설명할 방법이 없었다.

"숙부."

그가 한숨을 푹 쉬며 말했다.

"내 숙부야."

애스터는 배 속에 차오르는 메스꺼움을 꿀꺽 삼키려고 했지만, 상부 소화기관의 통증이 아래로 내려갈 뿐이었다.

"그걸 얼마나 오래 숨긴 거죠?"

"네가 그분을 떠올리고 괴로워하는 게 싫었어."

그러나 애스터가 늘 그자 생각으로 괴로워한다는 걸, 의무관도 지금쯤이면 알아야 했다.

"적절한 대답이 아니고, 그 말도 못 믿겠어요."

"글쎄."

의무관의 목소리가 갈라졌다.

"네가 그걸 알면 무슨 짓을 할지 두려웠어. 숙부를 해치거나…… 글쎄. 내 목표는 니콜리우스의 병이 문제를 일으키지 않도록 치료하는 것이니까 제발 날 믿어 줘. 니콜리우스를 치료하는 걸 도와주면, 숙부 생각은 안 해도 될 거야."

"내가 담당하지 않는 환자를 어떻게 돕죠? 실제로 본 적도 없는 환자를?"

고집부리는 듯이 보이리라는 건 알았지만, 그 질문은 진심이었다. 애스터의 실력이 아무리 좋아도 무슨 독인지 모르면 해독제를 줄 수 없었다.

"증세라도 알려 줘요."

"군발성 두통. 환청과 환영. 열은 없어. 처음 보는 증세야. 마지막 한 가지만 빼면. 그것 때문에 널 찾아온 거야. 눈이 말이야, 애스터, 눈이 변했어."

과학자인 애스터는 무관심한 척할 수 없었다. 아무리 그러고 싶어도. 애스터는 완전히 빠져들어 캐물었다.

"어떻게 바뀐 거죠? 무슨 말이에요? 색이 변했어요?"

애스터는 니콜리우스를 단 한 번 봤다. 의무관이 그의 결장 절제술을 할 때 애스터를 데려갔더랬다. 니콜리우스의 눈은 지극히 평범해서, 형태나 깊이가 기억나지는 않았다. 당시 애스터는 그의 눈보다는 벽난로 맨틀피스 위에 매달려 있는 것에 더 관심을 가졌다. 밤의 황녀가 가진 것과 똑같은 라이플이었다. 애스터가 실제로 본 유일한 라이플이었고, 우주선 내에서도 유일한 것이었다.

의무관은 애스터의 머리 위를 응시하며 설명할 말을 찾더니 몸이 떨리는 걸 참으며 말했다.

"홍채가 뾰족뾰족해졌어. 기형적으로. 이가 나간 칼날 같지만, 그보다 더 불규칙적이야. 일그러진 다각형 꼴이야."

애스터에겐 악몽 속의 한 장면처럼 느껴졌다. 그런 눈이 존재한다는 얘기는 처음 들었다.

"그래서 시력이 사라졌다 돌아와. 얼마나 고통스러울지는 상상도 못 해. 군주가 지르는 비명에 이골이 날 정도로 익숙해져 버렸어."

의무관이 반응을 기다리는 눈치로 애스터를 올려다봤다. 하지만 아무 반응도 없었다. 니콜리우스 군주의 고통에 애스터는 무관심했다.

"전자기 영상화 장치로 뇌를 들여다봤어. 온통 혹이야. 홍채세포를 교란시키는 게 뭔지 몰라도, 뇌의 혈액세포벽도 약화시키고 있는 것 같아. 동맥류로 죽는 건 시간문제야. 혹을 몇 개는 잘라 냈지만 생기는 속도를 따라잡을 수가 없어."

애스터가 아는 독극물 중에 의무관이 설명한 증상을 일으키는 건 없었다. 독극물보다는 천계의 뜻 같았다. 응징. 멜루신 아주머니가 켜 준 레코드에서 좋아하는 부분이 나올 때 같은 느낌이었다. 마틸다호의 수장으로서 니콜리우스 군주가 한 짓을 생각하면, 불가해하고 고통스러운 죽음은 응당한 결말 같았다.

"도와줄 수 없어요."

그러자 의무관이 눈을 감았다. 기도하는 걸 수도 있었다.

"내게 용건 없으면 가도 좋아요. 잘 가요, 의무관님."

애스터는 지난 몇 년 세월 중 가장 근엄한 말투로 말했다.

"그 호칭 안 좋아하는 거 알잖아."

그 음성에서 간청이, 깊고 차분한 어조가 살짝 변하는 것이 느껴졌다.

"그럼, 잘 가요, 시오."

애스터는 그가 5밀리미터쯤 턱을 까닥인 것을 고맙다는 표시로 받아들였다.

"한참 연락 못 해서 미안해."

"상관없어요."

아는 사이일 뿐인걸.

애스터가 도와주자 그는 일어나 문으로 걸어갔다.

"혹시 모를까 봐 알려 주자면, 하층 데크의 에너지 배급제를 실시한 건 숙부야."

애스터도 짐작하고 있었다.

"군주가 되면 그보다 더 큰 고통을 가할 권력을 쥐게 될 거고, 장담하는데 숙부는 그러고 싶어 해. 너를 해치고 네게 치사하고 악독한 복수를 계속할 권력을 갖게 될 거야. 니콜리우스를 낫게 할 방법을 뭐든지 알려 줄 수 있다면, 부탁할게. 이렇게 부탁하는 건 오로지 널 걱정해서야."

그렇게 걱정이 되었다면 애스터의 안부를 물어볼 수도 있었을 것이다. 그의 숙부가 일으킨 고통은 애스터도 잘 알고 있었다. 조금 전 아이의 발을 절단한 건 시오가 아니라 애스터였다.

"다음에 봐요."

애스터의 말에 시오는 결국 포기하고 복도로 나섰다.

"시오, 잠깐만."

시오가 무언가를 기대하는 듯한 희망 서린 눈으로 돌아봤다. 애스터가 아이 뺨에 잘 자라고 키스하듯 쉽게 용서해 줄 것처럼.

"신께서 군주를 구하시길."

애스터는 이렇게 말하고 해치 문을 쾅 닫았다.

옛날 옛적, 시오는 애스터의 자궁을 제거했다. 그가 애스터에게 공기 아닌 공기를 들이쉬게 했다. 애스터가 깨어나 보니 자궁이 있던 자리에는 유령만 남았다. 그녀가 조상들에게 기도하며 바랐던 일이었다.

시오가 한 일은, 열세 살의 나이로 군주 경비대에 들어가며 했던 맹세를 어긴 것이었다. 의사들은 애스터의 생식기와 생식관을 진찰한 뒤 그녀가 "이 형편없는 인종 혈통" 중에서는 드물게 자식을 낳을 수 있는 여자라고 판단했다. 마틸다호 승객 명단에 실린 애스터의 이름 옆에는 '번식 적합'이라는 도장이 찍혔다.

그보다 온건한 피임법도 있었지만 애스터는 확실한 자궁절제술이 좋았기에 그것을 암 덩어리처럼 잘라 냈다.

애스터의 불임이 확실해지자, 시오는 애스터를 다시 진찰할 의사들을 경비대에서 쫓아냈다. 그다음에는 우주선 생식 프로그램에 등록된 상층 데크의 일부 남자들을 전부 화학적으로 거세했다. '정기 접종'이라는 명목으로 말이다.

계획적으로 한 짓이 틀림없다는 경비대의 추궁에, 시오는 자백하는 대신 마틸다호의 생식 프로그램을 천계에서 불명예스럽게 여긴다는 신의 계시를 들었다고 했다. 그걸 멈추기 전까지 마틸다호의 상층 데크 남자들 전부가 불임이 될 거라고도. 모든 상황에도 불구하고 시오는 두려움이 없었다. 이튿날 아침 니콜리우스 군주는 "자연스러운 생식 과정에 간섭"하는 것을 금지하는 칙령을 발표했다.

애스터는 돕고 보호한 것 말고는 아무것도 하지 않았다던 의무관의 말이 그 사건을 가리킨다고 생각했다. 갑자기 애스터에게 무관심해지는 것은 그답지 않았다.

"그 사람이 여길 안다는 말, 한 적 없잖아."

지젤이 자동비에 젖은 채 숨었던 곳에서 나오며 말했다.

"또 누가 아는 거야, 애스터?"

"멜루신 아주머니. 그 사람. 너. 그뿐이야."

"그런데 너 괜찮아? 의무관의 숙부 말이야. 서리(署理)? 그게 그 사람 이름 맞지?"

"응, 괜찮아."

그 거짓말은 먹히지 않았다. 서리가 애스터를 골라 놀라울 만큼 괴롭혀 온 것은 지젤도 의무관만큼 잘 알았다. 몇 년 전부터는 그렇게 심하지 않았지만, 10대 시절 애스터는 날마다 굴욕을 겪었다. 서리는 애스터의 이름을 몇몇 경비원에게 알려 줬고, 그자를 직접 만날 일이 없어도 애스터는 대리인을 통해 전해진 분노를 자주 겪었다.

그 시절 애스터는 Q데크에서 항생제 내성이 있는 포도상구균 감염을 치료하기 위해 박테리오파지를 개발했는데, 경비원 하나가 그런 것에는 밀거래 품목이 포함되어 있을 거라면서 압수했다. 놈은 애스터의 환자들에게서 정맥주사를 뽑아내며 서리의 명령이라고 신이 나서 떠들었다.

그 주사를 박테리아를 죽이는 의료용 꿀로 바꾸어 대응하자, 서리는 애스터의 벌집에 독을 풀었다. 환자 일곱 중에서 둘이 사망했다.

시오가 개입하기 전, 애스터가 생식에 적합하다고 분류한 것도 서리였다. 그자는 애스터에게 오래전 없어진 하층 데크 제복을 1년 동안 입도록 시켰다. 어쩌면 모두 다 사소한 일이었지만, 그러한 행위들이 주는 작은 고통에 애스터의 용기가 조금씩 꺾였다.

"나한테야 군주는 다 같은 군주지만, 골라야 한다면 그 서리보다는 니콜리우스가 낫겠다. 둘 다 죽여 버리는 게 더 좋지만."

지젤이 애스터의 책상과 선반 사이를 서성이며 말했다. 지젤이 머리카락을 양손으로 꽉 쥔 뒤 당겼다. 애스터는 해치에 기대 멀찍이서 지켜봤다.

"의무관이 네 어머니가 쓴 글 봤어? 노트랑 그런 거?"

화제 전환에 놀라 애스터는 이맛살을 찡그렸다. 지젤의 생각은 예측할 수 없는 방향으로 튀었다.

"아니."

지젤은 고개를 크게 두 번 끄덕였다.

"최소한 그건 다행이네. 니콜리우스에게 일어난 일과 어머니께 일어난 일이 비슷하다는 걸 그 사람에게 알리지 않는 게 낫겠어. 그러면 네게 정말 치료법이 있다고 생각할 테니까."

그러더니 선반으로 가서 애스터 어머니의 문서를 들어 여러 파일을 끄집어낸 뒤, 찾는 파일이 아닌 것은 바닥에 떨어뜨리고는 세 개만 챙겼다.

"네 어머니가 겪은 증세는 그 노인네보다 약했지만 같은 독이 일으킨 거지, 애스터?"

애스터는 그 질문을 이해 못 해 대답할 수 없었다. 어머니의 일지에는 중독됐다거나 아프다는 내용이 없었다. 구체적인 증상에 대해서도 물론 없었다.

"네 어머니가 니콜리우스 군주처럼 증세가 심해졌다면 그게 자살하신 이유일지도 모르지. 스스로를 안락사한 거야. 존엄성을 유지하면서 떠난 거지."

그렇게 추측한 지젤은 바닥에 앉아 파일에 든 노트 낱장을 획획 넘겼다.

애스터도 곁에 앉아 지젤의 허리에 한 팔을 두르고 진정시켰다.

"너랑 내가 같은 현실을 인지하는지 모르겠다."

이런 상황이 벌어질 때마다 애스터는 지젤에게 그렇게 말했다.

"미쳐서 이러는 거 아니야, 애스터. 이것 봐."

지젤이 룬 그레이의 노트 한 부분을 가리켰다.

L데크의 다양한 시스템에 유지 보완이 필요했다. 음성 입력이
없는데도 스피커의 잡음이 시끄럽다. 산발적으로 일어나지만
좀 더 조사할 필요가 있다.

지젤은 내용을 이해할 수 있는 부분을 가리켰다. 룬 그레이
는 기계공이었다. 룬과 같은 방을 쓴 예전 친구들이 그 정도는
확실히 알려 줬다. 방사능 측정기가 그 사실을 더욱 분명히 증
명했다. 룬이 고쳐야 하는 물건을 기록해 둔 일은 전혀 놀라울
게 없었다.

"그리고 여기 좀 봐."

지젤은 다른 부분으로 넘어갔다.

L데크 배선에 분명 문제가 있다. 그것과 전력망의 연결을 끊은
것이 아닌가 싶다. 스피커 잡음이 계속된다. 또, 전등과 난방
센서가 엉망이 돼서 수치가 부정확하다. 지금까지 유지 보완
1순위는 아니지만, 좀 더 깊이 들여다봐야 할 문제다.

"봤어? 이건 시작일 뿐이야."

"어머니가 우주선 유지 관리에 관해 적어 둔 게 니콜리우스
의 중독이랑 무슨 관련이 있는지 모르겠는데."

지젤은 웃으며 노트를 하나 더 집어 들었다.

"날 놀리는 게 재미있어?"

그렇게 묻더니 지젤이 진지한 표정을 지었다. 애스터는 무슨 말인지 이해할 수 없었다.

"그러니까, 여태 네 어머니 노트 내용이 암호란 걸 몰랐단 말이야?"

4장

애스터가 이야기를 한다면 이렇게 시작했을 것이다.

옛날옛날에 한 엄마가 아기를 낳았어요. 버둥거리는 진갈색 아이는 작고 말도 잘 안 들었어요. 어머니는 식물 속(屬)의 이름을 따서, 그리고 별을 의미하는 고대어를 따서, 그리고 부드러운 '애' 발음을 할 때 목구멍 깊숙한 곳에서 나오는 소리 때문에 아기 이름을 애스터라고 지었어요. 가벼운 이름이 아니었죠. 하찮은 사람의 이름이 아니었어요. 죽으라고 벽장 안에 넣어 둘 아기에게 붙일 이름은 아니었어요.

애스터의 이야기에는 룬이 방사능 측정기 안에 예쁜 필기체로 적어 넣어 둔 유서 따위는 나오지 않는다. '애스터, 아가. 마음 아프고, 슬프고, 눈물 나고, 후회스럽고, 화가 나지만 너를 두고 떠난다. 미안해.' 그리고 그 어머니는 자기 목에 칼을 긋지 않는다.

그렇다. 애스터가 이야기를 짓는다면 그럴 것이다. 하지만 애스터는 이야기를 짓지 않을 것이다.

정확주의자 애스터는 구전역사와 기억, 과거에 관한 애매한 말투를 싫어했다.

그 시절엔.

오래전에는.

이 거대 함선 마틸다호에 오르기 전 그 땅에서는.

애스터는 이런 모호한 표현을 피했다. 연구조사 절차에 대한 모욕이었으니까. 사람들은 하나로 묶어서는 안 되는 데이터를 하나로 묶어, 존재하지 않는 요약과 결론을 내놓았다. *그해 모든 것이 변했다.* 누군가는 이렇게 말할지도 모른다. 그러면 애스터는 물었다. *어떻게 변했다는 말인가?* 정확히 어떤 일들이 벌어졌는가? 정말로 '그해'인가 혹은 그 전해인가? 혹은 그해의 한 사건과 몇 년 뒤 또 한 사건, 그리고 그 사이에 있는 1018개의 작은 징후들을 가리키는 것인가?

애스터가 의무관에게서 일찌감치 배운 것이 그것이었다. *없는 의미를 부여하지 말라.* 애스터가 의무관과 함께 일하던 첫해, 아직 어린 나이라 두개골을 열고 수막종을 제거한다는 생각만으로 메스꺼워지던 열다섯 살 때, 그는 애스터를 데리고 상층 데크로 가 코피가 며칠이나 멎지 않는 작은 금발 소녀를 찾아갔다. 그것 외에도 아이 온몸이 멍투성이였다.

"혈우병이군요."

잘 아는 바였다. 애스터는 패턴을 알아보는 데 대가였다. 사소한 알레르기 반응이 코 혈관을 자극하여 염증을 일으켰지만 피가 응고하지 못하는 거였다. 상층 데크 아이들처럼 놀고 즐기며 살다 보면 멍이 드는 건 당연했다. 이 병이 없는 사람에겐 보이지 않고 타박상은커녕 작은 체내 출혈로 그쳤을 일이 혈우병에서는 심각해졌다. 무언가와 접촉할 때마다 피부밑에 피가 고이는 거였다.

"물론 틀렸어."

몇백 년을 산 사람처럼 권위 있는 말투였지만, 사실 시오는 애스터보다 겨우 다섯 살 연상이었다.

"당연히 틀렸겠죠. 아래 데크 여자잖아요."

작은 금발 소녀가 붉어진 콧구멍에 손수건을 대고 말했다.

"냄새나요."

"안 나."

의무관의 단호한 말투에 아이는 아무 대꾸도 못 했다. 애스터는 그 애 코뼈를 부숴 진짜 코피를 보게 해 줄까 싶었지만 의무관은 누구에게나 그러듯이, 애스터에게도 그러듯이, 아이에게도 무심하면서 친절했다. 그는 아이의 혓바닥 아래 알약 두 개를 놓고 녹여 먹게 했다. 그러자 몇 초 만에 아이는 몽롱해졌다.

애스터의 의견은 혈관을 질산은으로 소작하기 전에 마취할 필요는 없다는 것이었다. 고통스러운 처치이긴 했지만, 애스터는 그보다 심한 일도 겪었었다. 그때 애스터는 시오가 환자를 소중히 다룬다는 걸 알기 시작했다.

그 후, 서재로 돌아와 의무관은 아이 상태를 설명했다.

"멍과 출혈이 관련 있다고 생각해서 혈우병이라고 짐작했지? 그렇지 않아. 코피는 유전병의 결과고 멍은 학대의 결과야."

애스터는 새 정보를 들으며 그 아이를 동정해야 하는지 생각했고, 결국 그럴 필요는 없다고 판단했다.

"자세한 내용을 더 알려 줬으면 당신과 같은 결론을 내렸을 거예요."

"중요한 건 자세한 내용이 없을 때 어떻게 하느냐지. 심문을 하는가? 진찰을 하는가? 아니면 명백한 해답에 안주하는가?"

역사, 기억, 개작에 있어서 사람들은 종종 명백한 해답에 안주했다. 애스터는 어머니의 일지에 대해서도 자기가 그러지 않았나 싶었다. 빤히 보이는 실마리를 조사하는 대신, 어머니가 미쳤다고 치부한 것은 아닌지.

혹은 어머니에 대한 애스터의 생각이 옳았고, 지젤이 헛다리를 짚은 걸지도 몰랐다. 지젤은 아무것도 없는 데서 이야기를 지어내는 덫에 빠진 것이었다. 실제로 그림이 있든 없든 아무렇게나 찍어 놓은 점을 이으면 그림이 되기도 하듯이.

문 두드리는 소리가 들려와 애스터는 놀라서 돌아봤다.

"선실 점검!"

문 너머에서 경비원이 외쳤다. 그럴 가능성은 낮지만, 서리의 하수인인가 싶었다.

경비원이 밀어도 해치가 열리지 않자 지젤은 키득거렸다. 위층 침대의 비비언도 따라 웃었다.

"조용히 해."

애스터가 친구들에게 동그랗게 만 양말을 던지며 속삭였다. 땀에 젖은 양말 뭉치는 밤중에 얼어붙어 단단해졌고 애스터의 손바닥에 싸늘한 습기를 남겼다.

"해치가 안 열려."

경비원이 복도에서 혀 꼬부라진 소리로 말했다.

애스터는 지난 몇 주 동안 해치의 손잡이 아래 파이프를 끼워 넣어 뒀다. 한밤중의 침입에 대비한 조치였다.

"당장 이 해치를 안 열면 아침까지 여기서 기다렸다가 모조리 체포하겠다."

애스터의 선실 친구들이 흰자위를 반짝이며 애스터를 쳐다봤다.

"이놈의 문 당장 열어."

애스터가 담요를 걸고 살그머니 해치로 가서 금속 파이프를 빼내고 재빨리 침대로 돌아갔다.

최소한 잠에서 깨어났다. 최소한 마음의 준비는 했다. 곤봉이 머리에 닿거나 얼음물이 얼굴에 쏟아지는 순간 깨는 것보다는 나왔다. 경비원은 휘청거리느라 발소리를 시끄럽게 내면서 안으로 들어왔다.

"기상!"

남자가 술 취한 소리로 명령했다. 플래시를 켜서 여섯 개의 침대를 하나씩 살피더니 마지막에서 멈췄다. 메이블과 피피, 두 여자가 하나의 매트리스 위에 꼭 끌어안고 있었다.

"너희 둘. 일어나. 침대에서 나와. 뭐 하는지 다 봤어."

처음에 둘이 꼼짝도 하지 않자 경비원이 그네들의 어깨를 잡아끌었고, 숄과 이불이 바닥으로 툭 떨어졌다.

"잘못한 거 없어요. 정말이에요. 추워서 그런 거예요."

메이블이 말했다. 절반은 거짓말이었다. 추운 것도 한 가지 이유이긴 했다. 그게 전부는 아니었다. 메이블은 안경을 더듬어 찾더니 기침을 하면서 경비원과 마주 섰다.

"더러운 짓을 감추려고 거짓말을 해서 더 큰 죄를 지었군. 일어나라고 했다!"

이번에 경비원은 곤봉을 침대 프레임에 쳤다.

애스터는 친구들이 침대에서 나가는 것을 보고 눈을 꽉 감고 얼굴을 매트리스에 파묻었다. 소리를 듣지 않으려고 귀를 막았지만 소용없었다. 듣지 않아도 아는 소리였다. 경비원이 허리띠 버클을 풀 때 나는 금속 소리, 허리춤에서 빼낼 때 나는 휙 소리, 그리고 끝으로 가죽이 살갗을 때리는 소리.

둘 다 울었다. 애스터는 메이블의 안경에 김이 서리는 모습이 떠올랐다. 몇 차례 맞을 때마다, 메이블은 기침을 했다.

"각자 침대로 돌아가."

매질이 끝난 뒤 경비원이 숨을 몰아쉬며 말했다.

"내게 감사해야 해."

애스터는 경비원이 무슨 말을 할지 알고 있었다. 구원과 정의 운운하는 군주의 연설이었다. 눈을 억지로 감고 있지 않았다면, 어이가 없어 눈을 굴렸을 것이다. 어째서 경비원들은 그런 헛소리로 자신이 한 짓을 정당화하는지 도무지 이해할 수 없었다. 권력을 쥐는 건 처벌 없이 원하는 짓을 하는 건데. 거기 설명을 붙이려고 하다니 시간 낭비 같았다.

"너."

플래시가 애스터를 비췄다. 애스터는 자는 척, 떨리는 몸을 진정시키려고 지저분한 베개를 깨물었다.

"'너'라고 했다."

경비원이 애스터의 갈비뼈 6번과 7번 사이에 곤봉을 찔렀다. 술 냄새가 났다.

애스터는 하얀빛을 막으려고 손등으로 눈을 가렸다. 경비원이 불빛을 한 단계 높이자 눈이 아팠다.

애스터가 눈을 찡그린 채 그에게 고개를 돌렸다.

"왜 함부로 쳐들어오는 거죠? 지금은 한밤중이고 내일 일을 하려면 우린 푹 쉬어야 해요."

경비원의 얼굴에서 어린 티가 났다. 애스터보다 몇 살 어릴 터였다. 스물. 스물하나.

애스터는 일어나 앉아 담요를 어깨에 덮었다. 기름 등불을 켜고 가죽 의료가방을 찾아 플릭의 절단 처치를 위해 T데크에 가느라 쓴 통행증을 꺼냈다. 경비원은 그것을 낚아채 눈을 찡그리고 읽었다. *이 배지는 Q데크, 쿼리 윙, Q-10010, 시오필러스 스미스 의무관의 조수 애스터 그레이가 스미스의 연구용 혈액 채취를 위해 타이드 윙을 자유롭게 통과할 수 있도록 허가받았음을 증명한다.* 애스터는 하층 데크 전체를 다닐 수 있는 통행증을 갖고 있었다. 경비원은 카드의 표식과 애스터의 신원을 확인해 주는 목덜미의 똑같은 표식에 불을 비췄다.

애스터는 그의 손에서 통행증을 집어 가방에 도로 넣었다. 그리고 일어나서 친구들과 그 사이에서 방패막이 됐다.

"우리한테 무슨 일이 있으면 의무관님이 달가워하지 않을 겁니다. 이 일로 신고하진 않겠지만, 지금 당장 안 나가면 하겠어요. 대체 뭐죠? 하급 조사관? 의무관님은 당신 상관이에요."

애스터는 의무관이 이런 일에서 정말 자기편을 들어 줄지 알 수 없었다. 이전에 나눈 대화에 따르면 애스터와 의무관은 그저 아는 사이였으니까. 그냥 아는 사이인 사람을 위해 힘을 써 주진 않았다.

경비원이 손을 들어 때리려고 했지만 애스터는 그보다 먼저 남자의 손목을 잡았다. 아드레날린이 근육에 힘을 실어 주자, 애스터는 상대의 손목을 꽉 붙들고 말했다.

"다시는 그러지 마."

같은 방 친구들이 놀라 지르는 탄성에 애스터는 용기를 더 얻었다. 친구들에게 강하게 보이는 것이 좋았다. 자신의 배짱을 과시하고 싶었다. 좀 전에 지젤은 애스터가 반란을 일으킬 마음이 있는지 의심했었다. 아직도 의심할까.

"그만해."

메이블이 또 기침을 하면서 말했지만 애스터는 듣지 않았다. 그래야 한다면 이자와 몸싸움이라도 할 작정이었다. 경비원의 몸에서 술 냄새가 났다. 어리석고 약한 상대로 느껴졌다. 서리를 이길 수는 없지만 이쯤은 물리칠 수 있었다.

경비원이 다른 손으로 때리려 시도했지만 또다시 막았다. 그가 애스터를 침대로 쓰러뜨릴 수도 있었지만 그러기 전에 그녀가 먼저 무릎으로 상대의 아랫배를 찔렀다. 애스터는 신음하는 남자를 바닥에 쓰러뜨렸다.

"술에 취해 아무것도 못 하는 주제에. 나가."

비틀비틀 일어나던 경비원이 자기 신발에 토했다.

"내가 반드시……."

"그럼 나는 의무관에게 알리겠어. 통행증 직접 봤지? 10년째 아는 사이야. 내가 의무관의 애완 쥐새끼라고 해도, 무려 10년째인데 아무런 가치도 없을 거 같아?"

"멍청한 짐승."

벨트를 푼 경비원은 한심한 꼴이었다.

"그렇지. 이제 그만 나가."

어떻게 그런 용기를 냈는지 알 수 없었다. 오랜 세월 오해받았던 어머니의 유령이 잠시 씌었던 것일까? 나약하다는 플릭의 말 때문에?

"네 얼굴과 선실 번호를 기억할 거다."

"잊을 거야."

애스터는 경비원을 복도로 밀어내고 그가 앞으로 고꾸라질 때 해치를 닫아 버렸다. 자기 말대로 그가 다 잊기를 바랐다. 처음 보는 경비원이었다. 근무를 마치고 술에 취해서 엉뚱한 복도, 엉뚱한 데크로 흘러 들어왔을 것이다.

"애스터, 너 정말이지 완전히 제정신이 아니구나."

눈물은 말랐지만 기관지는 여전히 안 좋은 채 메이블이 말했다. 가슴을 움켜쥐고 쌕쌕거리며 딸꾹질도 했다.

"자, 일어나. 좀 걸으면 나아질 거야."

피피는 검고 우아했고, 반면에 작달막한 메이블은 불안한 성격에 안경을 썼다. 피부에는 여드름 자국이 가득했고, 곱슬머리는 엉켜서 벌집 꼴을 하고 있었다.

피피가 메이블을 이끌고 천천히 선실 안을 걸었다. 경비원의 벨트에 맞은 곳이 아파 둘 다 다리를 절었다. 애스터는 담요를 내던지고 일어났다.

"어디 가?"

"비켜."

질문하는 지젤을 지나쳐 애스터가 선실의 세면대로 갔다. 메이블에게는 산소가 필요했다.

　"이리 와."

　메이블을 나무 의자로 데려오라고 피피에게 손짓했다.

　"내가 만든 마스크 가져와."

　그러고는 피피에게 트렁크의 열쇠를 건넸다.

　세면대를 채운 뒤, 애스터는 상자에 든 소다 분말을 부었다. 통에는 두 상자가 더 있었지만 한 통으로 충분하기를 바랐다.

　"네가 만든 배터리 여기 있어."

　지젤이 100볼트 배터리를 쥐여 줬다.

　"숨을 못 쉬겠어!"

　피피가 애스터의 트렁크에서 산소마스크를 가지고 돌아와 코와 입에 씌우고 끈을 숱 많은 머리 위로 당기자 메이블이 외쳤다. 피피는 메이블의 마스크에 연결된 튜브에 손을 뻗어 세면대 옆에 고정시켰다.

　애스터는 지젤이 든 배터리를 낚아채 노드를 이용해서 세면대에 전류를 흘려보냈다.

　"됐다."

　물에서 기포가 생기기 시작했다. 전기가 산소를 수소로부터 잘라 내어 메이블의 마스크에 연결된 튜브로 내보냈다. 물을 계속 틀어 놓으면 상당량의 공기가 나올 것 같았다.

　"느껴져, 메이블?"

피피가 물었다. 메이블은 쌕쌕거리며 그렇다고 했다.

"더 심해지는 거 같아."

피피의 말에 애스터는 고개를 끄덕이고 트렁크로 가서 플릭의 증조모가 준 외투를 가져와 메이블에게 덮어 줬다.

"추워서 그래."

"신이 고쳐 줄 거라고 계속 생각해."

피피가 말했다.

지젤의 목구멍에서 날카롭게 그르렁거리는 소리가 웃음처럼 튀어나왔다.

"군주가 신이야. 경비원들이 신이라고. 그러니 그중 하나가 고쳐 주지 않는다면, 엉뚱한 데다 기도하는 거야. 그네들은 고쳐 주지 않을 테니까."

"'그네들'이 아니지."

애스터가 세면대의 거품을 보면서 말했다. 전류가 흐르는 물에 손가락을 넣어 심장이 번개처럼 뜨겁게 펌프질하도록 만들고 싶었다.

피피가 물었다.

"무슨 소리야?"

"응?"

"방금 '그네들이 아니지.'라고 했잖아. 그게 무슨 소리야?"

애스터는 메이블 옆에 앉아 가슴이 움직이는 것을 지켜보다가 설명했다.

"지젤이 그네들은 난방을 원래대로 돌려주지 않을 거라고 했잖아. '그네들'이 아니라는 말이야. '그네'란 말이지. 에너지 배급제 뒤에 있는 건 단 한 사람이야. 큰 권력을 쥔 자니까 복수형 대명사로 지칭해도 적절하긴 하지만, 내 생각엔……."

피피가 메이블의 어깨에 한 팔을 두른 채 손을 들어 애스터의 말을 막았다.

"그만. 부탁이야, 그만해."

피피는 다시 흐느낄 것처럼 갈라진 목소리로 말했다. 밤이 깊었다. 그네들은 지쳤다. 너무 추워서 잠도 오지 않았다.

"네가 설명해 달라면서."

"알아. 물어본 내 잘못이야. 네가 하는 설명이 이해되는 법이 없는데."

메이블이 입에서 마스크를 떼어 내고 물었다.

"그래서 만약에 단수로 지칭해야 한다면, 한 사람이라면, 누군데?"

애스터는 서리의 이름을 소리내어 말하지 않았다. 그렇게 했다가는 나타날 것만 같아서. 대신 어깨만 으쓱였다.

"이제 다들 자러 가면 안 될까?"

비비언이 물었다.

"잠이 확 깨 버렸네."

지젤이 그렇게 말하더니 애스터의 침대로 와서 털썩 앉았다. 메이블이 진정하고 나자 애스터도 지젤 곁으로 돌아왔다.

"저…… 이야기 좀 하고 싶어."

애스터가 말했다. 앞서 지젤과 제대로 이야기를 나눌 겨를이 없었다. 두 사람은 통금에 맞추어 서둘러서 식물관을 나와야 했다. 그다음에는 인원 점검이 있었다. 친구들이 잠든 뒤에 안 자고 이야기를 나누는 건 실례일 듯했다.

"당연히 이야기하고 싶겠지. 네 어머니의 암호에 대해 알고 싶잖아."

지젤은 미소를 짓더니 매트리스에서 내려가 자기 침대로 가서 애스터의 식물관에서 가져온 노트를 챙겼다. 글을 읽을 수 있도록, 트렁크 위의 오일 랜턴을 가져다 침대 위에 놓았다.

지젤이 애스터 곁에 다리를 꼬고 앉아서 설명했다.

"L데크는 당연히 네 어머니를 가리켜. 아마 룬(Lune)이니까 L을 골랐겠지. 내 의견을 덧붙이자면, 너무 빤해. 나라면 좀 더 알기 어렵고 애매한 걸로 골랐을 거야. 암호니까 말이지."

"그거야? 그게 전부야? L이 룬이라고? 이 암호 이론의 근거가 그거라고?"

"솔직히 L데크 상황이 납득이 안 되잖아. 거긴 중간 데크인데. 이따금 문제가 생길 수야 있겠지만 이틀에 하루 꼴로 뭔가 잘못됐어. 그래서 L데크에 관한 내용과 노트를 전부 살펴보고 날짜순으로 정리했어. 정확히 29일마다 로럴 윙의 파이프에 누수가 생기고 늘 닷새 후에 고쳤다니 이상했지."

애스터는 매트리스를 손으로 누르고 시트를 꽉 쥐었다.

"어머니가 월경 이야기를 한 거라고?"

"한 번, 소위 파이프 누수가 일어나야 하는 때로부터 9일 후, 로럴 윙의 파이프가 이상하게 자동으로 고쳐졌다고 한 걸 보고 알았지."

애스터는 무슨 말인가 싶었다.

"널 임신한 거잖아, 바보야. 그걸 적은 날이 네 생일로부터 38주 전이었어, 애스터. 정말이지 네가 다 아는 줄 알았는데. 어떻게 모를 수가 있어? 네 어머니는 L데크 담당도 아니었잖아. 아기 태양에서 일하셨지? 넥서스랑?"

애스터는 그 점을 알고 있었지만, 별로 깊이 생각하지는 않았다. 경비대는 작업자 배치를 꽤 규칙적으로 바꾸니까.

"L데크는 대체로 네 어머니를 의미해. '나' 대신에 쓰는 말이야. 가끔은 특정 주제에 대해서 특정 윙을 사용하시기도 해. 로럴 윙은 항상 월경이나 섹스, 임신에 관한 거야. 리프 윙은 일, 즉 아기 태양에서 실제로 하는 업무에 관한 내용이야."

그러자 애스터는 지젤이 어떻게 알아냈는지 알게 됐다.

"시계! 그게 아기 태양이구나!"

지젤이 미소 지었다.

"그렇지."

룬은 리프 윙에 사는 어떤 사람의 벽난로에 놓인 아름다운 시계에 대해 적었다. 시계의 기어가 오작동을 일으킬 때마다 룬이 수리를 맡았다.

애스터는 그렇게 분명한 실마리를 자기가 어떻게 놓쳤는지 의아했다. 노트 한 권을 집어 들고 지젤이 앞서 보여 준 내용을 새로운 눈으로 다시 읽었다.

L데크의 다양한 시스템에 유지 보완이 필요했다. 음성 입력이 없는데도 스피커의 잡음이 시끄럽다. 산발적으로 일어나지만 좀 더 조사할 필요가 있다.

L데크 배선에 분명 문제가 있다. 그것과 전력망의 연결을 끊은 것이 아닌가 싶다. 스피커 잡음이 계속된다. 또, 전등과 난방 센서가 엉망이 돼서 수치가 부정확하다. 지금까지 유지 보완 1순위는 아니지만, 좀 더 깊이 들여다봐야 할 문제다.

지젤이 니콜리우스의 증세가 룬이 설명한 문제와 닮았다고 하는 이유였다. 음성 입력 없이 잡음을 내는 스피커: 환청. 엉망이 돼서 수치가 부정확한 센서: 환영. 그 뒤 내용에서 룬은 L데크의 전등에 특이점이 있다고 했다. 전등 금속 부분에 겨우 보이는 아주 작은 조각이 있고, 다른 전등 바닥에는 좀 더 눈에 띄는 W자 모양의 홈이 보임: 홍채 이상. 단순히 환청과 환영만이라면 억측으로 볼 수 있었지만, 이 홈집 묘사는 좀 더 확실하게 느껴졌다.

지금껏 룬은 애스터에게 이야기를 한 거였다. 뭔가 중요한 이야기를 전하고 있었다. 룬도 애스터만큼이나 기록에 집착했다. 룬이 누구인지, 무슨 일을 했는지 기록한 거였다. 지젤 말이 옳았다. 그 기록 어딘가에 룬이 자살한 이유도 적혀 있었다.

지젤이 노트 한 권의 마지막 몇 페이지를 가리키며 말했다.

"레이크 윙에 관한 노트는 좀 더 사적인 사항이야. 감정이 어떤지. 어떤 하루였는지. 적어도 내 생각은 그래. 아직 이해가 안 되는 부분도 많아. 뭔가 듣거나 보기 전까지는 납득이 안 되는 것도 있어. 아까 의무관과 만났을 때처럼 말이야. 의무관이 니콜리우스의 증상을 말할 때, 그 내용이 떠올랐거든."

애스터는 레이크 윙에 대한 룬의 평가를 읽었다. 어떤 원리인지 이해하고 나니 알아보기 그렇게 어렵지 않았다. 마지막 일지 내용에서 룬은 불안하고, 스트레스를 느끼고, 걱정하고 있었지만 무엇보다도 고무되어 있었다. 룬의 노트가 낙관을 뿜어내고 있었다. 흥분할 만한 사항을 발견한 것이었다. 애스터는 노트에서 흘러나오는 열의를 느낄 수 있었다. *성공할지 모르겠지만, 한다면 할렐루야, 천 번의 할렐루야!* 자살을 앞두고 남긴 글이라기에는 전혀 어울리지 않는 정서였다.

자살 문제에 대한 당연한 해답은 룬의 계획이 실패했다는 것이다. 하지만 실패가 얼마나 심각했기에 자살까지 한 것일까?

어머니의 소통 시도를 오랫동안 무시했지만, 다시 기회가 찾아왔다. 니콜리우스 군주의 병은 징조였다. 애스터는 다른 Q데크 사람들처럼 초자연 현상을 믿지 않았다. 조상들이 자유롭게 살아가는 다른 세상이 있다면 다행스럽고 좋은 일이지만, 그게 애스터와 무슨 상관이란 말인가? 그곳을 볼 수도 없고, 아무것도 주고받을 수 없는데. 영혼 세계란 행성이나 진짜 별처럼 신화에 불과했다.

하지만 징조는 초자연의 존재에 의존하지 않았다. 역사는 기억되기를 원했다. 증거는 어두운 곳에 숨어 있는 것을 싫어하여 있는 힘껏 수면 위로 떠올랐다. 진실은 무질서했다. 엔트로피 우주의 자연 법칙은 혼돈을 향해 움직이게 되어 있었다.

멜루신 아주머니가 말한 적이 있었다. *사실 유령이란 그런 존재지. 망각을 거부하는 과거라고.* 그때 아주머니는 애스터를 도와 X데크 바닥을 암모니아와 표백제로 닦고 있었다. 그곳에서 있었던 일이 남긴 악취를 지워 내려는 시도였지만, 성공하지 못했다. *유령은 냄새, 흔적, 상처다. 모든 것이 유물이다. 모든 것이 실마리다. 네가 그 사연을 알아주길 바란다. 유심히 본다면 조상들은 어디에나 존재한단다.*

룬의 유령이 지금 애스터에게 니콜리우스 군주를 가리키고 있다. 그의 병은 감춰진 무엇인가가 스스로를 드러내려는 필사적인 시도였다.

애스터는 또 하나의 징조를 기억하며 미소를 지었다. 플릭이 별항아리를 들고 있었던 것. *잘 봐! 보고 있어?*

그렇다. 애스터는 보고 있었다. 룬은 자기 눈을 보지 못했을까?

5장

애스터와 지젤은 룬의 노트와 서류를 앞에 펼쳐 놓고 선실 바닥에 함께 웅크리고 있었다. 두 사람은 지난 며칠 밤을 새우며 판지와 신문지, 이불과 숄로 만든 매트를 깔고 앉아 연구했다. 담요로 텐트를 쳐서 요새를 만들자 애스터는 청소년 시절이 떠올랐다. 만화책과 훔친 병조림을 가지고 밤을 새우던 시절.

"조심해."

잠든 친구들을 위해 애스터는 최대한 조용히 지젤에게 말했다. 15분 뒤면 기상종이 울리고 인원을 확인하는 시각이었다. 메이블과 피피가 마지막 15분간의 휴식을 즐기기를 바랐다.

"뭐?"

애스터는 쓰러지기 직전의 오일 랜턴을 가리켰다. 담요 가장

자리에 놓인 랜턴이 지젤이 움직일 때마다 흔들렸다. 애스터는 간밤에 있었던 일을 반복하고 싶지 않았다. 노트 한 권을 못 쓰게 됐다. 불이 붙지는 않았지만 뜨거운 오일 때문에 잉크가 다 번졌다. 둘이 노트 대부분의 암호를 풀긴 했지만 애스터는 자료가 허무하게 사라지는 것이 싫었다.

"상관없어."

지젤이 밤을 꼬박 새우고도 말짱한 정신으로 말했다. 오일과 연기, 피로에 시달린 지젤이 툭 튀어나온 충혈된 눈으로 화학식을 훑었다. 사실 그건 화학식이 아니라 경비대 당번 시간표였다.

"모든 것이 언젠가는 타서 사라져. 여신조차도. 여신은 그렇게 천계를 지으셨지. 여신은 불사조야. 나처럼."

지젤은 자기 말을 증명하려는 듯 잠옷을 한 조각 찢어 내더니 불이 붙을 때까지 불꽃에 대고 있었다. 불붙은 천을 손으로 감싸자 불똥이 튀었다. 지젤은 아프다고 소리를 지르지도 움츠리지도 않았다. 지직거리며 타오르는 불꽃을 즐겼다.

"그만 좀 해."

애스터가 모직 담요 끄트머리를 당겨 지젤 손안의 불꽃을 눌러 껐다.

"네가 죽였어. 살아 있었는데 네가 죽인 거야."

지젤은 애스터의 의료가방으로 가서 화상연고를 바르고 안에 든 물건을 전부 바닥과 애스터의 매트리스 위에 쏟아 놓았다. 메스가 든 가죽 케이스는 피피의 트렁크에 올려놨다.

"미안해."

살펴보던 커다란 그래프용지를 접으며 애스터가 말했다. 선실 반대편에서는 메이블과 피피가 신음하며 뒤척였다. 침대 프레임이 두 사람의 무게에 눌려 끼익거렸다.

지젤이 손바닥에 반창고를 붙이며 말했다.

"내 아기들을 그렇게 죽여 버리면 어떡해."

"네가 자해하는 건 보고 싶지 않아. 네게 그럴 권리가 있는 건 알지만, 부탁이니 내 앞에서는 하지 마."

애스터가 룬의 실험 노트 한 권의 내용을 따라 손가락을 죽 그었다. 꼼꼼히 적은 실험 내용에는 방법과 지시가 실려 있었다. 애스터가 그때 보던 것은 아기 태양이 배전망과 연결되어 마틸다호 전체에 전력을 공급하는 방식인데, 모두 해부한 물고기 그림 속에 감춰 두었다. 심장: 아기 태양. 순환계: 배전망.

애스터는 전기에 실마리가 있다고 생각했다. 정전은 니콜리우스 군주의 발병과 정확히 일치했고 25년 전 정전은 룬의 좀 가벼운 발병과 같은 시기였다. 우연으로 보기 어려웠다.

지젤은 팔짱을 끼고서 숨을 몰아쉬었다.

애스터는 다시 눈길을 돌려 실험 노트를 봤다.

"너도 불에 타서 사라지는 게 별것 아니라곤 생각하지 않겠지만, 내겐 널 잃는 게 큰일이야. 네가 네 몸을 상하게 하는 건 싫어. 특히 자가 치유 속도보다 빠르게 해치는 건. 네가 죽는 걸 보고 싶지 않다고."

지젤은 고개를 젓더니 방 안을 서성이기 시작했다.

"죽지 않아. 죽을 수 없어."

애스터는 한숨을 쉬며 룬의 실험 노트를 덮고 죽 밀었다.

"바로 2분 전에 모든 게 타서 사라진다면서! 네가 '모든 것'의 범주 밖에 있다고 착각이라도 하는 거야?"

지젤이 우뚝 섰다. 애스터를 향해 고개를 돌리지 않은 채, 낮고 싸늘한 어조로 말했다.

"그 말은 좀 심하잖아."

애스터도 진심으로 한 말은 아니었다. 짜증스럽긴 해도 지젤의 정신병적 행동의 논리를 이해하고 있었다. 모든 것은 죽게 마련이니 자신을 불태워 통제력을 행사하려는 것이다. 어쨌든 모든 것은 다시 태어날 것이니. 창조 따위는 존재하지 않는다. 부품의 조립뿐. 모든 탄생은 위장된 재탄생이다.

지젤이 물집 잡힌 손으로 주먹을 꽉 쥐며 말했다.

"넌 내가 잘못됐다고 생각하지. 머리가. 하지만 네 어머니가 하려던 말을 이해한 건 나라고. 그분에게 닿은 건 나야."

애스터는 룬의 서류를 트렁크에 감추려고 정리했다. 곧 기상종이 치고 경비원들이 인원 점검을 하러 올 시각이었다.

"그분의 영혼이 어떤 기분이겠니? 생판 남이 딱 알아본 걸 딸이 놓치다니? 그분을 오해한 건 바로 너야."

애스터는 평생 룬을 찾았다. 어머니가 그걸 알아주길 바랐

다. 딸의 무능을 용서하길. 애스터가 어리석게 거부한 순간을
이해해 주길.

"옷 입어야겠어."

4시 기상종이 울리자 애스터는 이렇게 말하고 자기 침대로
올라갔다.

지젤처럼 환청이나 환영에 시달리진 않아도 광기에 대해서
라면 애스터도 잘 알았다. 자고 있든지 깨어 있든지 찾아오는
악몽. 불쑥불쑥 시작되는 함구증. 반대로 지껄이고 지껄이고
끝없이 지껄이는 증상.

지젤을 그런 식으로 몰아붙인 것이 후회됐다.

애스터는 침대 담요 밑에 들어가 앉아 갈색 다리를 벌렸다.
손가락에 연고를 바르고 다리 사이에 넣어 몸속과 주위에 발
랐다. 서양톱풀 뿌리, 셀리바인, 코카 잎이 외음부 얇은 피부의
감각을 없앴다.

오래전 애스터는 아주머니에게서 망고버터 한 통을 훔쳐 냈
다. 망고 잎을 찧어 부드럽고 달콤한 냄새가 나는 기름에 넣어
만든 거였다. 마취 성분에 더해, 애스터 말고 다른 사람의 말
을 빌자면 이 연고는 비협조적인 질에 윤활제가 됐다. 경비원
이 덮치는 경우에.

경비대의 폭력에는 체계가 없었지만, 그래도 애스터는 자신
의 생리 주기, 방출되는 페로몬, 밀/아마란스/옥수수/쌀/차 수
확량, 경비대의 사기, 세기와 힘, 기간 등 이전에 가한 폭행 내

용에(전부 이 공식에 영향을 주는 변수니까) 근거해 상세한 추정치를 알려 주는 공식을 세우고자 했다. 모든 과학 가설이 만들어지는 초기에 그렇듯이, 예상 밖의 결과가 나왔다. 정전으로 인한 불안과 서리의 위협이 계산을 더 복잡하게 했다. 당분간은 공식과 무관하게 연고를 매일 바르는 게 최선이었다.

"어이, 애스터! 거기서 자위하냐?"

비비언이 옷을 입으며 외쳤다. 다른 친구들이 졸린 표정으로 고개를 들었다.

지젤이 애스터를 빤히 보며 웃었다. 누구 편인지 알리는 거였다. 애스터는 지젤의 착각에 대해 심하게 말한 것을 후회했다.

"그런 거 아니야."

말해 봐야 소용없었다. 비비언을 무시하는 것이 최선이었다.

"부끄러워할 거 없어. 내숭쟁이들도 다 하니까."

"자위하는 게 아니니까 부끄럽지 않아. 그렇다 해도 부끄러울 거 없고."

그네들에게 충격을 주기 위해서라면, '해야 한다'에 대해 플릭이 한 말을 증명하기 위해서라면, 애스터는 모두 앞에서 부끄러움 없이 자위를 했을 것이다.

"날 짜증나게 하려는 거면 그런 시시한 비난으로는 어려울걸."

비비언이 다가와 애스터의 침대에 눕더니 얇은 매트리스를 팔꿈치로 눌렀다.

"정말로 여기서 자위처럼 시시한 짓을 한 거 같은 냄새가 나네."

비비언의 말에 지젤이 웃었다. 이른 아침치고는 소리가 지나치게 컸다. 지젤은 아직 화가 풀리지 않은 거였다. 불을 죽인 것. 착각하는 거냐고 한 것. 지젤의 기준에서 용서할 수 없는 대죄였다.

"무슨 생각 하면서 해? 식물관? 오! 오! 피펫! 시험관! 시약병! 셀리디움 하이프로세이트! 식물!"

지젤이 숨을 몰아쉬며 신음을 흘리자, 비비언은 즐거워한 반면 애스터는 불편해했다.

"오, 페트리 접시, 더 해 줘!"

"오, 저울, 바로 거기야! 다 됐어, 온스를 그램으로 바꾸기만 해 봐, 아, 아, 아!"

지젤에게 질세라 합세한 비비언이 눈을 감고 고개를 젖혔다.

"너희 둘이 섹스하는 동안 그런 소리를 낸다면 파트너들이 굉장히 불쾌하고 심란하겠다."

애스터는 손가락을 다시 연고병에 넣으면서 말했다.

비비언이 물었다.

"한 번 더 하려고? 만족할 줄 모르는구나."

"그만둬. 장난질도 매번 똑같아. 지루하다."

메이블은 기침을 하느라 쉰 목소리였다.

"지루하고 무신경해."

피피가 거들었다. 애스터의 기분을 걱정하기보다는 볼썽사나운 상황이 못마땅해서였다.

애스터는 세 겹의 양말 위에 부츠를 신고 허리에 의료용품 벨트를 찼다. 침대 가장자리에 앉아 아침 선실 점검을 기다렸다. 어머니의 일지를 제대로 읽는 법을 배운 후로 애스터에겐 새로운 일과표가 생겼다. 인원 점검, 조식, 연구, 작업, 연구, 통금, 연구.

경비원이 이튿날 아침 인원 점검 후 문을 열자, 애스터는 쿼리 윙 주방으로 갔다. 피피는 묵례를 하더니 부글거리는 국 냄비에 노란 옥수수를 부었다. 삼겹살과 양파, 파, 생강뿌리 냄새가 애스터의 콧속에 가득 찼다. 맛있는 죽 덕분에 아침을 견딜 수 있었으므로 여자들은 그날의 식사를 준비하기 위해 서둘렀다.

애스터의 멜루신 아주머니가 가운데 서 있었다. 그녀는 강황과 고춧가루를 넣어 주황색이 된 동그란 반죽에 양념한 고기를 떠 넣었다. 반달 모양으로 접은 뒤 튀김냄비에 넣고 치즈와 핵과류를 곁들였다. 들판 데크에서 열두 시간씩 일하다 보면, 저녁식사가 오후 시간을 견디기 쉽게 해 줬다.

"피피, 감자가 다 익었구나. 새피야, 부탁인데 아가, 반죽을 너무 치대지 마라."

멜루신에게서 풍기는 여왕 같은 우아함에 주위 모두가 순순히 따랐다. 여자 1호, 여자 2호, 여자 3호 등. 애스터는 새로운 발견에 머리가 너무 복잡해서 얼굴과 이름을 연결할 수 없었다.

"얘, 아가. 이거 마저 해라."

멜루신 아주머니가 고기 속을 가리키며 말했다.

"애스터, 넌 나랑 얘기 좀 하자."

애스터는 버터밀크 주전자와 기름에서 막 꺼낸 튀긴 케이크 접시를 들었다. 베어 문 케이크는 부드럽고 바삭하고 뜨거웠다. 옥수숫가루와 메이플시럽 향이 났다.

누군가 애스터에게 다가서며 말했다.

"그러지 말아 줄래요? 우리처럼 아침식사 때까지 기다려요."

그 여자가 접시를 낚아채 갔다. 어린 여자아이가 뜨거운 김이 나는 냄비를 들고 달려가다가, 뛰지 말라는 꾸중에 그걸 떨어뜨릴 뻔했다.

멜루신 아주머니가 식료품 창고를 가리켰다. 애스터는 고개를 끄덕이면서도 몰래 버터밀크 주전자를 가져갔다. 창고 안에서 뚜껑을 열고 뻑뻑한 액체를 서너 모금 마셨다. 꿀이나 복숭아 퓌레를 넣지 않은 버터밀크는 시큼하기만 했지만, 배를 기분 좋게 채워 줬다. 게걸스럽게 주전자를 비우고 수수 주머니 옆 선반에 올려놓았다.

천장의 전등이 밝게 빛나서 애스터는 이마에 올려 둔 보안경을 내려썼다.

멜루신이 전등의 금속 줄을 잡아당기자, 불빛은 문 밑 틈으로 들어오는 게 전부였다. 얼굴이 겨우 보일 정도였다. 퍽 아름답고 예리한 각도로 주름진 얼굴이었다.

멜루신이 창고 문을 완전히 닫으며 말했다.

"불쑥 들어와서 아무거나 닥치는 대로 먹지 마라. 대체 왜 그러니?"

"죄송해요."

지난 한 주 동안 딴 데 정신이 팔려 있었던 건 사실이었다. 애스터는 유카, 귀리, 검은 점박이 콩, 붉은 양파 등 식량 주머니를 손으로 훑었다.

"대체 왜 그러니? 진찰도 관뒀다고?"

애스터는 뒷등을 긁적이며 딱지를 뗐다.

"피피가 너랑 그 경비원 애기를 하더라."

"무슨 경비원이요?"

"알면서 뭘 묻니."

애스터는 무슨 말인지 알 수 없었다. 주머니 시계에서 시각을 확인했다. 4시 30분. 5시 30분에 근무 줄 서기를 시작했다. 아침에 식물관에 가는 건 시간 낭비였고 하루 준비로 바쁜 친구들 때문에 소란스럽긴 해도 선실에서 읽기를 마칠 생각이었다.

"날 보렴, 아가."

"전 아기가 아니에요."

"넌 천계의 아이야. '내' 아이고."

'전' 아주머니의 '아이'가 아니에요. 애스터는 그렇게 말하고 싶은 충동을 꾹 눌렀다. 진심도 아니고, 아무리 짧고 가볍다 해도, 아주머니에게 상처를 입힐 필요는 없었으니까.

"피피가 말하길 네가 엊그제 경비원에게 대들었다고 하더라.

그놈을 쳤다고. 어린애 같은 짓을 했더구나."

며칠 전 일이었다. 애스터는 이미 잊고 있었다.

"그놈이 피피와 메이블을 때렸어요."

"때렸으면 때린 거지. 언제나 그렇잖니. 너도 열 배로 다치고 싶지 않으면 그게 세상 이치란 걸 배워야지. 피피 말로는 경비원이 네 얼굴을 봤다던데."

애스터는 아주머니가 자기 대답을 달가워하지 않으리라는 걸 알고 고개를 숙였다.

"봤어요. 내 얼굴을 보고 목소리도 듣고 이름도 확인했어요."

"어리석구나. 뭐가 씌었기에 그런 짓을 했지?"

"어머니 같아요."

애스터는 그날 밤 들끓었던 감정을 기억했다.

아주머니는 이맛살을 찡그리며 허리에 손을 짚은 채 앉아 있었다.

"추워서 정신이 나갔니? 정전 때문에 불안해져서 죽을 짓을 하는 건 아닐 테고. 네 생명은 네가 저지르는 허튼 실수보다 값진 거야."

누군가 창고 문을 두드리는 소리가 들리자 멜루신 아주머니가 쫓아냈다.

"영혼들이 하는 말에 귀 기울이라고 늘 말씀하셨잖아요."

"경비원 원한을 사라고 어느 영혼이 시키던? 끝장을 내라고 한 게 아니라면 믿을 수 없는 영혼이다."

"끝장을 내요?"

"그놈을 끝장냈어야지. 죽으면 말썽도 없다. 싸움은 성가신 일만 자꾸 만들어. 닫을 수 없는 문은 열지 말라고 가르쳤을 텐데."

애스터는 전에도 멜루신 아주머니에게서 그런 말을 들었지만, 이야기를 통해서였다. 아마 역사 수업이었을 것이다. 아주머니의 이야기 속에서는 우화와 기억이 자주 뒤섞였다.

애스터가 애스터가 되기 수십 년 전 일어난 일 이야기가 어렴풋이 떠올랐다. 대홍수가 X데크를 휩쓸었던 '기원의 시간'이라는 시기였다. 멜루신 아주머니는 그때를 '침례'라고 부르며 갈색 스크랩북의 습자지처럼 얇은 페이지를 넘기더니 사진 한 장을 가리켰다. 짙은 갈색, 생생한 고동색, 복숭아 같은 분홍색 대신 흐릿한 회색, 흰색, 검정색으로 이뤄진 모노크롬임에도 불구하고, 그 사진은 애스터가 이전에 종이 형태로 본 적 없는 상세한 세상을 보여 줬다. 화가의 붓이 할 수 없는 일을 빛이 해 놓았던 것이다. 모자 달린 털 코트를 입은 여자 여섯이 사진 경계 너머까지 양쪽으로 뻗어 있는 끝없는 물 앞, 눈 속에 무릎을 꿇고 있었다. *이 세상 전에 존재했던 세상의 사진이란다. X데크처럼 무엇인가가 찾아와 휩쓸어 버렸어. 하지만 우리는 기억한다. 우리는 기억해. 망각된 것까지 기억하려고 노력해야 해.*

멜루신이 관절염으로 구부러진 마른 석탄색 손으로 X데크와 그 사진 속 세계를 설명해 주었을 때 애스터는 일곱 살이었다. 애스터는 따뜻한 물통 속에 앉아 보호자의 말을 들었다. 비눗물 표면을 손가락으로 훑으면서 문양을 만들었다. *잘 들어.* 멜루신이 애스터의 손을 두 번 세게 치자 물이 튀었다. *이건 암상자야.* 아주머니가 들고 있는 작고 검은 상자에 정신이 팔린 애스터는 손가락이 따끔거리는 걸 잊었다.

암상자는 멜루신 아주머니의 스크랩북에 정리된 것과 같은 사진을 만들었다. 아주머니의 어머니가 준 물건이고 그분도 어머니에게서 받은 것이며 그런 식으로 '위대한 생명의 집' 시절까지 거슬러 올라갔다. 한 세대에 사진 한 장을 만드는 것이 규칙이었다. 그 이상은 금지였다. 그 장치의 주술이 거기까지였으니까. *기록해야 해. 그게 여자로서 우리가 할 일이란다. 할 수 있는 건 어떻게든 기억하는 것. 너도 우리 가운데 속한다고 생각하니?*

애스터는 통 속의 물을 세게 쳤다. 애스터 나름대로 그렇다는 대답이었다. *그럴 줄 알았다. 기억이 네 생명을 언제 구할지는 알 수 없어.*

늦된 편이었던 애스터는 그때까지 말을 못 했지만 앓는 소리로 아주머니에게 계속하라고 했다. *봐라. 여기, X데크가 있지.* 아주머니는 또 한 장의 흑백 사진을 가리켰다. 고인 물이 가득 찬 길고 텅 빈 복도가 보였다. *내가 직접 찍은 거다.*

'위대한 생명의 집'만큼 흥미를 느끼지 못한 애스터는 1초 이상 보지 않고 비눗방울 놀이로 돌아갔다. *중요한 것이라고 해서 다 중요해 보이지는 않는다, 아가.* 아주머니가 애스터를 한 번 더 때리며 말했다. *기록해야 해.*

어느 날 애스터는 멜루신의 트렁크에서 암상자를 훔쳐 정육면체 몸통을 살펴보고 작은 구멍을 들여다봤다. 잘못해서 한 장 찍었더니 곧바로 사진이 나타났고 처음에는 아무것도 없다가 애스터의 발 모양이 나타났다. 발의 기록. 대칭을 맞추기 위해 애스터는 다른 쪽 발도 찍었고, 그다음에는 무릎, 이모의 코코아버터 통, 뼈로 만든 빗, 침대 기둥에 생긴 금을 찍었다. 41장을 찍고 났더니 더 이상 찍히지 않았다. 주술이 사라졌다. 찰칵 찰칵 찰칵했지만 아무 일도 일어나지 않자 애스터는 암상자를 벽에 쳤다.

멜루신이 돌아와 망가진 기계와 애스터 주위의 사진을 보더니 말했다. *아가, 내 트렁크 안에 들어갔었니?* 애스터가 고개를 저었다. *아가, 한 번 더 묻겠다. 내 트렁크 안에 들어갔어?* 애스터는 이번에는 좀 더 세게 고개를 저었다. 멜루신 아주머니는 열린 트렁크 가방과 안에 흐트러진 물건을 가리켰다. *네가 닫기만 했으면 오랫동안 몰랐을 거야. 네가 열어 놓은 건 닫아라.* 멜루신은 해치를 쾅 닫고 나가더니 몇 주 동안 애스터를 보지도, 말을 걸지도 않았다.

"조심하란 말이다. 놈들이 널 죽이지 않으리라고 생각하지 마라. 그렇게 까불다간 시간문제니까."

멜루신 아주머니가 창고에서 나가곤 문을 닫았다.

수천 명이 윙과 데크 순서대로 중앙 계단을 올랐다. 타르랜드 데크 다섯 곳 중 두 곳과 W데크와 O데크였다. 애스터는 근로자가 총 8000명쯤 혹은 그 이하일 거라고 생각했다. 멜루신 아주머니는 Q데크에 살았지만 들판에서 일하지 않았다. 너무 연로하고 관절염이 심해서.

지젤이 돌아서더니 애스터를 노려봤다.

"앞 좀 잘 봐."

애스터가 지젤의 발꿈치를 밟았던 것이다.

걷는 내내 어머니 생각에 빠져 있었던지라 들판 데크 중앙 입구에 도착한 것을 알아차리지 못했다.

"미안해."

애스터가 하품하며 말했다. 지난주 내내 하룻밤에 두 시간 이상 자지 못했다. 자유 시간은 모두 룬에게 바쳤다.

지젤이 팔짱을 끼고 물었다.

"부츠 바닥에 작은 스파이크라도 단 거야? 그러고 보니 좋은 생각이네."

지젤은 Q데크 사람들 무리에서 허리를 숙이고 까진 발뒤꿈치를 문질렀다.

"애스터를 탓하지 마. 그러니까 신발을 신어야 하는 거지."

피피가 삐져나온 흰 두건 끄트머리를 접어 넣으며 말했다. 피피는 언제나 공들여 몸치장을 했다.

"신발 신으면 물집 생겨."

그렇게 말한 지젤이 일어서더니 드레스 맨 위 단추를 풀었다. 추운데도 땀이 났다. 들판 데크까지 열한 층을 오르고 나면 히터를 튼 것처럼 몸이 더워졌다.

"그 말은 옳지."

메이블이 계단을 오르느라 숨이 차서 색색거리며 말했다. 밤새 산소를 쐬면 낮에 일하는 동안 기침이 덜했지만 계단은 폐 기능을 한계까지 내몰았다.

피피는 메이블의 허리에 팔을 두르고 싶었지만, 그날 두 사람 자리는 무리의 선두였고 앞에 선 경비원이 볼 수도 있었다.

"재배치를 받아야 해."

피피의 말에 메이블이 숨을 고르며 고개를 저었다.

"너와 떨어져서 지내지 않을 거야."

메이블이 그렇게 속삭였다. 경비원들은 데크 고유어를 거의 알지 못하니 속삭일 필요는 없었지만, 메이블은 얼마 전 경비원이 쳐들어왔던 때를 잊지 못했다.

"1조, 시간 됐다!"

인솔자인 경비원이 외쳤다. 그는 곤봉으로 벽을 치며 설탕수수 베기 담당 50명을 짧고 넓은 통로로 몰아넣었다. 수가 적어 모두 질서 있게 설 수 있었다. 다섯 명씩 열 줄로 선 그녀들이 모두 들어가자 경비원은 시계를 확인한 뒤 해치를 닫았다.

2분 뒤 그가 해치를 다시 열자 여자들은 사라지고 복도가 비어 있었다.

"2조, 와라!"

그가 짖었다. 애스터는 친구들과 복도로 들어갔다. 전부 100명이라 정렬할 수 없었다.

경비원이 해치를 닫자 인원들은 1분 동안 갇혀 있어야 했다. 지젤은 반대편 해치가 열릴 때까지 애스터의 손을 꽉 잡았다.

"서둘러, 어서!"

말을 탄 감독관이 들판 데크에서 맞이했다. 서둘러 움직이라는 지시는 불필요했다. 모두 따뜻한 곳을 향해 달려나갔다.

"왼발, 왼발, 시작!"

감독관이 외쳤다. 그의 피부와 말의 털이 하얘서 어두워도 쉽게 찾을 수 있었다.

마지막 몇 명이 내리자 모두 가만히 섰고 데크가 흔들리며 움직이기 시작했다. 다음 데크 출입구에 공간을 만들기 위해 그 것이 시계방향으로 회전하는 동안 애스터는 바나나 나무의 굵은 줄기를 꽉 잡았다. 지젤은 애스터의 멜빵을 붙잡고 기대며 신음했다.

"배가 이상해."

애스터도 무슨 느낌인지 잘 알았다. 데크의 회전이 아니라 방향감각이 뒤집히기 때문이었다. 아기였던 어린 시절부터 갑자기 위아래가 바뀌는 상황에서 눈과 머리가 적응하는 법을 배웠지만, 내장이 적응하는 데는 조금 더 걸렸다. 1분 전에 서 있던 계단과 복도에 비해 땅과 하늘, 주위 전체가 30도 혹은 40도 아래로 내려갔다.

두 개의 데크가 머리 위에서 오른쪽과 왼쪽으로 좁은 간격을 두고 돌았다. 그 틈으로 빛이 들어왔다. 아기 태양은 아직 아침이라 할 만큼 밝지 않았지만, 바나나는 몰라도 바나나 나무 하나하나의 형태는 보이기 시작했다. 30분 뒤, 아침 회전이 끝나면 하늘은 하얘지고 온도는 섭씨 50도가 됐다.

애스터는 빛이 이루는 띠를 올려다보며, 들판 데크 기계공들이 만든 스파이럼이라는 장치에 새삼 감탄했다.

"진정해라, 진정해."

감독관이 말인지 사람인지 알 수 없는 상대에게 말했다.

애스터는 들판이 도는 동안 바나나 나무를 더 꽉 잡았다.

들판 데크는 거대한 구를 형성했다. 크기가 저마다 다른 구획에 들판과 숲, 과수원이 있었고, 한데 모여 겹겹의 구체를 형성했다. 구 안에 또 구, 그 안에 또 구가 들어 있었다.

한 여자가 쓰러지며 비명을 질렀다.

"진정하랬지!"

감독관이 외쳤다.

몇 층 혹은 몇 겹이 있는지는 몰랐지만, 구획은 다양한 식물의 요구에 따라 좌우, 상하, 전후로 움직였고 태양은 그 정중앙에 있었다. 애스터는 그 조직체의 설계에 대해 기본적으로는 알고 있다고 생각했었지만, 스파이럼의 청사진을 복잡한 인장으로 감춰 적어 둔 룬의 설명을 보니 그때까지는 제대로 이해한 게 아니었다.

애스터는 자기가 들판 한곳에서 일하는 동안 태양 반대편 들판에서 일하는 여성의 시점에서는 거꾸로 서 있는 셈이라는 생각을 해 본 적 없었다. 혹은 밝은 하늘과 하얀빛을 발산하는 먼 구체 아기 태양을 올려다보면서 자신 앞에 층층의 데크가 있다고 생각해 본 적도 없었다. 데크들이 태양의 빛을 통과시키기 위해 보이지 않게 회전하고 있었으므로 보지 못했던 것이다.

애스터는 20분간의 회전에 대비해 무릎을 살짝 굽히고 다리를 벌리고 섰지만, 들판이 갑자기 멈췄다. 손이 바나나 나무 줄기에서 미끄러지면서 중심을 잃었다. 지젤이 옆으로 휘청거리더니 애스터와 함께 쓰러졌다. 또 정전이었다. 전기가 끊어지면서 들판 데크가 완전히 정지했다.

여자들도 갑작스러운 정지에 천 인형처럼 맥없이 쓰러지며 비명을 질렀다. 감독관의 말이 히힝거리면서 몸을 흔들어 주인을 바닥에 떨어뜨렸다. 그의 몸이 땅에 닿는 순간 딱 소리가 울려 퍼졌지만, 비명은 들리지 않았다.

애스터의 입에서 비명이 터져 나왔다. 처음에 애스터는 어깨에 파고든 것이 지젤의 손톱이라고 생각했는데, 고개를 들어 보니 서너 걸음 앞에 겁에 질린 지젤의 얼굴이 있었다.

"그게 날아갔어."

날아간 괭이가 애스터의 견갑골에 깊이 박힌 것이었다. 통증이 전신에 퍼지면서 찝찔한 눈물이 얼굴에 흘렀다. 서너 시간 뒤 눈물에서 물기가 증발하면 남는 소금 자국이 검은 피부에서 잘 보일 것 같았다. 애스터는 숨을 쉴 때마다 헉헉거렸다.

지젤이 기어오더니 애스터가 말리기도 전에 어깨에서 괭이를 뽑아냈다. 피가 솟구치는 게 느껴졌다.

"애스터? 애스터?"

누군가가 불렀다. 피피나 메이블이었다.

"괜찮아?"

애스터는 괜찮은 것 같지 않았다.

"뭐 좀 갖다 줄게."

피피가 어슴푸레한 가운데 달려갔다. 아마 의료용품 벨트에 양귀비액을 갖고 있는 사람을 찾아간 모양이었다. 애스터에겐 없었다. 경비원에게 압수당할 위험이 너무 컸다.

애스터는 주위를 둘러봤다. 다친 사람이 더 있었다. 누군가 전날 당번이 끝나고 도구창고 문을 열어 놓았는데 데크가 급정지하면서 그것이 쓰러졌다. 갈퀴가 발목에 박힌 사람도 있었고 가슴을 찔린 사람도 있었다. 치명상일 수도 있었다.

세 사람이 붙잡으려고 해도 감독관의 말은 계속 날뛰었다. 한 사람이 두건을 여러 개 묶어 올가미를 만들었다. 애스터가 겨우 몸을 일으킨 뒤, 다치지 않은 쪽 어깨를 바나나 나무 줄기에 대고 일어섰다.

피피가 빽빽한 나무들 사이로 달려왔다.

"애스터, 여기. 조금밖에 못 구했어. 아이고, 앉아. 피부가 끈적거리는 것 같아. 애스터?"

애스터는 들판에서 감독관을 찾다가 그가 보이지 않자 씩 웃었다.

"쇼크 상태네. 양귀비액을 줘."

메이블이 숨을 몰아쉬며 말했다.

"아무것도 안 보여. 너무 어두워서."

피피가 말했다.

피 묻은 괭이를 쥔 애스터는 바나나 나무 줄기를 디디고 버티며 비틀비틀 걸어갔다.

"애스터!"

친구들이 뒤에서 불렀다. 등에 벌어진 상처를 느끼지 않는 대신, 애스터는 이 정전 상태를 축복으로 여기기로 했다. 나뭇잎, 잡초, 신음하는 몸뚱이들을 지나 들판 끝에 닿았다. 가장자리를 헐거운 그물망이 감싸고 있었다.

애스터는 괭이로 그물망의 밧줄을 잘라 구멍 겸 다리를 만들었다. 그 구멍을 기어 나가 다음 데크의 누군가가 잡아 주기를 바라며 밧줄을 앞으로 던졌다.

"잡아!"

그렇게 외쳤지만 울부짖고 고함치는 소리 사이로 누가 들을 수 있는지 알 수 없었다. 다른 데크가 바로 위에 자리 잡으면서 들판이 칠흑 같은 어둠에 휩싸였다.

누군가 밧줄을 당기는 게 느껴졌다.

"묶어!"

이렇게 외친 뒤 애스터는 밧줄을 세게 당겼다. 단단하게 느껴져서 자신이 들고 있는 끝을 자르지 않은 그물망 조각에 묶었다. 기도할 겨를도 없이, 5미터 정도를 기어 나아갔다. 밧줄이 이룬 레일을 하나하나 붙잡고서.

그러다 스파이럼의 가장 외각(外殼)에 다다랐다. 아래로는 금속 벽뿐이었다. 거기까지 낙하 거리가 얼마나 될지 너무 어두워서 알 수 없었다.

"미쳤어?"

옆 들판의 퀘이크 윙 여자가 말했다. 애스터는 어둠 속을 살피려고 눈을 가늘게 뜨고 그 여자를 지나쳐 달렸다. 시간 계산이 옳다면 마틸다호의 볏논이었다. 축축한 진흙을 밟는 소리가 났다.

스파이럼을 중앙 계단과 연결하는 짧고 폭이 넓은 복도로 갔지만 반대편 해치가 닫혀 있었다. 애스터는 필사적으로 해치를 두드렸다.

"누구야?"

누군가가 물었다. Q데크 여자들을 몰아갔던 경비원이었다.

애스터는 계속 해치를 두드렸다. 휠이 돌기 시작하자 애스터는 달릴 자세를 취했다. 그러고는 문이 열리자마자 튀어 나가 경비원을 쓰러뜨리고 들판 데크에 들어갈 차례를 기다리는 여자들에게 달려들었다.

"성냥 있어요?"

라이터를 두고 온 애스터는 지나치는 여자들에게 물었다. 예의를 따질 여유가 없었다. 정전은 보통 한 시간을 넘지 않았다.

"여기, 애스터."

자기 이름을 듣고 애스터는 놀랐다. 어둠 속에서 아무도 자신을 볼 수 없을 줄 알았다.

"이렇게 바보 같은 짓은 당신밖에 못 하죠."

멜론밭에서 자주 일하던 퀸스 윙의 여자 목소리 같았다. 아마 환자였었나.

여자는 성냥 한 갑을 애스터 손에 쥐여 줬다.

"진심 감사합니다."

고마움을 표한 애스터는 계속해서 스파이럼에 타려고 기다리는 여자들을 가로질러 계단을 내려갔다. O데크에 닿자 계단에서 벗어나 복도로 달려 들어가며 상의를 벗었다. 그 아래 속옷을 입고 있었다.

경비원들은 어디로 갔는지 모르지만 그 데크를 비워 뒀다. 애스터는 멈춰 서서 벽에 기대어 어둠에 눈이 더 적응하기를 기다렸다. 심장이 진정되자 상의를 꽹이 날에 감고 의료용품 벨트에 찬 연고를 그 천에 문질렀다. 코코넛오일로 만든 연고는 횃불이 더 오래 타도록 할 터였다.

성냥 네 개비를 쓰고서야 겨우 불이 붙었다. 셔츠에 불이 붙기 시작하자 복도가 밝아졌다.

"너!"

경비원이 불렀다. 애스터는 그와는 반대쪽으로 최대한 빨리 달렸지만 등에 난 상처 때문에 속도가 크게 줄었다. 상처를 무시하기가 점점 어려워졌다.

룬의 지도에 따르면 우주선 반대편에 들판 데크의 각 층을 직선으로 통과해 태양에 닿는 터널이 있었다. 어머니에 대해 더 알기 위해서는 어머니가 일하던 곳에 가야 했다.

"시간 없어. 시간 없어. 시간 없어."

소리 내어 중얼거렸지만 달리기 속도가 점점 줄더니 급기야 걷게 됐다. 터널에 닿기 전에 기절할 것 같았다. 바로 거기서 기절할 수도 있었다. 어머니의 지도를 머릿속에 그렸다. 터널까지 45분. 어쩌면 55분이었다. 가는 길에 경비원을 수없이 지나쳐야 했다.

애스터는 노선을 바꿨다. 좌현 쪽 계단이 비어 있다면 상부 데크 의무관 진료실까지 가는 데 15분밖에 걸리지 않았다. 이 시각이면 비어 있을 것 같았다. 두 발이 거기까지 버텨 줬으니까 조금 더 갈 수 있을 것 같았다.

그레나이트 윙에 비상등이 켜져 있었다. 왜일까? 상부 데크 사람들은 이렇게 일찍 일어나지 않는데.

애스터는 횃불을 계단벽에 눌러 끄고 의무관 진료실까지 남은 계단을 힘겹게 올라갔다. 의무관이 니콜리우스 군주를 보살핀다면 그곳에 없을 수도 있었다. 애스터는 해치 위쪽 가운데 노커를 멜루신 아주머니가 불러 주던 자장가 리듬에 맞추어 두드렸다.

"애스터?"

시오가 특이한 노크 소리를 알아듣고 물었다. 그가 절뚝이며 문으로 와서 손잡이 돌리는 소리가 들렸지만, 그 소리는 점점 작아졌다. 애스터는 의식을 놓치고 있었다. 해치가 열리는 순간, 애스터는 시오의 품으로 고꾸라졌다.

"이런."

시오가 애스터를 받아 안으며 말했다.

애스터는 그 품에서 벗어나 벽에 몸을 기댔다. 벽에 붙은 플래카드에 손이 미끄러진 뒤에야 똑바로 설 수 있었다.

"여기서 뭐 하는 거야? 무슨 일이지?"

시오는 진료실 사무실로 애스터를 데려간 뒤 해치를 닫았다.

"누구 본 사람이 있어?"

"아기 태양 통행증 좀 써 줘요."

애스터가 이렇게 말하고 벽에서 미끄러지며 주저앉았다. 속옷과 등 사이에 끈적이는 액체는 땀이 아니라 피였다. 지금은 태양에 갈 수 없지만 시오가 통행증을 써 주면 정전이 끝나기 전에 들판 데크로 돌아가 작업을 마치고 가 볼 수 있었다.

"그건 못 해."

시오가 말했다. 잠을 못 잔 얼굴이었다.

애스터는 뒷덜미를 문질렀다. 팔을 뻗자 견갑골의 상처가 뻐근했다. 인상을 찡그렸다.

"지난주에 날 찾아왔을 때 우리가 아는 사이라고 했죠. 그렇게 생각해요?"

애스터는 차분히 말하려고 안간힘을 썼다.

"난……."

"그때는 너무 당황해서 아무 말 못 했지만 그사이 생각할 시간이 있었어요."

그런 이야기를 하기 적당한 때는 아니었다. 등에서 흐르는 피처럼 말도 입에서 멋대로 흘러나왔다. 생각을 정리하지 못한 채, 애스터는 동물적 자아에게 몸을 내맡기고 본능적으로 입을 움직였다.

"우리가 그냥 아는 사이라면 앞으로는 약을 지어 줄 수 없어요. 조제하는 데 며칠씩 걸려요……. 그거 알았어요? 아는 사이인 사람에게 그런 시간을 바칠 순 없어요. 반면 친구라면? 그 정도 시간은 문제없죠. 친구에게 주는 거라면 힘들지 않아요. 기쁨이자 영광이죠……. 우리 친구인가요, 아닌가요? 친구라면 통행증 써 주는 게 별일 아니겠죠. 친구가 아니라면 그만

나가 볼래요."

애스터는 지젤과 멜루신 아주머니, 메이블과 피피를 떠올렸다. 플릭과 그 애의 증조할머니까지도. 너무나 많은 이가 마음에 걸렸다.

"그저 아는 사이인 사람을 보살필 시간은 없어요. 특히 우리처럼 안 지 오래된 사이라면. 이렇게 오래 알고 지내도 친구가 되지 못한 사람이라면 앞으로도 친구는 안 되겠죠. 이런 사이를 유지하려고 노력할 가치가 없어요."

애스터는 벽에 기대 앉아서, 앞에 서 있는 시오를 흘낏 올려봤다. 그가 작은 카드를 내밀었다.

"이게 얼마나 효과가 있을지는 모르겠지만. 내 힘이 예전 같지 않아."

애스터는 어깨가 너무 아파 오른손으로 통행증을 잡을 수 없어 왼손으로 받았다.

"누가……."

"정전이 됐을 때 데크가 회전 중이었어요. 사고였어요."

애스터가 말을 막았다. 통행증을 읽기에는 너무 어지러워서 가는 글씨체가 마치 아무렇게나 조합한 선처럼 보였다. 이상한, 아주 이상한 기하학적 문양이었다. 몇 분 뒤면 기절할 것이 분명했다. 시오의 오일 랜턴 속 불꽃이 유리벽을 때리며 타올랐다. 그의 진료실은 인형의 집 같았다. 모든 것이 완벽하게 놓여 있었다. 책상에는 책 한 권이 펼쳐져 있었다. 치커리 커피

잔에서 김이 올랐다.

애스터의 등에 난 상처에서 따끔거리는 감각이 가슴과 배, 골반과 허벅지로 퍼졌다. 등줄기를 타고 올라 뇌의 살덩이에 자리 잡았다.

"내가 당신의 가장 친한 친구인가요?"

그렇게 묻다가 목소리가 잠겨서 애스터는 방금 자기가 한 질문조차 기억나지 않았다.

"지금 몸을 돌릴 거야. 그래도 괜찮나, 애스터?"

애스터는 시오에게서 그 습관을 배웠다. 환자에게 하는 모든 행동을 먼저 설명하는 것. 늘 진행하기 전에 확실하게 네 혹은 아니요라는 대답을 기다리는 것. 그러느라 시간이 아무리 오래 걸려도.

"조심해요."

애스터는 등을 벽에서 떼어 돌렸다.

시오는 애스터 눈높이로 앉아 어깨에서 멜빵을 내리고 애스터의 의료용품 벨트에서 가위를 꺼내 속옷을 잘랐다. 헉하고 놀라는 시오의 숨소리에 애스터는 눈을 감았다. 상처가 얼마나 심한지 확인받을 필요도 없었다.

"지금 고쳐야겠어."

애스터는 그게 자기가 여기 온 진짜 이유일 거라고 생각했다. 태양과는 상관없었다. 통행증과도 상관없었다.

"힘줄을 다쳤어요?"

"응."

"동맥도 다쳤어요?"

"응."

시오의 침착함에 애스터도 차분해졌다. 시오는 다치지 않은 어깨를 손으로 누르고 눈에 띄는 상처에 엄지를 댔다.

두 사람의 협업은 주로 서로의 상처를 꿰매 주는 것이었다. 둘은 서로의 약한 부분을 속속들이 알게 됐다. 시오는 애스터의 연약한 부분을 모두 알고 있었다.

"정전이 끝나기 전에 들판 데크로 돌아가야 해요."

애스터는 마지막 남은 정신으로 말했다.

시오는 눈을 부비더니 고개를 저었다.

"아니, 안 돼. 여기 있어야 해. 보낼 수 없어."

"전기가 돌아오면 감독관이 내가 없어진 걸 알 거예요."

애스터는 이렇게 말하면서도 반신반의했다. 감독관이 죽었을 가능성이 컸다. 애스터는 시체와 부상과 어둠의 혼란 속에서 사람들이 자신을 잊었기를 기도했다.

"피를 1리터는 넘게 흘렸겠어."

시오가 쪼그려 앉은 채 말했다. 그의 눈이 상처를 살피며 봉합할 곳과 사용할 도구를 정하는 것을 느낄 수 있었다.

"그럼 니콜리우스는? 군주를 돌봐야 하지 않아요?"

"그가 편안하도록 도와주면 돼. 그뿐이야."

시오가 일어서서 앞쪽 사무실을 통해 진료실로 들어가더니 잠시 후 혈액 몇 병을 가지고 왔다. 수혈을 할 생각이었다.

"여기서 수술할 거예요?"

"이동할 여건이 아니야."

시오는 염려로 눈살을 찌푸렸다. 애스터를 엎드리게 하더니 자궁절제술과 양쪽 유방절제술, 이런저런 싸움과 투쟁 후 다양한 치료를 했던 때처럼 마취했다.

"만나서 다행이군. 지난번엔 내 마음처럼 대화할 수 없었어. 그 후로 네 생각을 하느라 다른 생각을 할 수 없었고."

애스터는 시오의 부드러운 음성과 마취의 진통 효과에 졸려 반쯤 잠든 채 신음했다.

"태양에는 왜 가려고 하지?"

시오가 물었지만 애스터는 이미 지난날의 기억과 자신의 머리가 만들어 낸 이미지로 가득한 꿈속에 있었다.

감독관의 말이 뒷발로 서 있었다. 룬의 노트들. 찬송가와 인장, 악마 소환문으로 이루어진 지도들. 뒤죽박죽이 된 기억들. 지젤의 알 수 없는 헛소리. 말이 걸었고 애스터는 어머니의 방사능 측정기를 가지고 X데크의 유령들을 뒤쫓아 갔다. 측정기에서 똑딱 똑딱 똑딱 소리가 났지만 애스터가 돌아볼 때마다 정적과 냉기뿐이었다. 애스터는 노파가 준 외투를 입고 얼음으로 지은 달 위의 동굴에 숨었다. 사방에 토끼들이 에워싸고 있었다. 토끼들이 썩어 가고 있어서 애스터가 발을 절단해야 했다. 잘라 낸 발들이 지평선으로 이어지는 눈길을 만들었다. 눈이 내려 발들을 뒤덮자 애스터는 볼 수 없었지만 앞으로 길이 뻗어있음을 알 수 있었다. 늘 그랬다.

"어머니의 유령을 좇고 있어요."

문득 의식이 돌아오자 애스터가 소리 내어 중얼거렸다. 시오는 머릿속으로 100부터 거슬러 세어 보라고 했다. 애스터는 94에서 다시 의식을 잃었다.

이틀 반 동안 애스터는 꼼짝하지 않았다. 깨어나는 순간, 오래 자는 걸 싫어하는 까닭이 기억났다. 잠든 동안에는 기억을 몰아낼 수 없으니까.

처음에 잠에서 깬 건 손에 시오의 입술이 닿는 감각 때문이었다. Q테크 의무실이었다. 그는 약물 주입기로 애스터에게 물을 먹이던 중이었다.

"깨어나서 다행이군. 할 이야기가 많아."

지젤이 사라졌다.

6장

Q테크에서 아이 교육은 유아기에 시작됐다. 어머니는 아기들을 업거나 허리에 달고 땅을 갈거나 카사바*를 수확하면서 이야기를 했다. 우스꽝스러운 운율에 맞추어 농작물 고랑을 세고 시를 읊었고, 서너 살이 되면 아이들은 100까지 숫자와 덧셈과 뺄셈, 도르래나 지렛대로 짐을 쉽게 드는 법을 깨우쳤다.

대여섯 살이 되면 제대로 일을 시작해 엄마가 농작물을 무게에 따라 통에 넣어 다음 처리장으로 보내는 일을 도왔다. 열 살 된 여자아이는 덧셈, 뺄셈, 곱셈, 나눗셈, 분수, 백분율, 기본 확률 방정식 만들기를 할 줄 알았다. 식물의 생애 주기도 알았

---

* 길쭉한 고구마처럼 생긴 덩이뿌리 식물.

다. 아기 태양 아래의 기어들이 들판 데크를 어떻게 돌리는지도 알았다.

열 살 난 여자아이는 기본적인 의료처치법도 알았다. 상처를 봉합하고 골절 부위를 맞추고 연고로 감염을 막는 법을 배웠다. 어떤 병에는 상부 데크 창고에서 어떤 약을 훔쳐 와야 하는지, 들판 데크에서 자라는 작물로 약을 어떻게 만드는지, 경비원들이 보지 못하는 통풍구에서 어떻게 약초를 키우는지도 배웠다.

분명 애스터의 약초학 교육은 들판 데크에서 쿼리 윙 보육 담당과 장로 들의 가르침을 받으며 시작됐지만 지금처럼 약을 전문적으로 만들 수 있게 된 것은 그보다 높은 수준의 연구 덕분이었다. 애스터는 치유자들과 버려진 책, 유전학과 생화학을 다루는 의학 저널에서 정보를 모았다. 전에는 멜루신 아주머니가 애스터를 위해 그것들을 훔쳐 줬다. 상층 데크에서 유모로 일하면 기록보관소에 몰래 들어갈 수 있었다. 나중에는 의무관이 기록보관소에 들어갈 수 있는 통행증을 써 줬다.

애스터는 실험도 하고, 식물 전문가들로부터 배우기도 했다. Q데크에는 윙의 주방이나 통풍구에서, 혹은 감독관이 지켜보는 들판 데크에서 새롭고 놀라운 식물 종을 교배해 내는 전문가가 많았다. 주거 구역 이외에 U데크와 V데크에는 마틸다호의 생산 공장이 있었다. 그곳에서 하층 데크 노동자들은 작업 시간 동안 우주선에 쓸 화학물질을 합성했다. 전문 화학자 수

준에 도달한 그네들은 마틸다의 모든 폐기물을 처리 구역으로 보내 처리를 거쳐 미네랄 블록으로 만들었다. 수산화나트륨부터 타이드 윙 사람들이 별항아리를 만드는 과산화물에 이르는 온갖 것의 원료로 쓸 수 있는 블록이었다.

룬 역시 애스터처럼 독학으로 계속 공부한 것이 틀림없었다. 훔친 책과 저널, 연습문제집이 가득했다. 관련 기술 전문가들이 쓴 지침서도 있었다. 그렇게 많은 지식을 얻을 다른 방법은 짐작도 가지 않았다. 애스터보다 더 많은 지식을. 시오보다도. 마틸다호의 그 누구보다 많은 지식이었다.

이런 것을 어머니에게 이야기하고 싶다. 룬은 암호 일지에 그렇게 적었다. 그 구절은 그 부분이 극비라는 뜻이었다. 이해하는 데 시간이 좀 걸리긴 했지만, 애스터는 Y데크에서는 어머니를 가리키는 애칭이 '미마'나 '밈'이 아니라 '마마'나 '맘'임을 알고 있었다. 그다음, 애스터에게는 언어 교사였던 비커 선생님이 비밀 수업에 대해 입을 다물라고 할 때 쓰던 말만 기억하면 됐다. *이건 맘이야.**

애스터는 두 가지 기억을 합쳐 '어머니에게 이야기하고 싶은 것'이란 비밀을 뜻하는 암호임을 알아냈다. 룬에게는 비밀이 많았고 대부분은 아기 태양에 관한 것이었다. 애스터는 넥서스로 향하며 가급적 그 비밀 중 몇 가지는 밝혀내기를 바랐

---

* 현대영어에서도 'Mum's the word'는 '이건 비밀이다'라는 의미의 관용적 표현이다.

다. 룬은 거의 평생 그곳에서 일하며 아기 태양의 기능을 관찰하고 그 전기 출력을 지시했다.

애스터는 고개를 숙이고 아기 태양의 접근 터널 밖에서 순찰 중인 경비원 셋에게 의무관이 써 준 통행증을 냈다. 진통제 때문에 불안정했다. 마지막 남은 졸리지 않는 진통제를 시오에게 줘 버렸으니 더 만들어야 했다.

"통과."

그 말에 애스터는 앞으로 나아가다가 경비원이 다시 부르자 멈췄다.

"뭐라고 해야 하지?"

"감사합니다."

"말할 때는 사람을 좀 봐."

애스터는 정확하게 계산한 발걸음으로 남자에게 다가가 눈을 들었다.

"통과시켜 주셔서 감사합니다."

애스터는 혹시 서리의 감시원을 우연히 무시한 건가 싶었다. 서리의 존재감이 전보다 더 부담스러웠지만, 그저 착각일 뿐이었다. 자기 숙부가 니콜리우스의 후임자 후보에 올랐다고 시오가 말한 순간부터 그 때문에 끊임없이 불안이 엄습했다.

"좀 낫군."

애스터는 경비원이 가 보라고 할 때까지 기다렸다. 경비원은 몇 초 있더니 가라고 손짓했다.

어깨 때문에 먹은 양귀비액에 안정제 효과가 있어서 다행이었다. 무례한 성격이 튀어나오지 않아서. 당분간은 싸울 때가 아니었다. 구금당하면 지젤을 계속 찾을 수 없었다.

애스터는 접근 터널 끝 유리 해치 안을 들여다봤다. 무전기 내부처럼 복잡한 곳이었다. 구리선이 감긴 실패 여러 개가 널찍한 회로망에서 전기 신호를 변환시켰고 래커를 칠한 목재 제어반에서 작고 붉은 불빛들이 반짝였다. 애스터 눈에는 타자기와 전보기를 합쳐 놓은 것처럼 보이는 기계들이 구멍이 뚫린 카드를 계속 뱉어 냈다. 애스터는 그 구멍의 패턴이 무엇을 의미하는지 몰랐지만, 넥서스의 정보 출력을 기록한 것이라고 짐작했다.

여자들이 회전자와 톱니, 버튼과 손잡이가 줄줄이 정렬된 패널 사이를 뛰어다니며 거대한 스위치보드를 작동했다. 들판 데크에서 보면 아기 태양은 스스로 돌아가는 것 같았다. 꼿꼿이 빛을 발하는 거대한 구체로서 하늘에 떠 있었다. 그러나 여기서 보니 아기 태양은 줄로 조작되는 꼭두각시였다.

아기 태양을 에워싼 대형 유리 고리인 넥서스는 애스터의 어머니가 일지에 설명한 것과 그렇게 비슷하진 않았다. 암호를 쓰느라 정확한 묘사를 할 수 없었던 탓이다. 룬의 목표는 정량적인 정확성이 아니었다. 그저 자신의 기록을 참고할 요량이었으니 이미 머릿속으로 아는 내용을 정확히 그릴 필요는 없었을 것이다.

해치 반대편에서 한 여자가 손을 흔들며 몇 가지 명령을 외쳤지만 방음벽 때문에 들리지 않았다. 여자는 해치를 열고 머리를 내밀었다.

"시간 없어요. 기다리고 있었어요."

몇 년 동안 Y데크 언어를 듣지 못했던지라 애스터는 머릿속으로 단어를 하나씩 번역해야 했다. 문장 순서가 달랐다.

"그거 하나 입어요."

여자가 옷장을 가리키며 말했다. 황동 갈고리에 보호 장비가 걸려 있었다. 보호복과 보안경, 귀를 덮는 헤드폰이었다.

"조라고 해요. 애스터 씨 맞죠? 의무관이 말하길 당신이 이번 달 방사능 검사를 대신하러 올 거라고 했어요. 며칠 늦었군요."

"진심으로 사과드립니다."

처음으로 얻은 기회인데, 얼마 전 지젤이 사라지는 바람에 정신이 없었다.

"왔으니까 이제 하면 되죠."

애스터는 고개를 끄덕였다. 옷 위에 보호복을 입으면서 손가락으로 옷감을 더듬어 봤다. 두꺼운 리넨으로 만든 것이었는데 솔기에 난 작은 구멍으로 애스터가 잘 모르는 금속으로 짠 안쪽 섬유층이 보였다. 안감은 부드럽고 잘 늘어나며 흡수성이 있었다. 편물 저지천 같았다. 촉감이 좋았고 몸을 보호해 주는 고치 안으로 들어가는 느낌이 반가웠다. 묵직한 존재감을 가진 옷이 관절과 팔다리를 꾹 눌러 줬다. 이렇게 온몸을 덮어 주는 작업복을 찾아야 할 것 같았다. 대부분의 들판 데 크에서 입기에는 너무 더울 것 같았지만.

보호복을 다 입고 애스터는 서둘러 보안경을 쓰면서 너무 늦어 눈이 멀지는 않기를 바랐다. 그렇게 밝은 곳은 처음이었 다. 해치 유리는 굉장히 진한 색이 틀림없었다.

"모드가 어디에서 준비할지 알려 줄 거예요."

조는 이렇게 말하고 콘솔을 살피러 달려갔다. 애스터는 모 드가 누군지 몰랐지만, 조가 그걸 알려 줄 것 같지는 않았다.

그사이 아기 태양을 관찰할 기회를 얻은 애스터는 장치를 보고 경외감을 느꼈다.

"예쁘죠?"

작업자 한 명이 팔짱을 끼고 유리벽 너머 핵융합로를 보면 서 물었다.

"난 모드라고 해요."

"애스터예요."

"네?"

모드가 이어폰을 톡톡 두드렸다.

"애스터라고 했어요."

모드는 다시 이어폰을 두드렸다.

"네?"

"애스터라고요!"

그제야 모드는 고개를 끄덕이며 미소를 지었다.

"반가워요, 네스터. 휴게실에 준비해 줄게요. 시작할 준비 됐어요?"

애스터는 보호복 주머니에 손을 넣고 고개를 젓고는 최대한 큰 소리로 말했다.

"아직 준비 안 됐어요. 꼼짝할 수가 없어요. 이곳에서 다시는 나가고 싶지 않아요."

모드는 웃더니 콘솔 앞 의자에 한 발을 올렸다.

"별이 이렇게 생긴 건가요?"

애스터가 물었다. 아기 태양 수십억 개가 검은 천에 박혀 있다면, 아주머니가 이야기해 준 밤하늘의 모습과는 비교도 안 되는 장관일 것 같았다.

"훨씬 더 예쁠 거라고 생각하고 싶네요."

모드가 빛을 부글거리는 구체를 자랑스레 바라보며 말했다. 마치 자신이 그것을 직접 설계한 어머니라도 되는 듯.

"물론 나도 잘은 몰라요."

애스터는 눈을 가늘게 뜨고 아기 태양의 각 부분을 이해해 보려고 했지만 물리학은 잘 모르는 분야였다. 이것과 마법의 차이를 알 수 없었다. 마침내 이렇게 가까이서 본 아기 태양은 하층 데크 점쟁이들이 모여 마법으로 만들어 놓은 것 같았다.

모드는 제어반 붉은 키 서너 개를 두드렸고 애스터는 메모를 할 노트가 없는 것이 아쉬웠다. 넥서스의 다른 여자들처럼, 애스터 자신도 중요한 일을 바삐 하는 모습을 보여 주고 싶었다. 애스터에게 어울리는 곳은 거기였다. Q데크의 들판 노동자가 아니라, Y데크의 태양 관리자.

모드는 아기 태양을 가리키더니 그 팔을 크게 휘둘렀다.

"한가운데는 강력한 전자석이 있어요. 말하자면 비옥한 토양을 그 전자석이 만들어 내죠. 반응이 일어나기 적당한 환경을 만들어요. 자기장이 수소를 가두고 충돌할 만큼 온도를 올려요. 보이진 않지만 아기 태양에 듀테륨을 공급하는 작은 파이프가 있어요. 핵융합이 일어나면 덩어리 중 일부가 에너지로 변해요."

애스터는 '비옥한 토양' 비유까지는 몰라도, 기본 원리는 이해했다.

"주위에 저 유리구 보여요? 거기에 물이 들어 있어요. 수소에서 나온 잉여 에너지가 합쳐져 온도를 올리죠."

나머지는 애스터도 알았다. 유리구 속의 고압 때문에 물이 증기로 변하지 않았다. 그 물이 또 다른 물을 데우고, 그러면 그 물은 증기로 바뀌었다. 증기가 터빈을 돌려 마틸다호의 전기를 생성했다. 물을 두 가지로 나누는 까닭은, 융합을 일으키는 듀테륨 바로 옆에서 방사선의 영향을 받은 물로부터 우주선을 지키기 위해서였다.

"유리가 부서질까 봐 두렵지 않아요?"

애스터가 그 모든 것이 어떻게 유지되는지 궁금해서 물었다. 모드가 너무 크게 웃어서 넥서스에서 일하던 서넛이 돌아봤다. 애스터는 룬의 동료였던 여자들에게 무식을 드러낸 것이 부끄러웠다. 애스터는 그 여자들을 존경하고 우러러봤다. 그 여자들도 자신을 존경하고 우러러보길 바랐다.

"그만 가 보겠어요."

애스터에게 자신보다 훨씬 뛰어난 사람들을 만나는 일은 드물었다. 사람들이 애스터에게 기가 죽는다고 하는 것이 이런 의미였으리라. 여기서 이렇게 업보가 돌아온 셈이었다.

모드가 애스터에게 팔을 두르더니 꼭 안았다.

"정말 미안해요. 농담인 줄 알았어요. 이건 물잔과는 달라요. 상상할 수 있는 가장 강한 유리를 떠올려 봐요. 이건 그것보다 더 강해요. 유리도 아닐 거예요. 유리처럼 보이니까 그렇게 부를 뿐이지. 염려 말아요, 네스터. 수백수천 미터 높이에서 떨어져도 이 유리는 멀쩡할 테니까."

상당히 의심스럽게 들렸지만, 애스터가 재료공학자도 아니니 어쩌겠는가. 모드의 분석을 믿어야 했다.

"자. 어디에서 준비할지 알려 줄게요."

모드가 넥서스를 가로질러 가면서 각 구역을 설명하고 아기 태양 외층의 추가 자석을 보여 줬다.

"저것들이 수소를 구 안에 제대로 가두는 데 필요한 진동을 제공하죠. 그렇게 하니까 유리에 닿지 않아요. 아니, 유리는 아니지만요."

모드가 웃으며 말했다.

"이쪽으로 와요."

모드는 손잡이를 돌려 해치를 열고 접이식 테이블이 있는 작은 방으로 들어갔다.

"여기서 식사를 해요. 모두 작동 원리를 잘 아니까 질문이 있으면 물어보세요. 보안경과 헤드폰은 벗어도 되지만 보호복은 입는 게 좋아요. 난 저쪽 밖에 있을 거예요. 휴식 시간이 되면 바로 올게요."

헤드폰을 벗은 애스터는 휴게실 소리에 깜짝 놀랐다. 헤드폰을 썼을 때는 귀에 나직이 웅웅거리는 소리에 불과했던 것이 폭발했기 때문이다. 여자들은 모두 방사능 측정기를 갖고 있었는데 그것이 저마다 꾸준히 똑딱거렸다. 물론 애스터의 측정기는 소리를 내지 않았다. 망가졌으니까. 룬처럼 죽었으니까.

휴식 중이던 작업자 한 명이 말했다.

"그렇게 얼빠진 표정 그만해요. 측정기가 정말로 빨리 돌아갈 때만 걱정하면 되니까. 해로운 물질은 늘 조금은 있어요. 더운 구역이잖아요."

애스터는 멜루신 아주머니가 늘 말하던 격언을 떠올렸다. 열기와 부엌에서는 오래 머물지 말라는 내용이었다. 의무관이 알려 준 대로 준비를 시작했다. 애스터는 방사능 피해를 확인하기 위해 혈액 샘플을 채취한다는 명목으로 여기에 왔다. 보통은 시오가 매달 직접 이 검사를 진행했는데, 애스터에게 넥서스에 들어갈 통행증을 주려면 이 방법밖에 없었다.

"제가 먼저 하고 싶어요."

옅은 갈색 피부에 주근깨가 가득하고 머리를 거의 삭발한 젊은 여성이 말했다. 사실 소녀로 부를 만한 나이로 보였다. 각진 턱, 각진 어깨, 각진 골반. 하지만 입술만은 사과처럼 동그랬다. 도톰하기도 했다. 예쁜 소녀였고 그 모습에서 어딘가 시오가 떠올랐다. 냉혹하고 단정한 점이. 대자연과 같은 두 눈이. 좀 더 피상적으로는, 애스터가 보통 어두운 피부색과 연관시키는 특징들이 옅은 색의 피부와 뒤섞인 점이 그랬다.

애스터는 소녀를 손짓으로 부르고 시오의 차트에서 이름을 찾았다. '제이 루커스, 16세, 예로 윙.' 차트의 칸에 '고위험군'으로 표시되어 있었다. 애스터는 창백한 피부와 관련이 있다고 짐작했다. 암일 가능성을 보이는 갈색 반점이 서너 군데 있었고 사마귀를 제거한 흉터도 몇 군데 있었다. 시오의 섬세한 필기체로 적혀 있었다. 무색소증. 백색증이었다.

"제 혈관은 찾기가 어려워요. 손에서 찾으셔야 할 거예요."

제이는 검은 눈으로 애스터를 보며 말했다.

애스터는 제이의 팔에 고무줄을 감고 주먹을 쥐었다 펴라고 지시했다. 애스터는 가운데에서 적당한 혈관을 발견하고 혈액 채취를 위해 바늘을 꽂을 자리를 문질렀다.

"잠깐……."

"따끔하겠죠. 알아요."

"제이를 보니 의무관이 생각나네요."

혈액이 첫 번째 시험관을 채우는 동안 애스터가 말했다.

제이가 미소를 짓자 애스터는 자기가 그 미소를 불러왔다는 사실이 뿌듯하게 느껴졌다. 제이는 잘 웃는 사람 같지 않았다.

"당신에게도 그렇게 말하려고 했어요. 의무관과 똑같이 행동하네요. 사무적으로. 반듯하고 웃기는 말투를 쓰죠. 하지만 착한 사람이에요."

애스터는 고개를 끄덕였다.

"그래요. 좋은 사람이고."

애스터는 '내 친구예요.'라고 말하고 싶었지만, 시오를 늘 생각하긴 해도 그런 수다를 떨러 온 건 아니었다. 그를 다시 만나니 좋았다. 그에게 무전을 보내면 응답하고 편을 들어 줄 거라고 생각하니 좋았다.

"웃으면서 입술을 깨물고 있네요."

제이가 더 활짝 웃으니 30초 전보다 훨씬 더 어려 보였다. 정말 열여섯 살 같았다. 수다 떨기를 좋아하는. 누가 누굴 좋아하는지 이야기하고 싶어 하는. 그렇게 밝은 얼굴에 냉혹한 구석이라곤 없었다. 그저 어린 소녀였고, 그 순간만큼은 몇 년 안에 암으로 사망할 사람이라고 믿을 수 없었다.

"웃지도 입술을 깨물지도 않았어요."

대답은 그렇게 했지만, 젠장, 사실은 제이의 말대로였다. 정말로. 모든 게 잘못됐고 애스터는 어지러웠다. 그곳에선 어머니와 너무 가까웠다. 인공 빛과 난방열로 이루어진 룬의 성당.

그리고 양귀비액. 그리고 시오.

"다 끝났어요."

애스터의 말에 제이는 끄덕이더니 점심식사를 하러 다른 테이블로 갔다. 제이가 다른 여자들과 키득거리는 소리가 들렸지만, 모드랑 대화했을 때와 달리 이제는 뭐가 우스운지 알 것 같았다.

애스터는 이 시간을 이용해 사람들에게 이것저것 물어볼 생각이었지만 모드가 혈액검사를 하러 오기 전까지는 바빠서 중요한 얘기를 꺼낼 수 없었다.

"아기 태양을 보여 줘서 고마워요."

"천만에. 태양은 내 자부심이자 기쁨인걸요."

"저렇게 아름다운 게 죽어 가다니 안타깝네요."

애스터는 목청을 가다듬었다. 이런 문제에 조심스럽게 접근하는 법을 알지 못했다. 애스터 자신의 말이 거짓말 같고 연기 같았다. 그게 마음에 들지 않았고 용건만 말하고 싶었다.

"아기 태양 걱정은 하지 말아요. 잘하고 있으니까."

"태양이 아프다고들 하던데요. 그렇지 않고서야 정전이 왜 일어나겠어요?"

애스터 자신도 가령 배선 불량이라든지 여러 가지 이유를 떠올릴 수 있었지만 그렇게 물었다.

"항상 우리를 추궁하며 대답을 내놓으라는 군주 같군요. 우리가 아는 건 태양이 정해진 대로 행동한다는 것뿐이에요. 연료 주입도 지속적으로 유지했고. 듀테륨 품질도 저하되지 않았어요. 태양은 몇백 년째 똑같은 양의 에너지를 내놓고 있어요."

모드가 처음에 보여 준 따뜻하고 상냥한 태도가 의심스럽고 경계하는 기색으로 변했다.

"전 누군가 전기를 쓰면 안 되는 사람이 쓰고 있다는 의견이에요."

한 젊은 여자가 말했다. 거의 모두가 젊은 여자였다. 넥서스에서 일하는 Y데크 여자들은 대체로 40세 이후까지 살지 못했다. 시오의 차트에 따르면 모드와 조가 39세와 44세로 최고령자였다.

누군가가 말했다.

"으.흐음. 상층 데크에 아이스링크를 만든다고 들었어요. 그거면 확실히 설명이 되겠죠."

"그건 아닌 것 같아요."

그 말에 여자들이 전부 애스터를 향해 고개를 돌렸다. 비난하는 표정은 아니라서 애스터는 계속 말을 이었다.

"상층 데크에 아이스링크가 생긴 지는 오래됐어요. 전력을 많이 쓰긴 하지만 새로운 게 아니니 그 탓은 아닐 거예요."

"아. 그걸 어떻게 알죠? 주말에 거기 스케이트 타러 가요?"

모드가 말했다.

시오의 이야기를 듣고 알았다. 어릴 적 시오는 소아마비에서 회복되고 얼마 후 스케이트 수업을 받고 싶다고 어머니를 졸랐다. 다시 우아하게 움직이고 싶었는데, 한쪽 다리 절반을 잃고도 그럴 수 있는 방법은 스케이트와 몇 가지뿐이었다고 했다. 시오의 표현에 따르면 '활주할 유일한 방법'이었다. 시오의 어머니는 동의했지만 아버지가 알고는 스케이트로 시오를 때렸다.

"의무관이 알려 줬어요."

그러자 삭발한 머리를 긁으면서 제이가 말했다.

"그래도 이런 종류의 기록을 보면 전자기 펄스가 원인이라고 추측할 거예요. 이런 식으로 전력을 끊어 버릴 수 있는 게 뭐가 있겠어요?"

"그럼, 누가 주머니에 전자석을 감추고 있기라도 한 건가? 침대 밑에? 그렇다 해도 전력을 그만큼 흡수하려면 아기 태양의 전자석 정도는 되어야 할걸. 그리고, 음, 그런 게 작동하면, 순식간에 우리는 전부 터져 버렸을 거야."

모드가 말했다.

애스터는 모드의 팔뚝 상처에 거즈를 감고 테이프로 고정시켰다.

"자석이요?"

"으음. 내 말 오해하지 말고 들어요. 제이 말대로 할 만큼 큰 자석이 없다는 것만 빼면, 자석이 적당한 답이긴 하죠."

"자석이 무슨 상관이 있는지 모르겠네요."

애스터는 다시 모드의 말이 무슨 뜻인지 알아듣지 못해 어리둥절해했다.

제이가 엄지로 입술에서 빵가루를 떼어 내며 말했다.

"자기장을 만들려면 아주 강한 전류가 필요해요. 뭔가 마틸다호의 전류를 이용해서 자석에 전력을 공급했을 수 있죠. 전력을 그렇게 빨아들일 만한 건 그것밖에 생각나지 않아요. 이해가 되나요?"

애스터는 지난번 정전 때 갑자기 데크가 뚝 멈춘 것이 떠올랐다. 괭이 날이 어깨에 와서 박힌 게 그 탓이라고 여겼지만······

데크가 흔들리는 정도로 괭이가 그렇게 세게 날아올 수는 없었다. 뼈를 부수고 근육과 동맥을 자르는 속력이었다. 강력한 자석의 영향을 받아야 가능한 일이었다.

애스터는 별 증거 없이도 그 말이 옳다고 판단했다. 어머니의 일지에서 본 실마리들이 맞아 들어가고 있었다. 룬이 정전의 원인을 알아낸 것이다. 자력. 그 의미는 아직 모르겠지만, 애스터는 반드시 알아낼 작정이었다. 룬은 약 26년 전에 그 모든 것을 깨달았다. 그 의미는 파악하지 못했지만, 그걸 밝히기 위해 모든 것을 걸었다.

지젤이 사라진 것이 아쉬웠다. '또 실마리를 찾았다! 또 찾았어!'라고 외쳤을 텐데. 그러면 지젤은 하품을 하면서 옛날 옛적부터 알고 있었다고 하면서도 애스터가 드디어 알아낸 것을 반가워했을 것이다.

애스터는 지젤에게 연락하고 싶은 마음에 무전기에 손을 댔다. 사흘이 지났지만 연락 한 번 없었다. 지젤의 생사도 모른채 사흘이 지났다. 사라지길 좋아하는 지젤이었지만, 너무나쉽게 자주 사라지니 견디기 어려웠다.

이렇게 지젤이 잠적하여 애스터가 즉시 무전기로 연락을 했던 적이 있다. 그러나 하필 지젤이 경비원에게 붙잡혀 있을 때무전기가 켜진 상태였다. 지젤의 리넨 원피스 치맛자락에 감추어 놓은 주머니에서 무전기를 발견한 경비원은 밀수품 소지에대해 심하게 처벌했고 기기를 압수했다. 새 무전기를 구해 주긴 했지만, 애스터는 그 후로 지젤에게 그런 식으로 연락하기가 망설여졌다.

애스터는 마지막 채혈을 끝내고 나서 시험관을 아이스박스에 잘 넣어 둔 뒤에도 한참 머물렀지만 결국 떠나야 할 시각이었다. 통행증에는 시간이 정해져 있었다.

"의무관에게 안부 전해 줘요."

제이가 창백한 얼굴로 활짝 미소를 지으면서 말했다. 애스터는 그 아이가 영영 살기를 기도했지만, 물론 그럴 수 없음을 알고 있었다.

나가는 길에 마지막으로 아기 태양을 한 번 더 가까이서 바라봤다. 넥서스에 다시 못 올 가능성이 컸다. 누군가 유리에 커다란 종이를 붙여 놓아 애스터가 선 자리에서 시야를 가렸다.

그것은 룬이 노트에 넣어 둔 것과 같은 격자 지도였다. 물고기 해부도는 물고기 해부도가 아니었던 것이다. 애스터는 눈을 가늘게 뜨고 지도 가까이 다가갔다. 보안경 때문에 흐릿해서 모든 선이 잘 보이진 않았지만 지도에 누락된 부분이 있었다.

룬의 지도에는 그 지도에 없는 전기회로망이 있었다. 룬은 문제의 자석을 찾아냈고 그것이 어떻게 전력을 끌어가는지 기록해 두었다. 존재하지 않는 것을 찾으러 떠나서, 마침내 그것을 발견했던 것이다.

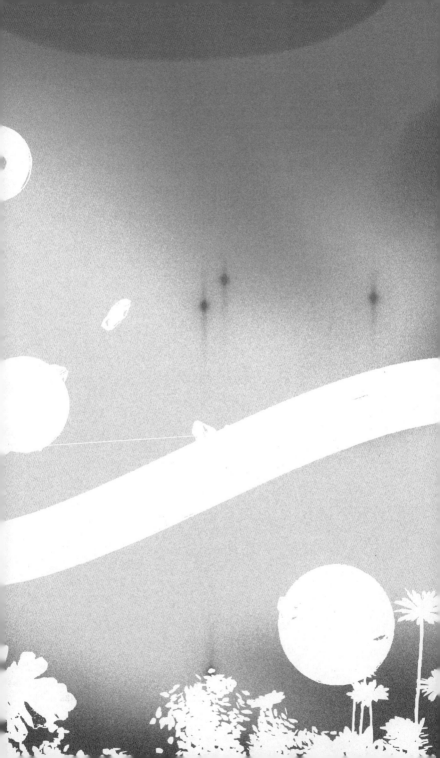

금속공학

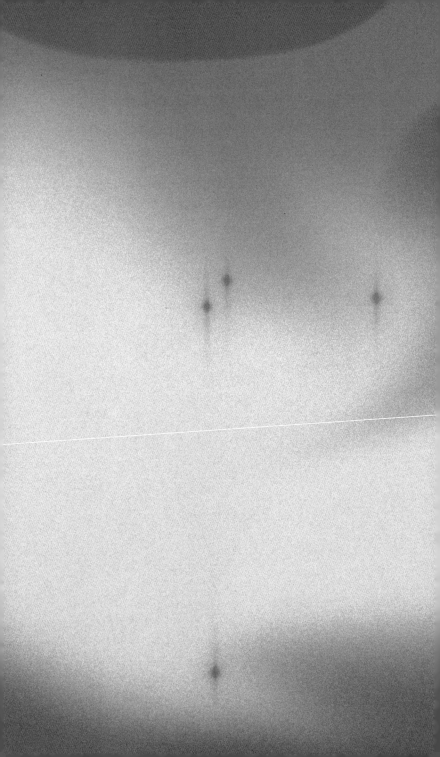

제2부

7장
의무관 시오 스미스

나는 늘 좀 작고 하찮은 아이였다. 유모는 나를 안고 공중에서 날리며 버드 본스라고 부르곤 했다. 처음에는 버드라고 줄여 부르더니 나중에는 버디로 바꿨다.

그 때문에 유모는 아버지에게 뺨을 맞았다. 아버지가 버디를 너무 여성스러운 별명이라고 생각했기 때문이다. 나는 이미 부자연스러울 정도로 여자아이 같았으니. *맙소사, 그 애를 부추기지 마시오, 멜루신 부인.*

내 계집애 같은 면과 병약한 면은 아버지에겐 동전의 양면이었다. 나는 약했고 어디에도 속하지 못했다. 흑인 여자에게서 태어난 사생아라는 출생이 일으킨 추문 탓에 아버지는 이미 군주 자리를 포기했다. 나는 적어도 착하고 건장한 청년이 되어야 했다. 내 옅은 피부색을 보고 아버지는 가능성이 있다고 생각한 모양이다. 아버지는 비록 아내를 임신시키지 못했지만 아들을 얻을 기회를 천계로부터 받았다. 결국 이렇게 된 걸 보면 가련하다.

아버지의 실망을 상상하면 나는 미소가 떠오르곤 하는데, 지금도 외출 준비를 하며 웃고 있다. 말끔히 면도한 내 얼굴을 보면 아버지는 뭐라고 할까? 내 특이한 옷을 보면? 부자의 연을 끊자고 할 텐데, 그 생각만으로 기운이 난다. 나도 최소한 한 가지 좋은 일을 한 것이다. 아버지가 미워할 사람이 된 것.

손목시계를 보니 애스터와 약속에 늦을 것 같지만 숙부가 불렀다. 숙부가 부를 때는 가는 것이 최선이다. 애스터에게 스케줄이 바뀐 걸 무전으로 알려야 하지만 너무 위험하다. 들판에서는 감독관이 볼 수 있으니까.

"시오 군, 앉지."

숙부가 굳은 악수로 나를 맞이한다. 웃고 있고 음성도 따뜻하다. 군주의 병 때문에 숙부는 기분이 좋다.

"'군'이라고 부르시는 거 싫은데요."

숙부는 낮고 걸걸한 소리로 웃는다.

"이제 다 큰 남자가 된 거 알고 있다."

아니, 그렇지 않다. 전혀. 숙부가 나를 남자아이라는 뜻을 가진 말로 부를 때 기분이 나쁜 건 정반대의 이유 때문이다.

"이따금 네가 참 어려 보여서 놀란다. 넌 나이가 드는 게 아니라 어려지는 것 같아."

내가 먹는 약 때문이다. 애스터가 소아마비 후유증에 지어 주는 약의 반가운 부작용인데, 예상한 것이다. 테스토스테론 차단 효과다. 애스터는 모르는 것 같다.

"네겐 늘 모종의 분위기가 있지. 그저 천사 같다고 해 두자. 네가 이뤄 내는 의학적 기적과 아이처럼 매끈한 외모에 다른 설명은 불가능하니."

아버지보다는 내 계집애 같은 면을 포용하는 편이긴 하지만, 가끔 숙부도 감정을 드러내긴 한다. 경멸도 아니고, 혐오도 아니고…… '매료'라고 부른다면 이해될까? 숙부는 내게 매혹을 느끼고 흥분하는데, 그 방식이 그다지 건전하지는 않다. 내가 아주 어렸을 때부터 늘 그랬다.

어른들이 아이들을 해치는 경우처럼, 숙부가 나에게 해를 입힌 적이 있는지는 모르겠다. 확실히 아무 기억도 안 난다. 하지만 내겐 어린 시절의 기억 자체가 대체로 없다. 애스터는 너무 심하게 다치면 무의식적으로 애써 그런 일이 없었던 척하게 되는 거라고 하지만, 실제로 나에게 벌어진 일은 아직 내 몸속에 살아 있을 터다. 마녀의 저주처럼. 어쨌든 상관없는 일이다.

숙부는 하녀를 시켜 흡연실에 커피를 준비했고, 나는 일부러 소파를 피해 최대한 멀찍이 앉았다. 소파에 앉는다면 숙부는 분명 내 옆에, 딱 붙어 앉을 테니까.

"건강하시죠?"

그리고 나서 나는 커피를 마신다. 보통은 블랙으로 마시지만, 크림과 설탕을 넣으면 손으로 할 일이 더 생긴다.

"건강하고말고. 니콜리우스 군주의 건강 때문에 슬프지만 때가 되면 천계에서 우리를 데려가는 법이고, 천계의 뜻이니 찬양해야지. 신에게 우리는 굴복해야 하는 법이니."

"그리고 결국 때가 되면 숙부님께서 군주의 자리를 대신하시는 것도 천계의 뜻이겠죠?"

"네가 나보다 더 잘 아는구나. 천계의 손[手]이니."

진심으로 믿고 하는 말이다. 숙부는 항상 나를 믿었다.

"이 사안에 대한 천계의 뜻은 모르겠지만 숙부님께서 니콜리우스의 자리에 앉으시리란 건 확신해요. 군주보위부가 원하는 바이니까."

"군주보위부는 천계의 뜻을 따르지 않나?"

"뭔가 따르긴 하죠."

숙부가 끄덕인다.

"그렇지. 너도 그네들이 길을 잃었다고 믿는구나."

나는 군주보위부의 방식은 언제나 무신론적이었다고 믿는다.

의무적인 환담이 끝나고, 그가 정말 의논하고자 하는 문제로 넘어간다. 애스터로.

애스터를 만나러 가는 길이라는 말은 하지 않는다. 좋은 반응이 나올 것 같지 않다. 숙부는 내가 애스터와 '그 족속'에게 지나치게 관대하다고 한다.

"아랫것들에게 친절한 게 네 천성이라는 건 알지만 그 여자는 네게 좋지 않다. 위험한 여자야."

숙부는 애스터가 내게 부정적인 영향을 미치고 있으며, 내게 영향을 미치는 사람이 있다면 자신이 나를 완벽하게 통제할 수 없다는 뜻이므로 위험하다고 여긴다.

"그 여자는 무해해요, 서리님."

"그 족속 중 무해한 건 없다, 시오. 그것들은 짐승이야. 우리가 모양새를 잡아 주지 않으면 그것들은 혼돈과 죄악 속에 젖어 살 거다."

애스터에게 내가 얼마나 깊은 감정을 느끼는지 털어놓는다면 숙부가 뭐라고 할지 궁금하다. 내가 애스터에게 느끼는 관심은 다른 사람에게 느낀 어떤 감정과도 다르다. 천계가 나를 용서하시길. 그러지 않기로 맹세했건만, 애스터와 몸을 얽고, 애스터를 만지고, 내 모든 비밀을 그녀에게 전하고, 그녀의 짐을 진다면 어떨지 상상해 봤다.

"많이 피곤하네요."

"물론이지. 붙잡아 둘 생각은 없다."

하지만 시간이 꽤 됐다. 애스터가 이해해 주기를 바란다. 애스터는 일정을 열심히 지키며 살고, 남들도 일정 지키기를 바란다. 우리는 그런 점에서 비슷하다.

나는 주기와 반복을 좋아한다. 하루가 꼭 짜인 느낌이 좋다.

그러면 시간의 흐름을 파악하는 데 도움이 된다. 매 순간을 소중히 여기는 데 도움이 된다. 나는 시간을 사적인 것이라고 느끼지 않는다. 모래시계에 모래가 흘러내리는 것의 의미를 실감하지 못한다. 가끔 그것은 한 시간이다. 한순간, 며칠, 몇 개의 우주인 경우가 더 많다.

"안녕히 계세요, 숙부님."

나는 이렇게 말하고 최대한 서두른다. 하지만 별수 없다. 다리에 늘 이런저런 통증이 있으니까.

스파이럼에 다다르자 경비원이 경례를 한다. 그는 자기 자리를 비우고 들판 데크로 연결되는 마틸다호 중앙 계단 복도를 나와 동행한다. 시각을 잘 맞추면 아기 태양 쪽으로 향하는 단풍나무 숲 데크에 들어갈 수 있다. 그 데크는 애스터와 만나기로 한 밀밭 데크를 지나갈 것이고, 정확히 18시 39분에 두 데크를 연결하는 지지대가 있을 것이다.

나는 스파이럼 지도와 손목시계를 확인하며 경비원을 지나쳐 걸어간다.

"도와 드릴 수 있어 영광입니다, 의무관님."

지지대에 고정되어 있는 들판 가장자리에 금속 접속통로가 있다. 데크가 태양을 향해 갑자기 움직일 때, 나는 그곳에 혼자 서 있다가 바로 고꾸라질 뻔한다.

사실 순간 뛰어내릴까 하는 생각이 든다. 하지만 그건 완전히 인식되는 충동이 아니다. 막연히 '만약에' 하는 생각. 그뿐이다.

아버지는 파란 필드 스패니얼을 키웠다. 강하고 활발한 사냥개다. 나는 아버지로부터 혈통에서 제거하기 가장 힘든 것이 슬픔임을 배웠다. 먹잇감을 잡으려는 충동이 없는 사냥개는 사냥개가 아니고 죽여야 한다. 아버지가 한배에서 난 강아지들을 전부 물에 빠뜨려 죽이는 것을 보고 나도 죽일 거라고 생각했다. *적응하거나 아니면 죽어라.* 그것이 아버지의 모토였다. 나는 희한하게도 둘 다 조금씩 하고 있다. 둘 다 제대로 못한다.

데크가 천천히 멈추고 지지대와 연결되면 1분 안에 건너야 한다. 그렇게 하자마자 애스터가 보인다.

애스터의 작업이 끝나서 몇 명만 남고 모두 숙소 데크로 돌아갔다. 애스터는 더워서 상의에서 소매를 떼어 내고 바짓단을 무릎까지 걷었다. 양말 한 짝은 정강이께, 또 한 짝은 발목까지 내려가 검은 부츠 밖으로 파란 천이 꼭 2센티미터 넘게 삐져나와 있다.

애스터가 벌어진 상처에서 피를 흘리면서 내 진료실로 비틀거리며 들어온 지 나흘째다. 그날 본 애스터의 찢어진 몸을 머릿속에서 어서 지우려고 하지만, 만나자마자 22센티미터나 되던 상처가 떠오른다.

주입 가능한 골조직의 도움을 받아 산산이 조각난 견갑골을 다시 맞추고, 쇄골하 동맥을 봉합하고, 부상 입은 조직에 아체(芽體)를 이식했지만 치료는 완벽한 과학이 아니다.

"왔네요."

내가 다가오는 소리를 듣고 애스터가 말한다. 눈을 감은 채 머리를 아기 태양 쪽으로 기울이고는 밀 줄기를 손으로 쓰다듬는다. 머리 위 데크들이 서로를 향해 끼익거리며 밤을 맞이한다.

움직이는 부품들에 나는 아이처럼 경이감을 느낀다. 처음 얻은 무전기를 해체하는 여자아이처럼.

마틸다호의 건축가들이 천구에 대한 오마주로 스파이럼을 설계했다고 알려 준 건 애스터였다. '위대한 생명의 집'과 그 주위 천문학의 이론적 모델이 천구다. 기록보관소에 애스터가 읽지 않은 책이나 소책자, 소논문은 없을 것이다. 애스터는 우주선 이전 시대의 신문기사에서 스파이럼의 설계에 관한 이런저런 내용을 알아냈다.

이 모델에서 '위대한 생명의 집'은 가상의 구체 중앙에 위치하며, 별들은 그 주위에서 다양한 축을 따라 돈다. 내가 이해한 것이 옳다면(제대로 이해하지 못했을 가능성이 높다. 천문학에 매료된 적은 없으니까.) 천구는 천체망원경이 등장하기 전에 과학자들이 믿었던, 우주가 하나의 작은 행성 주위를 돈다는 세계관과 뚜렷이 다르다. 오히려 천구는 주어진 시간에 '위대한 생명의 집'의 한 위치에서 상대적인 별의 위치를 결정하기 위해 지평선과 극점, 밤하늘의 관계를 이해할 방법을 제공했다.

스파이럼에서는 태양이 중앙에 있고 땅이 그 주위를 돈다. 사실 그건 천구와 반대지만 헌정이 완벽한 모방일 필요는 없다.

"올 수 있을까 싶었어요."

애스터의 초대는 상당히 간결했다. 명령에 가까웠다. 내 무전기로 연락하더니 밀밭으로 기도하러 오라고 했다. *바나나밭이 아니라?* 내가 물었다. 애스터가 거기에 배정된 줄 알았다. *아뇨.* 애스터의 날카로운 어조가 무전기의 잡음을 갈랐다. *밀과 바나나를 어떻게 잘못 듣죠. 청력 검사를 해 봐요.* 애스터가 진심으로 한 말인지는 알 수 없지만 나머지 지시 사항으로 미루어 진심일 가능성이 꽤 된다.

"어쨌든 온 건 고맙군요."

애스터가 쓰고 있던 밀짚모자를 살짝 들며 말한다. 내 지각에 화가 나지 않은 모양이다.

"인시목* 유충 표본을 발견했어요. 봐요. 아름답지 않아요?"

애스터는 중지에 앉아 있는 노란 점박이 애벌레를 치켜든다.

"밀 작물에 위험하지 않아?"

그러자 애스터는 애벌레를 내 손에 얹어 준다. 굳은살이 박이고 건조한 손가락이 내 손에 닿자 순간 정전기가 난 줄 착각

---

* 나비나 나방을 포함하는 곤충목.

할 정도다.

"이 밀은 유충이 싫어하는 냄새를 풍기는 독을 만들기 때문에 별로 문제되지 않아요. 보통 이 애벌레들은 한련을 먹어요."

그러더니 내 손바닥의 애벌레에게 키스한다. 애스터는 그런 행동을 하곤 한다. 벌레에게 키스하고. 식물의 잎에도. 현미경에도. 종이에도. 짐수레 말의 콧등에도.

"자. 돌려줘요."

애스터는 애벌레를 내 손에서 집더니 허리를 숙이고 붉은 꽃잎 위에 내려놓는다. 그리고 드러눕는다. 애스터가 가장 편안해하는 데가 이곳인 게 분명하다. 식물관보다도.

"동작이 뻣뻣하군."

"우리 아주머니 말마따나, 참 긴 하루였어요."

내가 못마땅해서 낸 신음이 으르렁거리는 소리와 비슷해서 놀랍다. 나는 늘 내 몸에 놀란다. 움직이는 방식과 공간을 차지하는 방식에. 그 높이에. 존재감에.

"쉬면서 회복해야지."

그 말에 애스터는 어깨를 으쓱인다.

"어깨는? 어때?"

애스터는 다시 으쓱인다.

"오늘 밤에 잘 하면 좀 쉬겠죠. 지난 며칠 동안은 춥고 아파서 푹 잘 수가 없었지만 오늘은 들판에서 할 일이 있으니까요."

애스터가 어깨를 펴며 말한다.

"감독관에게 여기서 밤을 지내도 된다는 허락을 받을 수 있을지 몰라요. 따뜻해서 관절이 부드러워질 거예요. 여기서 잘 생각을 하는 여자들이 없는 게 놀랍죠. 사방이 트인 들판 데 크보다는 숙소가 상대적으로 안전해서 좋아하는 모양이죠."

상대적으로 안전해서. 그네들이 바랄 수 있는 최선이다. 애스터의 낫이 땅에 놓여 있다. 심한 부상에도 애스터는 그걸로 밀을 수확하고 있었다. 무엇 때문에 나는 그 낫을 들어 휘두르지 않는 건지 모르겠다. 모두를 향해. 내 숙부를 향해. 멀리 보이는 감독관을 향해. 경비원들을 향해. 니콜리우스 군주를 향해.

"같이 가요. 보여 줄 게 있어요."

애스터가 천천히 일어나며 말한다.

감독관 하나가 음흉한 미소를 지으면서 애스터를 뒤따라가는 나를 지켜본다. 그자의 생각을 알기에 소름이 끼친다. 우리가 무슨 일을 할 거라고 짐작하는지.

나는 그런 부류가 아니다. 여자 뒤를 따라 덤불로 들어가 내키는 대로 하는 부류. 내가 남자인지조차 모르겠다.

감독관과 눈이 마주칠 때, 나는 웃지 않는다. 그의 얼굴을 똑바로 보며 눈도 깜빡이지 않는다. 날리는 꽃가루 때문에 눈을 깜빡이고 싶어도. 그가 시선을 돌리는 걸 보면 기분이 좋다. 사람들이 나를 어떻게 받아들일지 몰라 당황하는 걸 보면 기분이 좋다. 해독 가능한 대상이 되고 싶지 않다.

애스터가 나를 문에게 데려간다. 늑대 피가 절반 섞인 개인 문은 제분기를 보관하는 헛간에서 산다. 나무로 지은 헛간의 흰 페인트가 벗겨져 있다. 물론 "바깥"에 가 본 적은 없지만, 이곳에 오면 그곳이 어떤지 조금이나마 상상할 수 있다.

문은 아주 크다. 사실 성견이지만 강아지처럼 귀엽다. 헛간에서 잘 나가지 않고 사람들이 가져다주는 남은 음식을 먹고 산다. 애스터는 개 머리를 쓰다듬고 뺨을 턱에 부비며 쿵쿵댄다.

나는 문에게 내 손가락 냄새를 맡게 한다. 문은 손가락을 핥더니 배를 만지라며 러그에 앉는다.

"나중에, 문."

애스터가 말하더니 헛간 안쪽으로 들어간다. 거의 절뚝거리는 모습에 더운 물이 나오는 욕조가 있는 내 선실로 부를까 생각해 본다. 내가 어떤 통행증을 써 줘도 애스터가 그 높이까지는 올라올 수는 없을 것이다. 젊은 여성을 집으로 부르는 건 예의가 아니지만 그러고 싶다.

"봐요."

애스터가 내게 미소를 짓는다. 자주 안 보여 주는 행동이다. 애스터는 헛간 뒤쪽 좁은 구석을 가리킨다. 나무 벤치에 물이 든 주전자, 초, 신을 자궁에 배었다가 낳은 모성의 신, 우주 그 자체이자 하늘을 본뜬 우상이 놓여 있다.

"마음에 들어요?"

"제단이로군."

무릎을 꿇을 수 있도록 벤치 앞에 쿠션도 놓여 있다. 아무도 모르는 사람들의 빛바랜 사진들이 헛간 나무 벽에 쌓여 있다.

"무슨?"

"당신을 위한 거예요. 고맙다는 걸 알리려고. 우리……."

애스터는 잠시 멈추곤 말한다.

"우리 우정을 굳건히 하기 위해. 너무 가혹하게 군 게 후회돼요. 심한 말을 한 것에 대한 사과이자 어깨를 고쳐 준 것에 대한 감사의 표시. 들판 데크에서 기도하는 걸 좋아하잖아요. 특별한 장소가 있으면 좋아할 것 같았어요. 저 밖에 나가 있는 것과는 다르지만……."

"고마워."

나는 쿠션에 무릎을 꿇고 우상을 쓰다듬는다. 톱밥 가루가 손가락에 묻고 달콤한 단풍나무 냄새가 강하게 느껴진다.

"그건 직접 만들었어요. 이걸 위해서 내가 차려입은 건 알아요?"

애스터는 바짓부리를 걷어 올린 바지 주머니에 손을 넣고 있다. 그제야 보니 흙이 묻지도 구멍이 나지도 않은 좋은 옷감이다. 지금 셔츠는 땀에 푹 젖었지만 오늘 언젠가는 빳빳이 다림질되어 있었을 것이다.

"마음에 들어요?"

"네 모습은 언제나 좋아."

나는 그렇게 말하고 고개를 돌린다.

"나랑 함께 기도하고 싶어?"

"아뇨. 하지만 당신이 기뻐하도록 함께 할게요. 당신이 기뻐하는 게 좋으니까."

애스터가 그런 말을 하는 건 처음이다.

나는 애스터가 내 옆에서 무릎을 꿇는 걸 보고 쿠션에 댈 수 있도록 옆으로 비켜 준다. 애스터의 맨팔이 내 팔에 닿자, 흰 가운을 입고 있는 것이 아쉽다. 가운을 벗어 버릴까. 셔츠 소매를 걷을까. 나는 대신 촛불을 켠다. 애스터도 촛불을 켠다.

"지나친 신성모독이 아니라면, 해부학 용어 암기를 하겠어요. 기억력을 단련해야 하니까."

"몸도 신의 창조물 아닌가?"

"그건 수사의문문이니, 해부학 용어 암기를 해도 신성모독이 아니라는 말이죠. 맞나요?"

"맞아."

내가 끄덕인다.

애스터가 중얼거리는 소리가 들린다.

"디옥시리보핵산, 자궁내막, 골내막, 내피, 내분비, 서혜부 겸상막."*

나는 본 적 없는 것들을 기리는 말로 저녁 기도를 시작한다. 태양, 산, 사막. 꼭 보고 싶지만, 그러지 못하리란 걸 안다.

---

* 원문의 해부학 용어들은 알파벳 순서로 나열된다.

나를 이렇게 만든 건 멜루신 유모였다고 생각한다. 퀴어로. 남자도 아니고 남자답지도 못한 존재로. 비뚤어진 존재로. Q데 크에서는 아이들을 전부 소녀로 지칭한다. 모든 사람, 적어도 Q데크 사람들은 모두 여자로 간주된다. 따로 말을 하거나 입는 옷이나 고르는 일 등에서 확연한 징후가 존재하지 않는 한.

경비대 중에서 대담한 자들은 술에 취하거나 자기들끼리 수군거릴 때 나를 '호모새끼'라고 부른다. 내가 턱수염을 기르지 않는다고 해서. 내가 하는 귀고리는 종교적인 것이지만 상층 데크의 남자들은 대부분 오래전부터 하지 않는다. 나는 양쪽 눈 밑에 검은 점을 세 개씩 목탄 연필로 그린다. 그것도 종교적인 이유에서 하는 것이지만, 그래도 그네들은 내가 이상하다고 여긴다. 내가 변칙적 존재이기 때문에, 나를 성스러운 자로 보기 때문에, 그네들은 내 차이를 용인할 수 있다.

나는 기도를 멈췄지만 애스터는 곁에서 계속 용어를 암기 중이다. 방해하지 않는다. 촛불을 불어 끈다. 고개를 들고 이 헛간이 신전이라고 상상한다. 신이 내부를 채우고 계신다고 상상한다.

"아기 태양이 완전히 질 때까지 여기 있어요."

"그럴 수 없어."

그때 누군가가 문밖 흙을 밟으며 다가오는 소리가 들린다. 나는 최대한 소리 없이 일어나 애스터와 적절한 거리를 둔다. 문이 열리고 들어온 경비원이 나를 보고 놀란다.

"의무관님."

"음."

나는 그렇게만 내뱉을 뿐 그의 계급을 부르지 않는다. 내가 옹졸하고 남을 무시하는 성격임을 충분히 인정한다. 내 교만 탓이다. 두려움 다음으로 내가 짓는 가장 큰 죄다.

"감독관 한 명이 누군가 여기로 노동자를 데려가는 걸 봤다고 했는데, 그게 의무관님인 줄은 몰랐습니다."

애스터에게 내가 패역한 의도를 갖고 있다고 생각하고 음흉하게 웃던 경비원이 내가 보인 반응을 문제 삼은 것이 분명했다. 아마 내가 누군지 몰랐을 것이다.

"애스터와 나는 일에 대해 의논 중이다."

"그렇죠, 그렇고말고요. 방해한 점 사죄드립니다."

"경비원님?"

애스터가 부른다.

"뭔가?"

"오늘 밤 할 일이 있어요. 여기서 밤새 일해도 될까요?"

"작물을 훔칠 생각인가?"

"아뇨, 물론 아닙니다."

"허튼짓만 안 한다면 있어도 된다. 네가 소속된 윙 경비원들에게 통금을 면제받았다고 알리겠다. 하지만 아침 인원 점검 때는 돌아가 있어야 한다."

"네."

경비원은 내게 인사하고 헛간에서 나간다. 곧 아기 태양이 가려지면 어두워진다.

애스터가 짚단을 가리키며 말한다.

"우리 여기서 자도 돼요."

"난 여기서 안 자."

그렇게 말은 했지만 나는 자고 싶다. 진심으로.

"그럼 난 여기서 잘게요. 당신은 가서 중요한 일 하세요. 그래도 함께 저녁은 먹고 가요."

애스터는 음식 깡통이 든 가방을 푼다. 하나는 붉은 수프가 들어 있다. 맵고 진한 맛일 것 같다. 소의 꼬리와 살코기, 뼈를 붉은 파프리카 씨로 만든 반죽에 섞어 밤새 무쇠냄비에 구운 것이다. 옥수숫가루로 빚은 만두와 함께 먹는다. 내가 어릴 적 멜루신 씨가 유모였을 때 이 요리를 만들어 주곤 했다.

나는 이제 동물의 살을 먹지 않지만 애스터는 두 번 튀긴 곡물과 차가운 렌틸콩 샐러드, 다진 붉은 양파, 고수를 가져왔다. 볶은 민들레와 겨자잎, 호박꽃도. 모두 멜루신 씨가 한 요리지만 애스터가 나를 생각하고 이 식사를 계획한 것이 고맙다.

"시오?"

"응?"

"요즘엔 죽은 사람들을 생각하고 있어요. 서리 때문에 너무 추워서 목덜미에 털이 주뼛 서고 팔엔 소름이 돋아요. 어머니의 손이 쓰다듬는 느낌이 들다가 정신을 차리기도 해요."

애스터는 무릎을 모아 안고 내 어깨에 뺨을 댄다. 정수리에 키스하고 싶다.

"가 봐야 해."

나는 남은 식사를 서둘러 마친다.

들판으로 나간 뒤, 복도를 지나 상층 데크로 향한다. 무전기는 켜 두었지만 다행히 아무도 나를 찾지 않는다. 선실로 돌아와 다시 기도한다. 이번에는 불순한 생각을 지우기 위해서다. 애스터와 멜루신 씨, 지젤을 위해, 그리고 이기적으로 내 자신의 구원을 위해 기도한다. 옷을 벗는다. 다섯 가닥 채찍으로 내 등을 때린 뒤 기절할 때까지 소금물 욕조 안에 눕는다.

그 후, 나를 찾는 무전을 겨우 듣는다. 물은 차게 식었고 살 갗이 쪼글쪼글해졌다. 수건으로 몸을 덮고 무전기로 다가간다.

"의무관입니다, 오버."

숙부가 소식을 알린다.

8장

애스터의 무전기가 치직거리며 살아났다.

"애스터. 듣고 있어?"

의무관이 물었다.

들판 데크 위로 태양이 희미하게 반짝였다. 환기 시스템에서 부는 바람에 꽃들이 왈츠를 췄다. Q데크의 냉기와 조상들의 속삭임이 일으키는 서리로부터 떨어져 있으니 좋았다. 밤새 있기로 한 결정은 현명했다.

"애스터?"

"듣고 있어요."

애스터가 무전기를 입으로 가져가며 대답했다. 민들레 홀씨가 위로 떠오르더니 하늘 아닌 하늘로 날아갔다. 애스터는 홀

씨를 잡아 하얀 가루를 손가락으로 문질렀다.

"별일 없나?"

애스터는 흙에 무릎을 꿇었다.

"어제 저녁 헤어질 때 그대로예요."

엄밀히 따지자면 위치는 바뀌었지만 이렇게 말했다. 일어나자마자 애스터는 밀밭에서 나와 아기 태양의 빛을 좇아서 데크를 옮겨 다니며 들꽃밭에 앉았다.

"니콜리우스 군주가 서거했다."

시오가 말하더니 이상하게 오래 시간을 끌었다. 애스터는 그가 자신에게 반응할 시간을 준 것임을 깨달았다.

"그랬군요."

"전체 발표 전에 너와 이야기하고 싶었어. 아무 일 없는 게 확실한가?"

애스터는 삽으로 진흙을 팠다.

"애스터?"

"난 니콜리우스 군주를 그다지 높이 평가하지 않아요. 발표 전에 미리 알려 주는 이유가 뭐죠? 어차피 병든 상태였잖아요? 예상한 일인데."

"내가 모르는 일을 아는 게 있나 해서 연락한 거야."

애스터는 어머니의 일지, 그리고 어머니와 니콜리우스의 홍채가 모두 톱니처럼 변했다는 사실을 떠올렸다.

"당신이 모르는 것 중에 내가 아는 거야 많죠."

시오의 분한 한숨 소리에 애스터는 웃음을 겨우 참았다.

"나를 놀리는군."

"네."

"너였는지 확인한 것뿐이야."

"내가 뭘요?"

무전기에 입술을 꼭 대고 반문한 애스터는 시오가 믿을 수 없다는 뜻으로 내는 소리를 알아들었지만, 그가 무슨 말을 하는 건지 정말이지 알 수 없었다.

"말해 주면 내가 처리할게. 하지만 털어놓지 않으면, 네 흔적이 어디 있는지 알지 못하면, 나도 감춰 줄 수 없어. 모른 척하고 있을 때가 아니야."

"그럼 그렇게 애매하게 말하지 말아요. 안 그래도 미화법(美化法)을 해독하고 오독한 경우에 처리하느라 들이는 시간이 많으니까요."

애스터는 바지 주머니에서 시계를 꺼내 봤다. 04시 05분. 인원 점검을 하러 방으로 돌아가기 전에 식물관에 들르려면 일어나야 했다.

"군주가 죽은 이유가 너 때문이냐고 묻는 거야."

애스터의 이마에 주름이 졌다.

"왜죠?"

며칠 전 시오는 니콜리우스 군주를 살리도록 도와 달라고 찾아오더니 이제는 군주가 죽은 원인으로 애스터를 탓했다.

"지젤은 없어졌고 어깨는 아프고 어머니가 남긴 기록들은 해독 불가능한 수수께끼로 적혀 있어요."

혼자 있다는 걸 알았기에 애스터는 공공장소임에도 대담하게 말했다.

"니콜리우스를 죽일 시간이 있으면 좋겠지만, 요즘 계속 바빴어요."

"그럼 가능한 한 속히 시체안치소에서 만나 주겠어?"

"그러죠."

애스터는 시오가 불쌍해서 대답해 줬다.

"복도 지날 때 조심해. 경비원들은 혼란한 시기를 이용하려 들 테니까."

"조심이 내 전공은 아니지만 그렇게 행동하도록 노력하죠."

멀리서 나뭇가지 꺾이는 소리가 들려 애스터는 입을 다물었다. 무전기를 끄고 방사능 측정기에 닿지 않도록 주의하며 벨트에 꽂았다.

애스터는 삽을 꼭 쥐고 꽃들 사이에 웅크렸다. 삽 끝에 뾰족한 부분이 있었다. 그래야만 한다면 사람을 찌를 수 있을 것이다.

옆에는 등록증 위에 시오가 짜 준 올리브색 카디건이 놓여 있었다. 그것을 입고 단추를 잠글 시간이 있을까 궁리했다. 입는다면 다가오는 낯선 사람이 애스터를 좀 더 높은 지위의 숙녀로 여기고, 의도한 폭력이 무엇이었든 그만둘 수도 있었다.

누군가 고음으로 불렀다.

"안녕하세요(Hello)? 거기 누구 있어요?"

애스터는 삽을 쥔 손에서 힘을 뺐다. 다가오는 사람은 경비원이 아니었으며 수줍게 묻는 어조로 보니 민간인이었다.

"누구 있어요? 사람 소리를 들었어요. 대답해 주세요."

그렇게 계속 부른 여자는 말 한 마디, 한 마디를 이상하게 풍부한 소리로, 길게 끌며 발음했다. 애스터에게 익숙한 '얼-로'나 '아-요' 대신 '헬-로'라고 했다. 그렇다면 상층 데크 사람이었다.

"아무도 없어요?"

여자가 다시 물으면서 통통한 민들레 줄기 사이로 나타났다. 옅은 갈색 외투의 허리부터 턱 밑까지 단추를 채우고, 바깥쪽으로 정숙하게 물결치는 스커트를 입었다. 관자놀이의 흰 피부에 파란 혈관이 비쳤고 양쪽 귀에는 진주 귀고리를 하고 있었다.

"여기 있었군요. 사람 소리인 줄 알았어. 잡초밭이 넓어서 길을 잃은 것 같아요. 길 쪽으로 안내해 주면 안 될까요? 난 서맨사라고 해요. 원하면 새미 부인이라고 불러도 돼요."

여자는 이마에 난 솜털 가닥을 검지로 가리켰다.

옥수수빵처럼 거친 애스터의 머리카락도 비슷하게 삐져나와 있었다. 너무 짧아 하나로 묶을 때 리본에 들어가지 않았던 것이다. 애스터는 손으로 이마에 붙은 머리카락을 치웠다. 넓은 챙모자가 비협조적인 곱슬머리를 대부분 가려 줬다.

서맨사(애스터는 그 여자를 '새미 부인'이라고 생각하는 건 딱 잘라 거절했다.)는 모자를 쓰지 않았다. 하지만 상아색 레이스 양산은 들고 있었다. 신중하게 고른 액세서리였다. 오락용 공간이 충분한데도 상층 데크 사람들은 아침 작업자들이 들어오기 전에 들판 데크의 예쁜 곳을 거닐기를 즐겼다. 아기 태양이 방사선을 뿜어 대는데도.

서맨사가 양산을 느긋하게 돌리며 물었다.

"듣고 있어요? 날 무시하는 건가요?"

그래, 그랬다.

"도움이 필요한 여자가 다가오면 손을 내미는 게 옳죠. 아님 혹시 들리지 않아요? 말을 못 하거나?"

애스터는 흙에 삽을 꽂고 고개를 들었다.

"제가 만약 '그렇습니다, 사실 전 귀가 들리지도 않고 말도할 수도 없어요.'라고 한다면 제가 일하도록 두고 가던 길을 가실 건가요?"

애스터가 진심으로 물었다. 장애를 인정해서 대화를 피할 수 있다면 앞으로 얼마든 그럴 생각이었다.

"실례지만……."

"실례하세요. 그리고 밝혀 두자면, 무시한 건 이야기하고 싶지 않다는 뜻은 전하기 위함이었어요. 제 동포라면 누구나 이해했겠죠. 당신 언어에선 침묵을 지키는 건 다른 의미로군요. 하지만 이제 알았으니 오해할 여지가 없겠죠."

애스터는 여자의 반짝이는 흰색 페이턴드 레더 부츠와 땅에 디딘 굵은 힐을 보며 말을 마쳤다.

애스터는 가능한 한 유창하게 할 말을 했고, 그 여자 생각은 하지 않을 참이었다. 다시 잡초 뿌리를 뽑기 시작했다. 스완 윙 여자 여덟 명이 백혈병에 걸렸다. 백혈병 환자가 지나치게 많이 증가했다. 민들레 뿌리, 애시범 꽃, 리빌리아 수액, 가시 알바 알칼로이드 그리고 애스터가 식물관에서 합성한 효소 억제 유전자를 정확하게 혼합하면 멋대로 구는 세포를 조준해 파괴하고 백혈병의 진전을 멈추진 못해도 늦출 수 있었다. 애스터는 우주선의 서맨사들에게 낭비할 시간이 없었다. 어제도, 오늘도, 그리고 아마도 내일도.

애스터는 젖지도 마르지도 않은 비옥한 토양에 손가락을 넣었다. 낭비할 시간이 없었지만, 살갗에 닿고 손톱 밑에 들어오는 흙 결정의 감촉을 즐기느라 낭비했다. 이 순간만큼은 하늘에 감사했다. 숨을 고를 기회를 허락받은 것에. 지젤을 찾기로 했다. 어머니의 흔적을 좇기로 했다. 시오를 만날 거였다. 하지만 바로 그 순간만큼은 흙을 느꼈다.

오솔길로 돌아가다가 보니, 서맨사가 천계의 문을 지키는 경비원 옆에 서 있었다. 그 문은 들판과 복도를 나누는, 애스터의 키 두 배 높이에 꼭대기는 타원형인 거대한 강철 해치였다.

서맨사는 답답하다는 듯 손을 흔들어 댔다. 경비원은 고개를 끄덕였다. 애스터는 최대한 천천히 그네들에게 다가갔다.

경비원의 복숭아처럼 흰 살갗은 볕에 타서 코끝이 벗겨져 있었다. 곱슬거리는 금발이 자주색 양털 모자 밑에 삐져나와 있었다. 애스터가 두 사람의 대화가 들릴 정도로 다가가자 그는 경계하는 파란 눈으로 살폈다. 애스터가 아는 얼굴이었다.

보름쯤 전 술에 취해 애스터의 선실에 들이닥쳤던 자였다. 메이블과 피피가 한 침대에 있는 걸 보고 벨트로 때렸던 자였다. 정신이 멀쩡할 때 보니 그렇게 만만한 상대가 아니었다. 그날 밤에는 제압할 수 있었다. 그때만큼 쉽지 않을 것 같았다.

"이리 와."

애스터는 경비원의 말에 불복할 만큼 어리석지 않았다. 적어도 그가 애스터를 알아보는 것 같지는 않았다.

"이 여자분이 너와 문제가 있었다고 하는데."

애스터는 서맨사와 경비원을 번갈아 보고 정직하게 말했다.

"이분이 제 일을 방해했습니다."

"길을 알려 주는 데 잠깐이면 됐을 거예요."

서맨사가 말했다. 애스터는 회중시계 쪽을 한번 쳐다봤다.

"미안하군요. 당신의 무례한 태도를 해명하라며 내가 길을 막고 있는 건가요?"

"원하시면 구금할 수 있습니다."

경비원이 애스터를 노려보며 서맨사의 말에 응했다. 눈빛에 알아보는 기색은 없었지만 어딘가 비슷한 게 느껴져서 애스터는 고개를 숙였다.

"그럴 필요는 없어요."

"그럼 사과를 받으면 마음이 풀리시겠습니까?"

경비원이 묻자 서맨사는 삐져나온 머리카락을 귀 뒤로 넘겼다.

"내 기분이 중요한 게 아니에요. 사적인 문제도 아니고. 마틸다호 전체의 문제죠. 우리의 사회 질서는 윤리 질서에 달려 있고, 그 윤리 질서는 도덕적 잘못을 인정하고 교정하는 데 달려 있죠. 그러니까, 사과를 해 준다면 좋겠지만 날 위해서가 아니라 우리 모두 살고 있는 사회를 위해서 해야겠죠."

애스터는 이렇게 잘난 척하는 상층 데크 여자를 본 적이 없었다. 이 여자는 연기라도 하는 듯했다. 그 모습에 어릴 적 엄마아빠 놀이를 하던 지젤이 떠올랐다. 지젤의 과장된 상층 데크 억양이.

경비원은 서맨사의 말에 끄덕이더니 애스터를 향해 섰다.

"어떤가, 의무관 조수 애스터 그레이. 사과할 건가?"

애스터는 말라서 갈라진 아랫입술을 핥았다. 시큼한 피 맛이 혀끝에서 입 안 전체로 퍼졌다.

"아뇨."

'네'라고 대답할 생각이었는데 그렇게 말해 버렸다. 시오가 애스터를 찾았다. 니콜리우스 군주가 죽었다. 그날 해야 할 일만 해도 열네 가지가 있었다. 사죄하는 척하고 쉽게 빠져나갈 이유는 많았다.

"저런!"

서맨사가 놀라 외쳤다. 진주목걸이를 갖고 있었다면 꽉 쥐었을 것이다.

"제가 해결하겠습니다."

경비원이 씩 웃으면서 말했다.

서맨사는 눈을 감더니 몇 초간 그러고 있었다.

"좋아요."

그러고는 커다란 붉은 버튼을 눌러 해치를 열었다.

"잠깐만요!"

애스터가 가능한 한 경비원과 멀찍이 거리를 두고 서맨사를 따라 달려가며 외쳤다.

"선실까지 함께 가게 해 주세요."

서맨사는 애스터의 갑작스러운 태도 변화에 놀라 당황스러운 표정을 지었다.

경비원이 말했다.

"그럴 필요 없어. 서맨사 부인 혼자서 충분히 갈 수 있으니까. 게다가 이 시각에 넌 그곳에 못 가. 의무관의 통행증이 있든 없든."

서맨사는 애스터와 경비원을 번갈아 보더니 구원자 역할을 하게 되어 흡족한 표정으로 애스터 앞에 나섰다.

"내 숙소로 동행해 주면 고맙겠군요. 어서. 갑시다."

애스터는 민들레를 담은 주머니를 어깨에 메며 끄덕였다.

서맨사가 한 팔을 내밀어 애스터의 허리에 감고 바짝 당겼다.

"죄송하지만 그건 안 되겠습니다."

경비원이 벨트에 찬 반들거리는 나무 곤봉 끝을 엄지로 문질렀다.

"이 사람이 나와 동행할 수 있도록 한 번만 눈감아 줄 수 있겠죠?"

서맨사의 음성에 긴장이 더해졌다.

"규칙은 규칙입니다."

경비원이 말하고는 느긋하게 조롱하듯이 덧붙였다.

"따지고 보면 우리의 사회 질서는 윤리 질서에 달려 있고, 그 윤리 질서는 도덕적 잘못을 인정하고 교정하는 데 달려 있으니까요. 안 그렇습니까, 서맨사 부인?"

그러더니 이번에는 애스터에게 말했다.

"이런데도 대부분의 사람은 내 기억을 신뢰하지 않더군."

서맨사는 애스터를 꽉 잡더니 손을 놓았다.

"미안해요. 당신, 무사하겠죠?"

그러고는 차갑고 끈적한 손으로 애스터의 뺨을 쓰다듬었다.

"가 보십시오. 아니면 부인도 체포하겠습니다."

그 말에 서맨사는 잠시 망설이더니 드레스 치맛자락을 모아 쥐고 갈색 카펫이 깔린 계단을 올라 상층 데크의 오아시스로 향했다.

서맨사가 계단으로 사라지자 애스터는 작게 앓는 소리를 냈다. 지젤에게 무전해야 했다. 지젤을 위험에 빠뜨리고 싶진 않았지만 선택의 여지가 없었다. 시간이 있기를 바랄 뿐이었다. 지젤이 근처에 안전하게 자유의 몸으로 있길 바랐다. 애스터는 무전기를 지젤의 주파수로 맞췄다. 물론 말을 할 수는 없지만 칠 수는 있었다. 무전기 마이크 위를 손가락으로 두드려 위급 메시지를 보냈다. *메이데이. 와일드플라워 윙.* 세 번 반복하고 신호를 끊었다.

"따라와."

경비원이 어깨를 잡아 끌자 애스터가 모은 민들레 뿌리가 바닥으로 떨어졌다.

애스터는 경비원이 흔들어 세우자 고개를 들었다. 그가 뭐라고 말하고 있는 것을 그제야 알았다.

"뭐라고요?"

경비원의 입술이 움직였지만 애스터는 거기서 나오는 소리를 알아들을 수 없었다. 정적증상이 온 것이었다. 언제나 그렇듯이 최악의 순간에. 어릴 적부터 겪어 온 일시적 청각장애였다. 긴장하면 악화되었고 '정신 차릴 수 있게 천천히 얘기해 주세요.'라고 말하고 싶어도 혀가 협조하지 않았다. 애스터는 가끔 그런 식으로 정신이 멎어 버리는 것이 싫었다.

"애스터."

경비원의 목소리가 들렸다. 또 뭐라고 하는지 정확히 알 수 없었지만 오랜 세월 비슷한 일을 겪고 나니 대충 짐작할 수 있었다. 잘난 척한 죄로 흠씬 때려 줄 거라는 둥, 피부는 검고 눈은 달처럼 둥그렇고 코는 벌름거리고 말처럼 못생겼다는 둥, 그러니 그가 애스터를 가질 거라는 둥, 아니면 말처럼 아름답기 때문에 애스터를 가질 거라는 둥, 메이플 시럽과 시나몬, 카다멈으로 옥수수죽을 만드는 게 마음에 들어서 자기 여자에게 요리법을 알려 줄 수 있냐는 둥, 치커리처럼 냄새가 좋다는 둥, 차처럼 냄새가 좋다는 둥, 바다처럼 냄새가 좋다는 둥. 우주에는 바다가 없으니 우주선에 탄 그 누구도 바다 냄새를 맡아 본 적 없는데도 말이다.

애스터는 굳이 따지지 않았다.

"듣고 있나?"

그 말은 알아듣고 애스터는 눈을 감아 깊이 집중했다. 말이 되돌아오도록. 결국에는 이렇게 말했다.

"아뇨. 듣지 않아요."

"암소 같은 것."

"암소 같은 것."

그러면 안 되는 걸 알면서도 똑같이 받아쳤다. 흉내를 내면 말하는 법이 기억났다.

"내가 버릇을 고쳐 주길 바라나?"

경비원이 더 다가왔다. 그의 숨이 애스터의 목덜미와 턱, 입술에 닿았다.

"내가 원하는 건 내 길을 가는 것뿐이에요."

애스터는 의료용품 벨트 오른쪽에서 세 번째 주사기를 더듬었다. 경비원은 웃었다. 가슴에서 울려 나온 소리가 입술 밖으로 채 나오지도 않았다. 그가 더 다가서자 체온이 느껴졌다.

"난 남자들을 죽여 봤어요."

거짓말이었다.

"상황이 여의치 않으면 또 죽일 거예요."

애스터는 그의 차분한 맥박이 아주 가늘게 떨리는 것을 봤다. 목울대가 한 번 크게 움직이더니 잠잠해졌다.

경비원은 애스터를 살피다가 낫을 봤다.

"날 봐."

그가 잘라 말했지만 애스터의 눈은 양옆으로 그리고 밟고 있는 바닥으로 향했다. 경비원의 부츠는 서맨사와는 달리 더러웠다.

무엇 때문에 쪼그리고 앉아 엄지를 핥은 뒤 그의 빛바랜 검은 구두에 문질렀는지, 애스터 자신도 알 수 없었다. 손가락이 가죽을 닦아 빛나게 하는 동안 마음속이 조금 평화로워졌다. 리듬에 맞추어 움직이는 동안 생각을 할 수 있었다.

주사기 바늘이 작아서 소량의 마취제만 넣을 수 있었지만 애스터는 비상시에는(그때는 비상시였다.) 그거면 충분하다고 생각했다. 경비원이 애스터의 머리채를 쥐고 일으켜 세우자 애스터는 주사기 뚜껑을 열고 주머니에서 조금씩 들어 올렸다.

그러고는 바늘로 경비원의 골반을 찔렀다. 그가 신음하며 한 대 후려칠 태세를 취했지만 애스터는 고개를 숙였다. 계단까지 15미터. 그 정도는 달릴 수 있었고 주사에 경비원의 동작이 느려진다면 가능성이 있었다.

"악마 같은 것."

경비원이 애스터의 멜빵을 잡았다. 애스터는 몸을 흔들어 그의 손아귀에서 벗어났다. 그 손이 애스터의 바지 허리춤으로 움직여 잡아당기는 바람에 바지가 벗겨질 뻔했다.

복도에 쾅 소리가 울리더니 애스터가 앞으로 고꾸라지며 경비원 손아귀에서 벗어났다. 귀 안쪽이 쿵쿵 울려 애스터는 손바닥으로 귀를 막았다.

"애스터? 애스터? 괜찮아?"

지젤이 온 거였다. 지젤의 손이 애스터의 어깨를 흔들어 상처를 악화시켰다.

"다친 건 아니지?"

지젤이 애스터 앞으로 와서 쪼그려 앉으며 짧은 드레스가 올라가 갈색 허벅지를 드러냈다. 은색과 갈색이 섞인 기계, 라이플이 가죽끈으로 어깨에 매여 있었다. 바닥에 피가 고였다.

"애스터?"

애스터는 지젤의 손을 털어내고 일어났다. 경비원은 총상을 입고 피를 흘리며 쓰러져 있었다. 애스터의 치유자 본능은 그를 봉합해 주고 싶었다.

"밤의 황녀."

아닌 걸 알면서도 애스터가 말했다. 지젤은 만화책 속 주인공과 똑같은 장치를 들고 있으니 그 역에 잘 어울렸다.

"너 때문에 피랑 내장이 묻었어."

아주 조금이긴 했지만, 애스터는 이렇게 덧붙였다.

지젤은 죽은 경비원이 손목에 찬 금시계를 확인했다.

"통금 전에 움직여야 해."

지젤이 오른쪽, 복도 쪽을 가리켰다. 달리기 시작하니 등과 허리에 총이 부딪혔다.

애스터는 분홍색 자국이 난 경비원의 셔츠 단추를 풀고 팔을 빼낸 뒤 몸 아래서 끌어냈다. 핏자국은 조금 문지르면 빠질 것 같았다. 부드럽고 도톰한 갈색 바지는 감촉이 몹시 좋았다. 좋은 값에 팔릴 것 같았다. 애스터는 바지와 부츠를 벗긴 뒤 그러안았다.

훔친 옷가지를 안고 애스터는 지젤 뒤를 따랐다. 총소리에 다른 경비원들이 몰려왔다. 그네들은 들판 데크 맨 아래층에 닿자 계단을 뛰어내렸다. "이봐!" 위쪽 데크에서 발소리와 함께 부르는 소리가 들려왔다.

"날 따라와."

각 데크마다 보일러실과 연결된 통풍구로 들어가는 입구가 있었다. 애스터는 그곳으로 향했다.

지젤이 누가 다가오는지 어깨 너머를 확인하며 물었다.

"어떻게 들어가지?"

애스터는 열쇠를 꺼내 스캐너에 밀어 넣었다.

"이렇게."

난방 구역 문이 열릴 때 애스터가 말했다. 오래 숨기에는 너무 따뜻하고 산소가 부족했지만 애스터는 파이프를 통해 천장으로 기어 올라가 어깨로 통풍구 입구를 밀어 열었다. 밖에서 목소리가 들렸다. "저기로 들어간다!" 경비원들이 외쳤지만, 애스터에겐 1분쯤 시간이 있었다. 경비원들에게는 애스터와 같은 열쇠(의무관 열쇠를 복사한 것)가 없었다. 애스터는 천장에 만든 공간으로 올라간 뒤 지젤을 끌어올리려고 손을 내밀었다.

두 사람의 손에 땀이 나서 지젤이 미끄러졌다. 열쇠가 열리는 소리가 들렸고 애스터는 한 번 더 지젤을 끌어올리려고 했다.

"내 셔츠를 잡아."

지젤은 손톱이 애스터의 손목에 파고들 정도로 소매를 꽉 잡았다. 애스터는 몸을 뒤로 물려 지젤을 끌어올렸다.

애스터가 통풍구로 가기 위해 천장에 낸 구멍을 가릴 것이 없으므로 빨리 움직여야 했다. 통풍구를 지나는 동안 땀과 먼지가 애스터의 살갗에 들러붙었다. 너무 꽉 조인 관절이 삐걱거렸다. 소금기에 눈이 따가웠다. 뺨에 경비원의 손이 닿는 느낌이 여전히 생생했다.

파이프에서는 곰팡이와 포자 냄새가 났다. 채취해서 현미경으로 관찰하고 싶었다. 그것들은 신들이자 하늘이었다. 박테리아가 가장 먼저 존재하기 시작했고 그다음에 물고기, 뱀, 온 가족을 짊어질 만큼 튼튼한 어깨와 등을 가진 굵은 다리의 여인들이 생겨났다. 그다음 그 여인들은 우주선을 지어 신들에게 닿기 위해 날아갔다.

"그거 그만 좀 할래?"

"뭘?"

"손으로 그러는 거."

애스터는 기어가면서 무심코 손으로 금속 파이프를 치고 있었던 것도 깨닫지 못했다.

"생각하는 데 도움이 돼."

애스터가 말했다. 지젤이 앞에서 엉덩이를 애스터의 얼굴 쪽으로 내밀고 상처투성이 발바닥을 드러내고 기어갔다.

"어디 있었어?"

"네 어머니랑."

"뭐?"

지젤은 애스터 앞에서 앙상한 어깨를 으쓱였다. 기어 나갈 만큼 큰 구멍을 살피며 말했다.

"가 봐야 해. 어디서 날 찾을지는 알겠지. 나중에 다 설명할게."

애스터가 뭐라고 대답할지 생각하기도 전에 지젤은 가 버렸다. 어디서 찾아야 할지 알 수 없었다. 지젤은 또 그렇게 사라졌다.

9장

군주 서거 공식 뉴스는 05시 03분에 나왔다. 기상종 직후 스피커를 통해 톰슨 중위가 선실의 여인들을 깨웠다. 애스터가 의무관과 만나기 전 잠시 눈을 붙이려고 매트리스에 눕자마자 톰슨의 목소리가 들려왔다.

종이 세 번 울린 뒤였다. "*기상하라! 하늘은 높고 인간은 미천하며 우리는 날마다 우리가 닿아야 할 천계를 향해 분발해야 한다. 정신도 깨어 있고 마음도 깨어 있어야 한다. 오늘의 발표 전 5분 동안 마음을 다해 기도하라.*"

메이블, 피피, 비비언은 톰슨의 방송에 깨서 하품을 하고 자느라 부은 눈을 부볐다. 애스터는 담요를 뒤척이고 코골이가 잦아드는 익숙한 소리에 마음이 진정되고 차분해졌다.

비비언이 말했다.

"네가 와서 다행이다. 너도 지젤처럼 떠난 줄 알았어. 걔 소식은 들었어?"

"응."

애스터는 자세한 설명은 하지 않았다.

비비언, 메이블, 피피는 체온을 나누기 위해 바닥에 요를 깔고 잤다. 애스터는 들판 데크에서 돌아왔을 때 그녀들 곁에 눕고 싶었지만 몸을 꼭 붙인 세 사람을 방해하고 싶지는 않았다. 대신 덜덜 떨며 자기 침대에 누워 지젤이 함께이길 바랐다. 바로 며칠 전만 해도 그녀들이 함께 바닥에 누워 서로의 체온을 나누며 룬의 일지를 읽었다.

애스터는 친구를 다시 보지 못할지도 모른다는 생각에 몸을 떨었다. 니콜리우스가 죽고 서리가 날개를 달았으니 그럴 가능성이 최고에 달한 듯했다. 라이플에 든 탄환 수는 정해져 있었다. 지젤이 경비대 전체를 물리칠 수 없었고 애스터는 서리 한 사람도 물리칠 수 있을지 의심쩍었다.

애스터는 일어나 무릎을 모아 안고 눈을 감았다. 흥분하고 싶지 않았지만 뜻대로 되지 않았다. 평정심이 크게 줄었다. 지젤을 만났다가 다시 헤어졌고, 경비원을 죽였다. 아침도 먹기 전에 일어난 일들이었다.

"누가 등불이나 촛불 좀 켜 봐. 어두워. 냄새도 나고. 누구 아랫도리 속에서 일어난 것 같잖아."

비비언이 말하며 러그, 이불, 외투, 꽃무늬 시트 더미에서 기어 나왔다.

"역겨운 소리 좀 그만해."

피피는 누더기 잠옷을 입고도 단정해 보였다. 자리에서 일어난 피피는 등불을 낮은 밝기로 켰다. 흐릿한 불빛이 깜빡이며 작은 선실을 밝혔다.

"더 밝게."

비비언이 피피에게 낡은 베개를 던졌다. 피피가 다이얼을 똑딱 돌리니 두 단계 더 밝아졌다.

피피와 메이블은 바닥에서 일어나 침대에 나란히 앉아 다리를 겹쳤다. 등불을 아무리 여러 개 켜도 녹슨 황동 벽이 꿋꿋이 어둠을 드리웠다. 메이블과 피피는 늘 그 암울을 막아 내려고 서로를 만졌다. 추위도 물론이고.

비비언이 어깨에 망토처럼 담요를 두르고 스피커 소리를 키웠다.

"조용히 해. 시작한다."

다시 종이 세 번 울리더니 메시지가 나왔다. "기도로 마음을 다스렸으면 전언을 들을 준비를 마쳤을 것이다. 밤새 어니스트 니콜리우스 군주의 영혼이 천계에 올랐음을 슬픈 마음으로 전하는 바이다. 작업은 계획대로 진행한다. 애도하는 동안 노동이 큰 위로가 될 것이다. 우리의 슬픔으로 약속의 땅으로 가는 마틸다호의 여정이 방해를 받아서는 안 된다. 우주는 넓지만 우리의 영혼은 무적이다."

"군주가 죽었네. 군주 만세네."

피피가 기지개를 켜고 하품을 하면서 말했다. 그러고는 스카프를 벗고 땋은 머리를 풀어 빗질을 한 뒤 매끈해진 머리카락을 높이 올렸다.

"길이길이 통치하시고 어쩌고."

비비언이 어이없는 표정으로 말했다. 비비언은 잠옷 위에 두꺼운 갈색 플란넬 셔츠를 걸치고 울 타이츠 위에 작업용 부츠를 신었다. 그 정도면 준비가 끝났다.

"모두 다 어쩜 그렇게 천박하게 굴 수 있니."

메이블이 기침하며 말하더니 가슴을 치고 눈물을 닦았다.

"피피, 안경 좀."

이미 안경을 들고 있던 피피는 메이블에게 안경과 가슴에 바를 연고를 건넸다. 트렁크에서 메이블의 옷도 골랐다. 메이블의 부족한 패션센스를 보완하기 위해 직접 고른 옷이었다. 피피는 늘 메이블에게 긴 스커트와 블라우스, 재킷을 단정하게 입혔다. 그 옷차림은 메이블의 소박하고 학자적인 태도와 어울렸다. 중간 데크에 사는 기자다운 차림새였다.

"무슨 할 말 있어?"

메이블이 애스터에게 물었다. 메이블답게 문화인류학에 입각해 사실을 알아내고 조사하고 데이터를 모았다. 멜루신 아주머니가 보면 자랑스러워했을 것이다.

"너 어젯밤에 없었지."

비비언이 깡말라서 거의 굴곡이 없다시피 한 허리에 손을 짚고 말했다. 비비언의 체형은 거의 직사각형이었다. 상층 데크 사람들이 '보이시한 몸매'라고 부를 법한 모습이었다.

"나는 군주의 죽음과 아무 상관 없어. 그자는 병이 있었으니까."

대꾸하고 나서야 애스터는 그렇게 말하면 오히려 죄를 인정하는 것처럼 보인다는 것을 깨달았다. 니콜리우스 군주의 병은 기밀이었다. 애스터가 아는 건 단지 시오가 규율을 깨고 알려 줬기 때문이었다.

메이블이 피피가 골라 준 옷을 입으면서 외쳤다.

"애스터! 언제부터 안 거야?"

"쟤가 군주를 병들게 한 걸지도 몰라."

비비언이 정말로 그렇게 믿는지는 아무도 알 수 없었다. 비비언은 무례한 편이었고, 본인의 이미지를 고수하기 위해 그런 행동을 지속했다. 그러는 과정에서 자기 성격을 과장되게 표현하곤 했다.

애스터는 지젤이 더욱 그리웠다. 지젤의 고약한 행동은 아픔에서 비롯한 순수한 것이었다. 애스터가 항상 용납할 순 없어도 이해할 수 있는 잔인함이었다. 상처 입은 지젤이 신랄한 소리를 내뱉을 때마다, 애스터는 늘 용서했다.

"왜 아팠던 건데, 애스터?"

메이블이 물었다. 피피가 스커트에 두를 벨트를 건넸다.

"나도 정확히는 몰라."

애스터도 시오를 만나러 갈 준비를 하며 말했다. 가죽 트렁크로 가서 깨끗한 옷을 골랐다. 입고 있던 피 묻은 옷가지는 이미 버렸다. 회색 바지, 칙칙한 갈색 셔츠를 골랐다. 멜빵을 바지에 연결한 뒤 밴드를 어깨에 걸었다. 특별히 따뜻한 복장은 아니었지만 그럴 필요도 없었다. 중간 데크는 에너지가 끊기지 않았으니까.

메이블은 스캔들이 있을지도 모른다는 사실에 기운을 얻고 말했다.

"군주가 방송을 중단한 이유가 궁금했어. 하지만 정전과 관련 있는 줄 알았지. 다쳤거나 정전 원인을 알아낼 때까지 안전한 곳에 대피했거나."

메이블은 망가진 라디오 쪽으로 걸어가 버튼을 돌리며 주파수를 찾았다.

"자기야, 군주는 방금 죽었어. 당분간은 뉴스가 없을 테니까 염려는 그만하는 게 어때?"

피피가 메이블의 어깨를 꼭 쥐며 말했다.

하지만 메이블의 생각에는 일리가 있었다. 하층 데크의 반체제 기자들이 애스터가 모르는 사실을 알고 곧 방송할 수도 있었다.

"죽다니 믿을 수가 없네. 정말로 죽다니. 내가 태어나던 때부터 군주였던 사람인데. 그런데 이제…… 아니라니. 이건……
글쎄. 글 좀 써야겠어."

메이블은 라디오 옆에 앉아 스피커에 귀를 댔다.

"이 문제를 의논하러 의무관을 만날 거야. 돌아오면 니콜리
우스 군주의 사망에 관해 알게 된 사실을 모두 전할게."

그 말에 메이블은 미소를 지었지만 시오에게 물어볼 질문을
애스터에게 정신 없이 쏟아 냈다. 애스터가 전해 주는 정보 덕
분에 메이블의 반체제 뉴스 단신은 Q테크에서 가장 인기 있었
다. 애스터는 지난주 방에 쳐들어와 메이블을 때린 경비원이 죽
은 걸 알려 줄까 생각했지만 그건 위험한 정보였다. 엉뚱한 곳
으로 정보가 흘러 들어가면 메이블도 조사를 받을 수 있었다.

"오늘 일하러 올 거야?"

"그럴 거야. 그때까진 이야기가 끝날 테니까."

피피의 물음에 답하며 애스터는 의료용품 벨트를 찼다. 그
다음엔 방사능 측정기를 꽂았다. 단단히 고정시킨 뒤에는 가
방 왼쪽 주머니에 두는 보안경을 꺼내 썼다.

"네가 원할 때마다 네 귀여운 의무관이 통행증을 써 주면
되잖아."

비비언이 말했다. 모자를 푹 눌러쓰고 목도리를 감고 있었다.

"그러지 못해."

자유롭게 이동할 수 있는 통행증을 써 주는 것과 당번 작업
을 빼 주는 것은 별개의 일이었다. 노동은 윤리의 근간이고 어

쩌고저쩌고. 군주보위부의 경비대가 그냥 넘어가지 않을 일이
었다.

　J데크의 복도는 알아보기 어렵게 얽혀 있었지만 애스터는
길을 잘 알았다. 몇 미터마다 알전구가 후광처럼 매달려 침침
한 노란 빛을 드리웠다. 애스터는 해치 세 개마다 한 번씩 주먹
으로 똑똑 두드리고 다섯 번째 손잡이마다 허리를 부딪었다.
집중하기 위해서 하는 게임이었다. 몸의 박자가 주위의 박자와
만나 감추어진 소리를 증폭시켰다. 벽 뒤에서 수증기가 쉭쉭거
리는 소리, 마틸다호의 녹슨 접합부가 삐걱거리는 소리. 만약
뒤에서 누가 다가온다면 미리 듣고 대비할 수 있었다.
　모퉁이를 돌자 프레더릭 대원이 순찰 중이었다.
　"안녕."
　인사를 건넨 그는 젖은 이마에 검은 머리카락을 붙이고 주
니퍼 윙과 재스퍼 윙 사이에 섰다. 하층 데크에서 일하는 모든
경비원 중에서 애스터가 느끼기에 가장 덜 불쾌한 사람이었다.
그날 아침의 싸움을 잊지 않았지만.
　"안녕하세요."
　애스터는 억지로 그의 눈을 마주 보며 말했다. 아기 태양 덕
에 프레더릭의 콧잔등과 귀에 물집이 잡힌 걸 보니 들판 데크
에서 긴 근무를 마친 모양이었다. 애스터는 그가 자신과 지젤

을 쫓았는지 궁금했다.

"여기서 일 안 하잖아요."

"뉴스 들었겠지? 저팅 클리프 윙에서 돌아다니는 사람이 있는지 보라고 J데크로 재배치됐어. 니콜리우스 군주가 돌아가셔서 모두 다 정신없어."

"돌아다니는 사람요?"

"오늘 너랑 의무관에게 찾아오는 사람이 아주 많을걸."

"화상에 발라요."

애스터는 벨트 주머니에서 꺼낸 작은 병을 그에게 건넸다. 살갗이 벗겨진 꼴을 보고 싶지 않아서였다. 게다가 이렇게 작은 도움을 주면 한편이 되어 주었다. 언젠가는 그의 도움이 필요할지도 모른다.

프레더릭이 활짝 웃음 지으며 고르지만 틈이 벌어진 치아를 드러냈다.

"고마워, 아가씨."

"이런 뉴스가 나왔는데도 기분이 좋군요."

프레더릭은 긴장하며 표정을 굳혔다.

"내 성격이 원래 그렇잖아. 하지만 네 말이 맞아. 부적절해. 애도하는 표정으로 일해야지. 슬프지 않은 건 아니야. 그저…… 알지도 못한 사람이니까?"

프레더릭은 그날 아침 본 경비원과 너무나 달랐다. 더 좋은 것도 나쁜 것도 아니었다. 더 알 수 없다고나 할까. 애스터는 그의 진심 어린 친근한 태도에 어떤 반응을 해야 할지 알 수 없었다. 그가 하층 데크 사람들을 몇이나 때렸는지, 때리긴 했는지 알지 못했다. 아니면 몇 번이나 동료들이 그런 짓을 하는 걸 지켜보기만 했는지.

프레더릭의 사연 몇 가지는 알았다. 본인이 여러 차례 이야기했다. 그는 상층 데크 사람으로, 마틸다호 엘리트 계층 출신 중에서는 몇 안 되는 하층 경비원이었다. 다섯 형제 중 넷째였다. 애스터는 그에게 온 가족이 실망했으리라 짐작했다. 외모도 출중하지 못했다. 학교 성적도 좋았을 것 같지는 않았다.

"그리고 나이도 많았잖아? 빌어먹을 일흔넷. 게다가 몇 주 동안 앓았다고. 이렇게 될 줄 누가 몰랐겠어? 정전이 시작된 날 병이 났지. 우주선이 망가지는 걸 견디지 못했나 보지."

애스터는 최초의 정전과 니콜리우스의 건강 상태 악화가 거의 비슷한 시기에 일어난 걸 알았지만 두 가지 사건 발생일이 정확히 같은 날인 줄은 몰랐다.

"좀 알려 줘요. 내가 조심해야 하는 경비원들이 있나요? 스케줄이 바뀐?"

프레더릭은 애스터의 화상연고를 얼굴에 듬뿍 발랐다.

"베이어드와 티모시가 시체안치소로 갔으니까 거기까지는 조용할 거야. 내가 필요하면 소리 질러."

애스터는 의무적으로 고개를 끄덕이긴 했지만, 그나 다른 경비원을 부르려고 소리를 지를 생각은 없었다. 어쨌든 이 중에는 아무 일도 없었고, 프레더릭이 의무관과 애스터에게 시간이 없을 거라고 한 말은 옳았다. 저팅 클리프 윙에는 장밋빛 뺨에 장밋빛 입술, 장밋빛 잇몸을 가진 상층 데크 사람들이 가득했다. 분홍색이 가득한 곳에서 애스터는 눈에 띄는 존재였다. 갈색. 온통 갈색이었으니까.

드문드문 들려오는 대화에 따르면 정보가 샜다고 했다. 긴 머리를 땋아 내린 여자가 시신의 위치는 비밀이라고 했다. 하지만 모두 그의 지위에 미루어 B데크의 안치소로 옮겨졌을 거라고 짐작했다. 여자가 옆 사람에게 말했다.

"입 싼 하인들 덕분이지."

"아직도 이해가 안 돼요. 왜 시신을 여기까지 옮기는 수고를 하는 거죠?"

여자의 동행이 말했다.

B데크 시신안치소에는 J데크처럼 다양한 수술기구가 없었다. 그곳에는 필요가 없기 때문이다. 상층 데크에서는 살다가 죽으면 마틸다호의 에너지원으로 재처리된다. 아무것도 묻지 않고. 군주의 시신을 의무관에게 가져온다면 부검이 필요하다는 얘기였다.

열일곱 혹은 열여덟쯤 되는, 여드름으로 얼굴이 울긋불긋한 남자애가 물었다.

"어이, 너. 돈 좀 벌래? 이거 좀 도와주면 은화 하나 줄게."

그는 애스터 쪽으로 휴대용 축음기를 내밀었다.

"아니."

애스터는 그렇게 말하고 지나쳤다. 동전이 가치가 없는 건 아니지만, 애스터에겐 별 쓸모가 없었다. 상층 데크에선 은조각이 가치가 있는 듯했지만, L데크 이하에선 교환 가능한 물건만 중요했다. 그가 새 속옷을 준다고 했으면 애스터는 응했을 것이다.

한 뚱뚱한 회색머리 남자가 조사관과 면담 중이었다. 그는 너무 작아 바짓단이 내측 복사뼈에도 닿지 않는 검은 바지를 입고 있었다. 안 맞는 바지를 제외하면 외모는 고상했다. 안경 덕에 지적으로 보였다. 완벽하게 다듬은 콧수염이 귀족적이었다. 애스터는 대화를 엿들으려고 몇 발자국 떨어진 곳에 멈췄다.

"조사관님. 발표에선 사인이 심장마비로 추측된다고 했는데요. 확실합니까?"

남자는 하얀 노트 페이지에 잉크로 적었다.

"현재로선 아닙니다. 확답할 수 없습니다. 앞서 배럿 의무관이 발표한 내용만 말할 수 있습니다. 니콜리우스 군주께선 오늘 아침 간호사에 의해 침대에서 발견되셨습니다. 사전 보고서에 따르면 심장이 멎은 상태였고요."

애스터는 그네들의 무지에 미소를 지었다. 아무도 모르는 걸 안다는 사실에 어깨에 힘이 들어갔다.

사람들 사이를 지나가는데 어떤 남자가 등 뒤에서 애스터의 팔꿈치를 꽉 잡더니 어깨를 홱 돌려 오른팔 전체를 등 뒤로 당겼다. 애스터는 재킷의 감촉으로 남자가 경비대 일원임을 알수 있었다. 그의 훈장이 애스터의 목 뒷덜미에 차갑게 닿았다.

모든 사람의 시선이 애스터에게 향했고 상층 데크 사람 여럿이 전보다 더 큰 소리로 떠들기 시작했다.

"정숙!"

경비원이 외쳤다.

애스터의 보안경이 불빛과 색채를 흐릿하게 막아 주었다. 그래도 환풍구에서 웅웅거리는 소리가 났다. 위에서는 구리 파이프가 덜컹거렸다. 마틸다호에는 감각을 자극하는 면이 있었다. 구경하는 사람들은 제외해도 그랬다.

애스터가 더듬거리며 말했다.

"내 통행증. 바지에 있어요."

경비원이 애스터 뒷주머니에 손을 밀어 넣더니 통행증을 쥐었다. 기자들이 수첩에 기사를 적었다. 오로지 호기심 때문에 모인 사람들은 불안한 음성으로 이야기를 주고받으며 애스터에게서 시선을 떼지 않았다.

또 다른 경비원이 모든 상황을 말없이 지켜보던 두 구경꾼 사이를 헤치고 다가오며 물었다.

"진짜인가?"

"의무관 밑에서 일하나?"

조사관의 질문에 애스터가 고개를 끄덕였다.

"네. 조수예요."

의무관과 '함께' 일한다고 생각하지만, 애스터는 그렇게 대답했다.

조사관은 애스터를 데리고 그 윙을 찾아온 사람들을 가로질러 걸었다. 대부분은 애스터가 다가오니 뒤로 물러섰다. 통로 끝에 다다르자 경비원이 손을 내밀어 초인종을 누르려고 했다. 애스터가 손을 내저으며 말했다.

"그럴 필요 없어요."

애스터는 열쇠(구멍이 난 금속카드)를 슬롯에 넣었다. 해치가 달칵 열리자 J-00 선실로 들어갔다.

10장

의무관에게서 하마멜리스, 멘톨, 소나무 향이 났다. 상앗빛의 마른 비누 한 장이 시신안치소 세면실 도자기 그릇에 놓여있었다. 주위에 흐르는 부드러운 비눗물을 보면 애스터가 오기 얼마 전 의무관이 쓴 모양이었다. 의무관은 스스로에게 흠없이 청결하고 순수하고 완벽하기를 요구했다.

시오가 의자에 셔츠를 걸어 놓고 창백한 피부가 분홍색이 되도록 문지르는 걸 본 적도 있었다. 그가 물통에 수건을 담그자 아직 김이 모락거리는 물이 튀었다. 애스터는 그가 알아차리기 전에 조용히 그곳을 빠져나갔었다.

처음 만났을 때, 애스터는 시오가 위생에 집착하는 것이 종교적인 의무 때문이라고 생각했다. 청결 의식은 여러 종교의 관습이었고 시오가 지나치게 자주 씻는 것 같아도 적절한 선을 넘지 않는 듯했다. 그러나 곧 애스터는 그의 독실한 태도가 종교적 의무 이상이라고 여기게 됐다.

신앙심도 작용했지만, 강박도 마찬가지였다. 시오는 경전에서 요구하기 때문에 하루 다섯 번씩 기도할 수도 있었지만, 신이나 종교와 무관하게 그의 정신이 그것을 요구한다는 사실도 부인할 수 없었다. 세상의 모든 잘못을 병적으로 자기 탓으로 돌리는 시오는 자신이 적절한 일수 동안 금식하고 적절한 때 기도문을 반복하면 그런 잘못을 멈출 수 있을지 모른다고 생각했다.

시오는 그가 처음 얻은 이름이 아니었다. 30년 전, 시오의 아버지는 자기 이름을 따서 자식을 시드바라고 이름 짓고 싶어 했다. 시오에게 아주 안 어울리는, '전투에서 무자비하다'는 뜻을 지닌 굉장히 구식 이름이었다.

"영적 전투에서 무자비하다면 정확할지도 모르지."

시오가 농담이랍시고 그렇게 말한 적이 있었다. 애스터와 일과 무관한 사적인 사실을 털어놓아도 될 정도의 사이가 되었을 무렵이었다.

"아버지가 시드바 스미스였어요?"

그게 니콜리우스 이전 군주의 이름임을 깨닫고 애스터가 물었다. 두 사람은 시오의 사무실에서 식사 중이었다. 애스터는 책상에 쌓인 서류 위에 앉았고 시오는 흠집이 난 나무 발이

넷 달린 진녹색 가죽 의자에 다리를 꼬고 앉았다.

"응. 시드바 스미스."

애스터는 그의 넥타이에 그려진 진회색 소용돌이무늬에서 얼굴로 초점을 옮겼다. 얼마 전, 시오가 아침 말고도 오후에 면도를 한다는 것을 알게 됐었다.

애스터가 시오를 안 지 2년밖에 안 된 때였으니 군주의 아들을 믿을 수 없었다. 아니, 아예 남자는 전부, 여자도, 그 누구도 믿을 수 있을 리 만무했다. 나중에 시오가 살아온 삶의 편린을 알게 되어 이어 맞추고서야 마음이 좀 누그러졌다. 시오는 하층 데크 여자와 사이에서 태어난 군주의 사생아였고, 애스터보다도 훨씬 더 군주보위부를 증오했다.

"내 이름을 어떻게 택했는지 들어 보겠어?"

애스터는 옥수숫가루 빵을 한입 베어 물고 스튜 캔에 적셨다.

"관심 없어요."

"시오 새커리는 유모가 어릴 때 들려준 이야기 주인공이었어. 알 수 없는 일을 해결하는 농가의 여자아이 모험 이야기였지. 예를 들면 누가 커다란 호박을 훔쳤는지, 짐수레 끄는 말이 다 어디로 갔는지. 그래서 여덟 살 때 아버지에게 다시는 나를 시드바라고 부르지 말라고 했어. 나는 이제부터 시오라고 했지. 시오 새커리의 이름을 따서."

애스터는 그게 거짓말임을 알았다. 너무 잘 어울리고, 너무 귀엽고, 너무 의미심장해서 사실일 리 없는 편리한 이야기였다. 그가 시오란 이름을 고른 진짜 이유는 신에 대한 집착을 드러내는 이름이기 때문일 거라고 애스터는 추측했다.* 창조주와 천계에 대한 사랑은 시오에게서 새소리처럼 흘러나왔다. 그의 일부이자 일상이었다.

애스터는 니콜리우스 군주의 부검을 하러 안치소로 들어간 뒤 손을 씻었다.

시오가 시선을 돌리지 않은 채 물었다.

"아무 사건 없이 여기까지 온 거지?"

"'사건'의 범주를 정의해 보세요."

펜을 내려놓은 시오는 애스터를 돌아보고 아래위로 훑어봤다.

"다친 데는 없어?"

"네. 아슬아슬하긴 했지만요. 그래도 이젠 회복했어요."

애스터는 살해된 경비원에 대해 시오가 얼마나 알고 있는지, 혹시 애스터가 개입됐다고 믿는지 궁금했다.

"내가 데리러 가거나 안내인을 보낼걸. 지금은 너 혼자 복도를 다니면 안 돼. 위험한 시기니까."

"당신은 내가 할 일, 하면 안 될 일에 신경 안 쓰는 게 좋아요. 당신은 내가 아니니까. 그런 판단을 할 자격 없어요."

"내가 신경 쓸 일을 네가 정하려 들지 마."

애스터는 옷 위에 걸칠 작업복을 찾고 보안경을 이마 위로

---

* 서구권에서 'Theo-'로 시작되는 많은 이름의 어원 중 하나는 '신'을 의미하는 그리스어 테오스(theos)이다.

올렸다.

"뭘 하고, 뭘 주의해야 하는지 듣는 것도 지겨워요. 부검 도 와줘요, 말아요?"

니콜리우스 군주는 배를 절개하고 내장기관이 절반쯤 제거된 상태로 몇 발자국 앞에 누워 있었다. 시오가 이미 검사는 대부분 마친 후였고, 애스터를 부른 이유는 a)자신의 발견 사실을 확인하기 위해, 혹은 b)즉석 실습을 시켜 주기 위해서인 모양이었다.

"사망한 지 오래됐나요?"

애스터가 라텍스 장갑을 착 끼면서 물었다. 고무가 뼈에 닿는 느낌이 좋았다.

"서너 시간 정도로 추정해."

애스터에게 등을 돌리고 반대편 작업대에 선 시오는 눈길도 제대로 주지 않은 채 "자, 이제 시작하지."라고 말했다.

시신의 몸속을 보는 게 처음은 아니라, 애스터는 느긋하게 서서 마스크를 쓰고 니콜리우스의 굳은 시체에 다가갈 때를 기다렸다. 당면한 문제에 집중해야 하니 근육이 더 이완됐다.

"특별히 찾아야 할 게 있어요? 전에는 독이라고 확신하는 것 같았는데. 지금도 그렇게 믿어요?"

시오는 애스터에게 다가오더니 장갑을 벗었다. 들척지근한 파우더 냄새가 실내에 가득했다. 시오의 곱고 가느다란 손가락은 레이스 손뜨개와 구슬 분류하기, 시체 해부 같은 점잖고 섬세한 일에 맞았다. 그 앙상하고 매끈한 생김새는 애스터의 뭉툭하고 굳은살투성이인 검은 손과 지극히 대조적이었다.

"거기 서서 계속 보고만 있을 거면 알려 줘. 그사이에 아침 식사를 가져오게."

"금식 중 아닌가요?"

사실 시오가 늘 금식 중인 듯이 보인다는 것 외에 그렇게 생각할 근거는 없었다.

"눈앞에 놓인 문제에 집중해. 너 때문에 일이 밀리잖아."

어쨌거나 금식 중이 아니라고는 안 하나 보다.

애스터는 전에도 부검에 그와 함께한 적이 있었지만, 그때는 관찰만 했다.

"나는 당신처럼 부드럽게 할 수 없어요. 의도치 않게 내가 부숴 버리면 부검할 시신이 남지 않을 거예요."

비록 진심이긴 했지만, 이 변명으로 애스터가 정말로 망설이는 까닭을 감출 수 있었다. 시오가 흘깃거리는 걸 보면 애스터의 설명을 믿지 않는 눈치였다.

"네 생각보다 네 능력은 훨씬 우수해. 부검도 내가 가르친 다른 것과 마찬가지야. 너는 내 동료들보다 훨씬 더 유능하고 다양한 기술을 지녔어. 어서 해 봐."

"그런가요? 그럼 내가 당신이랑 지적으로 동등하다고 생각해요?"

애스터는 칭찬에 으쓱해 물었다.

"그렇진 않아."

애스터는 시오의 시선이 니콜리우스를 향해서 다행이라 여겼다. 시오가 불쑥 그렇진 않다고 할 때 자신이 지은 표정을 보이고 싶지 않았다. 기분 상할 일이 아니었다. 의무관은 상냥하지만 엄격하고 정확한 사람이었다. 규칙 또 규칙 또 더 많은 규칙 그리고 항상 거리 유지. 애스터의 자존심을 지키기 위해 거짓말을 하는 건 그답지 않았다.

시오가 입술을 깨물며 말했다.

"애스터, 넌 나와 지적으로 동등하지 않아. 나보다 우수하지. 사람들을 구분하는 기준으로 지적 능력도 인정한다면 말이야. 나는 그걸 인정하는지, 잘 모르겠지만. 어쨌든 데이터에 따르면 너는 다양한 주제에 대해 나보다 유식하고, 복잡한 문제에 이성적인 판단을 내리는 능력은 나보다 뛰어나. 그래서 네가 이 부검을 망설이는 까닭을 이해할 수 없는 거야."

시오는 면도로 붉어진 턱의 울퉁불퉁한 살갗을 긁었다. 면도를 매우 꼼꼼히 하는 사람이라, 보기 드문 모습이었다. 애스터만큼이나 시오도 마틸다호의 최근 사건에 정신이 팔렸던 것이다.

"네가 군주의 죽음에 관여하지 않았나 싶었는데 아닌 건 확실하네. 그렇지 않다면 네가…… 여기까지 올 리 없으니까."

시오는 애스터 쪽으로 손을 내저었다.

"그러니까 말해 봐. 어째서 내 당차고 뻔뻔하고 직설적인 애스터가 갑자기 부검을 이렇게 망설이는 거지? 옛날에는 네가 가장 좋아하던 일인데."

니콜리우스와 내 어머니가 알 수 없는 이유로 연결되어 있으니까. 애스터는 말하고 싶었다. 어쩌면 망가진 홍채 말고도 여러 가지 문제로. 애스터는 군주의 시신에서 어떤 해답을 찾을지 두려웠다. 더욱이, 찾을 원인이 아예 없을까 봐 걱정스러웠다. 우연히 지워진 칠판을 본 적 있었다. 탄산칼슘 가루가 날리는 것이 보여도, 적혀 있던 내용을 유추할 방법은 없었다. 모든 것이 흔적을 남기지만 흔적으로 충분치 않을 때가 있었다.

"타인의 상상이 남긴 조각을 좇는 느낌이에요."

시오가 무슨 말이냐는 반응을 보이기 전, 애스터는 니콜리우스 군주의 시신에 다가섰다. 거기 무엇이 있든지 혹은 없든지 마주할 각오로.

하지만 돌이켜 생각하면, 시신에 다가갔을 때 일어난 일에 비추어 '무엇이든 마주할 각오'라는 말은 전혀 정확하지 않았다. 25년 만에 처음으로, 즉 애스터가 태어나고 룬이 죽은 후 처음으로 방사능 측정기가 울렸던 것이다. 삐빽 소리가 났다. 또 삐빅. 또 삐빅, 삐빅, 삐빅.

하지만 좀 더 잘 생각해 보면, 그보다는 끼익 소리에 가까웠다. 지젤의 마법기계 소리가 떠올랐다. 『밤의 황녀의 지배』에서 묘사되는 것을 여러 번 봤지만, 제대로 상상할 수 없었던 소리였다. 애스터는 세상이 끝장나는 소음 속에서도 그 소리를 잘

들었다. 총이 발포되는 소리가 아니라, 그 직전 소리. 총열의 볼트가 열리고, 공이가 젖혀지는 소리. 각 부품이 매끄럽게 작동하며 내는, 기분 좋고 놀라우며 만족스러운 '찰-칵' 소리.

"미안해요, 시오. 환청이 들려요. 앉는 게 좋을 것 같아요."

애스터는 어지러워 니콜리우스가 누워 있는 금속판에 기댔다.

"들려, 애스터. 진짜 들린다고."

시오가 뒤에서 애스터의 양어깨를 잡더니 힘을 줬다.

"들리는 소리야. 난 여기 있고. 우리 둘 다 듣고 있다고."

애스터는 시오의 품에 기댔지만 찰나에 불과했다. 바로 몸을 일으키고 의료용품 벨트에서 측정기를 떼어 냈다. 작동 안 하던 방사능 측정기가 작동했다.

"어머니, 오 어머니, 오 어머니."

애스터가 말했다. 째깍 소리가 났다! 너무나 듣기 좋은 소리였다.

"거기서 움직여 봐."

시오가 니콜리우스 군주를 가리켰다.

애스터가 두 발자국 멀어지자 방사능 측정기 소리가 멈췄다. 가까워지면 째깍거렸다. 멀어지면 멈췄다.

"하지만 방사능 중독은 말이 안 돼."

시오도 애스터처럼 영문을 몰랐지만 사적인 측면에서 받은 충격은 덜했다. 시오는 애스터가 아기 태양에 갈 때 입은 것과 비슷한 보호복이 들어 있는 창고로 시선을 돌렸다.

"방사능을 감지하는 장치는 아닐 거예요. 적어도 일반적인 방사능은 아니겠죠."

애스터가 X데크에서 그 방사능 측정기를 들고 유령을 좇던 시절을 떠올리며 말했다. 그 시절에는 어머니의 흔적을 하나라도 찾을 수 있기를 간절히 원했는데, 알고 보니 어머니는 사방에 있었다. 내내 그랬다.

"군주 위로 스캔해 봐."

시오 말에 애스터가 끄덕였다. 그러는 동안 신호음이 계속됐다.

지난 30년간 마틸다호를 통치했던 남자인데, 이제 그대로 두면 몇 년 안에 바짝 마른 뼈로 변할 물질이 됐다는 사실을 받아들이기 힘들었다. 애스터는 얼굴이 가렵고 살갗이 따끔거리고 숨쉬기가 어려워 마스크를 벗었다.

"늘 마스크를 써야 한다고 여러 번 말했잖아."

그렇긴 했지만 애스터는 다시 마스크를 쓰려고 하지 않았다.

방사능 측정기가 째깍거리는 소리가 뒤에서 계속 들려와, 잿빛으로 부식해 가는 시신에 집중하기 어려웠다. 그렇다고 그 소리가 멈추길 바라는 건 아니었다. 애스터는 그 소리가 멈추길 바란 적 없었다. 그 신호음을 영영 들을 수 있다면, 니콜리우스의 시신 곁에서 잘 수도 있었다.

"내게 한 가지 생각이 있어."

시오가 튀어나온 골반에 손을 얹고 말했다. 사람들 앞에서는 취하지 않는 자세였다. 그가 그렇게 무의식적으로, 몸을 자연스럽게 움직이는 것을 보니 좋았다.

"전에는 식물독이라고 여겼는데……."

"내가 죽였다고 생각했으니까요."

그 말에 시오가 끄덕였다.

"그렇지. 앞서 한 부검으로 사실을 확인했어. 그래서 연락한 거야. 뭔가 찾아낼 줄 알았는데 조금 방향이 틀린 것 같아. 한 번 보고 네 생각을 말해 줘."

애스터는 손가락과 발가락 끝에 바늘 흔적이 있는지 등 외부 검사를 시작했고 여러 부위의 아랫면을 찬찬히 살폈다. 시오가 이미 흔한 마취제 검사는 실시했을 터이므로 애스터는 한 번 더 확인한 것뿐이었다.

눈꺼풀에 붓거나 튀어나온 혈관이 있는지 검사하려는데, 입가에서 이상하지만 익숙한 향이 났다. 라벤더와 비슷하지만 좀 더 씁쓸하고 사향이 강한 냄새였다. 시오가 독살을 의심하는 이유를 알 수 있었다. 특이한 냄새는 중독을 의미하는 경우가 많았다.

"일반적인 독은 찾을 수 없었어. 그것도 네가 한 일이 아닐까 의심한 이유지."

"홍채가 정말 특이하네요."

애스터가 평생 처음 보는 모양이었다.

"깨진 기어 같아요. 내 말 믿어요. 이런 독을 만들 수 있다면 이 우주선 상층 데크 사람들 전부에게 줬을걸요. 물론 당신만

빼고. 날 의심한 건 잘했어요."

애스터는 검사를 계속하며 조직의 전반적인 상태를 확인했다. 입술에서 나는 냄새가 내장에서도 났다. 입속과 목구멍에 염증이 있었다. 신장에 이른 괴사 징후가 있었다. 위는 변색되어 부어 있었다. 애스터는 독약 전문가가 아니었고 살아 있는 몸을 주로 보는 편이었지만, 독약에 장기적으로 노출되면 어떤 변화가 일어나는지 알고 있었다.

"중금속 중독이에요."

시오가 어찌나 활짝 미소를 지었는지, 웃음이라도 터뜨릴 것 같았다.

"바로 그거야."

애스터도 미소를 지었다.

중금속 중독 때문에 룬의 방사능 측정기가 니콜리우스 곁에서, 오로지 니콜리우스 곁에서만 울렸던 것이다. 특정한 방사성 금속에 반응하도록 룬이 그 장치를 조작해 두었을 가능성이 있었다.

"원심분리기를 써도 되나요?"

애스터가 손을 맞잡아 깍지를 끼면서 물었다. 애스터는 종종 원심분리기를 쓰게 해 달라고 졸랐지만 정당한 이유가 있는 경우는 드물었다. 식물관에서 쓰기 위해 재생 재료를 구해 직접 만들기도 했지만 손으로 돌려야 하는 것이라 시체안치소의 원심분리기처럼 작동하지 않았다.

"되지."

시오가 작업대로 걸어가 원심분리기를 준비했다. 니콜리우스의 혈액을 두 개의 시험관에 붓고 위액을 다른 시험관에 부은 뒤 애스터에게 시작하라고 했다. 애스터는 기계를 켜고 금속 카트리지 아래서 시료가 돌아가며 분리되는 광경을 지켜봤다. 곧 혼합물이 종류에 따라 층층이 분리되어 가장 무거운 것이 아래로, 밀도가 낮은 것은 위로 가게 됐다.

3분 뒤 기계가 멈췄다.

"빠르군."

애스터가 원심분리기를 탁 쳤다.

"고장 났어요. 아직 몇 분 더 돌아가야 하는데."

시작 버튼을 눌렀지만 아무 반응이 없자 애스터는 전기 콘센트가 연결되어 있는지 확인했다.

"다 됐는지 봐."

시오라면 집게를 썼을 테지만, 애스터는 손으로 시험관을 꺼냈다.

"주여."

시오가 공손하게 나직이 말했다.

시료가 분리되긴 했지만 기대한 대로는 아니었다. 다섯 개의 시험관 위에는 다른 물질보다 가벼운, 은빛의 점성 물질이 떠 있었다. 애스터는 어떤 금속이 그렇게 움직이는지 알지 못했다. 물보다 가볍다니. 실온에서 액체 상태이고. 애스터는 그 금속이 시험관 바닥에 가라앉을 줄 알았다.

그것이 바로 니콜리우스를 죽게 한 독이었다. 아마 룬도.

"조심해."

애스터는 마스크를 다시 쓰고 시험관에서 그 물질을 채취한 뒤 현미경으로 보려고 슬라이드에 얹었다. 숨이 멎었다.

"왜 그래?"

애스터는 그 물질의 구조를 볼 수 없었다. 육안으로나 현미경 렌즈로나 똑같이 보였다. 이 물질이 무엇이든, 현미경이 포착해서 확대하기에는 너무 작은 것으로 이루어졌다.

"봐요."

애스터의 말에 시오가 들여다봤다.

"이리 와."

시오는 실험복과 마스크를 벗더니 슬라이드를 잡고 문 쪽으로 빠르게 걸어갔다. 갈색 눈이 형형했다. 애스터는 달리 어째야 할지 몰라 그를 따랐다. 그의 종교적 열정과 패기 넘치는 태도에 등을 돌리기 어려웠다.

시오가 복도를 후다닥 걸어가자 사람들이 갈라졌고 애스터는 호기심 어린 기자들 무리에 갇히지 않도록 그의 뒤에 꼭 붙었다. 아래쪽으로 내려간다는 어렴풋한 방향감각 이외에는 어디로 가는지 알 수 없었다. 곧 하층 데크로 들어갔지만 주거 구역은 아니었다. 산업용 윙이었다.

"왜요?"

그렇게 묻자마자 애스터는 시오가 무슨 생각을 하는지 깨달았다. 화학물질 제조공장의 실험실에 마틸다의 유일한 전자현미경이 있었다. 그것이라면 광학현미경이 놓친 것을 알아보고 그 은빛 물질의 구조를 드러내 줄 터였다.

"해밀턴 병장."

시오가 말했다. 해밀턴은 책상에 몸을 숙이고 노트에 숫자를 적고 있었다. 실험실 사람들이 하던 일을 멈추고 고개를 들었다.

"의무관님."

해밀턴이 일어서서 경례했다. 회색 머리의, 몸집이 작고 주름살이 진 사람이었다.

"제가 의무관님과 약속이 있던 걸 잊은 모양이군요."

"아닙니다. 동료와 함께 전자현미경을 급히 써야 해서 왔습니다."

그러자 해밀턴은 끄덕이더니 손가락을 튕겼다.

"인드럿, 자이, 지금 하는 일을 당장 마쳐야겠네."

애스터의 화학자 본능은 그 시료가 무엇인지 궁금했다. 나노처리한 우라늄의 결합 길이를 측정했거나 초전하 합성 단백질 형태를 관찰했을 것이다. 애스터가 몰래 엿들어 배운 것들이었다.

현미경은 애스터의 키보다 높아 발판을 써야 했다. 숨을 들이쉬고, 한쪽 눈을 감고 들여다봤다.

"우와, 우와, 우와."

애스터는 숨을 죽이고 속삭였다. 멈출 수가 없었다.

"우와, 우와, 우와, 우와."

몸이 떨렸다. 시오의 손이 등을 받쳐 주지 않았다면 발판에서 굴러떨어졌을 것이다. 전자현미경은 광학현미경과 마찬가지로 은색 물질의 매크로 구조를 제대로 전달하지 못했다.

논리적이지는 않았지만 어떤 생각이 애스터의 머리를 스쳤다. *이게 바로 유령의 재료야.* 머릿속에서 멜루신 아주머니의 음성이 들렸다. 애스터는 그것을 에이돌론(eidolon)*이라고 부를 생각이었다. 고대 세계의 유령 이름을 따서.

정체는 알 수 없지만, 그런 물질이 룬 같은 입자물리학자의 관심을 끈 건 당연했다. 룬이 전기 급등을 연구하다가 어디로 흘러갔든, 거기에 에이돌론이 있었다. 룬은 마틸다호의 비밀 한 가지를 알아냈다. 누군가 마틸다호의 비밀을 지키는 사람이 있다면 군주 자신이 아니었을까? 애스터는 어머니가 간 곳으로 가야 했다. 거기서 그네들의 연결점을 찾게 될 것 같았다.

"지젤."

"뭐?"

애스터는 고개를 젓고 손을 내저었다. 지젤이 어디 숨어 있는지는 알고 있었으니까.

---

* 고대 그리스 문학과 철학에 나오는 표현으로 사람 형상의 영혼, 우상 등을 의미한다.

11장

애스터는 근무가 끝나자 곧장 식물관을 향해, 아래로 아래로 더 아래로 내달렸다. 달리기는 애스터가 가장 좋아하는 이동 방식이 됐다. 두 발이 동시에 공중에 뜨며 진정 비상하는 그 짧은 순간을 위해 살았다. 계단 절반을 뛰어내린 뒤, 다음 계단을 향해 내달렸다. 공중의 애스터. 스카이 마스터 애스터! 재앙을 아슬아슬하게 피하는 애스터! 안전에 신경 쓰지 않고 힘껏 빠르게 달리면 이동에 빼앗기는 시간도 적었다.

어머니의 흔적이 사라지기 전까지 시간이 얼마나 남았는지 알 수 없었다. 정전은 영영 지속되지 않을 것이고, 논의하는 척하다가 군주 위원회는 서리를 마틸다호의 새로운 수장으로 정할 터였다. 그거야말로 재난이었다.

애스터는 위원회에서 보여 주기식 절차를 모두 거치기를, 뜨뜻미지근한 게으른 마음으로 기도했다. 위원들이 후보들을 놓고 정의로운 척, 헛기침을 하며 시간을 끌기를. 검토 절차. 적임자에 대한 토론. 전 군주의 형제이자 천계의 손의 숙부로서 서리가 왕위에 올라야 한다고 결정하는 데 길면 한 달까지 걸릴 수 있었다.

애스터는 찬장에서 오래된 빵을 찢어 곰팡이가 핀 곳을 잘라 내고 버터와 자주색 꿀을 듬뿍 발랐다. 대단한 음식은 아니었지만, 지젤을 찾는다면 지젤에게 제대로 된 식사를 시킬 시간이 있을 것 같았다.

룬의 공책과 파일을 뒤져 '물고기 해부'라고 분류된 페이지를 찾았다. 전처럼 혈관 구조를 살펴보며 넥서스의 전기배선도에서 보이지 않는 구역에 특별히 주의를 기울였다. 물고기의 뇌로 가는 여러 모세혈관과 통로가 보였다. 애스터는 그날 아침 알아낸 이후 뇌 부분을 에이돌론의 허브라고 여겼다. 하지만 거기로 가는 방법은 알 수가 없었다. 안타까웠다. 지젤이 거기 숨어 있을 테니까. 룬도 정전을 조사하느라 그곳에 갔었다. 전력 저하의 근원, 에이돌론의 근원.

애스터는 짜증이 나서 방사능 측정기를 작업대에 내던졌다가 다시 집어 가슴에 꼭 붙였다. 룬의 공책 위에 대어 보고 싶었다. 그것이 해답 위에서 째깍거리기를 바랐다. 그 마음이 아무리 간절해도 애스터의 바람은 이뤄지지 않았지만, 방사능 측정기를 꼭 쥐고 있자니 뭔가가 떠올랐다. 마틸다호의 X데크뿐만 아니라 룬이 살았던 Y데크 복도의 유령 사냥.

물론, 감추어진 Y데크 수직통로의 끝이었다. 애스터는 블리커 선생님에게서 언어 수업을 받았을 때, 방사능 측정기로 실험하다가 그곳을 발견했다. 그 반대편, 마틸다호 꼭대기로 향하는 터널에는 가 본 적이 없었다.

Y데크에서 아무도 모르는 곳으로 이어지는 낡은 식기용 승강기 통로가 있었다. 서는 곳도 없고, 아무도 궁금히 여기지 않는 벽 뒤에서, 그 승강기는 고장나 있었다. 거기로 가려면 야크 윙으로 내려가 승강기 문을 억지로 연 뒤 통로 사다리를 타고 올라야 했다. 애스터는 아홉 살 때, 옐로 워블러 윙에서 언어 수업을 받고 그곳을 발견했었다. 야크 윙으로 갔다가 '서비스 승강기'라고 적힌 이상한 금속 해치를 발견했다. 그때는 잘 모르는 글자였던지라 나중에 의무관에게 뜻을 물었다. 그 의미를 안 후에는 지젤의 도움을 받아 쇠지렛대로 그 문을 열었다.

두 사람은 언젠가 그 꼭대기로 가서 숨자고 말하곤 했다. 그네들만 아는 비밀 데크가 있을 거라고 상상했다. 상층 데크보다 더 호화로운 곳이리라고. 수영장과 정원과 케이크가 가득할 거라고. 마틸다호를 이동시키는 천사들이 사는 곳이라고.

어느 날 밤, 둘은 배낭을 가득 채워 메고 사다리를 올랐다. 수십 미터를 오르다가 널찍한 수리용 판에 앉았다. 아침까지 거기 있었다. 이튿날 두 사람은 15미터를 더 올라가 다시 판에 앉아 쉬었다. 작은 다리가 너무 아파 온종일 쉬어야 했다. 이렇게 사흘간 올라가며 복숭아 통조림으로만 연명했다. 가져간 말린 콩과 쌀, 귀리를 요리할 방법이 없었다.

식량을 더 모으러 아래로 돌아왔을 때 붙잡히고 만 두 사람은 적절한 벌을 받았다. 이펑 울프 윙에서 통금이 지나 그네들을 발견한 경비원이 보기에 적절한 벌이란 공개 채찍질이었다. 3일 연속 인원 점검에 빠진 벌로 두 사람은 8일 동안 먹을 것도, 사람과의 접촉도 없이 구금실에 갇혔다. 둘은 비밀 데크로 달아나는 꿈을 포기했다.

15년도 더 된 일이었다. 이제는 단번에 오를 수 있었다.

애스터가 발견한 것은 들판 데크보다도 더 웅장한, 수백 미터 높이의 유리 돔이었다. 목을 쭉 뽑고 위를 올려다봤다. 정말로 천계로 이어지는 통로 같았다. 어린 시절 애스터의 생각이 내내 옳았던 것 같았다. 별들, 보이는 건 별이었다. 하늘에 은빛으로 점점이 반짝이며 타는 구멍들. 여러 광년, 거기서 또 여러 광년. 헤아릴 수 없이 먼 거리에.

그 전에도 주로 『밤의 황녀의 지배』에서 별을 그린 걸 보긴 했지만, 애스터는 늘 작가의 상상이라고 생각했다. 확실히, 융합을 일으키는 수소 구체는 그 그림에서 본 것보다 더 밝게 빛났다. 하늘에서 폭탄이 터진 것처럼 보여야 하는 거 아닌가?

거리 때문에 별들이 그렇게 작아 보인다는 걸 알고 있었다. 점으로 줄어들다니, 얼마나 먼 거리일까. 천계의 거대함을 알게 되니 얼마나 놀라운지. 애스터는 드디어 시오의 신앙심을 이해했다. 눈앞에 펼쳐진 광경에는 찬양을 다 바칠 만했다.

소형 왕복선들이 반듯이 줄지어 서 있었다. 낡은 것도, 손도 안 댄 새것도 있었다. 지젤은 활주로나 수리 공간처럼 넓게 탁 트인 곳, 서류를 깔아 놓고 앉아 있었다.

"오르기 꽤 힘들지?"

"응."

애스터는 발뒤꿈치, 발바닥, 왼쪽 발등에 물집이 잡힌 걸 느꼈다. 당장은 다리에 감각이 없었지만, 나중에 감각이 돌아왔을 때 체벌을 받았던 경험만 빼면 가장 심하게 아플 것 같았다.

"오래도 걸렸네."

장난기와 비난이 반반씩 담긴 말투였다.

"널 따라서 내키는 대로 달아날 순 없어."

"뭐가 중요한지 제대로 알면 그럴 수 있지. 인제 와서 저들의 규칙에 그렇게 얽매일 게 뭐 있어?"

하지만 애스터를 가로막은 건 군주의 규칙이 아니었다. 애스터 자신의 규칙이었지. 시오와 멜루신 아주머니와 한 방 친구들에 대한 책임감. 그리고 무엇보다도, 이 미스터리를 애스터 자신의 방식과 시간에 맞추어 풀고자 하는 욕구.

룬은 애스터의 어머니였다. 애스터는 룬의 안에서 살았더랬다. 지젤과 원하는 바는 같아도 애스터에겐 사적인 문제였다. 애스터 자신의 역사가 살아나 사방에서 용처럼 뜨거운 입김을 내뿜으며 불에 탄 목구멍으로 그녀를 집어삼키려고 들었다.

과학자인 애스터는 지젤이 배우지 못한 것을 배웠다. 과거를 해독하는 것은 물리세계를 해독하는 것과 같음을. 기대할 수 있는 최선은, 납득 가능한 모형을 만들어 내는 정도였다. 적당히 비슷한 것. 즉, 애스터가 룬에 대해 아무리 많은 것을 알게 된다고 해도 그 삶의 미스터리를 온전히 짜 맞출 수는 없다는 뜻이었다. 룬의 웃음소리를 듣거나 포옹을 느낄 수는 없었다. 유령은 사람이 아니다.

지젤이 애스터에게 다가오라고 손짓했다. 니콜리우스의 라이플을 메고 피에 젖은 옷을 입은 모습이 아름다운 악마 같았다.

"이것 봐."

지젤이 종이 한 장을 들며 말했다. 룬의 노트와 파일 몇 개를 식물관에서 가져온 모양이었다.

"지젤……."

"염려 마. 얼룩을 묻히거나 접거나 네가 걱정하는 짓은 안 했어. 조심했다고. 그러니까 봐. 알아낸 게 있어."

애스터는 한숨을 쉬고 지젤 곁에 앉아 흩어진 종이를 정리했다.

"좋아. 이제 우선 위를 봐."

지젤이 돔형의 유리 천장을 가리키더니 일어나 전등 스위치로 달려가서 실내가 어두워지도록 껐다. 불을 끄자 밖의 별들이 또렷이 보였다. 시계 안에 들어오는 것만 수천 개일 듯했다.

"눈에 띄는 게 있어?"

애스터는 패턴이나 밝은 지점을 찾아 천계를 살폈다.

"별들이 보여."

지젤이 전등 스위치에서 애스터 곁으로 달려가더니 이번에는 들고 있던 낱장 위로 어둠 속에서 작은 손전등을 비췄다.

"이제 이것 좀 봐."

"분자 모형이네."

애스터는 이맛살을 찌푸리고 말했지만, 그것 역시 어머니의 속임수임을 깨달았다. 룬이 아무리 어렵게 만들어 놓았어도, 셀룰로스 중합체, 수쿠로스, 시스테인 아미노산의 그림은 그저 비스킷 레시피에 지나지 않을 수 있었다.

"나도 처음에는 그렇게 생각했어. 아니면 적어도 연금학과 관련 있는 거라고 생각했지. 하지만, 이건 별자리야, 애스터. 다시 봐. 하늘을 보고 이 페이지를 봐."

애스터는 별들에게 시선을 돌려 어머니의 그림과 같은 점과 선을 찾았지만 아무것도 보이지 않았다.

"잘 봐, 애스터."

"보고 있어."

밝고 흰 덩어리가 너무나 커서 애스터는 별들을 분류하거나 구별할 수 없었다. 별들은 반짝이는 거대한 덩어리가 되더니…… 애스터에게 마침내 보였다. 프로판 분자. 널찍한 둔각 삼각형을 이루는 별 셋. 탄소 셋. 별 셋.

"보이지? 그렇지?"

"보여."

애스터는 미소를 지었지만 그 의미는 알 수 없었다.

"네 엄마는 별 지도를 그린 거야."

애스터는 지젤의 손에서 종이를 받아 비밀을 감추고 있는 분자 모형을 손가락으로 훑으며 원자 하나하나, 별 하나하나에 키스했다. 어머니가 펜을 쥐고 그 모양을 그릴 때 손의 움직임을 상상했다. 어머니의 손가락은 가늘고 섬세했을까? 아니면 애스터처럼 굵고 뭉툭했을까?

"알 수 없는 건 이것뿐이야. 여기 가운데."

지젤이 다른 것보다 크게 그린 H_2O 분자를 가리켰다. 산소 원자가 한가운데 있었다. 애스터는 별 지도를 밤하늘과 비교했다. H_2O는 더 중요한 것이 있음을 나타내는데, 밤하늘 그 자리에는 작은 별들이 흩어져 있을 따름이었다.

"어머니가 여기까지 어떻게 올라왔는지 궁금해. 식기용 승강기 통로로 올라온 건 아닐 텐데."

"여기."

지젤이 벌떡 일어나 전등을 켜더니 애스터를 다른 방으로 안내했다. 넥서스와 비슷한 관제실 같았다. 콘솔, 스위치보드,

트랜스미터, 리시버, 다이얼과 버튼이 가득했다. 사방에 문서들이 흩어져 있었다. 바닥, 벽, 그곳과 왕복선 구역을 나누는 유리창에도. 전부 룬의 손 글씨였다.

"이게 암호가 아니란 걸 알면 기쁠 거야. 아마 그래서 나는 하나도 이해할 수 없나 봐."

룬이 여기 둔 노트는 위장할 필요가 없었을 것이다. 암호로 쓴 일지는 경비원에게 압수당할 경우에 대비해서였다. 애스터는 다양한 문서를 훑어봤다. 그중 90퍼센트는 애스터 능력 밖의 수학이라 대충이나마 이해해 보려고 눈을 가늘게 뜨고 노려봤다. 다이어그램. 모형.

"네 엄마가 여기 올라온 방법으로 돌아가 보자. 널 경비원에게서 구해 줬을 때, 우리가 달아나다 네가 천장의 환기구로 날 끌어올렸을 때 알게 됐어. 보여?"

지젤이 관제실 천장의 금속판을 올려다봤다.

"네 엄마가 저기로 들어왔으면?"

애스터는 종종 어머니를, 룬 그레이라는 젊은 여성을, 그녀의 이상한 실험과 Y데크에서의 삶, 연구와 자살을 생각했다. 어떤 모습이었을지 궁금했다. 어떤 옷을 좋아했는지. 군주보위부에 대해 어떻게 느꼈는지. 하지만 어머니가 애스터 자신처럼 우주선 환기구를 기어 다녔으리라고 상상해 본 적은 없었다. 망자가 모험하는 상상을 하긴 어려웠다. 보통 사람이라고 상상하기도 어려웠다.

애스터는 제어반에 올라서서 부츠로 죽은 입력키를 누르며 부츠의 칼집에서 칼을 꺼내 그 끝으로 나사를 풀었다. 꽉 죄어 있어서 몇 초 걸려서야 금속이 조금 움직이기 시작했다. 애스터는 10분 걸려 네 개의 나사를 모두 풀었다. 얇은 금속판을 바닥에 내려놓은 뒤 안으로 기어올랐다. 발을 디딜 곳이 없어 버둥거렸다.

지젤이 아래서 물었다.

"뭐가 보여?"

"새까매."

애스터가 헉헉거리며 대답했다. 환기구로 몇 미터를 기어가니 또 다른 통풍구 판이 보였다. 이것은 계단 쪽을 향했다. 이쪽에서는 나사머리에 닿을 수 없어 칼로 모서리를 썰어 냈다.

"애스터?"

"화재경보기에서 도끼 좀 꺼내 줘."

애스터는 이렇게 외치고 다시 기어가서 팔을 내렸다. 지젤이 도끼의 나무 손잡이를 쥐여 줬다.

"뭘 찾았어?"

"어쩌면."

애스터는 다른 쪽 통풍구로 돌아가 쪼개져 벌어질 때까지 도끼머리를 내리쳤다. 그곳을 통해 계단으로 내려갈 때 뾰족뾰족한 금속 때문에 상체에 상처가 났다. 그곳은 중층 데크에서 A데크까지 이어진 후 그 한 층 위 벽에서 끝나는 계단 맨 위층이었다. 벽에 손을 대 보니 회반죽과 나무였다. 가벽은 아니지만 계단 다른 부분처럼 튼튼하지도 않았다. 오래전 왕복선 구역 입구를 가리려고 지은 것이었다.

애스터는 그것이 지어진 때를 잘 알았다. 시오가 들려준 녹음에 언급된 재난. 255년 전이었다.

왕복선 구역으로 돌아온 애스터는 그 어느 때보다도 즐거운 표정을 한 지젤을 봤다. 지젤은 미친 듯한 승리감을 느끼며 빛나고 있었다. 진짜 하늘인 하늘이 지젤의 머리 위 유리를 통해 보였다. 빛나는 별들. 지젤에게서 흥분이 흘러나왔다. 새로운 세계 끝에 서서 뛰어오를 태세였다. 루시퍼가 천계를 떠날 때 느꼈던 감정. 그는 떨어진 것이 아니다. 몸을 던졌지.

"네 엄마가 출구를 찾은 거 같아, 애스터. 그게 바로 저 별 지도 가운데 있는 거야. 어쩌면 약속의 땅일지도 모르지. 거기가는 법을 알아낸 거야."

"그럼 왜 자살하신 거지?"

애스터는 왕복선의 두꺼운 유리를 두드렸다. 묵직한 소리를 들어 보니 깨지지 않을 것 같았다. 돔을 만든 유리와 같은 종류였다.

"그 노트를 읽었어, 애스터. 네 엄마가 너를 두고 떠나야 한다는 내용뿐이더라. 네가 늘 생각한 것처럼 네 엄마가 자살한게 아니라면? 탈출을 계획한 거라면? 너나 나나 마틸다호보다 더 중대한 뭔가를 위해서 말이야."

지젤은 애스터의 반박을 예상하고 손바닥을 들어 보였다.

"우린 모두 이 우주선이 그 중요한 거라고 평생 생각했지. 그게 아니란 걸 안다면 너도 모든 걸 포기하지 않겠어? 나라면 심장을 잘라 내서 그게 뛰는 한순간만이라도 이놈의 망할 우리 밖으로 던질 거야."

지젤은 분노를 발산시키는 대신, 더 긴장했다. 입술을 꼭 깨물고 목 근육을 굳혔다.

"내가 위험을 무릅쓰고 군주를 찾아간 까닭이 뭐라고 생각해? 모험하려고? 지루하고 작업이 지겨워서? 그자도 룬 그레이의 비밀 일부이고, 그 비밀이 바로 탈출 방법이라고 생각했기 때문이야. 나는 나가야 해. 고문과 절망만 남은 이 고철 덩어리 세상을 태워 버려야 해."

지젤은 라이어니스라는 왕복선의 날개로 올라갔다.

"내가 죽였어. 너도 알지?"

애스터는 한숨을 푹 쉬며 주먹을 꽉 쥐고 양발 사이를 넓혔다.

"그냥 생각한 대로 했더니 됐어. 아주 쉬웠어, 애스터. 얼마나 쉬웠는지 모를걸. 처음에는 정전 중에 군주를 찾아갔어. 간호사에게 양귀비액 125그램을 주고 매수한 다음에 내가 간호사인 척했지. 그러라고 하더라고. 그래서 간호사복을 입었어. 대낮에도 경비원들이 못 알아보더라. 그리고 군주가 날 봤어. 끙끙거리고 온몸을 비틀면서 기침을 하더니 누구냐고 물었어. 그래서 내가 말했어. *안녕하세요, 군주님. 지젤이라고 해요. 오*

늘부터 당신의 간호사예요. 군주가 말했어. *예쁘장하구나?* 그
러더니 정신을 잃었어. 그래서 날마다 내가 돌봤지. 군주의 방
을 뒤지고 또 뒤졌어. 내가 뭘 발견했는지 아니, 애스터?"

애스터는 그것이 에이돌론인지 알아야만 했다. 어머니와 니
콜리우스 군주가 어떻게 연결되는지 알아야 했다.

"아무것도. 아무것도 못 찾았어. 거기 있던 트렁크를 치우고
밑에 깔아 놓은 작은 러그를 움직였을 때까지. 참 아름다운 러
그였어. 진홍색에 아주 예쁜 아라베스크 무늬였지. 옛날이야기
에 나오는 마법의 양탄자처럼. 그런데 그 러그 아래 경첩이랑
걸쇠가 있더라. 그래서 열었지. 그러니까 계단이 있었어. 그 계
단을 내려갔어. 그리고 봤어. 내 평생 가장 아름다운 광경이었
지. 이거였어."

지젤이 하늘을 가리켰다.

"별들을 봤어. 군주는 언제라도 온 세상을 혼자 볼 수 있었
어. 소파랑 테이블이 있더라. 술을 넣어 두는 장식장이랑."

그렇다면 유리를 통해 병에 걸린 것이다. 룬은 왕복선 구역
과 관제실에서 그 병에 걸렸다. 니콜리우스는 내실에서 걸렸다.
우주선에서 금속으로 막지 않고 창을 낸 단 두 곳이었다. 애스
터는 우주선 외부의 방사능과 에이돌론에 노출된 탓이라고 짐
작했다.

"오늘 아침, 앞으로 어떻게 할까 궁리하며 서성거리고 있었
어. 그런데 군주가 말했어. *내 걱정은 하지 마라.* 그래서 걱정

안 한다고 했지. 나야 내 걱정을 했지. 군주가 다가오라고 하더니, 내가 다가가자 토하고는 베개를 베고 누워서 손을 들어 내 입술을 만졌어. 나는 눈을 감고 그자가 죽기를 바랐지. 그랬더니 그냥 죽더라. 내가 명령한 대로."

지젤은 자기 가슴을 꼭 끌어안았다.

"내가 무슨 짓을 했는지 생각하고 울지도 않았어."

말은 그렇게 했지만 지젤의 안내 유체에 눈물이 섞여 홍채 주위의 흰자위가 빛났다. 멜루신처럼, 애스터처럼, 지젤도 신경 쇠약을 잘 일으키지 않았지만, 가끔은 누구나 슬픔에 휩싸이기 마련이었다. 온몸의 선이 곧 끊어질 듯 팽팽해진 지젤은 무너지기 직전 같았다.

"정말 오랫동안 어머니가 자기 목을 그었다고 생각했어. 마틸다호의 어느 구석으로 기어 들어가 혼자 죽었다고 생각했지. 고통만 주는 삶이라서?"

애스터는 손을 뻗어 지젤의 무릎에 얹는 것이 옳고, 좋고, 착한 일일지 모른다고 생각했다. 그렇게 하면 뒤죽박죽이 된 생각이 지젤이 이해할 수 있는 언어로 번역될 거라고.

그 대신 애스터는 플리팅이라는 왕복선의 부품들을 만지작거리다가 손잡이를 발견했다. 눌러 봤지만 아무 일도 없었다. 돌려도 보았지만 아무 일도 없었다. 작은 금속 버튼을 반시계 방향으로 비틀자 작은 찰칵 소리가 나더니 키패드가 나타났다. 그 손잡이를 반대 방향으로 돌리자 키패드가 반짝이더니 보이는 틈이나 솔기도 없이 문 속으로 사라졌다.

"어머니가 자살했다고 화난 적 없었어. 나를 이 세상에 태어나게 하려고 어머니 자신의 행복을 그렇게 오래 희생한 것을 고맙게 여길 뿐이었지."

애스터는 지젤의 반응을 지켜봤다.

"작고 연약한 몸속의 뼈가 다 부서지도록 놈들이 나를 때리고 때리고 또 때리겠지만, 목숨만 부지한다면 나는 기쁠 거야. 정말 기쁘겠지."

애스터는 왜 그런 말을 털어놓는지 알 수 없었다. 적당한 때라고 느꼈다.

"하지만 어머니가 정말로 더 좋은 세상을 발견했다면? 놈들이 우리에게 다시는 손대지 못한다면?"

꿈같은 소리였지만, 애스터는 믿었다.

12장

V데크는 Q데크보다 추웠고 숨쉬기 괴로웠다. 하니파라는 이름의 젊은 여인이 박새꽃을 태워도 상황은 나아지지 않았다. 통풍구가 연기를 대부분 흡수하고 걸렀지만 선실 공기는 여전히 탁했다. 본래는 올리브색을 띤 금빛 피부에 활기찬 나비드가 병색이 완연한 얼굴로 숨을 들이쉬자 광대뼈 아래가 움푹 들어갔다. 애스터는 회색 기체 입자 사이로 나비드의 수척한 모습을 겨우 알아봤다.

나비드는 아이를 가졌고 병들었다. V-01003에 사는 다른 사람들은 나비드에게 조용히 쉴 공간을 내주기 위해 그곳을 비웠다. 나비드의 언니 하니파만 남았다. 하니파가 말했다.

"같은 방 친구가 물을 데우고 있어. 곧 돌아올 거야."

애스터는 나비드의 이마에 손을 얹었다.

"체온이 벌써 적정 수준을 넘었어. 무슨 병이든지 열은 치료에 효과가 없다고 봐. 땀을 흘려서 나을 때는 지났어. 따뜻한 물은 가져오지 마."

하니파는 태우던 식물 위에 작은 종이를 접어 올리고 그것이 재로 변하는 걸 본 다음 기도를 올리며 손으로 작은 불꽃을 눌러 껐다.

애스터는 나비드를 바닥에 깐 요에서 일으켜 테이블에 눕혔다. 둥지에 알을 넣듯이 조심스레 머리를 뉘었다. 나비드는 열아홉 살이었지만 날씬했고 별로 무겁지 않았다.

하니파가 베개를 가져오며 말했다.

"황소 같다. 나비드를 그렇게 들어 옮기다니."

나비드의 머리카락이 애스터의 손가락 사이에 끼었다. 나비드는 힘없이 앓았다. 입술 위에 난 조그만 검은 수염이 땀에 젖었다. 애스터는 왕복선 구역에서 발견한 것을 잠시 잊으려고 세세한 것 하나하나에 집중했다.

기대감, 추위, 불안에 몸이 떨렸다. 어쩔 줄 모르는 에너지에 심장이 계속 쿵쿵거렸다. 제어실에서 어머니의 이야기를 더 조합하는 데는 오래 걸리지 않았다. 룬이 쓴 것이 아닌 서류는 다양한 콘솔과 장치의 수치였다. 마틸다호 전체 비행 기록이었다. 애스터는 운행 기록을 이해하지 못했지만 룬이 요약한 내용은 이해할 수 있었다. 특히 애스터의 흥미를 끈 부분이 있었다.

이곳이 그렇게 어마어마한 오작동을 일으킨 선내 구역인 것은 별로 놀랍지 않다. 군주가 관리하는 유일한 구역이니까. 가장 성스러운 자만이 마틸다호의 운항 방향을 담당해야 한다고, 그네들이 잘못된 믿음을 품어 참 다행이었다. 그 믿음으로 그네들 다수가 죽었으니까.

두 번 측정한다. 한 번 자른다. 어렵지 않다. 수치를 계산 콘솔에 의지하려면, 운항 예상치를 위해 데이터를 입력할 때 이놈의 우주선 크기를 제발 감안하라고! 공간 축전지가 작동하는 경우에는 그게 기본 우주공학이잖아.

소행성 필드를 통과하는 진로를 짜는 건 대담했고 최고의 경로를 예측하기 위해 소행성의 노선을 시뮬레이션한 건 명민한 전략이었다. 하지만 정확한 시뮬레이션을 위해 우주선체의 부피와 그 결과로 생겨나는 중력을 고려해야 한다. 그런 사안에서 중력이 항상 관련 있는 건 아니지만 실루미늄 수천 톤을 주위에서 퍼내 왜곡 풍선을 만들 때는 분명 관련이 있으니까.

텅 빈 공간을 항해하거나 큰 행성을 피할 때는 그렇게 정밀한 계산이 필요하지 않았겠지만, 거대한 바위 폭풍이 다가올 때는 분명 중요한 문제다.

애스터는 다른 일지에서 일부러 모호하게 쓴 글보다 룬의 진짜 목소리가 담긴 글을 읽는 것이 좋았다. 이때만큼은 해답이 직접 전달됐다. 에이돌론의 진짜 이름을 알게 됐다. 실루미늄. 공간을 압축해 마틸다호가 광속에 가까운 속도로 이동하게 해 준 희귀 금속이었다.

군주제에 대한 룬의 낮은 평가를 보니 즐거웠고 엄청난 계산 착오에 대한 지적 분노도 마찬가지였다

소행성이 마틸다호에 충돌했다. 그로 인해 선체가 부서지진 않았지만 우주선 관제 구역이 찌그러지며 금속이 실루미늄을 회전시키는 관을 눌렀다. 액체가 흘러나와 마틸다호 상층부 다수가 며칠 후 중금속 중독으로 사망했다.

> 누군가 운항 시스템을 자동으로 바꾸는 센스가 있어
> 다행이었다. 저자들보다는 기계손에 맡기는 편이 더 안전한
> 느낌이다.

애스터는 룬보다 운항 담당자들에게 조금 더 너그러웠다. 적어도 소행성이 왕복선 구역의 관측 돔 유리에 충돌하진 않았으니까. 그랬다면 공기 공급에 차질이 생겨 우주선은 곧바로 망가졌을 것이다. 아기 태양을 담고 있는 것과 같은 슈퍼글라스라 해도 마찬가지였을 것이다.

"필요한 거 있어?"

하니파가 애스터의 어깨를 잡으며 물었다.

애스터는 당장 집중력을 아주 발휘하지 않아도 되길 바랐다. 룬, 에이돌론, 마틸다호, 왕복선 구역에 대해 생각하고 싶었다.

"치마를 걷고 아래를 드러낼 거야. 괜찮을까?"

"부끄럽지 않아."

나비드가 말했다.

애스터는 젊은 여인의 배에 손을 얹었다. 배는 거의 나오지 않았다. 손을 누르며 태아의 작은 엘프 같은 모양을 상상했다. 땅콩 크기의.

"뭔가 먹었어? 이걸 꺼내려고?"

애스터가 물었다.

증세가 너무 심해 독감 따위일 리 없었다. 눈 흰자위의 붉은 점이 염려스러웠고 주위 혈관은 변색되고 튀어나왔다. 다른 사람에게 그런 증상이 나타났다면 질병으로 보지 않았을 것이다.

"뭘 먹었어도 괜찮아. 하지만 나는 알아야 해."

나비드는 언니 쪽을 보더니 눈을 꼭 감았다. 얼굴 전체가 작은 매듭처럼 죄었다.

"나비, 뭘 한 거니?"

하니파가 물으며 양 뺨 위로 성호(星號)를 그었다.

애스터는 활성탄과 피마자유를 섞어 스푼에 담아 나비드의 입가에 댔다.

"마셔. 도움이 될 거야."

나비드는 조금 먹더니 콜록콜록 기침을 하며 애스터의 손에 마시던 걸 뿜었다.

"더."

나비드는 애스터의 말에 고개를 끄덕이며 얼굴을 일그러뜨린 채 또 한 스푼, 또 한 스푼을 삼켰다.

그다음, 애스터는 벨트에서 필요한 도구를 꺼냈다. 병, 관, 흡입할 큰 주사기.

하니파가 물었다.

"그건 왜?"

"끝내려고. 태아를. 나비드가 아니라. 내게 바라는 게 그거 맞지, 나비드?"

"응. 부탁해. 제발. 먼저 너한테 맡기고 싶었어. 당장 없애고 싶었는데 네가 바빴어. 나는 몸속에 작은 게 생긴 것뿐인데, 너는 죽어 가는 사람들을 살리고 있으니까."

"나비, 이럴 순 없어."

하니파가 동생의 목덜미를 젖은 수건으로 닦았다. 그리고 휘둥그레진 눈으로 애스터에게 말했다.

"이러면 애 채찍질을 당하고 구금실에 갇힐 거야. 더 심한 일도 들었어. 곧 야간 선실 점검이 있을 거야. 경비원이 볼 거라고."

"아무도 안 볼 거야. 난 빠르고 효율적으로 움직이니까."

애스터는 바셀린을 손에 문질러 데운 뒤 검사경이 너무 차갑지 않도록 쓰다듬었다.

"그걸 꺼내기 전까지 나비드는 안전한 느낌이 안 들 거야. 그리고 안전해져서 진정해야 회복할 수 있을 거야. 태아를 제거한 뒤에 독 치료를 할 거야. 나비드, 뭘 먹었지?"

애스터는 나비드의 다리를 벌렸다.

"이 자세 편하니?"

"편하다곤 할 수 없어."

"괜찮아?"

"응."

나비드의 배가 서너 번 오르락내리락했고, 고개를 왼쪽으로 돌리더니 언니 가슴에 담즙을 약간 토했다. 진정한 뒤 입을 닦고 말했다.

"뭘 먹었는지 몰라. 퀸스 윙의 제인에게서 샀어. 그거면 될 거라고 했거든."

애스터는 활성탄을 또 한 번 먹였다.

하니파는 욕을 하며 수건으로 담즙을 닦았다.

"그 욕심 사나운 것은 실 보푸라기를 뭉쳐 팔면서 암 치료제라고 할 거야. 누가 봐도 넌 비소를 먹은 거다, 이 어리석은 것아."

제인은 연금술학의 수치 같은 사기꾼이었다. 애스터는 왜 사람들이 제인의 가짜 약을 찾는지 알 수 없었다.

"맛이 어땠어?"

"똥 같았어. 끔찍하게 쓰고 고약했어. 색깔도 기억 안 나."

눈이 붓는 걸 보면 저녁 잎맥류에 속하는 독 같았지만 그것의 특징인 사지 마비 증세는 전혀 없었다.

"내 어리석고 멍청한 동생이 나을 거라고 말해 줘."

하니파의 말에 애스터는 고개를 끄덕이고 천주머니를 꺼내 나비드의 잿빛 혀에 허브를 뿌렸다. 임신중지는 통증 없이 진행됐다. 잠시 흡입한 게 끝이었다.

"뭔지 알아?"

나비드가 병을 들여다보며 물었다. 애스터는 이미 내용물을 통에 비웠다.

"딸이야? 아들이야?"

"그런 건 몰라. 이제 가 봐야 해."

애스터는 장갑을 벗고 하마멜리스 액을 손에 발랐다. 20분 전이니 그때 출발하면 Q데크까지 쉽게 돌아갈 수 있었다.

"최대한 빨리 보러 올게. 하지만 활성탄이면 충분할 거야."

"의무관 소견서를 위조해서 애가 내일 일을 쉽게 해 줄 수 있어? 쉬어야 해."

"그건 못 해."

"부탁해도?"

"못 해."

애스터는 해 주고 싶었지만 그럴 만큼 용감하지 못했다. 룬에게 일어난 일을 곧 찾아낼 수 있었다. 시작한 일을 마치려면 자유가 필요했다. 말썽을 일으키면 거의 제약 없이 선내를 돌아다닐 수 없게 됐다. 서리도 고려해야 했다. 서리라면 애스터가 위조한 소견서를 알아볼 것 같았다. 그자는 꼼꼼하고 부지런한 폭군이었다.

"기상종이 울릴 때까지 자. 아파 보인다. 의사 소견서 없어도 네 데크 감독관이 쉬게 해 줄 거야."

애스터는 나비드의 자궁에서 나온 조직 덩어리를 병에 넣었다. 기회가 있으면 태울 생각이었지만 당분간은 단단히 봉해 둘 것이다.

진공 태아 추출은 의무관이 가장 먼저 가르친 시술이었지만 그렇게 세월이 지나고도 그걸 하고 나면 기분이 좋지 않았다. 자신이 고아라는 사실이 기억났다.

아주머니는 아들이 열셋 있는 여자의 이야기를 해 줬다. 아들 모두 밤의 영혼에게서 태어난 신이었고, 저마다 능력이 있었다. 하나는 치유의 능력. 또 하나는 국가들이 전쟁하게 하는 능력. 새에게서 나는 것처럼 생물의 정수를 포착해 다른 것에게 넘기는 능력.(그러면 물고기는 솟아오르고 새는 바다 깊숙이 잠수할 수 있었다.) 등등. 아들들은 어머니가 잘 키워 착하게 자랐다. 하지만 시간이 흐르며 세상은 아들들을 잔인한 신으로 바꿨고 그네들은 세상을 더 악랄하게 만들었다.

어릴 적 애스터는 그 부분이 흥미로웠다. 마력을 지닌 신들은 아주머니 이야기에 늘 등장하는 존재였고 항상 흥미로운 건 아니었지만 성난 어머니들은 피바다와 트라우마를 의미했다. 아주머니도 아마 성난 어머니였을 것이다. 아주머니가 낳은 아이는 없었지만 영혼의 아이들은 많았다. 신의 어머니가 열세 아들에게 실망했듯이, 아주머니도 애스터에게 분명히 실망했다. 어쩔 수 없는 노릇이었다. 모두 바라는 것이 너무 많고 그 누구도 만족시킬 수 없으므로 실망하는 거였다.

그 이야기에서 아들들은 어머니 땅의 상속을 놓고 싸우는데, 어머니는 유서를 써서 누군가의 화를 돋우는 대신 죽을 때까지 치고받는 싸움을 일으킨다. 온 세상이 그네들의 전쟁터다. 신들의 어머니는 하늘에서 심판을 보고 아들들이 행성을 산산조각 내는 광경을 슬픈 마음으로 지켜본다. 그러고는 떠나서 별들과 영원한 밤을 돌아다닌다.

만족스러운 결말은 아니었지만 애스터는 그 의미를 이렇게 받아들였다. 아이를 갖지 말라.

그것도 시오에게 자궁을 제거하게 한 이유 가운데 하나였다. 일반적인 어머니 역할에 대한 거부였고, 어느 정도는 애스터 자신의 어머니에 대한 거부이기도 했다.

애스터는 도구를 챙기고 나비드와 하니파에게 인사한 뒤 집으로 돌아갔다. 집. 그곳 관습에 따라 밸리 윙 신전 앞 신상에 절을 했다. 금속 팔이 포옹을 의미하며 활짝 벌어져 있었지만 얼굴에는 세상에 지친 표정을 짓고 있어서 통행자들에게 자신에게 지나치게 의지하지 말라고 경고했다.

애스터는 그 신상을 좋아했지만 퀴리 신전에는 그런 것이 없었다. 그곳에는 다 타 버린 초와 아무도 읽을 수 없는 언어로 된 찢어진 경전밖에 없었다. 신전에 여자들이 이따금 기도하러 갔지만 멜루신이 애스터를 위해 그곳을 병실로 바꿔 놓았다. Q데크의 여러 윙 사람들이 나무판에 누워 신음하면서 병이 낫거나 죽기를 기다렸다.

멜루신 아주머니는 본래 좁아서 답답한 주거 구역보다 그곳을 더 좋아해 침대에 누워 있었다. 애스터가 의자에 앉으며 말했다.

"늦어서 죄송해요."

"사과할 필요 없다. 더 중요한 환자가 있는 거 아니까. 조금 아픈 건 견딜 수 있어. 그 여자아이지? 나비드?"

애스터는 끄덕이며 의료용품 가방에서 스테로이드 병을, 벨트에서 바늘을 꺼냈다.

"지젤을 찾았어요."

거리감의 여왕인 멜루신 아주머니는 처음엔 반응하지 않았다. 그러다가 애스터가 무릎을 볼 수 있도록 치마를 걷었다.

"잘 있니?"

"아뇨. 지난번 정전 때 떠난 이후로 굶고 있어요. 오늘 밤에 돌아오면 선실에서 먹을 것을 주겠다고 했어요."

"안 올 거다."

아주머니는 고개를 젓고 긴 양말을 내리기 시작했다.

"돌아오면 어떻게 될지 너무 두려울 거야. 맞기 싫은 걸 탓할 순 없지. 몸이 튼튼하지도 않은데."

"인원 점검 뒤 한밤중에 오면 아침 통금 전에 돌아갈 수 있을 것 같았어요. 위험하긴 하지만, 지젤은 더 위험한 일도 해봤어요."

애스터는 그날 아침을 떠올리며 말했다.

"어디 있니?"

애스터는 병에 주사기를 찔러 채웠다.

"왜곡 풍선이 뭔지 아세요?"

모른다는 대답이 나오겠지만 멜루신 아주머니는 오래 살았으니까. 어쩌면 25년 전 정전 때 들었을지도 몰랐다.

"모른다."

멜루신이 진지하게 말했다. 늘 그랬다. 아주머니는 엄격한 것이 아니라, 엄숙하게 집중했다. 시내 사람들의 일상에 억지로 밀려 들어간 은둔자의 태도였다.

"우주선이 대부분은 아니지만 가끔은 내부 전력원에서 전력을 끌어 써야 하는 걸 아세요?"

멜루신 아주머니는 그 질문을 곰곰이 생각했다.

"대닐다라는 우주선이 있다 치자. 그 우주선이 천계를 떠다니고 있다 치자. 움직이는 물체는 계속해서 움직인다고 치자. 그렇다고 들었으니까. 마룻바닥의 돌맹이가 뭔가 가로막지 않으면 거의 영영 굴러가는 것처럼. 하지만 그 방향을 바꾸고 싶다면? 손가락으로 살짝 치면 돼. 이따금 한 번씩 치기만 하면되는 거야. 알겠니?"

"네. 물론이죠."

마틸다호는 방향을 바꿀 때마다 자석을 이용했고 선내 동력을 이용해 그 자석을 가동시켰다. 그것이 정전을 일으켰다. 자동 항법 시스템은 또 소행성 필드를 감지했다. 어쩌면 미행성일지도. 애스터는 룬의 일지에서 우주선이 25년 전 노선을 바꿔 일련의 정전을 일으키게 된 원인을 찾아보기로 했다.

"내겐 이너시아라는 여동생이 있었다. 죽었어. 태어나는 날부터 아팠지. 어머니는 그 이름을 붙이면 살 거라고 생각하셨어. 계속 움직일 거라고."

맨다리가 떨렸다. 무성한 털도 추위를 막아 주지 못했다.

"그럼 어서 해라."

애스터는 이런 주사를 놓기가 싫었지만 아주머니의 관절염 통증을 조금이라도 완화할 방법은 스테로이드뿐이었다.

"어서 해."

멜루신은 아픈 주사를 맞을 생각에 몸을 긴장시키며 말했다.

애스터가 왼쪽 무릎에 바늘을 찌르자 아주머니는 찡그렸다. 그 얼굴에 눈물이 흘렀다. 애스터는 그날 사랑하는 여자가 우는 모습을 보는 것이 두 번째였다. 모두 참 약하고 여린 이들이었다. 분필처럼.

13장

애스터는 멜루신 아주머니 이야기 속의 은둔자들을 좋아했
다. 어릴 적 애스터는 아주머니의 묘사가 불러일으키는 이미지
속에서 잠들었다. 나무 오두막들과 염소 떼. 죽과 낡은 지팡이.
음산한 마녀들은 늘 담뱃대를 들고 기침을 하고 저주를 남겼다.

아주머니가 들려준 '위대한 생명의 집' 이야기는 고독을 매
혹적으로 만들었고, 애스터는 혼자임을 잘 견디는 그런 여자
가 되고 싶었다. 성미가 고약하긴 해도 애스터는 외로움을 잘
알았고, 몸을 떨며 침대에 누워 있을 때는 한 침대를 같이 쓸
사람을 바랄 수밖에 없었다. 원하는 사람은 올 수 없거나 올
생각이 없었다. 시오가 위험을 무릅쓰고 어기는 규칙이 있긴
했지만 애스터와 한 침대를 쓰는 건 거기 속하지 않을 듯했다.

애스터는 새로운 욕구가 싫었다. 오랫동안 필요한 건 받은 장난감뿐이었다. 갈색 손수건으로 싼 상아 우상들을 넣은 시가 상자였다. 하나는 얼굴 없이 긴 옷을 입고 팔짱을 끼고 고개를 든 중지 크기의 것이었다. 또 하나는 좀 더 섬세했다. 창을 겨누고 허리에는 전투용 도끼를 차고 등에는 활을 멘 여자였다. 아주머니를 만나고 나서야 제대로 된 이야기를 들었다.

브레어 멧돼지는 온 세상을 먹어 치웠다. 온 세상이 그를 먹어 치울 수 있게 되기 전까지는. 그때 사냥꾼 여인이 왔다. 여인은 수천 년 동안 멧돼지를 쫓았다. 멧돼지의 엄니는 시간을 뚫었고 늘 사냥꾼의 손아귀에서 벗어났다. 지친 사냥꾼 여인은 새로운 세상을 만들기로 하고 별 연료를 온갖 피조물로 가득한 기체 구형으로 빚었다. 그녀는 그 위를 떠다니며 브레어 멧돼지가 그것도 집어삼키러 올 때까지 지켰다. 멧돼지가 그토록 오랫동안 뛰어다니고 허기에 휩싸여 돌진할 때 사냥꾼 여인은 놈의 관자놀이에 창을 던졌다. 그녀는 멧돼지를 무릎에 눕히고 아주 큰 슬픔에 사로잡혀 울었다. 그 눈물이 우주의 크나큰 냉기에 얼어붙어서 서리로 이루어진 웅장한 다리를 만들었다. 사냥꾼 여인은 브레어 멧돼지를 품에 안고 그 다리를 건넜고 집에 도착하자 녀석의 배를 갈라 모든 세상이 다시 나타나게 했다. 그녀는 세상들보다 브레어 멧돼지가 더 그리웠다.

애스터는 그 단단하고 성난 우상 조각들을 가슴에 꼭 안았다. 뜨거운 몸에서 몸으로 전해진 그 조각상의 단단한 선은 변함없이 냉정했다. 세 살이 된 애스터가 멜루신 아주머니의 품에 안기기 전까지는. 아주머니는 뼈로 만든 우상들에게 키스하더니 말했다. *이건 우리보다 앞서 산 사람들의 상징이야. 위대한 삶을 살아 신들이 된 이들이지. 우리 모두 같은 조상을 가졌으니 네 안에 그네들이 존재한단다. 알겠니, 바브와? 이제 그네들은 우리에게서 멀리 있어.*

애스터는 담요를 머리까지 쓰고 입김으로 텐트 안을 데웠다.

"내 목소리가 들리면 와. 부탁이야."

애스터는 지젤의 대답은 기대하지 않고서 무전기에 대고 말했다. 다른 무엇보다도 외로움을 달래느라 지젤을 부른 것에 죄책감이 들었다. 가장 먼저 부르고 싶은 사람이 지젤이 아니라는 사실에 더 큰 죄책감이 들었다.

결국 무전기에서 소리가 들려왔다.

"안전하지 않아. 그리고 넌 날 부를 수 없어."

비명을 지른 것처럼 지젤의 목이 쉬어 있었다. 어쩌면 비명을 질렀을지도 모른다. 유리에 금을 내려고 왕복선 구역 유리돔을 향해 비명을 지르고 있었을지도.

"경비원들이 J데크 시신안치소에 배치됐어. 복도에 비교적 감시가 없어. 먹을 게 필요하잖아. 물도 필요하고."

"배고프지 않아. 목마르지도 않아. 오늘 아침 왕복선 구역에 오기 전에 사과를 먹었어."

하지만 애스터는 숨소리 섞인 지젤의 음성에서 그게 거짓말임을 감지했다.

"네게 주려고 저녁을 아껴 놨어. 쉽게 가지고 가도록 샌드위치로 만들었어. 버터밀크 비스킷과 염소고기 커리야."

애스터는 그걸로 지젤을 꾀어 보려고 했다. 음식은 갈색종이에 싸서 묶어 두었다. 지젤은 예쁜 포장을 좋아할 것 같았다.

"갓 짠 주스도 보온병에 담아 뒀어. 시원하고 맛있는 주스 좋아하잖아."

"오렌지야?"

애스터는 끄덕이며 대답했다.

"응."

"독이 아니라는 걸 어떻게 알아?"

"내가 검사했어. 식물관에서 검사했어."

사실이었다. 아니라면 지젤은 거짓말임을 알았을 것이다.

"그리고 맛도 봤어. 하지만 지금 나는 죽지 않고 너랑 이야기하잖아."

"놈들이 나만 겨냥한 독을 만들었는지도 몰라. 내 세포. 내 DNA만."

"그래서 내 실험실에서 식품을 더 자세히 검사했어."

물론 모든 것을 검사할 순 없었고 지젤의 머릿속에만 존재하는 독도 검사할 수 없었지만 비소, 포름알데히드, 청산가리, 중금속 탐지 키트로 충분하기를 바랐다.

"맛이 좋아?"

"아주머니가 만들었어."

"염소 커리에 검은 눈 완두콩 들었어?"

"내가 전부 골라냈어. 맛있을 것 같지 않아? 그러니까 오지 그래? 오래 머무를 필요 없어. 네가 가져가기 쉽게 가방에 넣어 뒀어."

"그 아래는 춥잖아."

"그럼 함께 이불 덮고 누우면 되지."

"밤새?"

"밤새."

"생각해 볼게."

지젤은 이렇게 말하고 통신을 끊었다.

애스터는 다시 연락이 올 때를 대비해 무전기를 켜고 기다렸지만, 지젤이 나타날 것 같지 않았다. 한 시간 그리고 두 시간, 세 시간이 흘렀다. 만약 지젤이 오는 길에 잡혔다면?

잠이 안 와서 룬의 노트 한 권에 집중했다. 글귀를 훑어보며 힌트를 찾았다.

화장실을 쓰고 난 뒤, H데크 경비원이 앞에 보인다. 두려움 없이 그의 검은 눈동자를 빤히 본다. 그에게서 달아나지도, 그를 지나쳐 가며 보호본능을 만족시키지도 않을 셈이다. 그러다가 경비원이 나를 체포한다면? 뒤로 밀치면? 그가 해 준 일은 내 이동 시간을 조금 아껴 줘 숙소로 빨리 돌아가게 한 것뿐이다.

그 일지가 마틸다호 항법 조종시스템이 방향을 바꾸도록 한 장애를 가리키는 것을 알고 있었다. H데크는 천계를 가리키는 암호였으니까. 하지만 다른 건 무슨 말인지 알 수 없었다. 애스터는 짜증을 느끼며 노트를 바닥에 던지고 『축약 고대어 문법』을 펼쳐 마커스 리빗의 산문만 생각하려고 집중했다.

애스터는 촛불을 켜고 석판에 글을 끼적였다. 잊지 않으려고 적어 두는 경우는 드물었지만 『축약 고대어 문법』의 세세한 내용은 매우 심오했다. 다른 책들을 읽으면 매 문단 말미에서 다른 책들을 찾아봐야 했고, 그러면 또 다른 책을 찾아봐야 하는 일이 끝도 없었다.("일반어를 말하는 이들은 특정 문구를 통해 과거 언어와 친숙해졌다. 카르페 디엠[6], 애드 인피니툼[7], 인 코그니토[8],…… 엣 세트라[9]. 하지만 이 언어들은 단어 말미에 '-us'나 '-em'을 덧붙이는 정도보다 훨씬 더 복잡하다. 고대어는 질서정연하고 체계적이지만 분류학과 각종 과학, 시나 예술에도 적합한 활기 넘치는 방언이다. 과거 언어를 아는 것은 일반어의 위대한 조상을 아는 것이고 조상을 아는 것은 자신을 아는 것이다.[리빗 iv]")

애스터는 책의 페이지가 지니는 무게와 질감이 좋았다. 종이에서 낮은 소리가 났다. 표와 그래프, 차트로 가득한 그 책에는 사람이 가질 수 없는 것이 있었다. 질서, 체계, 표준. 문법 교과서는 언어를 그래프와 차트로 나타낼 수 있는 존재, 살필 수 있는 대상으로 축소시켰다. 룬의 글과 오랫동안 씨름하고 나니 이렇게 직설적이고 상세한 설명이 반가웠다. 명징함과 투명함,

해답이 간절했다. 궁금해하는 것에는 지쳤다. 이제는 아는 부분으로 가고 싶었다.

애스터는 얼굴에 물이 뿌려지는 걸 느끼고 벌떡 일어났다. 어느새 잠이 들었나 보다.

"쉿. 안 그러면 다들 깰 거야."

애스터는 지젤이 라이플을 들고 있는 걸 보고 뒤로 물러났다.

"염려 마. 마법은 없어."

경비원들이 돌아다닐 가능성이 항상 있는데, 지젤이 그걸 들고 복도를 지나왔다는 걸 애스터는 믿을 수 없었다. 더군다나 작동도 안 하는 걸.

"이리 줘."

애스터가 총을 쥐며 말했다. 군주보위부의 누구도 볼 수 없는 안전한 곳을 찾아야 했다.

"애스터!"

지젤의 큰 소리에 다른 여자들이 깨어나기 시작했다.

"무슨 일이야?"

메이블이 속삭이듯 작은 소리로 물었다. 손으로 더듬어 안경을 찾더니 목을 축이려고 물을 마셨다.

"애스터가 내 물건을 훔쳤어."

지젤이 말했다.

피피가 눈을 부비더니 분홍색 헤어롤 위에 쓴 머릿수건을 고쳐 썼다. 비비언은 침대에서 뛰어내려 세면대로 가더니 얼굴을 씻고 물었다.

"벌써 아침이야?"

거의 아침이었다. 지젤은 거의 밤새 기다리다 찾아왔다.

"돌려줘."

지젤이 애스터에게 달려들어 총을 빼앗으려 들었다.

"둘 다 그만해."

피피가 말했다.

애스터는 있는 힘을 다해 라이플을 붙잡았지만 다친 어깨 때문에 힘이 약했다. 등에서 가슴까지 욱신거리는 통증이 내달리자 한숨을 나왔다.

그리고 또다시 그 소리가 들렸다. 전날 아침 처음 들었던 폭발음이 더 크게 들리자 귀가 쫑긋 곤두섰다. 선실 내에 다른 여자들도 같은 경험을 한 듯 손으로 귀를 막았다.

발사된 탄환이 금속벽을 부쉈다. 마법이 없긴.

지젤은 아랑곳없이 양팔로 애스터의 머리를 감쌌다. 너무 가까이라 짧은 머리가 애스터의 입으로 들어와 기침이 났다. 그러자 지젤은 애스터의 입술을 손바닥으로 막고 엄지로 코를 막아 숨을 들이쉬지 못하게 했다. 지젤의 상박이 애스터의 흉골을 눌렀다.

"내놔. 내 거야."

애스터는 라이플을 감싸 쥔 두 팔 말고는 축 늘어진 채 저항하지 않았다.

"놔 줘."

누군가 말했다.

"지젤, 애스터가 정말로 다치겠어."

이번엔 피피였다. 울고 있었다.

"신경 꺼."

지젤이 받아치더니 애스터의 턱에 가하는 압박을 더해 입과 코를 막았다.

누군가 촛불과 오일 램프를 켜기 시작했다. 쓸쓸한 불빛이 여기저기서 켜졌다.

번개 벌레가 어떻게 생겨났는지 아니? 멜루신이 언젠가 물었더랬다. 애스터는 그 이야기를 알았다. 빛을 다스리는 오만한 젊은 신이 있었다. 빛이 큰 기쁨을 주었기에 그는 그 빛을 전부 다 모아들였고, 온 우주가 새카만 칠흑보다 더 까매졌다. 밤보다, 죽음보다 더 까매졌다. 그러나 몇몇 빛이 반란을 일으켜 탈출했다. 신은 그 빛들을 말의 힘으로 얼려 처벌했고 그네들은 별이 되었다. 하지만 어떤 빛은 신이 보지 못하도록 몸집을 줄였고 원하는 대로 날아다니는 떠돌이 발광체가 되었다.

애스터는 날아가기엔 너무 무거워서 지젤이 손아귀의 힘을 뺄 때까지 몸을 비틀기 시작했다. 지젤의 손가락을 세게 물어 피를 냈다. 지젤은 비명을 지르며 손을 가슴에 대고 떨어져 나갔다. 애스터는 눈앞에 점들이 보이는 순간 산소를 들이마셨다.

"네가 미워. 오지 말걸."

지젤이 말하더니 선실에서 달려 나갔다. 애스터가 싸 둔 식량과 물건 가방은 해치 옆에 놓여 있었다.

"따라가야지."

피피가 외쳤다.

"저거 좀 감춰 줘."

이미 뒤따르던 애스터가 라이플을 가리키며 문 옆의 가방을 들었다.

애스터는 지젤을 따라 달렸고 곧 따라잡았다. 지젤은 기력이 없어 빨리 뛰지 못했다.

"나 좀 그냥 둬!"

"그럴게. 하지만 조용히 하겠다고, 시선 끌지 않겠다고 약속해. 이거 가져가고."

지젤은 애스터가 건넨 가방을 들더니 바닥에 던져 꼼꼼히 싼 샌드위치들이 쏟아져 나왔다.

"네 독약을 내게 먹일 생각 마."

"부탁이야."

"어이! 너희 둘!"

애스터가 돌아보니 경비원 리뮤얼이 다가오고 있었다. 상층 데크 여자의 '금발은 아니지만 갈색도 아닌' 머리카락을 쓰다듬으며 숨어다니는 걸 종종 보기 때문에 그 이름을 기억했다.

여자는 웃어 대며 이런 소리를 지껄이면서 그를 밀어내곤 했다. *리뮤얼, 여긴 더러워. 다른 데로 갈 순 없어?*

애스터가 말했다.

"화장실에 가는 중입니다. 곧 인원 점검이 있을 테니 괜찮을 거라고 생각했습니다."

"벽에 붙어, 둘 다."

"네 탓이야. 네 탓. 네 탓이라고."

지젤이 숨죽여 흐느끼듯 말했다.

또 한 명의 경비원이 모퉁이를 돌아 나왔다. 나이도 많고 제복에 장식이 많은 자였다.

"무슨 일이지?"

리뮤얼은 자세를 세웠지만 단추 풀린 셔츠와 헝클어진 머리카락, 채워지지 않은 벨트 버클은 그대로였다.

"이 둘이 돌아다니는 걸 잡았습니다, 경위님."

그 말에 경위는 지루한 표정으로 애스터와 지젤을 보더니 리뮤얼에게 수갑을 채우라고 했다.

둘 다 회초리 형을 받았다. 엉덩이에 여섯 번, 등에 네 번.

"벗어."

워너 경사가 말했다.

지젤과 애스터 둘 다 울었다. 눈물을 참을 수 없을 정도로 불쾌했다. 의지에 반해, 숨쉬기처럼 눈물이 흘러내렸다. 애스터는 눈물방울의 수를 세는 걸 좋아하기도 했다.

"근무 시각까지 구금실에 넣어. 오늘은 중대한 날이라 제대로 처벌할 수 없지만, 그 정도면 알아듣겠지."

워너 경사의 말에 경비원 하나가 애스터의 팔꿈치를 잡아 해치로 끌고 갔다. 애스터는 아파서 제대로 걸을 수 없었다. 지젤은 절뚝이며 일어났지만 워너가 팬티 허리 고무줄을 잡아당겼다.

"다시 생각해 보니 너는 남아."

그가 손을 놓자 지젤이 바닥에 쓰러졌다.

"보고에 따르면 넌 한동안 아침 저녁 인원 점검에 안 보였다던데."

지젤이 단단한 금속 바닥에 몸을 웅크렸다. 애스터는 경비원에게 끌려 나가는 바람에 더는 지젤의 모습을 볼 수 없었다. 구금실은 옥수숫대 높이에 갓 태어난 망아지 크기의 작은 감방이었다. 일어서지도 눕지도 못하고 무릎을 끌어안고 앉아 있어야 했다. 엉덩이와 등이 온통 쓰라렸다.

사람들 목소리에 깨어날 때까지 애스터는 기절한 걸 알지 못했다. 잠든 시간이 몇 시간인지, 몇 분인지 알 수 없었다. 눈을 감은 채로 기지개를 켜려다, 구금실에 갇힌 일이 기억났다.

"그때쯤 되면 여기도 조용해지겠지."

밖에서 경비원이 말했다. 낯선 억양이었지만 어렵게나마 알아들을 수 있었다.

"어디서 하는데? 나는 한 번도 못 가 봤어."

또 다른 경비원이 말했다.

"E데크."

애스터는 좁은 공간에서 최대한 몸을 움직여 금속 벽에 귀를 댔다.

"왜 그렇게 빨리 하는지 모르겠군."

"질서를 복구하려는 거겠지. 그 경비원 머리가 터졌고 사람들은 군주보위부의 통치 능력에 믿음을 잃었으니까. 정전도 그렇고. 이래야 제대로 움직이기 시작할 거야."

애스터는 큰 소리로 기침을 하며 깨어났음을 알렸다.

"물. 물 좀 주세요."

열쇠가 짤랑거리더니 작은 문이 열렸다.

"나와."

한 명이 애스터를 잡아당겼다. 처음에 갇혔을 때보다 일어서니 더 아팠다.

"마셔."

다른 경비원이 금속 그릇을 건넸다. 애스터는 그릇을 움켜쥐고 마시다가 뚝 멈췄다. 얼굴을 찡그리며 혀를 꼬았다. 오줌이었다. 두 경비원은 신이 나서 웃어 댔다.

누군가에게 오물을 먹이고 즐거워하다니 참 한심했다. 애스터는 침을 꿀꺽 삼키고 입술을 그릇에 대고 눈을 감고서 남은 소변을 한꺼번에 들이켰다. 빈 그릇을 경비원에게 넘겼다.

"고맙습니다."

그렇게 말하고 입술을 핥으며 구역질을 참았다.

"맛있었어요. 소변을 좋아하거든요."

처음의 경비원이 애스터의 목덜미를 잡아 금속 상자로 밀어 넣었다. 전에 가둔 곳이 아니라 다른 곳이었다.

"잘난 체한 죄로 다시 들어가."

그는 자물쇠를 풀어 문을 열었다. 지젤이 안에 웅크리고 있었다. 온몸에 멍이 꽃처럼 피어나 있었다. 아이리스, 작약, 파린시아, 다육식물 꽃, 바이올렛, 그리고 어떤 곳은 진달래까지. 살갗 아래 염증이 생긴 혈관에서 혈액이 흘러나왔다. 지젤은 머리를 푹 숙이고 있었다. 숨소리가 쌕쌕거렸고 눈은 감고 있었다.

경비원이 안으로 밀어 애스터는 지젤의 몸 위로 쓰러졌다. 문이 쾅 닫히자 애스터와 지젤은 룬이 그린 분자 모형처럼 팔다리가 얽힌 채 끌어안을 수밖에 없었다.

남자들은 몇 분 더 이야기하더니 조용해졌고 선실에서 나가버렸다. 애스터는 자세를 고치려고 했지만 불가능했다.

"너 시체보다 더 고약한 냄새가 나."

지젤이 겨우 헉헉거리며 말했다. 애스터는 지젤의 뜨거운 숨을 느낄 수 있었다. 팔꿈치가 가렵고 몸이 떨렸다.

"깼구나."

"깨어 있었어."

"기절한 줄 알았어."

"아니."

지젤의 목소리가 떨렸다. 발 디딜 곳을 찾지 못하는 것처럼 불안정했다.

"괜찮아?"

애스터가 바보처럼 물었다. 그리고 후회했다.

지젤은 힘겹게 큰 소리로 한숨을 내쉬었다.

"괜찮았어. 놈들이 내게 한 짓이 좋았어."

몸이 적응할 수 있는 일은 지나치게 많았다. 애스터는 '이젠 안 돼, 더 이상은. 안 그러면 분명 죽을 거야.'라고 생각하곤 했지만, 절대 죽지 않았다.

"이렇게 돼서 유감이다."

그렇게 말하면서도 애스터는 정확히 무슨 일이 있었는지 알지 못했다. 짐작은 할 수 있었다. 경비원들의 잔인성은 몇 가지 형태만을 취했다. 그네들의 폭력은 예측 가능했다.

"혹시 내가……."

"그놈들이 무슨 말을 했는지 알아? 몇 마디만 알아들었어. 대관식이 뭐야?"

애스터는 경비원들의 이야기 대부분을 들었지만 너무 늦어서 맥락을 이해하지 못했다. 놓친 대화의 고리를 지젤이 알려

쳤다.

"새 군주를 임명한다는 뜻이네."

둘의 숨이 차분해져서 헉헉거리던 소리는 이따금 앓는 소리로 줄었다.

"벌써? 신이여, 시간이 더 있는 줄 알았는데."

그건 애스터도 마찬가지였다.

"네가 늘 말하던 그 인간이 군주가 되는 거지? 서리. 의무관 말처럼, 뭐라도 해야 해. 막아야 한다고."

지젤은 서리를 직접 만나 본 적이 없지만 애스터의 이야기만으로도 얼마나 악랄한 자인지 전달된 모양이었다.

"그래. E데크로 찾아가서 중단하라고 하면 되지."

"시도는 해 볼 수 있잖아. 놈들이 네 말은 안 듣겠지만…… 의무관은?"

애스터가 대답하기 전, 경비원이 문을 열었다.

"돌아간다."

그가 이렇게 말하더니 그녀들을 이끌고 좁은 통로를 지나 Q데크로 갔다. 이렇게 이른 시각에는 음식 냄새도, 엄마를 찾아 울며 돌아다니는 아이도 없어 모두 텅 빈 느낌이었다.

"업혀도 돼?"

뒤에서 들린 소리에 애스터가 돌아보니 지젤은 벽에 기대고 있었다. 애스터는 지젤을 업고 무릎 뒤에 팔을 끼웠다. 끈적였다.

두 사람이 돌아왔을 때, 지각한 몇몇을 제외하면 쿼리 윙은 비어 있었다. 아무도 무슨 일이냐고 묻지 않았다. 다른 이들은 이미 달걀을 모으고 목욕물을 데우는 등, 자기 일을 하러 간 뒤였다. 애스터는 지젤을 침대에 눕혔다.

"목욕할래?"

지젤이 어깨를 으쓱이자 애스터는 세면대로 가서 작은 통을 반쯤 물로 채운 뒤 주방 스토브에 데웠다. 물이 끓자 나머지는 차가운 물로 채운 뒤 손끝으로 온도를 확인했다.

애스터는 침대 기둥에 걸어 둔 의료용품 벨트에서 말린 달맞이꽃과 실바 오일을 꺼내 비누와 함께 물에 섞었다. 상처에 조심하며 작은 플란넬 천으로 지젤을 씻기기 시작했다.

"너무 뜨거워?"

지젤은 또 어깨를 으쓱였다. 애스터가 비눗물로 상처를 문질러도 찡그리지도 않았다. 다리 사이를 씻을 때가 되자 애스터는 음모와 살갗 위에 비눗물을 짠 뒤 재빨리 두 번 문지르고 지젤이 몸을 굳히며 눈을 꼭 감자 멈췄다.

"애스터?"

"응?"

"뭐라도 할 거야, 말 거야?"

애스터는 통에 수건을 담가 휘젓고 짰다.

"엎드려."

그리고 지젤의 가슴, 배, 허벅지 닦기를 마쳤다. 지젤은 천천

히 돌아 누웠고 애스터는 하반신에 시트를 덮고 등을 닦기 시
작했다.

지젤이 애스터의 손목을 잡고 말했다.

"할 거면 크게 해. 다 태워 버려."

"내가 뭘 할 수 있겠어? 나도 너처럼 아무것도 못 해."

"그냥 해! 뭐라도!"

지젤이 애스터를 뿌리치자 의자에 올려 둔 물이 엎어지면서
애스터가 바닥에 쓰러졌다. 어깨와 등이 쓰라렸다.

"난 깨끗해. 가. 어서!"

지젤이 손을 내려 엎어진 통을 들더니 치워 버렸다.

애스터는 걸상을 잡고 부츠에 힘을 주고 천천히 일어났다.
지젤의 등을 작은 수건으로 닦아 준 뒤, 시트로 온몸을 덮어
줬다.

"날 씻기는 건 도움이 안 돼. 닦아 주는 것도. 먹이고 물을
주는 것도 마찬가지야."

애스터는 지젤의 말을 이해했다. 서리가 마틸다호를 지휘하
게 되는 상황에 비하면 그런 것은 너무나 사소했다. 선혈 웅덩
이에 선행 몇 방울을 떨어뜨리는 셈이었다.

14장

서리를 처음 만난 해, 즉 10년 전에도 애스터와 지젤은 여전히 엄마아빠 놀이를 했다.

애스터는 수염처럼 재를 뺨에 바르고 최대한 남편 같은 목소리로 말했다.

"파이프 좀 가져와, 어리석은 여자야. 신문을 읽고 싶은데 담배를 먼저 피워야 되니까."

애스터보다 서너 살 위(열일곱?)인 여자아이가 아이를 가져 불룩한 배를 안고 해치를 들여다봤다. 그 애가 애스터 발치, 발판 아래 더러운 빨래 뭉치를 가리키며 말했다.

"어이, 괴짜마녀, 내 스타킹 좀 던져."

"얘가 가장인 거 몰라? 가장을 존중해야지."

지젤이 남편 애스터의 아내 역할을 하며 말했다.

복도의 여자아이가 팔짱을 끼더니 해치 프레임에 몸을 기댔다.

"그래, 좋아. 괴짜마녀, 괜찮다면 내 스타킹 좀 던져 주겠어요? 선생님?"

"난 마녀가 아니야. 과학자이지."

'괴짜'라는 부분은 부인할 수 없어 그냥 뒀다. 애스터는 세탁물 더미를 뒤져 두껍고 칙칙한 흰색 스타킹을 찾았다. 한쪽 무릎은 붉은 실로 꿰매고 다른 쪽은 갈색 코듀로이 천을 덧댄 것이었다.

"이거?"

"응. 이리 줘."

애스터는 스타킹을 던져 주고 다시 남편 역할을 하려고 목청을 가다듬었다.

"젠장, 아내. 파이프 가져오라고 했잖아."

"알았어, 알았다고요."

지젤은 티셔츠 소매를 목에 묶어 대충 앞치마를 만들고 자주색 모직 위에 파우더를 여기저기 뿌렸다. 버터넛 튀김 케이크를 만드느라 밀가루를 뒤집어썼다는 뜻이었다. 애스터는 지젤이 시각적 리얼리즘을 추구하는 것을 높이 평가했고, 고개를 끄덕인 뒤 오래된 별 지도를 펼쳐 《마틸다 모닝 헤럴드》인 척 들었다.

"병충해로 인해 식량 부족이 계속된다."

애스터가 읽는 척했다. 둘은 한동안 편안한 부부처럼 말없이 있었다. 지젤은 먼지를 털고 애스터는 신문을 읽으면서.

오래전 일이었지만 애스터는 머릿속으로 몇 분이나 지났는지 세면서 이렇게 말할 때를 기다렸던 기억이 났다.

"아내, 저녁이 필요해. 정치를 소화하는 데 필요한 정신적인 노력이 크니까, 배가 고파. 당신은 모르겠지만."

상층 데크에서 이따금 벽난로를 닦는 일을 할 때, 제이컵스 씨나 캘러헌 씨나 브라운 씨가 아내들을 꾸짖는 소리를 들은 적이 있어 그걸 좀 과장해서 따라 했다. 그 남자들은 흰 피부에 완벽한 옷차림을 하고 있었다.

"저녁을 지으라고!"

지젤이 애스터 쪽을 홱 돌아보더니 녹슨 철 바닥에 닦던 "은식기"(양철 머그)를 내던졌다.

"그렇게 배가 고프면 망할 저녁은 직접 차려 먹어, 바보야."

그러고는 큰 힐을 신고 팔짱을 낀 채 쿵쿵 걸어 나왔다.

"그 창녀 같은 비서에게 저녁을 시키지 그래? 응? 응? 그 여자 또 만났지, 응?"

바지 주머니에 손을 밀어 넣은 애스터는 이제 남편이 아니라 자기 목소리로, 덜 퉁명스럽게 모음을 굴리며 말했다.

"보통 남편이 아내에게 말대꾸했다고 때려야 하는 대목이지만 난 널 때리고 싶지 않아."

지젤이 말투를 트집 잡으리라는 걸 알았지만 애스터는 단호했다.

그러나 역할에 몰입한 지젤은 이렇게 말할 뿐이었다.

"때려. 난 상관없어."

"도전하는 거야? 아니면 내 우정을 또 시험하는 거야? 전에도 말했잖아. 이런 식으로 너에 대한 내 마음을 시험하는 건 불편하고 부적절하다고."

"규칙이 그런 것뿐이야. 넌 남자고 난 여자야. 내가 잘못하면 맞아야 하니까 때려."

애스터는 가짜 파이프를 내려놓고 일어났다.

"좋아. 놀이가 엉터리가 되지 않게 널 때릴게. 하지만 네 신체의 불편함을 줄이도록 살살 때릴 거야."

"세게 해."

지젤이 열네 살인 본인의 목소리와 매우 비슷하지만 쉰 소리를 조금 섞은 어른 목소리로 말했다.

"내가 울지 않을 정도로만 해. 화장이 지워지는 건 싫으니까."

그래서 남편은 아내를 때렸고 아내는 침대로 쓰러졌다. 애스터는 지젤 위로 올라탔다. 남편의 무릎이 아내의 허벅지를 누르고 양손은 머리 양쪽을 짚었다. 지젤의 턱에 붙어 있던 오래된 밴드에 피가 조금 배어났다.

애스터는 손가락으로 그 피를 닦았다.

"나 때문에 너 다친 곳이 벌어졌나 봐."

지젤은 숨을 몰아쉬었다.

"아프지 않아."

그러나 애스터는 이미 침대에서 내려왔다. 의료용품은 침대 아래, 다른 물건과 함께 있었다. 애스터는 새 옷감과 접착테이프, 식물관에서 구한 재료로 보름 전에 만든 연고를 꺼냈다.

"넌 얼굴이 가장 큰 장점이야."

애스터는 아주머니 말을 그대로 옮겼다.

"예쁘니까 남자들이 널 좋아해. 그러니까 예쁜 얼굴을 잘 유지해야지."

지젤은 팔꿈치에 힘을 주고 몸을 일으켰고 애스터는 다시 올라탔다. 작은 상처를 소독하고 흉터가 남지 않도록 연고를 발랐다.

"난 얼굴에 흉터가 백 개라도 예쁠 거야."

지젤의 무기는 허세였다. 유일한 무기였다.

"자, 다시 놀이해."

지젤이 반창고를 붙이고 말했다.

"이제 남편은 뭘 해야 하지?"

애스터가 묻자 지젤이 혀로 아랫입술을 쓱 핥았다.

"아내를 잡고 '가는' 거지."

"어딜 가?"

지젤이 어이없다는 표정을 지었다.

"그냥 몸을 돌려. 알잖아."

"이렇게?"

"응."

남편은 아내에게 몸을 대고 문지르고 이런저런 걸 하다가 해치 반대편에서 멜루신 아주머니가 여자아이들에게 타이르는 소리가 들릴 때만 멈췄다. "어린애들처럼 빈둥거리지 마라. 기상종 전에 할 일이 있잖니. 다른 애들은 이미 시작했다."

애스터는 일어나 침대 가장자리에 앉았다.

"왜 그만해?"

"이건 애들이 하는 거야. 그리고 아주머니 말 들었잖아. 내가 맡은 일 해야지."

"네가 일 안 해도 멜루신 아주머니는 상관 안 할 거야. 내가 해 줄게. 응? 작업 전까지 아직 시간 있어."

"아냐. 식물 상태도 확인하고 싶어."

식물관의 식물을 번식시키고, 교배하고, 아니면 변성시키려고 노력했고 그러기 위해 그것들과 함께했다. 식물은 애스터의 자손이었고 애스터는 엄마였다. 튼튼한 줄기가 진한 녹색을 띠며 솟아나는 용(龍)화환이 특히 흥미로웠다. 그 부모식물인 양철화환과 콜리스는 아주 많은 자손을 생산해서 이미 부모 수준을 넘어섰다. 애스터는 곧 그 열매가 맛을 효과적으로 감추는 효소를 만들어 주기를 바랐다.

지젤은 켈로이드 흉터처럼 입술을 삐죽 내밀었지만 "나중에 놀자."는 애스터의 말에 미소를 지었다. 애스터도 마주 웃었다.

그때는 그러는 게 당연했고 두 사람 사이는 마냥 좋을 것 같았다.

두 사람은 혈육은 아니라 해도 영혼의 자매였고, 영혼의 자매가 아니라면 혈육이었다. 둘의 조상이 같지 않았지만 모든 인류가 그렇듯이 몇 세대로 거슬러, 거슬러, 거슬러 '위대한 생명의 집'으로 올라가는 유전적 연결고리를 가졌다. 집이 어떤 시각적 지시 대상도 없이 모호한 개념만을 불러일으키는 것이 아니라 특정 거주지를 의미하던 시절로 거슬러 올라가면.

"집은 여자들이 가끔 추수 때 들판 데크에서 자는 텐트랑 비슷해."

둘이 처음 놀았을 때 지젤이 설명했다.

"그럼 이 놀이는 들판 데크에서 자는 척하는 거야?"

"아니, 중요한 건 우리가 가족처럼 행동하는 거야. 진짜 살아 있는 가족처럼."

애스터는 지젤을 자매로, 쌍둥이 자매로 여기는 게 좋았다. 과거에 같은 자궁에 살았을 거라고 생각했다. 어머니의 배 속, 뜨겁고 따뜻한 곳에 꼭 붙어 있었다고. 하나의 수정란에서 갈라진 거라고.

애스터와 지젤은 한 달 차이로 열다섯 살이 됐고 엄마아빠 놀이에서 연극으로 넘어갔다. 좀 더 점잖게. 성인이 됐으니까.

같은 복도에 사는 여자아이들과 어른들이 매트리스를 쌓아서 무대를 만들었다. 여섯 개, 네 개, 두 개를 쌓아 모두 공연을 볼 수 있도록 했다. 둘은 폭이 좁아 제대로 된 연극을 올릴 수 없는 주방 다음으로 가장 큰 스컬러리 선실에서 공연을 했다.

팬티를 돌돌 말아 가슴에 넣은 아내가 무대에서 쓰러지면 남편은 오래된 약병을 건넸다. 지젤은 뚜껑을 열고 극적으로 그 안에 든 것을 들이마셨다.

"어머, 멋진 향수로군요."

지젤이 외치며 통을 가슴에 꼭 붙이고 한숨을 폭 쉬었다. Q데크 여자들은 안 그러지만 D, E, F, G데크 여자들에겐 흔한 한숨이었다. 쿼리 윙에 사는 여자들도 한숨은 쉬었지만 소리가 달랐다. 그네들의 한숨소리는 묵직하고 깊었으며, 그네들은 한숨소리를 재빨리 구슬픈 자장가로 감췄다.

"고마워요, 아치볼드. 진심으로 고마워요."

"자, 향수를 당신 가슴에 뿌려 주지."

애스터의 말투는 여전히 이따금 불안정했다. 전하려는 내용은 아내의 흉골 각진 부분부터 '복부 중심', 즉 배꼽까지 향수를 문질러 주고 싶다는 남편의 욕망이었다.

맥락에 따라 다른 어휘가 사용되는데, 애스터는 어느 곳에 무엇이 맞는지 잘 연결시키지 못했다. 멜루신 아주머니가 늘 말하듯이 애스터는 '곁눈질을 하는 사람' 또는 '시야 구석만 바라보는 사람'이었다. 세상을 곁눈질로 보면 늘 상황을 제대로 이해하지 못했다.

지젤이 옷깃 단추를 끌렀다.

"대신 향수를 목에 뿌리는 게 어떨까요? 여자들이 밖에 나와 돌아다니면서 난리를 치기엔 너무 춥네요."

연기하는 와중에 지젤의 평소 말투가 새어 나왔다.

"아니. 그걸로 충분하지 않아. 목에 뿌리고 싶으면 그렇게 말했을 거요. 가슴에 뿌리고 싶어."

남편이 말했다. 애스터는 그렇게 말하는 사람이 자신이 아니란 걸 확실히 해 두고 싶었다.

지젤이 상층 데크의 억양을 엉망으로 흉내 내어 가늘게 떨리는 목소리로 말했다.

"다정한 사람. 향수는 목이나 손목에 뿌리는 게 좋겠어요. 너무 추워요."

"내가 남편이니 좋은 게 뭔지 정하는 건 나야."

애스터는 손을 들었지만 어떻게 해야 할지 몰라 툭 떨어뜨렸다. 지젤이 입 모양으로 말했다. *어서. 다 망치지 마.* 그래서 애스터는 지젤의 상의를 찢어 버렸다. 크게 어려운 일은 아니었다. 이 공연을 전에도 했었고 일부러 단추를 헐겁게 달아 놓았기 때문이다.

검정 구두약과 립스틱이 지젤의 가슴에 발라져 있었다. 성적 접촉에서 거칠게 빨아들인 여파로 보이도록 한 것이었다.

"당신이 생각하는 그런 거 아니에요."

지젤이 드러난 몸을 감추려고 움츠리고 상의 옷깃을 당기며 말했다. 손가락을 근처 물통에 담갔다가 양 뺨에 물을 발랐다. 눈물이었다.

"내 생각은 당신이 다른 놈에게 몸을 내줬다는 거요. 차, 창녀처럼."

"여보, 날 알잖아요. 내가 배신한 적 없다는 걸."

애스터는 지젤에게서 향수병을 빼앗아 벽에 던졌다. 유리가 터지며 산산조각 났다. 놀란 관객 중에는 비명을 막으려고 손으로 입을 누르는 이들도 있었다.

"당신 같은 여자들 때문에 우리가 이 잘난 수프 깡통에 갇힌 거야. 대체 몇 번이나."

애스터는 연기의 효과를 위해 잠시 쉬었다.

"그자와 붙어먹었지? 당신이 한 번 무릎 꿇을 때마다 우리 여정에 1년이 더해졌어. 한 번인가? 두 번? 쉰 번?…… 50년. 마틸다호가 약속의 땅에 닿을 때까지 최소한 50년은 더 가야해. 당신이 이렇게 어마어마한 죄를 지은 거야. 당신 탓이다!"

이따금 애스터는 그 말이 옳기를 바랐다. 자신이 저지른 모든 나쁜 짓이 우주를 형성했기를. *어마어마한 죄.* 군주의 말처럼. 애스터는 과학을 알았음에도. 우주는 죄가 아니었다. 진공상태였다. 아무것도 없는 상태였다.

"아치볼드, 이해해 줘요, 부탁이에요, 여보."

아치볼드는 이해하지 않았다. 벨트를 풀더니 반으로 접어 지젤의 등을 내리쳤다. 미리 블라우스 아래 두꺼운 종이를 대놓았지만 지젤은 소리를 지르고 비명을 지르다가 끙끙 앓았고 홀쩍이고 낑낑거렸다. 끝없는 침묵이 이어지다가 지젤이 가짜로 숨을 거두면 관객이 박수갈채를 보낼 때까지.

심장은 늘 쿵쾅거렸지만 애스터는 그걸 더 의식했다.

"지젤? 지젤?"

"응?"

지젤이 대답하며 인사를 하려고 가짜 죽음에서 부활했다.

그러나 애스터는 질문할 게 없었다. 그저 침묵을 깨고 싶었을 뿐.

그 시절에는 항상 뭔가 잘못됐다. 어느 날 지젤이 임신을 했다. 애스터가 만들어 준 물약 먹기를 잊고 상층 데크 남자에게 당했을 때, 아직은 아기가 아닌 존재가 배 속에서 자라게 됐다.

멜루신 아주머니가 흔들어 깨웠다.

"애스터, 일어나. 옷 잘 입고 얼굴에 때 좀 닦고 단정하게 꾸며 보렴."

아침이 밝기도 전, 겨우 4시였다. 다른 여자아이들은 침대에서 곤히 잤다. 5시에 경비원들이 와서 인원 점검을 했다. 즉, 애스터, 지젤, 아주머니는 한 시간 만에 볼일을 보고 방으로 돌아와야 했다.

지젤은 제일 좋은 옷, 즉 긴팔에 깔끔한 흰색 깃이 달린 하늘색 외투를 입고 해치에 기댔다. 검정 스타킹. 다른 신발만큼 낡지 않은 갈색 구두.

"가기 싫어."

"네 아이를 갖고 싶어?"

"아니, 그냥. 가고 싶지가 않아. 깨어나면 다 끝나 있으면 좋겠다."

"괜찮을 거야."

애스터가 말했다. 비슷한 상황에서 다른 사람들도 그렇게 말했으니 그때도 해당되는 말이길 바랐다.

애스터는 희미한 불빛 속에서 속바지 위에 파란 트위드 바지를 입었다.

"머리 좀 어떻게 해라."

멜루신 아주머니가 말했다.

그래서 애스터는 머리를 굵게 땋고 모자를 썼다.

"됐어요?"

"턱도 없지. 하지만 어쩌겠니."

애스터가 손잡이를 돌려 해치를 여는데 지젤이 손목을 잡았다.

"그 남자가 와서 해 주면 안 돼?"

"이럴 시간 없다, 아가."

아주머니가 그러더니 방언으로 뭐라고 중얼거렸는데, 번역하기 어렵지만 대략 이런 뜻이었다. *꾸물거리는 것도 그럴 여유가 있어야 하는 법이다.*

"넌 왜 못 해, 애스터? 훌륭한 과학자가 될 거고 이런저런 걸 만들 수 있다면서. 그러니까 그거 없앨 약을 만들 수 없어?"

"너까지 다치지 않게 하는 방법은 몰라."

"그럼 나도 다치게 해. 거의 죽을 정도로 아프게. 거기 가는 것보단 그게 낫겠어. 제발. 그 사람들이 날 붙잡아서 아프게 할 거예요."

지젤이 아주머니의 옷을 붙잡고 말했다.

"네가 발버둥을 치고 소리를 질러도 데리고 갈 거 알지?"

멜루신 아주머니는 지젤 손을 꼭 잡더니 끌고 갔다. 애스터는 의료용품 상자로 가서 지젤이 용기를 잃고 선실을 나서지 못하는 경우에 줬던 약병을 꺼냈다.

그때 그 시절, 청소년이었던 애스터는 지젤이 소심한 건 극도의 경계심 때문이라고 생각했다. 마틸다호의 여러 가지 위험에 대한 논리적이지만 과장된 반응이라고. 특히 통금 후, 복도를 순찰하는 경비원들은 무법상태를 허용했다. 사실 정확한 표현은 아니었다. '무법'이란 말은 법이 그런 위법을 금지한다는 의미를 내포했으니까. 그렇지 않았다.

주위 환경이 두려움을 증폭시키긴 했지만, 세월이 흐르면서 애스터는 지젤의 혐오증과 불안이 정신질환 수준에 도달했음을 알게 됐다. 지젤의 염려 중 일리 있는 것이 너무 많기 때문에 정확히 밝힐 수 없는 피해망상증이었다.

"한 스푼 먹어."

애스터가 지젤에게 약을 건넸다. 지젤은 시큼하고 끈적이는 물약을 삼켰다.

"준비됐니?"

아주머니가 이미 복도로 나가서 물었다.

30초가 지나서야 지젤은 한 발자국을 내디뎠다.

"됐지? 용감한 아가씨."

아주머니의 말과 달리 지젤이 용기를 낸 것 같지는 않았지만 약 덕분에 자신만만한 태도는 좀 돌아왔다. 고개를 들고서 애스터를 따라 걷는 지젤의 허리를 아주머니의 팔이 단단히 감쌌다. 누가 봤다면 아무 문제도 없어 보일 것이다. 할머니와 손녀들. 통금 이후에 돌아다닌 건 사실이지만, 범죄를 저지를 사람들은 아니었다. 그렇게 보였을 것이다. 애스터는 그게 통하기를 바랐다.

위층으로 다 올라간 뒤, 지젤이 외투 옷감을 당겨 스커트도 따라 올라가자 다리가 드러났다. 지젤이 가끔 자기 살을 꼬집어 낸 상처가 보였다. 셋은 중층 데크 목적지에 다다랐고 애스터는 등을 곧게 세우고 배운 암호를 두드렸다. 세 번 재빠르게 연달아 두드리는 것이었다. 한 번 똑, 그리고 두 번.

열쇠가 열리고 톱니바퀴가 삐걱거리는 소리가 들리더니 해치가 열렸다. 그네들은 흰 피부와 희끗희끗한 머리를 한 상층 데크 여자의 작은 선실로 들어갔다.

"늦었군. 그분이 기다리고 있어."

여자가 중층 언어로 말해서 멜루신과 지젤은 알아듣지 못하기에 애스터가 통역했다.

"필요한 돈은 가져왔어?"

"네, 서비스가 잘 끝나면 바로 드릴 거예요."

애스터가 대답했다. 그리고 만나러 온 남자를 찾아 고급스럽게 장식된 선실을 둘러봤다. 중층 데크 여자는 찻물을 끓이느라 미적거렸다. 장미 꽃잎이 뜨거운 물에 잠긴 뒤에야 그가 커튼 뒤에서 나타났다. 의무관. 그는 멜루신과 지젤, 애스터를 잠시 살폈다.

"천계의 은혜가 내리시길."

의무관은 하층어 방언으로 말했다. 애스터가 그때까지 만나본 다른 상층 데크 사람들과 달리 그에겐 별다른 억양이 없었다. 그래도 애스터는 그 말을 듣고 긴장했다. 정확한 모음과 자음의 강조 때문에 음악적인 언어가 이상하게 딱딱하게 들렸다.

애스터는 친절하고, 좀 무능하고, 나이 지긋한 백인 남자를 예상했는데, 젊고 특이한 남자가 등장했다. 검은 머리카락은 포마드를 여러 겹 발라 반짝였다. 숱이 많고 두터운, 곱슬거리는 눈썹이 예리한 아치형을 이뤘다. 창백한 피부였지만, 올리브색이 섞인 갈색 기미가 확연했다. 갈색 눈과 확장된 눈동자. 소년이나 다름없었고 애스터보다 기껏해야 다섯 살 정도 많아 보였다. 스물, 잘 봐 주면 스물하나. 그런데도 훨씬 나이 많은 사람의 존재감을 지녔다.

"천계의 은혜가 선생께도 내리시길."

이모와 지젤이 말했다.

애스터는 인사를 하지 않았다. 남자의 귓불 끝에 걸린 작은 은제 링들이 보였다. 한쪽에 아홉 개씩. 천계의 기도를 암송하기 위해서. 그걸 본 애스터의 심장이 이상하게 뛰었다. 애스터는 종교를 좋아하지 않았다. 종교가 애스터를 좋아하지 않고, 종종 잔인하게 대했기 때문이다. 애스터는 등 뒤에서 양손을 꽉 쥐고 태연한 척하려 했다.

"스스로 신실하다고 생각하세요?"

그 질문이 엉뚱한 걸 알면서도 던졌다. 확인해야 했으므로 상관없었다.

의무관은 고개를 갸웃하며 눈을 가늘게 떴다.

"그러니까, 환자에게 신실하냐고? 물론이지. 응. 나는 서비스를 제공하니까 어느 정도 관심과 전문성을 유지하는 게 의무지."

말 자체는 구두 장사꾼이 자기 일을 설명할 때 쓰는 것과 다를 바 없었다. 하지만 그의 말 아래 자의식적인 분노가 들끓었다. 종종 어조 변화를 전혀 감지하지 못하는 애스터마저도 그건 알아차렸다.

"질문을 오해했군요. 내 말은, 신에게 신실하냐고요."

의무관은 처음 질문 때보다 더 의아한 듯했지만 대답을 했다.

"응."

애스터는 이모와 지젤을 보고 입구 쪽으로 고갯짓했다.

"가야겠어요."

"뭐?"

지젤은 이렇게 물으면서도 해치 쪽으로 성큼성큼 걸어갔다.

멜루신 아주머니가 애스터 어깨를 잡아 돌려세웠다.

"미안하지만, 애스터. 넌 어린애야. 이래라저래라 못 한다는
뜻이다. 내가 말을 하면 너는 듣는 거야."

"덫이에요."

애스터의 말을 들은 지젤이 보호받으려는 것인지, 그럴 줄
알았다는 것인지, 애스터 뒤에 바짝 붙어 섰다. 애스터는 지젤
이 얼마나 쉽게 불안해하는지 알기 때문에 그 염려가 합당한
지 여부는 생각하지 않았다. 마틸다호에서 임신 중지 시술을
거짓으로 홍보해 그 시술을 받으려는 사람을 경비대에 신고한
다는 소문이 하층 데크에 돌았었다.

방을 내준 중층 데크 여자가 말했다.

"덫 아니에요. 내가 해치를 막고 칼을 꺼내 당신들을 인질로
잡고 경비대를 부를 것 같아요? 이상한 호들갑으로 시간 낭비
하지 말아요."

"됐다. 네가 다 아는 것 같지만, 그렇지 않아. 또 주제넘게 나
서면 맞을 줄 알아. 맞았다 하면 쓰러져서 입술이 부르트고 이

가 깨질 줄 알아. 그러고 나면 말하기 전에 생각을 하게 되겠지."

아주머니가 그런 말을 하다니 희한했다. 실제로 애스터는 잘못된 말을 너무 자주 해서 말하기 전에 '세 번' 생각했기 때문이다.

"난 그냥……."

"내 말 막지 마라. 시오를 찾아낸 건 나야. 나라고. 네 아주머니가 다 알아보지 않았을 것 같으냐? 널 먹여 주고 입혀 주는 내가? 진짜 금과 물감도 구별 못 하는 것 같아?"

"시오?"

애스터가 시선을 돌리자 의무관은 그 상황에도 태연한 얼굴로 뻣뻣하게 서 있었다.

"이 사람을 알아요?"

"모르는 사람한테 애를 데려오진 않는다."

아주머니가 말했다.

애스터는 다시 남자의 귀고리들을 보고 입술을 핥았다.

"그럼 준비됐습니까?"

의무관인 시오가 물었다. 그는 걷고 들어온 커튼을 다시 쳤다.

"좁아서 두 사람밖에 못 있습니다."

그 말에 아주머니가 들어가려고 했지만 지젤이 애스터를 붙잡았다.

"부탁해요, 멜루신 아주머니. 애스터가 좋겠어요."

"알았다."

아주머니는 나무 발이 달린 푹신한 벨벳 소파로 절뚝이며 걸어갔다.

의무관은 둘을 파티션 뒤로 안내했고, 그 안에는 갈색 가죽 리클라이너 의자가 있었다.

"앉아."

지젤이 털썩 앉더니 발받침이 올라가도록 옆의 레버를 움직였다.

"안정제를 줄까? 아주 약한 거라 진정시켜 줄 거야. 근육이 이완되면 좀 더 매끄럽게 진행할 수 있으니까."

"벌써 먹었어요. 퀴리 윙에서 나오기 전에 애스터가 아주 좋은 약을 줬어요."

의무관의 시선이 애스터를 향했다.

"양귀비액을 줬어?"

"아뇨. 당연히 아니죠."

"그럼, 알코올?"

"항불안증 약을 조금 줬을 뿐이에요. 정확히는 벤조디아제핀이고 내가 직접 만들었어요. 복도를 돌아다니는 건 위험할 수 있어요. 약속을 지킬 수 있도록 필요한 일을 한 거예요."

의무관은 수도꼭지를 틀더니 손을 댔고 물이 뜨거워 살갗이 빨개졌다. 소매를 팔꿈치까지 걷어 올리고 비누칠을 하니 비누거품에 검은 털이 하얘졌다.

"벤조디아제핀을 직접 합성했다고? 대단하군."

"어렵지 않았어요."

사실 애스터가 뭘 합성한 게 아니라 상층 데크 여자에게서 훔친 알약을 약초 물에 녹여 진정 효과를 높인 것뿐이었다. 연금학에 대한 관심이 커지면서 직접 만들어 보려고 했지만, 애스터가 발견한 책들은 복잡하고 짜증났다. 애스터는 친핵성 치환법은 고사하고 입체 방정식 푸는 법도 알지 못했다.

"치유자인가?"

"연금학자예요."

"연금학자 '지망생'이죠. 이걸 해결하려면 뭘 줘야 하는지도 몰랐으니까요."

지젤이 하복부를 두드리며 말했다.

의무관이 의자를 가리키자 애스터는 앉아서 지켜봤다. 그는 아무 말도 하지 않고 아주 가까이 있었지만 애스터는 그의 손을 만지려면 우주만큼 넓은 바다를 건너야 한다고 느꼈다. 그리고 물리학에서 배운 바에 따르면 우주는 끊임없이 확장하고 있었다.

"도움이 필요한가요?"

"아니."

의무관의 말에 애스터는 수첩을 꺼내 그가 사용하는 도구를 자세히 그리고 과정을 기록했다. '일이 참 힘들죠.'라고 말하고 싶었지만 그의 손이 정확하게 움직이는 모습은 보기 좋았고 펜을 쥐고 있는 자신의 손은 그의 손에 비해 크고 둔해 보였다.

끝난 뒤, 지젤은 불안한 걸음걸이로 커튼 밖으로 걸어 나왔다. 지젤과 아주머니는 꼭 붙어 섰다. 애스터는 중층 데크 여자에게 약속한 것을 지불했다. 새로 짠 진한 보라색 캐시미어 모직이었다.

나올 준비를 하다가 애스터는 의사 가운을 벗은 의무관을 봤다. 빳빳하게 풀 먹인 셔츠가 새하얗게 빛났다. 타이의 세모 매듭도 정중앙에 있었다. 의사 차림을 했을 때는 몰랐는데, 그는 여성적이었다. 마틸다호에는 수염이 덥수룩한 남자들이 많고 턱수염을 기르는 남자들도 많은데, 그는 깔끔하게 면도했기 때문일 수도 있었다. 턱수염을 기르지 않는 것은 어리고, 어리석고, 여자 같다는 뜻이었다. 상층 데크 남자가 그렇게 매끈한 얼굴로 다니다니 놀라웠다.

시오가 물었다.

"어느 데크로 돌아가야 하죠, 멜루신 씨?"

"Q데크. 퀴리 윙이요."

중층 데크 여자는 M데크에 살았으므로 네 층 이동해야 했다.

애스터가 말했다.

"서두르면 도착할 수 있어요."

"우리가 서두를 입장으로 보이니?"

멜루신 아주머니가 쏘아붙였다.

"여기 있어도 되지 않을까요? 인원 점검에는 빠지겠지만 나중에 설명할 수 있을 거예요."

지젤의 말에 중층 데크 여자가 고개를 저었다.

"남편이 경비대에서 일해요. 그이 근무가 곧 끝나요. 시간이 빠듯해요."

의무관은 파티션을 운반할 수 있게 접고 선실을 정리했다. 도구를 선반에 일렬로 나열한 뒤 의료가방에 넣었다. 그는 걱정할 것이 없었다. 상층 데크 남자들은 시간에 구애받지 않고 다닐 수 있었다.

"남편이 경비원이라고 말해 줬으면 시오를 다른 곳에서 만나도록 정했을 텐데."

"제 시각에 도착했으면 이럴 일도 없었죠."

중층 여자가 멜루신의 말을 받아쳤다. 그녀는 눈을 감더니 꼭 다문 입술 사이로 휴 소리를 냈다.

"부탁이에요. 나가 줘요."

난 성자가 아니야. 아주머니는 늘 말했다. 하지만 애스터는 알았다. 멜루신만이 헝클어진 실타래를 아무것도 아닌 듯 풀 수 있었다.

"시간이 얼마나 남았어?"

아주머니 팔에 안긴 지젤이 물었다.

"9분."

애스터는 아주머니와 지젤보다 한 걸음 앞섰지만 곁눈으로 두 사람이 꼭 붙들고 있는 모습을 볼 수 있도록 몸을 틀고 움직였다.

"9분이면 충분해?"

"아닐걸."

그러자 지젤은 멜루신 아주머니를 더 꼭 붙잡았다.

"네가 시간을 끌지 않았으면 괜찮았을 거다."

아주머니가 말했다.

애스터는 검지를 입술에 대고 조용히 하라고 신호했다.

"무슨 소리가 들렸어."

셋은 살금살금 계단에 다가갔다. 애스터가 O데크에서 속삭였다.

"7분 남았어. 여기서 오션 윙을 가로지를 거야. 경비원이 적으니까."

애스터는 숨을 참았지만 그래도 퀴퀴한 냄새는 났다. 이곳 여자들은 선실 밖에 부츠를 벗어 놨다. 천장의 전구 셋 중에 하나는 깜빡거렸고, 앞이 침침했다.

"점검까지 5분."

"4분이야."

애스터가 지젤의 말을 정정했다.

세 사람은 관리용 계단에 맞추느라 한 줄로 몸을 비스듬히 하고 걸었다. 벽 너머에서 경비원들이 아침 근무를 하러 나오는 소리가 들렸다. 그녀들은 뒤축이 두꺼운 전투용 부츠를 신고 중앙 계단을 쿵쿵 걸었다. 그리고……

"*P데크, Q데크, R데크 전원 기상! P데크, Q데크, R데크 전원 기상! 인원 점검 실시. 임신 및 자녀 양육으로 해당 윙에 임시 배치된 여성을 포함, 주거 지구 밖에서 발견되는 자는 지체 없이 체포될 것이다.*"

"여기서 헤어져야겠어요."

애스터는 복도로 연결되는 문의 유리창을 내다보며 말했다.

"아니지, 우리랑 함께 있어."

지젤이 말했다.

"퀸스 윙 끝에서 시선을 끌 테니 둘은 안전하게 돌아가. 간단한 문제야. 한 명만 잡히는 게 셋이 다 잡히는 것보다 낫지."

"아무도 안 잡히는 건? 그게 최고 아니야?"

"최고는 현실적으로 불가능한 경우가 많아. 난 무사할 거야."

"네가 희생양 역할을 맡을 이유는 없다. 무슨 생각이니?"

아주머니가 말했다.

"확률에 따르는 거예요. 보통 아침에는 쿼리 양쪽에 경비원 둘이 서서 마지막 순간 몰래 들어오는 사람을 잡거든요."

"하지만 인원 점검에 빠지면?"

지젤이 물었다.

"그건 내가 알아서 해."

"애스터……"

아주머니가 말했다.

"됐어요. 가세요."

애스터가 온도계를 부수자 경보가 울렸다. 몇 분 뒤 경비원들이 달려왔지만 애스터는 항복의 뜻으로 양손을 머리 위로 올리고 우뚝 서 있었다. 눈을 꼭 감고 그네들이 원하는 대로 하기를 기다렸다. 누군가 말했다.

"잡아."

경비원들은 애스터가 알아들을 수 없는 명령을 외치더니 통로로 끌고 갔다. 애스터는 양손을 벌린 채 벽에 부딪혔고 그 충격에 손목이 꺾였다. 손가락이 지도에 나온 다섯 강처럼 펼쳐지더니 아무데도 흘러가지 못하고 멈췄다. 자기 몸을 이렇게 난폭하게 앗아 가는 걸 막을 방법이 없었고, 애스터는 몇 데크 위 조사실로 끌려갔다. 눈을 뜨니 시야에 색색의 점들이 나타났다. 시야 가장자리에서 사신이 고개 숙이는 모습이 분명히 보였다. 여자들이 죽을 만큼 경비대가 난폭하게 구는 경우는 드물었지만, 그네들은 그 선을 넘지 않으며 '이제 죽었구나.'라고 생각하도록 만드는 데 전문가 같았다.

"앉아."

한 경비원이 말하더니 애스터를 금속 벽 안으로 내던졌다. 애스터는 의자에 앉았다.

"손 내."

애스터는 순응했다. 그는 애스터의 손에 수갑을 채워 테이블에 묶고 기다리라고 하고는 혼자 두고 나갔다. 몇 분 뒤 해치가 다시 열리더니 두 사람이 들어왔다. 하나는 갈색 제복을, 다른 쪽은 긴 의사 가운을 입었다. 의무관이었다. 애스터는 산소를 들이쉬고 내쉬는 리듬에 집중하며 폐가 채워졌다 다시 비는 것을 느꼈다.

"안녕."

시오가 말했다. 시오와 제복을 입은 경비원이 맞은편에 앉았다. 시오는 애스터를 4초간 바라봤다. 애스터는 속으로 시간을 셌다. 어쩌면 눈빛으로 뭔가를 말하려는 것 같았다. 표정은 아무것도 드러내지 않았다. 만약 드러낸 거라면 애스터가 그 의미를 이해하지 못했다.

"통행금지 후에 밖에 나와서 마틸다호의 재산을 파괴하고 주머니에 위조 통행증을 갖고 있었던 이유를 말할 건가?"

제복 경비원이 물었다.

"아뇨."

경비원은 애스터의 양 손목을 테이블에 더 세게 치더니 수갑을 죄었다. 애스터는 눈을 감았지만 요골 바깥쪽에 가느다란 금이 가는 걸 느껴도 비명은 지르지 않았다.

"아팠나, 파핏*? 그거 풀어 주면 좋겠지."

애스터는 눈을 뜨고 그를 봤다. 명찰에 '입시크 경비원'이라

---

* 귀염둥이, 아이에게 붙이는 애칭.

고 적혀 있었다.

"파핏?"

스위티, 스윗, 스위츠, 스위틀링, 디어, 디어리, 디어리스트,
펌킨, 덤플링, 비스킷, 그리들케이크, 콘브레드, 먼치킨, 러브,
덕, 플라워, 로즈, 블라섬, 피털 그리고 파핏.*

"꽃 종류인가요? 작은 양귀비?"

애스터는 스스로 꽃을 꽤 잘 안다고 생각했지만 '파핏'은 처
음 듣는 이름이었다.

이번엔 입시크가 아니라 의무관이 대답했다.

"파핏(poppet)은 꼭두각시를 뜻하는 퍼핏(puppet)의 변형이
야. 역사적으로 어린아이들이 인형 같다고 해서 애칭으로 써
온 단어지. 하지만 용례가 확장됐어."

"난 꼭두각시가 아니에요."

시오가 끄덕였다.

"나라면 그 말을 쓰지 않았을 거야."

그는 입시크 쪽을 봤다.

"경비원, 구금자와 둘이서 이야기하겠다. 나가 봐."

무뚝뚝한 표정으로 끄덕인 입시크가 경례하고는 나가면서
말했다.

"네, 총감님."

---

* 전부 어린아이, 특히 여자아이를 귀여워하며 부르는 말.

의무관이 수갑을 가리키더니 의사 가운 주머니에 손을 넣으면서 말했다.

"그거 벗겨 주지."

"총감이요?"

"의무관이라는 호칭이 이상한 건 알지만, 실은 의무총감을 줄여 부르는 거야. 어쨌든 주로 그렇게 부르지."

시오의 손이 애스터의 손 가까이에서 몇 초간 망설이더니 수갑에 열쇠를 넣어 풀어 줬다.

"군주보위부 소속인 줄은 몰랐네요. 그렇게 높은 사람인 건 고사하고."

애스터는 수갑을 차서 붉어진 손목을 문질렀다.

"아까는 환담을 나눌 상황이 아니었지. 나에 대해 모르는 게 많을 거야. 회합이 짧아 나에 대한 네 짐작이 틀렸음을 증명할 기회도 없었고."

시오는 테이블 위에 손가락을 일부러 가지런히 펴 두 손을 모으고 앉았다.

애스터는 주머니에서 알로에 병을 꺼내 안에 든 즙을 손목에 발랐다.

"애스터, 내가 계획한 일이 아니야. 너 같은 사람이 잡혔다는 연락을 받고 무슨 일인지 알 것 같아서 도우러 온 거지. 하지만 날 믿어 줘야 도울 수 있어."

멜루신 아주머니는 그를 믿었다. 그는 한 시간 전 맡은 일을 아주 잘 해냈다. 해칠 의도였다면 훨씬 간단한 방법으로 그럴 수 있었을 것이다.

"지……지금 당장은 당신을 신뢰하고 싶어요."

"그럼 이 질문에 아주 주의해서 대답해 줘."

그는 의사 가운 가슴 포켓에서 메모장을 꺼냈다.

"당신은 군주보위부에 반란을 일으키고 있습니까?"

"아뇨."

"그러면 왜 우주선에 해를 가했습니까?"

"왜냐면……"

"주의해서 대답하라고 했습니다."

애스터는 정답을, 조심스러운 대답을 찾았지만 사람들을 대할 때 대개 그렇듯이 그의 속내를 짐작할 수 없었다.

"당신이 온도계를 부순 게 아니지 않습니까? 다른 사람이 그 행동을 하는 걸 봤지만 현장에 늦게 도착해서 얼굴을 보지 못한 것 아닙니까?"

애스터는 테이블에 손가락을 톡톡 두드리며 시오를 빤히 봤다.

"그건…… 사실이 아니에요."

"거짓말이 뭔지 알아?"

애스터는 이 질문이 속임수인 경우에 대비해 잠시 말을 멈췄다.

"네."

지젤과 하는 놀이 같았다. 엄마아빠 놀이. 하지만 그때의 거짓말은 연습할 시간이 있었고, 그마저도 자주 망쳤다.

"지금이 거짓말을 할 때야, 애스터. 알겠어?"

"알겠어요."

애스터는 이해했지만 그렇다고 실행에 옮길 수 있다는 의미
는 아니었다. 그를 실망시킬 것 같았다.

"자, 어서. 넌 온도계를 부수지 않았어. 화장실에 가던 중이
었지. 쿼리 윙 화장실이 물에 잠겼어. 그렇지 않아?"

"네."

사실이었다.

"그때 누군가 파손행위를 저지르는 걸 봤지. 무슨 일인지 깨
닫고 범인을 잡으려고 했지만 경비원이 다가오는 소리를 듣고
겁을 먹었어. 그 어떤 경우에도 너는 미스트 윙에서 비밀리에
불법 시술을 마치고 돌아오는 길이 아니었으며 나를 본 적도
없어."

애스터는 숨을 한 번 들이쉬고 대사를 외듯 그 이야기를 반
복 연습했다.

"범인을 잡으려고 했지만 경비원들이 다가오는 소리를 듣고
겁을 먹었어요. 어떤 경우에도 미스트 윙에서 비밀 불법 시술
을 마치고 돌아오는 길은 아니었으며 의무총감을 본 적은 없
어요…… 이러면 됐나요?"

애스터는 시오가 아랫입술을 깨무는 걸 보고 아니란 걸 알
수 있었다.

"아니. 마지막 부분은 말하지 말아야지. 거짓말을 할 때는 진짜로 한 행동을 드러내면 안 된다는 걸 기억해야 해. 그런 뜻이었어."

애스터는 꾸지람을 예상했지만 그의 비판은 지젤보다 훨씬 상냥했다. 그 때문에 시오를 너무 신뢰하지는 않으려고 애썼다. 사람들이 너무 자주 비열하게 굴다 보니까, 그런 짓을 하지 않는 것만으로도 성자 취급을 하게 되는 경향이 있었다. 애스터는 그저 보통의 예절을 지키는 사람에게 애정으로 보답할 생각은 없었다.

"알겠어?"

"네. 난 유리를 깨뜨리지 않았어요. 다른 사람이 깬 거죠. 그냥 화장실을 찾아가던 중이었어요."

"그럴 줄 알았어. 자."

의무총감은 일어나더니 애스터에게 따라오라고 손짓했다.

"다시 수갑을 채워야 해."

애스터가 손을 앞으로 내밀자 시오는 헐겁게 수갑을 채웠다. 애스터의 손가락에 닿은 그의 손가락은 수갑의 금속처럼 차가웠다.

해치 밖의 작은 방에서 또 다른 경비원이 기다렸다. 모직 갈색 재킷에 붙인 은색 훈장을 보니 계급이 높은 사람이었다. 스미스 선장 서리. 그는 의무관과 반갑게 악수했다.

"쓸모 있는 정보가 나왔나, 시오 군?"

시오는 악수하던 손을 뺐다.

"이 젊은 여성은 운이 나빠 그 시각 그곳에 있었던 것 같습니다."

"'젊은 여성'이라. 그거 관대한 호칭이군."

남자는 애스터를 훑어봤다. 애스터는 시선을 피하지 않고 그를 똑바로 봤다.

"그래도 넌 통금 후에 돌아다녔지?"

"그랬어요."

"제대로 대답해라."

"그랬습니다. 스미스 선장 서리님."

"서리라고 불러도 된다."

"그랬습니다, 서리님."

이쯤 되니 질문이 무엇이었는지 기억나지 않았다.

"그럼 서리가 무슨 뜻인지 아나, 비둘기*?"

"그건…… 모르겠습니다. 경비대의 계급입니다. 선장 서리시죠?"

애스터가 원하는 대답을 하자 그는 미소를 지었다. 무슨 뜻인지 아느냐는 질문을 하는 사람은 늘 이랬다. 모른다는 대답을 원하는 거였다. 그네들은 직접 대답해 주고 남들은 모르는 걸 안다는 사실을 증명하고 싶어 했다. 물론 애스터는 선장 서

---

* 나이 어린 여자, 특히 속이기 쉬운 여자를 가리키는 은어.

리의 '서리'가 '결원이 생겼을 때 직무를 대리한다'는 의미임을 알고 있었다. 그 직무란 지도자의 일을 가리켰다. 그는 선장이 능력을 상실하면 선장의 지위를 지녔다. 지휘권 서열 2위. 차기 통수권자.

"신 바로 다음이란 뜻이다. 아버지가 내게 준 호칭이고, 또 그분의 아버지가 아버지에게 주신 호칭이지. 신이 우리 위에 계시고, 땅에서 우리는 신이 이르시는 대로 살아야 한다는 걸 기억한다."

애스터는 그가 내리는 정의가 조금 자의적인 것 같아서 고개를 끄덕이지 않았다.

"무슨 말인지 이해하나?"

애스터는 이해하지 못했다.

"넌 통행금지 시각이 지나서도 돌아다녔고 그건 위법한 행위다. 마틸다호의 법은 천계의 법이지. 마틸다호의 법을 집행하지 않는다면, 신의 법을 집행하지 않는 것이고 그건 대죄다."

애스터는 시선을 오른쪽으로 몇 밀리미터 옮겨, 무슨 말을 할지 어떤 대답을 해야 할지 의무관으로부터 신호를 받고자 했다. 의무관은 아무 신호도 주지 않았다. 그는 애스터보다도 더 그 남자를 두려워하는 표정이었다. 얼마나 멀찍이 서 있는 지 그제야 보였다.

"의무…… 의사를 찾아가던 중이었어요. 배가 아파서 화장실에 가야 했거든요."

거짓말을 지독히 못하니 말이 꼬였다. 의무관이 나서서 설명해 주지 않는 이유는 뭘까?

"너는 네 선실에 있어야지. 인원 점검을 해야 근무 교대를 정확히 기록하잖나."

"이 여성은 질서를 어긴 점에 대해서는 충분히 사죄했습니다."

의무관이 말했다.

"그래도 벌은 받아야 한다. 구금 닷새. 식사는 없고 열두 시간에 물 200그램씩 허락한다. 공정하지?"

그 말에 애스터가 대답하는 데는 7초가 걸렸다.

"네."

"그럼 결정됐군. 다시는 꾸물거리고 싶지 않을 거다, 그렇지?"

애스터가 하고 싶었던 말은 '당신이 자고 있을 때 죽여 버리겠다. 그것도 꾸물거린다고 여길 건가?'였다. 하지만 그 협박은 실행에 옮길 수 없었고, 소리 내서 말해 봐야 잠시 짜릿할 뿐 매만 맞게 될 터였다.

"대답해라."

애스터는 고개를 열심히 끄덕였다.

"다시는 꾸물거리고 싶지 않을 겁니다."

"영광으로 알아야 한다. 벌은 천계의 선물이다. 우리가 잘못을 고치고 죄악의 바다를 좁힐 기회지."

서리는 무전장치로 애스터를 감방으로 데려갈 사람에게 연락하면서 중층어에서 상층어로 바꿨다. 애스터는 시오가 짓는 표정을 정확히 읽을 수는 없었지만, 상층어를 안다는 사실을 밝혀서는 안 된다는 뜻인 것만은 알았다.

의무관이 말했다.

"대신할 처벌을 제안하고 싶습니다."

"응?"

서리는 흰 셔츠 깃에서 먼지를 털어내고 제복 재킷 깃에 꽂은 핀을 바로 잡았다.

"워스턴이 은퇴한 후로 의학 지식을 가진 하인이 필요했습니다. 제 일 중에서 허드렛일을 맡아 줄 사람이요. 수술실 청소나 시신 처리, 파일 정리 등."

서리는 무전기를 벨트에 다시 꽂았다.

"그건 너무 관대한 게 아닌가?"

"저도 그렇게 생각해서 지금까지 말을 꺼내지 않았습니다. 하지만 생각이 바뀌었습니다."

"설명해 봐."

"구금처럼 힘든 일은 아니지만 제 밑에서 오래 일한다면 책임감이 더 강해질 수 있습니다. 물론 제가 적절한 체벌도 하겠습니다. 제 방식을 자주 접하면 마틸다호를 지금처럼 매끄럽게 움직이는 데 필요한 준법정신을 확실히 키울 수 있을 겁니다."

서리는 고개를 젖히고 의무총감의 말을 잠시 곱씹었다.

"자네의 유약한 내면을 계속해서 감시한다고 약속한다면 허락하지. 자네는 신의 손 안에 있네. 신의 일을 하는 거야. 하지만 나는 신의 머리지. 의사로서 부드럽게 대하는 건 자네 천성이지만 나는 규율을 지켜야 해. 다시 말해 나는 남편, 자네는 아내지."

남자의 웃음에 애스터는 몸을 떨었다. 무엇 때문에 웃는 건지 알 수 없었다.

서리는 애스터를 한참 노려보더니 나갔지만, 그를 본 건 그때가 마지막이 아니었다. 그는 애스터의 매일매일을 감독했다. 그는 성서를 읽고 설교를 했다. 그 후 오랜 세월이 지나도록 애스터를 감시했고, 직접 손찌검을 하진 않았지만 관망하며 남에게 지시했다.

하지만 그때까지는 그저 이상하고 잔인한 남자에 불과했다. 애스터가 만난 다른 남자들과 다를 바 없이.

애스터는 그의 이름을 찾을 때까지 모든 기사를 훑었다. 아주머니가 보온을 위해 담요 속에 넣으려고 모아 둔 신문지가 몇십 년 전 것까지 쌓여 있어서 가치 있는 정보를 찾느라 몇 시간을 뒤져야 했다.

《마틸다 모닝 헤럴드》

용감한 소년

그림 R. 포러

C데크와 D데크에 마틸다호 엘리트 의료진이 "천재 소년"이라
부르는 소년에 대한 소문이 무성하다. 어제 저녁 21시 03분,
시오 스미스는 직접 설계한 인공 심장을 사용해 니콜리우스
군주의 심장 교체 수술을 성공했다. 인체는 티타늄 합금과
의료용 플라스틱으로 제작한 기계 심장에 충분한 열에너지를
공급한다.

이 인공 심장의 수명은 6추수년이다. 이전의 모델은 최대
700일간 유지됐다.

스미스는 13세이며 시드바 스미스 전 군주의 아들이다. 그는
1년 전 혼자서 바이러스 자체 내에서 백신을 개발해 질병과
싸우다 병에 걸리면서 W데크의 소아마비 대유행을 종식시킨
업적으로 헤드라인을 장식한 바 있다.

마틸다호의 들판 데크 및 식량 배분 총감독관 조지 케이트는
이렇게 말했다. "그가 군주를 구한 것에 감사하는 바이다. 그의
장차 후계자들이 이 위대한 우주선의 관리에 있어서 지나치게
이교도적이지 않을까 우려된다."

정치적 영향으로 인해 5일 내에 예정되었던 긴급회의가
중단되었다.

보건부 장관이자 곧 의무총감에 임명될 제임스 피츠는 그다지 낙관적이지 않다. "고귀한 군주를 배경도 확실치 않은 아이 손에 맡겼다니 생각조차 할 수 없는 일이다. 당장은 아무 일 없으니 감사하지만 장차 어떻게 될지 의문스럽다. 어린 시오는 천계의 비전이 길잡이가 되어 주었다고 한다. 그 말을 믿을 수 있는가?"

그 질문에 대한 대답은 '그렇다'이다. 상층 데크인들은 천계가 이 땅에서 그네들의 손으로 활약하도록 시오 스미스를 내려 주었다는 의견에 표를 던졌다. 하층 데크에 식량 배급을 줄이라는 지난 재배 시즌 캠페인을 진두지휘했던 전통 가치 위원회는 이미 스미스를 "의무관"이라고 부르기 시작했다. 전능하신 신을 가리키는 성서 구절에서 따온 호칭이다. 니콜리우스 군주가 오늘 아침 인터콤을 통해 연설을 하자 회의론자들도 입장을 바꿨다. 그를 에워싼 논란과 상관없이, 시오 스미스는 상층 데크 사회에서 입지를 굳혔다.

애스터가 봉투를 열자, 지젤은 "미쳤네."라고 외쳤다. 안에는 통행증과 손으로 적은 편지가 있었다.

애스터

너를 때리거나 신체에 어떤 해를 가할 생각도 없어. 보여 주기일

뿐이지. 멜루신 씨와 이야기했어. 네가 의학에 관심이 있다고 하더군. 원한다면 내가 도움이 될 수도 있어. 퀴리 윙과 그 밖의 곳에도 좋은 스승님이 많겠지만.

하지만 원한다면 이틀 후 작업을 마치고 저녁식사를 한 뒤 20시 00분에 내 사무실로 와 줘. 첨부한 목록의 첫 번째 책 200페이지를 읽고 와야 해. 책은 N데크 기록보관소에서 구할 수 있어. 그래야 토론할 주제가 생기니까. 이 통행증으로 찾아올 수 있을 거야. 그때 만나. 만나지 못한다면, 잘 지내고.

의무관

"뭐래?"

"별것 아니야."

지젤이 편지와 통행증을 쥐었다.

"말해, 안 하면 통행증을 태워 버리겠어."

"그럼 그 사람이 또 발급해 줄 거야."

애스터가 말하며 부츠를 신었다.

"어디 가?"

"기록보관소에 갔다가 식물관에. 책 읽으러."

"참 우울하다."

지젤이 갖고 놀던 양말 인형을 치워 두며 말했다.

"나랑 부엌에 몰래 가서 왕과 왕비 놀이하자. 성대한 결혼식

파티를 하고 버터로 장난친 거 아주머니가 알기 전에 싹 치우자. 걱정 마. 내가 일은 다 할게. 내가 초승달 파이 굽는 동안 넌 이래라저래라 왕처럼 시키면 돼."

"통금 전 자유 시간에 책을 읽고 싶어."

"그럼 학교 놀이 하자. 네가 선생님 하면 나는 학생 할게. 네가 원하는 만큼 글을 써도 되고 네가 시키는 거 다 할게."

애스터는 신발끈을 묶었다.

"진짜 학교에 다닐 나이가 됐는데 학교 놀이를 할 순 없어. 이제 갈게. 우리끼리 왕과 왕비 놀이하는 꿈을 꾸든지. 꿈에서도 네가 일을 다 하면 되잖아. 꿈속 애스터도 현실 애스터처럼 요리를 못할 테니까."

지젤은 양말 인형을 들어 꽃무늬 치마를 부드러운 몸통에서 떼어 냈다.

"그럼 좋아."

그러더니 침대에 올라가 굵게 땋은 머리를 풀었다. 굵은 컬이 꽃잎처럼 얼굴에서 퍼져 나갔다. 애스터는 그 커다란 머리채를 훗날까지 기억했다. 여성적이고 손질하기 쉬운 단발로 지젤이 머리를 자른 지도 오래됐지만.

"나한테 화났어?"

"응."

"널 화나게 한 걸 용서해 줄래?"

지젤이 한숨을 쉬었다.

"난 용서 안 해. 쩨쩨하거든."

"하지만 나중에 만날 수 있겠지, 내 자매?"

애스터가 '자매'라고 한 것은, 인생이 극적으로 변할 때도 자매들은 자매의 연을 끊을 수 없다는 걸 알기 때문이었다. 서로를 미워하는 친구는 친구 사이가 아니었다. 서로를 미워하는 자매는 말을 안 하고 다투고 일부러 오해하더라도 자매였다.

"그래. 나중에 봐."

10년은 그렇게 긴 세월이 아니다. 멜루신 아주머니가 말하곤 했다. 세월은 개념, 사실/허구, 이론, 한때 일어나긴 했지만 굉장히 비현실적이고 멀게 느껴져 남에게 일어난 일처럼 느껴지는 사건들로 변해 사라졌다.

애스터와 지젤이 가족인 척, 기묘한 위로를 찾아 엄마 아빠 놀이를 마지막으로 한 지 3611일이 지났다.

15장

애스터는 시각을 확인했다. 아직 19시가 안 됐으니 한 시간 남짓 있었다. 자료를 가지러 식물관으로 서둘러 갔다. 지젤이 뭔가, 뭐라도 해 달라고 부탁했으니 해 볼 수밖에 없었다. 둘은 자매였으니까. 지젤에게 일어난 일은 애스터 탓이었다. 왕복선 구역에 있었을 지젤을 애스터가 내려오게 했다. 또 상처를 받으면 지젤은 슬픔으로 인해 광기에 더욱 빠져들 것이 분명했다.

애스터는 캐비닛을 열어 이런저런 재료를 꺼냈다. 어린 시절 만든 폭탄은 효과는 좋았으나 규모가 작아서 폭죽에 더 가까웠다. 둘은 그걸 만들 때 꼼꼼히 주의를 기울였더랬다. 애스터는 알코올 병을 만지다가 잘못 건드려 떨어뜨리고 말았다. 도무지 폭발물을 가지고 작업할 상태가 아니었다. 쓰려던 니트로

글리세린 병을 내려놓았다. 심장병 환자를 위해 정제로 만든 소량이었지만 전부 함께 부수면…….

애스터에겐 시간도 요령도 없었다. 뭔가를 찾아 식물관 안을 서성이다가, '그것'을 밟고 비틀거리고 나서야 무엇인지 깨달았다. '그것'이 뭐라도 바꿀 수 있을지는 알 수 없었지만 시도해 봐야 했다.

애스터는 필요한 것을 챙겨 최대한 빠르게 위로 달려갔다. 혼자서 E데크에 갈 수 없었지만 지젤이 이미 방법을 알려 줬다. 시오를 통해서 가라고.

중층 데크 계단에서 보초를 서는 사람이 있었다. 애스터는 그가 청하기 전에 통행증을 건넸다. 그는 통행증을 꼼꼼히 살피더니 돌려주는 듯했지만 애스터가 받으려고 하자 몇 초간 쥐고 있었다.

"경비원님?"

애스터는 시계 분침이 빠르게 째각거리는 모습을 상상했다. 그곳에서 경비원을 본 적 없었으므로 서리가 시킨 일이었다.

애스터는 간밤에 입었던 더러운 옷을 입고 구스풋 진료실로 시오를 만나러 갔다. 복도를 지나는 동안 남녀들이 애스터를 빤히 봤다. 어떤 여자가 선실이 너무 덥다고 공기 냉각기를 고쳐 줄 수 있냐고 물었을 때, 애스터는 대답하지 않았다.

G데크는 상업용이었다. 개인 숙소는 거의 없었고 피피나 지젤이 수확한 사탕수수를 파는 매점이 늘어선 통로가 널찍하

게 나 있었다. 의무관 외에도 다른 의사들의 이름이 해치 위에 붙어 있었다. 아직 이른 시각이라 말소리는 들리지 않았지만 정장을 깔끔히 차려입은 단정한 남자가 '대관식'이라고 말한 것을 애스터는 분명히 들었다. 그의 재킷에 달린 황동 단추가 반짝였다.

"실례해요."

누군가가 애스터에게 말했다. 뭔가 요청할 태세로 보였다.

"실례하세요."

애스터는 이렇게 말하고 그냥 지나쳐 시오의 진료실까지 걸었다. 시오가 일하는 서너 곳 중 하나였다.

해치 틀에 작은 종이 달려 있었고 애스터는 그걸 울렸다. 아무 대답이 없자 다시 울렸다. 세 번째로 울려도 여전히 응답이 없자, 애스터는 걸쇠를 잡아당겼다. 시오의 진료실은 서재와 전혀 달랐다. 선반 가득한 책 대신, 밝은 전등 대신, 사방이 흐릿했다. 벽에는 의자 서너 개가 늘어서 있었다. 선실 안에 문이 있었다. 해치처럼 금속이 아니라 의자와 같은 목재 문이었다.

"시오."

애스터가 부르며 문을 두드렸다.

"시오. 애스터예요. 급한 일이에요."

"잠시만. 난……."

하지만 시오가 안에 있는 걸 확인한 애스터는 문을 벌컥 열었다.

"다시는 그러지 말아 줘."

시오는 투명 마스크로 얼굴을 덮고 손에는 두 개의 도구를 들고서 테이블 위의 남자에게 몸을 숙이고 있었다.

"급한 일이에요."

시오는 애스터의 딱한 차림새를 훑어봤다.

"잠시만."

테이블 위의 남자가 몇 마디 중얼거리자 의무관은 입에서 금속 개구기를 제거했다.

"대체 무슨 일이지?"

남자가 일어나 앉으며 시오에게 작은 크레인에 달린 전구를 치우게 했다. 시오가 미처 참견하기도 전에 애스터는 의료용품 벨트에서 주사기를 꺼내 그 환자의 목에 찔렀다. 거의 순식간에 환자의 눈이 감겼다.

"브랜트?"

시오가 남자의 뺨을 톡톡 치고 맥을 짚었다.

"뭘 투여한 거야?"

"안 죽을 거예요. 대답해요, 날 E데크에 데려갈 수 있어요?"

시오는 흰 장갑을 벗더니 물통으로 가서 손을 담갔다.

"대관식에?"

"네."

"먼저 씻어야겠는데. 무슨 일인지 말해 봐. 괜찮은 거야? 다 쳤어?"

"뻐근해요. 쓰라리고. 다치진 않았어. 부탁인데, 서두를 수 있어요?"

시오는 끄덕이며 환자실 한 곳을 가리켰다.

"저기서 씻어. 생각 좀 할게."

애스터는 끄덕이고 그가 미처 나가기도 전에 옷을 벗기 시작했다. 땀에 젖은 상의는 머리 위로 벗고, 긴 내의 바지는 무릎으로 내렸다. 세면대에 가서 수도꼭지에 입을 대어 토하고 싶을 때까지 배를 채웠다. 물은 달콤하고 차가웠고 아무리 마셔도 성에 차지 않았다. 칫솔이나 치약이 없어서 비누로 입 안을 씻었다. 경비원의 오줌보다는 시큼하고 얼얼한 세제 맛이 나왔다. 비누를 치아에 대고 문지른 뒤 천 냅킨으로 닦아 냈다. 입 안이 상쾌해지자 물을 더 마셨다.

애스터는 찬물과 레몬향이 나는 액상 손세정제로 몸을 닦았다. 풍성한 비누거품이 무릎을 지나 발치로, 배와 가슴과 어깨로 흘러서 손으로 문질렀다.

"끝났어?"

시오가 가볍게 문을 두드리며 물었다.

"날 내버려 둬요."

아직 멀었다. 애스터는 캐비닛에서 이소프로필 알코올 병이 가득 든 오래된 상자를 꺼냈다. 비싼 것이었다. 구하기 어려운 것. 애스터는 그것을 하나하나 몸에 부었다. 몸에서 약품 냄새가 날 때까지 짧게 깎은 머리에도. 소독한 가위처럼 성적인 구석이라곤 없는 멸균 상태가 될 때까지. 가위처럼 예리해질 때까지.

"옷을 구하려고 사람을 보냈어."

시오가 문틈으로 말했다. 시오는 제정신이 아닌 듯했다. 그는 애스터가 내버려 두라고 대놓고 말하는데도 계속 성가시게 구는 사람이 아니었다.

"타월 줘요."

"물론이지, 애스터. 잠시만."

시오는 몇 초 뒤 타월을 가져와 문틈으로 건넸다.

애스터는 상관없다고, 들어와서 벌거벗은 채 떨며 젖어 있는 자기 모습을 봐도 된다고 말하려고 했다. 상관없으니까. 애스터는 지젤과 워너라는 남자, 과거의 일들을 떠올리고 몸과 자아를 분리하는 게 그렇게 나쁜 일이 아닐 수도 있다고 생각했다. 자아가 몸에 묶여 있고, 그 자아는 몸으로, 세포와 호르몬, 화학물질로 이루어져 있다 하더라도. 차갑고 젖은 팔을 손으로 감싸고 문으로 달려가 타월을 받았다.

"고마워요."

"옷가지는 밖에 뒀어. 널 남자로 꾸며서 E데크에 잠입할 거야. 괜찮지? 숙부는 네가 거기 있는 걸 알 리 없으니까. 대체로 너는 눈에 띄지 않을 테고. 알겠어?"

"알겠어요."

알코올 때문에 피부가 건조하고 거칠어졌다. 애스터는 피부에 허옇게 남은 비누를 손끝으로 긁었다. 검사 테이블 위에 놓인 의료용품 벨트에서 만능 연고를 꺼냈다. 온몸에 발랐다. 몸에서 빛이 났다. 새로 찍은 동전이 됐다.

애스터는 거울에 비친 새로운 자신을 살피고 말했다.

"예쁘장한 남자가 됐네."

애스터가 원하는 남자의 생김새와는 전혀, 조금도 닮지 않았다. 마틸다호의 통로를 정복자처럼, 있지도 않은 토양에 한 발자국 디딜 때마다 깃발을 꽂는, 건장하고 거친 얼굴을 가진 남자와는 거리가 멀었다.

하지만 시오의 개입이 완전히 실패한 건 아니었다. 옷은 애스터가 입어 본 중에서 가장 고급이었다. 진녹색 트위드 바지는 발목이 좁아지며 다리에 꼭 맞았고 단추 달린 셔츠는 진하고 화려한 자줏빛이었으며, 체크무늬 조끼, 자주색 타이, 바지와 한 벌인 재킷이었다. 옷은 골반과 엉덩이, 어깨는 넓지만 허리가 좁아 애스터를 위해 맞춘 것 같았다. 시오가 그걸 어디서 구했는지는 알 수 없었지만, 애스터는 기뻤다. 애스터는 남자도 여자도 아닌 것 같았지만 골라야 한다면(사람들은 고르기를 참 좋아하지 않는가.) 남자를 고를 것이 틀림없었다.

시오는 애스터의 어깨를 잡더니 자기 쪽으로 돌려세웠다.

"예쁘장한 게 아니지. 당당해야 해. 부유한 남자. 내가 보기엔 넌 훌륭한 젊은 신사가 될 거야."

시오가 의자를 가리켰다.

"이제 머리 차례."

"머리는 왜요?"

애스터는 뻗치고 구부러지고 접힌 머리카락을 쓰다듬었다.

"그걸 없애야지."

시오가 벽시계를 확인하자 애스터도 그렇게 했다.

"남자들도 이런 머리 할 수 있잖아요."

작업까지 30분밖에 남지 않은 상황에서 머리를 자를 시간은 없었다. 의무관과 그곳에 있고 싶긴 했지만.

"그럴 수는 있어도 그러진 않아."

시오는 다시 자기 머리를 가리켰다.

"말대꾸를 하면 시간 낭비야. 내 도움을 청하지 않았어?"

"내 머릿속 어휘사전이 틀리지 않다면, '도움'이 '머리 커트'를 의미하진 않아요."

"따지지 마. 정수리를 조금 다듬고 양옆을 밀기만 할 거야. 그러면 아주 보기 좋을 거야."

"이 상황에서 당신이 얻는 즐거움의 양은 객관적인 수준의 재미에 비해 터무니없이 큰 것 같아요. 시오, 이런 걸 몰래 즐기나요? 낮에는 의무총감, 밤에는 미용사?"

시오는 어이없다는 표정으로 애스터에게 손짓했다.

"내가 원하는 대로 한다면, 넌 이 일 시작도 못 했어. 시작했으니까 말썽이 일어나지 않도록 최선을 다해 돕는 거야."

애스터는 결국 자리에 앉았고 시오의 시계를 믿지 못해 의료용품 벨트에서 시계를 꺼냈다.

"빨리 안 하면 화낼 거예요."

애스터는 가위 소리를 기다리며 입술을 깨물었다.

"나한테 화를 내며 지체한 시간을 생각하면, 의미 없는 협박이군. 현상 유지나 다름없어."

시오는 면도기를 옆에 두고 우선 가위로 적당한 길이를 잘랐다.

"엄마가 없어서 제대로 빗질도 기름칠도 못 하는 대머리 남자애처럼 되고 싶지 않아요."

"길이는 좀 남길 거야. 그러니 조용히 해."

엉킨 머리카락이 애스터의 무릎에 마구 떨어졌다. 애스터는 거울 속 모습과 마주하기를 거부하며 의자 팔걸이를 꽉 붙들었다.

"내가 널 아프게 할 것 같아?"

애스터는 여러 가지 가능성을 견주며 그 질문을 생각해 보다가 대답은 '아니요'임을 깨달았다. 시오는 애스터를 아프게 할 것 같지 않았다. 그런 느낌을 주는 사람은 그뿐이었다. 아주머니도 그렇진 않았다.

"아뇨."

"그럼 숨을 쉬어. 괜찮을 거야. 넌 무사할 거야, 이 신경과민

꼬마야."

시오가 하층어로 말했다.

"내가 지켜 줄 테니까. 너 혼자가 아닐 거야."

시오는 면도기로 옆머리를 깎고 위쪽에는 흔히 하듯이 지그재그 무늬를 남겼다.

"아직 좀 모자라. 네 골격이 가늘고 여자 같으니까. 보통보다 짧게 해야 그걸 상쇄할 수 있어."

시오는 정수리 머리를 2.5센티미터만 남기고 쳐냈다. 면도기가 두피에 닿자 간질거렸고 목 뒷덜미에 닿아 짧은 머리카락을 빗어 내는 빗도 마찬가지였다.

"됐어요?"

시오가 거울을 건넸다.

"아주 잘생겼어."

애스터가 용기를 내어 거울을 흘깃 봤다.

"좋네요."

그러고 나서 애스터는 의자에서 일어나 해치로 향했다.

"가요."

그러나 복도로 나서기 전, 구두를 신어야 한다는 게 기억났다.

"네 거야."

시오는 아름답지만 닦아야 하는 구두 한 켤레를 건넸다. 애스터는 작은 상자의 내용물을 구두 위에 비웠다. 낡은 셔츠로 잉크를 가죽에 문지르고 구두코에는 코코넛오일을 바르고 새

카맣게 빛날 때까지 닦았다.

"준비 다 됐어?"

"네."

"그렇게 외모에 만족한 표정 짓지 마."

"하지만 내 모습에 만족한걸요."

처음 느낀 두려움과 달리, 머리를 자르고 나니 자유롭게 해방된 느낌이 들었다. 단정히 자른 머리카락을 쓰다듬어 봤다. 귀엽기도 하고 흠잡을 데 없는 머리였다. 애스터는 모두를 향해 달려들어 머리를 들이밀고 정수리와 이마 뼈로 그네들을 갈라 버리고 싶었다. 모두의 연한 몸뚱이에 두개골을 처박고 싶었다. 머리카락을 보고 솜뭉치 같을 거라 여긴다면 착각이었다. 그네들은 두려워해야 했다. 반으로 쪼개질 테니까.

둘로 가른다는 개념이 애스터를 사로잡았다. 온전한 하나란 애스터에게 낯선 것이었다. 반쪽이 더 이해하기 쉬웠다. 쪼개진 핵(核)이 마틸다호라는 작은 우주를 끝장낼 수 있었다. 애스터는 칼이 되고 싶었다. 칼날에 갈라지고 싶었다.

16장

호화롭다: 형용사, 사치스러운, 과도한, 부유한.[1]

예를 들면 옥수수 푸딩을 한 그릇 더 먹는 것, 수도에서 나오는 온수, 플란넬 침구, 호두 버터. 퀴리 윙 사람 모두가 어휘 수업을 받는 것은 아니었지만, 멜루신은 애스터에게 너덜너덜한 얇은 사전에 나오는 모든 단어를 암기해야 한다고 했다. 단어, 정의, 용례를.

어른이 되어서도 애스터는 그 연습을 계속했다. 단어의 경계가 계속 변했고 그 범위를 반드시 알아야 했다. '피'의 뜻은 다음과 같았다. 세포가 밀집된 혈장, 생명, 혈육, 질병. '약'은 다음의 의미를 가질 수 있었다. 치료에 쓰이는 액체, 문자적·비유적 의미에서 수프, 알약, 치료법. '가족'의 의미는, 아직 확정되지 않았다. 모든 것을 의미할 수 있는 단어도, 아무것도 의미하지 못하는 단어도 있었다. *사랑 아기 신 어둠*.

애스터가 의무관 옆에서 평생 처음으로 E데크에 들어가자 '호화롭다'라는 단어의 의미는 또 한 번 진화를 겪었다. 애스터가 전에 내린 정의는 생식 연령까지 살아남지 못했고 그 염색체는 마틸다호 특유의 생태에 적응하지 못해 퇴화하고 멸종해 버렸다. '호화롭다'는 저녁식사를 두 그릇 먹는 것이 아니라, 눈물을 흘리는 천사의 동상들과 드레스 대여섯 벌에 들어갈 옷감으로 지은 장중한 드레스를 의미하게 됐다.

애스터도 물론 상층 데크에 와 본 적이 있었지만 E데크는 처음이었다. 그곳은 행사용 데크였다.

"멈칫대지 마. 그렇게 얼빠진 표정을 지으면 눈길을 끄니까."

애스터는 카펫이 깔린 커다란 계단을 올랐다. 카펫이 너무 깨끗해서 옷을 벗고 청색 섬유 속에 눕고 싶었다. 애스터는 난간에 손을 대보고 손가락에 먼지 한 톨 묻지 않고 레몬과 오렌지 향만 살짝 나는 것에 놀랐다. 애스터가 말했다.

"호화로움. 호화로움이란 보풀이 없는 거야. 호화로움, 보풀 없음."

시오가 애스터의 팔꿈치를 살짝 잡아끌었다.

"내 옆에서 떨어지지 말아 줘. 알겠어?"

"알겠어요."

"여기 있는 동안엔 내 말을 들을 거지? 그래야만 이 일을 계속할 수 있어."

애스터는 그의 뺨에 얼굴을 대고 진정시키고 싶었다. 애스터가 긴장하면 멜루신 아주머니가 그렇게 해 줬다.

"동의해요."

둘은 이그릿 윙에서 이스턴 윙, 에메랄드 윙을 거쳐 좀 복잡하게 얽힌 경로를 따라가며 이브닝 스타에 닿기를 바랐다. 하지만 누가 알겠는가? 의무관도 구조를 겨우 어렴풋이 알고 있었다. 억지로 의식에 참석하느라 시오가 그곳에 와 본 적은 있어도 은둔하는 성격이라 모임이나 행사에 자주 오지 않았다.

지나가던 사람이 두 사람을 세웠다.

"도와 드릴까요?"

그 태도에서 돕겠다는 진심보다는 의심이 전달됐다. 애스터는 의무관의 얼굴을 아는 사람이 적다는 사실에 놀랐다. 그의 이름은 다들 알았다. 이따금 스피커에서 흘러나오는 그의 목소리도 알았다. 그의 사진이 《마틸다 모닝 헤럴드》에 정기적으로 실렸지만 열두세 살 무렵의 어릴 적 사진을 반복해서 계속 쓰고 있었다. 흐릿한 흑백사진이었다.

"네, 도와주세요. 조수와 대관식에 초청을 받았습니다. 그곳까지 안내해 주시겠습니까?"

애스터는 시오가 그 남자에게 이름과 직책을 알려 주기를 바랐다. 그러면 일이 빨리 진행될 텐데. 하지만 겸손한 성격은 이렇게 필사적인 순간에도 그것을 허락하지 않았다. 애스터는 확 말해 버릴까 생각했다. *이 사람이 그분이야! 의무관이라고! 너희 모두가 군주보다 더 숭배하는 사람! 그 소중한 천계의 손이라고! 이 사람이 병을 고쳐! 어릴 적에 환상을 봤다고! 그리고 한번 봐, 아름답지 않아?*

"통행증 있죠? 당신이랑 저 아이 거 둘 다?"

"나는 통행증이 필요 없습니다."

시오가 한 말 중에서 가장 거만한 말이었다. 애스터가 의료 용품 벨트에 손을 넣는 걸 본 게 분명했다. 애스터의 팔을 꽉 붙잡은 걸 보면. 애스터가 이 남자에게도 주사를 놓는 걸 막은 것이다.

"여기 내 신분증이에요."

시오는 컬러 사진이 오른쪽에 새겨지고 군주보위부의 상징 위에 내용이 적힌 세로 5, 가로 10센티미터짜리 금속판을 그에게 건넸다.

성명: 시오필러스 아이작 스미스
직업: 군주보위부 의무총감
지위: 군주보위부 경비대, 장군
거주지: G데크, 그래스 윙, G-01
출생일자: 300 추수년, 날짜 미상

"어쩔 건지 빨리 알려 주시죠."

"그······ 의무관이십니까? 그렇다면 더, 대단한 모습일 줄 알았는데."

남자는 눈을 가늘게 뜨고 시오를 훑어봤다. 그다음에 신분증을 자세히 살피더니 종이처럼 얇은 금속을 불빛에 대고 흔들었다. 일곱 개의 태양처럼 보이지만 실은 같은 태양 모양의 홀로그래프 인장이 움직이고 다시 움직이고 다시 움직였다.

"안 좋은 날 걸렸군."

시오가 성긴 검은 머리카락을 쓰다듬었지만, 그런다고 해서 뻗친 머리에는 아무 소용 없었다.

"당신이 의무관이라면, 지금 이 자리에서 내 신장을 꺼내 봐요. 그럴 수 있어요?"

당연히 의무관은 그런 짓을 할 수 없었다. 그런 일에는 한시간이 넘게 걸리는데 대관식까지 30분도 남지 않았다.

잠시 침묵이 흐른 뒤 남자는 고개를 젖히고 쩌렁쩌렁한 소리로 웃어 댔다.

"농담이에요, 네? 신께서 선택한 자도 농담은 알지 않나?"

"물론이죠."

시오도 웃었다. 거짓 웃음이었다.

"이제 안내드리죠. 이브닝 스타가 우릴 기다리고 있으니."

상층 데크에서 유모로 일했던 멜루신은 E데크를 두고 모두 느려터진 속도로 아무것도 안 하는 곳이라고 했더랬다. 애스터도 그 평가에 동의하게 됐다.

"이 애를 데려가도 되겠습니까?"

빌렘 같은 이름이 어울릴 법해서 애스터는 머릿속으로 그 남자를 그렇게 부르기 시작했다.

"대관식은 아주 성스러운 행사잖습니까. 물론, 내가 뭐라고 당신에게 성스러운 것에 대해 가르치겠어요."

빌렘이 다시 웃었다.

"이름이 뭐니, 꼬마야?"

애스터는 초조해서 허벅지를 때리지 않으려고 양손을 바지 주머니에 넣은 채 앞을 바라봤다.

"애스터요."

"애스터? 남자 이름치고 특이하네."

"어머니 이름을 땄어요. 이 녀석 데크에서는 어머니가 아이를 낳다가 사망하면 그렇게 하는 관습이 있죠."

시오의 거짓말은 애스터와 달리 번드르르했다.

"우리 다 왔어요?"

애스터가 걸음을 재촉하며 물었다.

빌렘은 미소를 지으며 애스터 어깨에 팔을 둘렀다. 애스터는 유두에 닿을락 말락 하는 흰 손을 물어 버리고 싶었다.

"신났군. 너희 같은 족속이 정치 행사에 관심을 갖는 걸 보면 좋아. 마틸다호의 삶이 늘 공평한 건 아니지만 약간은 희생이 필요하다는 데 모두 동의하잖아. 이 여정에서 살아남으려면 어느 정도 격식을 지켜야지."

빌렘은 애스터의 등을 두드렸고 애스터는 긴장하지 않으려고 애썼다.

빌렘은 웃으며 애스터를 끌어당겨 안았다. 기이하고 낯선 애정이 그의 살갗에서 떨어졌다. 그네들은 동지가 아니었지만 그는 그런 동지애를 표현했다.

빌렘이 이브닝 스타의 입구를 알려 줬다.

"기억해요, 모두 항상 늦는다는 걸. 뭘 놓칠 걱정은 없을 거예요. 이번이 세 번째 대관식이거든."

"자세한 의전을 알고 있습니까? 마지막 순간에 연락을 받았거든요. 실제 행사 절차는 어떻습니까?"

시오가 물었다.

"우리 모두 마지막 순간 연락을 받았어요. 신임 군주가 즉위하기 전에 보통 몇 주 동안 숙고 기간이 있는데. 당신 부친과 니콜리우스 사이의 기간이 얼마였는지 어려서 기억을 못 하는 모양이군요. 정전 때문에 군주보위부가 엉망이죠? 누가 되든 신임 군주가 예전의 영광을 되찾아 주리라 사람들은 믿고 있어요."

빌렘의 손길을 허리께서 느끼며, 애스터는 시오의 재킷 꼬리를 당겼다.

"죄송합니다, 총감님. 하지만 가야 하지 않나요? 빌렘, 친절에 감사합니다. 안녕히 가세요."

애스터가 남자의 손에서 벗어나 시오를 밀며 말했다. 남자가 이중문을 지나서 따라오자 애스터는 빠른 걸음으로 사람들

틈으로 들어가 그를 따돌렸다.

이브닝 스타는 웅장한 연회장이었다. 좌현 쪽은 끝에서 끝까지 아기 태양이 내다보이는 커다란 창문으로 이루어진 스테인드글라스뿐이었다. 태양 빛에 색채가 선명했다.

천장 높이는 끝이 없어 보였다.

"정말 환하네."

애스터가 말했다. 하지만 이번만큼은 햇빛이 성가시지 않았다. 벽은 녹슨 금속이 아니라 처음 보는 석회 같은 재질이었다. 크림 같은 흰색으로 칠하고 섬세한 고리, 꼭짓점, 꽈배기, 문양 등을 새긴 것이었다. 모든 것이 목재였다. 바닥, 부착물, 가구, 창틀, 문까지. 신전처럼 긴 의자가 중앙 연단 주위를 에워싸고 있었다.

"이제 어쩌죠?"

애스터가 주위를 살피며 물었다.

시오 역시 정신없이 실내를 살폈다.

"이리 와. 참, 넌 애스턴이야. 이곳 사람들이 전부 빌렘처럼 어리석길 기대할 순 없어."

"아, 기대할 수 있고말고요."

애스터가 주위를 훑어보며 말했다.

"그러기를 기대해야 한다고요."

시오는 목구멍 속에서 쉰 소리를 내더니 작게 웃었다.

"그거 웃겼어, 애스턴. 마음에 든다."

남녀들이 좌석을 채우고 앉아서 빠른 말투로 대화했다. 호기심 때문에 불편하게 인상을 찡그리고 있었다. 애스터처럼 피부가 검은 청년이 한참 동안 가까이서 서성였다. 애스터는 아는 사람인지 눈을 가늘게 뜨고 봤지만, 그의 얼굴은 아무 의미가 없었다. 눈과 볼록한 코, 자줏빛 입술이 모여 보기 좋은 얼굴이 되었지만, 애스터에게 낯익은 모습은 아니었다.

"저 남자 알아?"

애스터는 고개를 저었다.

"내가 처리해야 할까요?"

"그것도 농담이니, 애스턴? 유머 감각에 불붙었네. 하지만 그런 식으로 하면 끝이 좋을지 몹시 의문이다. 저 사람은 네 성별을 확인하려는 거야. 무시하면 그냥 지나갈 거다. 폭력을 쓸 필요는 없어."

"하지만 아주 조심스럽게 할 수 있어요."

시오는 다시, 더 크게 웃었다. 애스터는 그가 긴장한 탓인지 궁금했다. 그는 그렇게 큰 소리를 내기는커녕, 잘 웃지도 않는 사람이었다.

"애스턴, 네 몸속에 조심스러운 뼈는 없구나."

"조심스러운 뼈요?"

"아무것도 아냐, 됐어."

구석에 머릿수건을 쓴 갈색 여자가 있었다. 그 여자는 긴 흰색 드레스를 입고 있었고 발목에 감은 사슬에는 추가 달려 있었다. 하층 데크 여자가 이 높이까지 올라오려면 그 방법뿐이었다.

"레지널드와 이야기하러 갈게. 평의회 회원이니 무슨 일인지 알 거야."

시오는 회색 수염을 너무 길게 기르고 안경을 쓴, 잘 차려입은 남자를 가리켰다.

"좋아요. 하지만 조심스러운 뼈가 뭔지 설명해야 해요. 아무것도 아니지 않잖아요. 그렇게 말했으니까. 뭔지 알려 줘요."

"네가 조심스럽지 않다는 뜻이야. 조심스러운 뼈가 없다는 말은 네 몸속에 조심스러움을 지시하는 게 아무것도 없다는 거지. 네 천성이 아니라고. 네 뼛속에 없다고."

연회장 중앙으로 다가가면서 애스터는 등과 어깨를 폈다. 지난 며칠 동안 애스터는 줄곧 마지막 순간 몸을 펴기도 하고 구부리기도 했지만, 결국은 무사하다는 걸 깨닫게 됐다.

"난 천성이 싫어요."

"하지만 천성은 네 의견에 무관심하지. 준비됐어?"

애스터는 심호흡을 하며 남은 힘을 끌어냈다.

"아뇨. 하지만 필요한 일은 할 거예요."

"이곳 사람들은 모두 너를 죽이고도 처벌받지 않을 힘이 있다는 걸 기억하면 도움이 될 거야. 네가 가진 자기 보존 능력과 생존 본능이 어떻게 행동해야 하는지 알려 주겠지. 나를 따라와."

수염이 나고 안경을 쓴 남자를 향해 다가가면서 애스터는 시오를 앞장세웠다. 시오는 자신만만하게 움직였다. 애스터는 그의 발걸음의 박자를 따라, 골반의 움직임을 흉내 내려고 했다. 좋은 옷을 입어도 애스터는 외래종처럼 느껴졌다. 금이 애스터를 집어삼켰다. 손수건의 자수, 시계, 목걸이, 하인 눈동자까지. 끝없는 호화로움이었다.

그 모든 화려한 것들 속에서 애스터는 다른 삶을, 애스턴이란 남자와 시오란 남자가 연인인 삶을 상상하게 됐다. 이브닝 스타에서 우주물리수학회 세계 박람회가 열렸다. 주제는 '초곡선학(超曲線學)의 첫 번째 세 가지 법칙을 이용해 무한 시간 루프를 약화시키는 법'이었다. 애스턴과 시오는 참석한 사람 중 가장 화려했다. 그네들은 발효한 술을 마셨다. 패트로클리스라는 과학자가 우주들은 본성을 바꾸기 위해 다른 우주들과 충돌해 이세계의 생리역학적 제한을 지닌 제3의 우주를 창조한다는 내용의 발표를 했다. 비행학자 진영에 속하는 시오는 헛소리라고 할 테지만, 애스턴은 경청하며 시오가 패트로클리스의 수염이야말로 이세계의 생리역학적 제한이라고 숨죽여 농담하자 조용히 하라고 주의를 줄 터였다.

다른 세계, 애스터가 사는 세계의 반대편 세계가 애스터를 유혹하며 손짓했다. 애스터는 그런 세계는 불가능하다는 사실을 기억해야 했다. 애스턴은 애스턴이 아니라 애스터였고, 시오는 비행학자가 아니라 의무관이었다.

애스터는 시오를 따라가며 지금 여기에, 주위를 가득 채운 몸뚱이들과 높은 사람처럼 보이는 자 곁에서 할 수 있는 말과 할 수 없는 말에 집중하려고 했다.

"실례합니다, 경사."

시오의 말에 남자가 무표정한 얼굴로, 잔인하기 그지없이 새 파란 눈을 하고 돌아봤다. 가까이서 본 애스터는 그 남자가 아는 사람이라는 것을 깨달았다. 투명한 피부에 마맛자국이 있 었고 광대뼈가 툭 튀어나왔다. 셔츠 위에 입은 검은 재킷 오른 쪽 위에는 리본과 훈장이 달려 있었다. 제대로 차려입었을 뿐, 그는 다름 아닌 워너 경사였다. 비누와 오일 냄새와 함께 그에 게서 지젤의 냄새가 여전히 풍겼다. 애스터의 몸이 살짝 오작 동을 일으켰다. 애스터는 심장 박동을 세려고 했지만, 맹세컨 대 그것은 단 한 번, 천둥처럼 세게 한 번 뛰었을 뿐이다. 애스 터는 그의 석류색 입술을 바라봤다. 애스터를 알아봤다면 그 가 아무 말 하지 않을 리 없다. 하지만 어떻게 못 알아본단 말 인가? 머리를 자르고 새 옷을 입은 것이 안면 성형도 아닌데. 애스터가 그만큼 그에게, 그네들 모두에게 아무것도 아니라는 뜻이었다. 워너는 애스터의 얼굴을 빤히 보고 지팡이로 등을 두드린 뒤 잊어버렸다. 애스터는 나가려고 돌아섰다.

"애스턴."

"시오."

애스터는 대답하고 계속 걸었다.

애스터는 서서히 모이는 사람들 사이를 헤매다가 커피를 홀짝이는 여자들을 보고 왼쪽으로 돌아 반쯤 찬 긴 의자들 사이를 가로질렀다. 어떤 여자가 놓아둔 가죽가방에 발이 걸려서 사과한 뒤 계속 걸었다. 한쪽 옆에 단정하게 포장된 상자가 쌓여 있었다. 아름다운 포장지나 금색 티슈페이퍼로 포장된 것도 있었다.

"신임 군주를 위한 선물이란다, 꼬마야. 왕위에 오른 것을 환영하기 위해서지. 쓸데없는 생각 하지 마라. 너희 족속이 손이 빠른 건 알고 있으니까."

애스터는 그 여자를 무시하고 상자 더미로 다가갔다. 식물관에서 계획한 일을 할 수 있는 곳이 드디어 나왔다. 여자는 돌아서서 다른 사람들과 대화 중이었다. 아무도 보는 사람이 없는 걸 확인한 애스터는 갖고 다니던 의료가방에서 군주에게 바칠 선물을 꺼내 다른 상자들 옆에 놓았다. 상자들에는 고급 포도주와 주류, 실크, 브랜디 케이크가 들어 있었다. 애스터의 상자에는 식물관에서 냉동시켜 두었다가 막 꺼내 온 플릭의 발이 들어 있었다. 쪽지도 써서 넣어 두었다. *이제 군주가 되셨으니 하층 데크의 대기 조절 재평가를 고려해 주십시오.*

물에 든 무언가 때문에 그런 짓을 저지르기로 결심했던 것이리라. 알코올이나 그 밖의 통제력을 낮추는 효과가 있는 마취제. 혹은 어머니의 유령이 준 영감. 한꺼번에 튀어나온 집단적 원념. 지젤의 제안처럼 모든 것을 불사르는 행동은 아니었지만, 절단한 발을 서리에게 남기면서 애스터는 스스로 자멸 행위를 저지르고 있다고 분명히 인식했다.

계통발생론

제3부

17장
멜루신 호프우드

아침 시간이라 에이브에게 글을 가르치러 상층 데크로 올라가는 중이다. 주여 도와주소서. 내가 하는 일은 이렇다. 옥수숫가루를 작은 팬에 넣는다.(옥수수 낭비지만 그 애 엄마는 애들이 만지고 느낄 때 잘 배운다고 한다.) 옥수숫가루로 큼직하고 보기 좋게 글자를 그린다. 지운다. 그러면 아이가 조그만 검지로 기억에 따라 그걸 따라 그린다. 아이가 한 번에 못 하면 다시 보여 준다. M자까지 왔다. 아이는 철자도 몇 가지는 안다. Bib(턱받이), Feed(먹이다), Gab(입).

아이가 제일 좋아하는 단어는 Bell(종)이다. 아이는 마른 옥수숫가루로 글자를, 그리고 단어를 소리 내어 말한 뒤 아버지가 책상 위에 두는 작은 종을 울리는 것을 좋아한다. 이제 추수년으로 세 살이 다 되어 간다. 조용한 아이다. 가끔은 아버지가 때리기에, 말하고 웃고 우는 걸 두려워한다. 하지만 '벨'이란 단어는 항상 말한다.

한 사람이라도 제대로 애정을 준다면 아이에게 좋을지 모르니까 사랑한다고 말해 주고 싶지만, 나는 그러지 않는다. 아이 때문에 지치고 지루해서, 그 애랑 놀아 주는 것만 아니라면 어떤 일이라도 하고 싶다. 새로운 걸 배운 아이가 짓는 환한 표정을 보는 일은 무엇과도 바꿀 수 없는 경험이라고 하지만, 그건 거짓말이다. 아이들이야 괜찮지만, 내가 좋아하는 일이 아니다.

07시 00분 정각에 선실 해치 옆 작은 버저를 두드린다. 백인 여자가 문을 열어 준다. 청소도 하고 요리도 하는 여자지만 나처럼 하인이 아니다. 한 일의 대가로 작은 걸 받는다.

"안녕하세요, 멜루신 부인."

나는 그 여자 이름을 모른다.

"안녕하세요."

"에이브가 오늘 기분이 안 좋아서 어머니가 공부를 쉬게 한대요."

"그럼 내 왕에 보고할게요."

그 말은 사실이 아니다. 착한 여자들이 다 그렇듯이 나는 거짓말을 한다. 나는 선실에 가서 잔다. 요령 있게 하면 감독관은 알지 못할 거다.

복도로 이미 나왔는데 그 백인 여자가 부른다.

"부인이 어쨌든 세 시간은 채우고 에이브를 보래요. 에이브가 당신만큼 유모를 좋아하지 않는다고 하네요. 당신이 보이지 않거나 일정이 바뀌면 아이가 짜증을 내요."

한숨이 나오지만 어쩌랴? 여기 말고 더한 곳에 가지 않는 것을 다행으로 여겨야 한다.

하층 데크 여자가 상층 데크 남자아이를 가르치는 일은 흔치 않다. 정식 교사, 훌륭한 남자가 교육을 맡아야 한다. 하지만 여주인은 남자들을 그다지 존중하지 않고 어린아이는 어머니 같은 이와 함께해야 한다고 한다. 무슨 이유인지 사람들은 내가 어머니 같은 유형이라 여긴다. 피부가 갈색이고 초라하니까. 백인 여자는 남편을 시켜 글을 아는 하층 데크 여자를 구하게 했다. 엄마 노릇을 하라고. 내가 좋아하는 일은 아니지만, 설거지나 밭 갈기 같은 일보다 낫고 관절에 무리도 심하지 않다. 애 보는 일은 이번이 처음도 아니고 마지막도 아닐 거다.

내가 들어가면 에이브가 말한다.

"에이니."

아직도 애를 유아 침대에 재운다. 애는 나를 보면 조금 웃는다. 송곳니가 없다. 귀여운 잡종 늑대처럼 생겼다.

안아 주니 애는 내 어깨에 머리를 기댄다. 입에서 코코아 우유 냄새가 난다. 살갗이 너무 뜨겁다. 열이 난다. *어리석은 백인 여자 같으니! 이리 좀 와 봐!* 소리 지를 뻔한다. 하지만 그 전에 멈춘다.

"아가씨, 어머니는 어디 계시죠?"

백인 여자가 걸레를 든 채 방에 들어온다.

"무슨 일이죠, 멜루신?"

"에이브 어머니 어디 계세요?"

"살롱에 계실걸요."

살롱은 부잣집 여자들이 커피와 차를 마시고 비스킷과 레몬 케이크를 먹고 '이건 왜 그렇고 저건 왜 그렇고 그런 상상은 왜 했니' 하는 중요한 이야기를 하러 가는 곳이다.

에이브를 안고 있자니 관절이 너무 아파서 내려놓지만 애몸을 만져 보니 뜨겁고 끈적인다. 아이는 작은 단추가 다리부터 목까지 달린 옷을 입고 있다. 양털처럼 두껍고 상아색이다. 아이의 창백하기 짝이 없는 피부보다는 어둡고 노란색이다.

"애가 떨고 있네."

그 말에 나는 끄덕인다. 저런 옷을 입고 추울 리가 없다.

아이를 벨벳 소파에 눕혀도 아무 말이 없다. 백인 여자와 나는 애 옷과 기저귀를 벗긴다. 엉덩이, 등, 허벅지에 작은 붉은 발진이 있다. 옴이 오른 걸 수도 있다. 새 기저귀를 채운다.

"침대에서 이불을 빼요, 아가씨."

여자는 내가 시키는 대로 한다. 착한 여자다. 마음에 든다. 이름이 기억나면 좋을 것 같다.

"낫게 해 줄게, '위와', 알겠지?"

아이는 축 늘어져서 울지도 짜증 내지도 않지만 나를 보더니 웃는다. 심장이 녹아야 할 것 같다.

내 원피스 단추를 풀고 아이를 안아 거의 벌거벗다시피 한 상태로 꼭 안고서 등에 담요를 대 준다. 서로 살갗을 맞댄다. 아이의 오한이 조금 잦아들지만 그래도 추워한다.

"쉿, '바브와.'"

아이가 이미 너무나 조용한데도 조용히 시킨다. 내가 좋아하는 이야기에 나오는 생쥐처럼. 그 생쥐는 작은 여자아이 침대 밑에 낡은 색연필과 구두끈으로 집을 지었다. 다른 생쥐들이 거기 들어오고 싶어 하지만 그네들은 너무 시끄럽다. 그래서 생쥐는 그네들에게 조용히 하는 법을 가르친다. 쪼르르 달아나는 법도. 그래서 다른 생쥐들은 여자아이 침대 밑에 생쥐마을을 짓는다. 그래도 아이는 모른다.

내 귀엽고 완벽한 아이, 애스터 그 애도 그랬다. 예전에는 한마디도 안 했다. 하지만 지금도 말소리가 작다. 자기가 쓰는 말이 적절한지 잘 모르는 사람처럼. 내가 보기에 그 애 말은 다 옳다. 가끔 내게 잘난 척하며 뒤에서 구시렁거리긴 하지만, 나는 그 애 입에서 나오는 말은 모두 사랑한다. 그래서 그 말에 화가 난다 해도 듣고 싶다. 그 애 마음속에 뭐가 있는지 알고 싶다. 가끔은 그 애 말이 어리석다고 생각하지만 나도 가끔은 어리석은 소리를 한다. 여자란 그렇다.

에이브는 우리 애스터만큼이나 조용하다.

백인 여자가 방으로 돌아오며 말한다.

"애 침대에서 이불을 걷어내고 인형도 넣었어요. 이제 어떻게 하죠?"

"아이 어머니를 데려와요."

에이브를 꼭 안고 부드럽게 흔들며 말한다.

"온몸에 빨간 점이 나서 동물 같구나. 우리 애스터랑 만난 적 있지? 그 애가 약을 쳤잖아?"

"맘마."

내게 한 말이 아니다. 여주인을 찾는 것이다. 해티를.

"곧 올 거야."

"맘마."

아이가 이번에는 그렇게 말하며 나를 본다. 그래서 나는 애를 소파에 내려놓고 담요를 덮어 준다. 아이는 내게 손을 뻗지는 않지만 나를 보면서 보호자를 찾는 아이처럼 온 힘을 다해 앓는 소리를 낸다. 나는 한숨을 쉬고 아이 이마를 짚어 주지만 다시 안아 주지는 않는다.

아이가 나를 '엄마, 어머니, 할머니'라고 부르지 않는 게 좋다. '에이니'라고 부르는 건 괜찮다. 사람 이름과 비슷해서 그게 '작은할머니'란 뜻인 것을 잊곤 하니까.

상층 데크 애들을 돌볼 때 걔네가 나를 할머니라고 부르면 애 귀를 그 아버지들 앞에서 꼬집고 이렇게 말한다. "내가 널 '꼬마 짐승 녀석'이라고 부르니? 아니지. 네 이름을 부르잖니." 아버지들은 신경 쓰지 않는다. 어릴 적의 못된 유모를 좋게 기억하니까.

어머니들은 내가 못되게 구는 걸 잘 견디지 못한다. 늘 위협을 느끼기 때문이다. 지금은 늙었지만, 나는 젊은 시절에도 예쁘지는 않았다. 하지만 어머니들은 내가 자기 남편을 꾀어낼 귀엽고 인기 좋은 장난감쯤 되는 것처럼 굴었다. 그래서 말하고 싶었다. *이봐요, 난 여기 있고 싶지 않아요. 당신 남편은 크림치즈를 바른 삶은 양배추 같아. 내 방에서 혼자 담배나 피운다면 훨씬 더 좋겠다고요. 하지만 당신 아이가 토한 분유나 치우고 있지. 당신 남편을 꾀어낼 생각 따위는 없어요.*

나는 모성적인 사람이 아니다. 자장가는 지루했다. 아이가 내 젖을 물고 나를 생명유지장치로 쓴다고 생각하면 어쩐지 화가 치민다. 아마 내가 매사에 화가 나기 때문일 것이다. 그럴 때면 소리가 너무 커도 끄는 버튼을 찾을 수 없어 레코드가 끝날 때까지 귀를 막아야 축음기가 되는 것 같다. 내 머릿속에는 이야기가 너무 가득하다. 아이들은 내가 재미있는 이야기를 짜낼 수 있으니 상냥한 사람일 거라고 생각한다. 그렇지 않다.

예전에 내겐 아들이 있었지만 뺏겼다. 가끔은 그 애한테라면 내 젖을 먹이지 않았을까 싶다. 다른 아기들과 달리 잘생긴 아이였으니까. 한번은 그 애 발뒤꿈치를 내 뺨에 대 봤는데, 어찌나 작던지 발뒤꿈치가 턱에 닿아도 엄지발가락이 내 코까지도 오지 않았다. 밤이면 애가 양처럼 하얘서 빼앗긴 게 다행이라고 생각한다. 난 나쁜 엄마가 되었을 테니까. 내가 항상 애들을 잘 보는 건 아니었다.

내겐 여동생이 셋 있었는데 나는 다 싫었다. 기저귀에서는 냄새가 났다. 동생을 볼 때는 애들이 울고 발진이 나도 내버려 뒀다. 애들 사타구니를 닦아 주는 게 너무 싫었다. 나만 씻고 싶었다. 깨끗이 씻고 머리를 귀엽게 묶고 예쁜 옷을 입고 그림을 그리거나 남자아이들과 주사위 놀이를 하고 싶었다. 남을 돌보는 건 싫다.

어머니는 항상 물었다.

"예쁘장한 곱슬머리 남자를 찾아볼 테니 동생 좀 봐 줄래?"

"아뇨."

나는 그렇게 대답하곤 했다. 그러면 너무 힘이 없던 어머니는 내가 반항하는데도 따귀 한 번 때리지 않았다. 억지로 시키지 않았다. 그 대신 알았으니 다른 방법을 찾아보겠다고 했고, 내 세 동생은 하층 데크의 검은 꼬마들에게 글을 가르치는 사명을 띤 상층 데크 교사에게 가곤 했다. 아이들이 천계와 약속의 땅에 대한 글을 읽고 기도문을 욀 수 있도록. 그 여자는 내 동생들에게 기도를 하고 군주보위부에 순종하면 마틸다호가 천계에 꼭 도착할 수 있을 거라고 했다. 어찌나 열심히 가르치던지, 그 여자는 그걸 실제로 믿었을 것이다. 참 슬픈 일이다. 진실이 아닌 걸 믿는 사람보다 더 슬픈 건 없다.

그때 에이브가 말한다. 나를 올려다보면서.

"맘마. 맘마. 맘마."

해치가 열리는 소리가 들린다. 여주인을 데리러 간 백인 여자가 돌아왔단 뜻이다.

여주인은 재킷을 벗어 옷걸이에 건다.

"멜루신, 무슨 일이에요?"

그때 백인 여자가 끼어든다.

"아이가 열……"

"멜루신에게 물었어요. 루시, 얼음물 좀 갖다 줘요."

루시. 하녀의 이름이다.

"열이 나요. 붉은 발진이 생겼고. 혹시 옴일 수도 있어요. 아이가 기운이 없네요."

내 말에 해티가 들어와서 아들 머리를 짚더니 소파에 앉아 아이 머리를 자기 무릎에 얹는다. 에이브는 통통한 엄지를 입에 넣더니 빨기 시작한다. 아이 머리가 거꾸로 뻗쳐 헝클어졌다.

백인 여자 루시가 얼음물 한 잔과 천을 들고 돌아왔다. 여주인 해티는 그 천을 물에 적셔 에이브 이마에 올린다.

"전보 좀 써도 될까요, 부인?"

내가 묻자 여주인이 끄덕이고 안내한다. 시오에게 메시지를 보내 우리 애스터를 데려오라고 한다. 아이가 정말 아프다. 시오가 직접 아이를 보러 올 테고, 애스터도 데려올 거다. 애스터 얼굴이 보고 싶은데, 아침에 보지 못했다. 애스터는 늘 나가 있다. 조그만 손으로 내 치맛자락을 늘 잡고, 신의 말이라도 되는 것처럼 내가 한 말을 붙잡던 어릴 때와는 완전히 달라졌다.

나는 모성적이지 않지만 그렇다고 사랑을 모른다는 뜻은 아니다. 애스터를 사랑한다. 돌보는 모든 여자아이들과 어른들을 사랑한다. 누군가와 그렇게 오래 함께 있으며 사랑과 비슷한 감정을 키우지 않기도 어렵다. 낭만적인 감정은 없다. 공주가 왕자와 사랑에 빠지듯이 사랑에 빠진 적은 없었다. 누군가와 침대에 들어가고 싶은 적은 한 번도 없었다. 하지만 애스터는, 애스터에 대한 사랑은…… 악성이다. 그 사랑을 잘라 내려고 하면 조각난 사랑이 전부 다른 곳으로 퍼져 더 심하게 감염될 것이다.

한 시간이 지나서야 시오가 온다. 시오도 사랑한다. 내가 빼앗긴 아들. 그 애에게 강한 감정을 느낄 수밖에 없다.

"루시에게 시트를 치우라고 했어."

내 말에 시오가 끄덕인다.

"루시 씨, 부탁인데 아이 옷도 벗겨 주시겠어요? 깨끗하든 더럽든 전부요. 모두 빨아야 합니다."

"네, 선생님. 물론이죠."

루시는 의무관을 처음 봤다. 긴장하며 갑자기 어쩔 줄 모르고 목소리를 가다듬는 걸 보면 확실하다. 해티 여주인까지 갑자기 수줍음을 탄다.

시오는 에이브의 심장 소리를 듣고 붉은 발진을 보고 콧속을 면봉으로 닦아 내며 진찰한다. 면봉을 작은 유리 슬라이드에 닦는다.

"멜루신?"

시오가 에이니라고 안 부르고 그렇게 부르면 마음이 아프다. 아무 의미 없는 걸 알지만. 시오는 애칭을 부르는 성격이 아니었다. 어릴 때도 아버지를 직위와 성으로 불렀다. 지금도 어릴 적처럼 잘생겼다. 그 애가 지닌 검은 피 때문일 것이다. 어느 어머니라도 자랑스러울 아들이다.

전에는 시오가 나랑 같다고 생각했다. 욕구가 없다고. 나는 다른 사람들처럼 짝짓기할 욕구가 없다. 그 애가 그런 면을 내게서 물려받을 수도 있겠다 싶었다. 하지만 이젠 그 애 종교 때문인 걸 안다. 해야 할 일과 해서는 안 된다고 여기는 일을 구분하는 것이다. 그런 헌신은 누굴 닮은 건지 모르겠다. 나는 아니다. 그 애 아버지도 아니다. 하지만 그 애가 천계의 손길을 받았다는 말은 사실 같다. 세 살 때 그 애는 어른도 이해 못하는 책을 읽을 수 있었다. 우리 애스터처럼 늦게 똑똑해진 아이가 아니었다.

그 애 아버지가 아이를 때리기에 말렸더니 나도 맞았다. 그 남자는 시오가 작고 독서와 이야기만 좋아한다고 '계집애'라고 불렀다. 아이를 '쓸모없는 놈'이라고 했고 내가 입에 담기 싫어하는 욕설도 했다. 나중에 사람들이 우리 애스터에게도 그런 욕을 했다. 좀 다르긴 했지만.

"멜루신?"

"응?"

"I데크 어린이집에 지난주 출석부 좀 볼 수 있는지 메시지를 보내 주겠어요?"

에이브의 어머니가 아이 머리를 토닥이며 말한다.

"거긴 보내지 않아요. 주중 오전에는 멜루신이 아이를 봐요. 오후에는 유모와 지내고. 3시부터 저녁 시간은 나랑 있어요."

에이브가 엄지를 빤다. 눈을 감고 코를 곤다.

"다른 공공장소에 아이가 간 적 있습니까?"

시오가 그렇게 묻기에 내가 답한다.

"어제 들판 데크에 데려갔어. 아이가 우울해하면 거기 데려가 햇볕을 쬐게 하지. 그러면 바로 기분이 좋아지니까."

"멜루신, 산책로에 데려가야죠. 거기라면 허락했을 거예요."

해티는 들판 데크에는 나 같은 더러운 것들이 가득하고 거기서 아이가 병에 걸렸으리란 말은 생략했다.

"산책로에서는 날 환영하지 않아서요."

그러자 여주인은 미안하다는 표정을 짓고 에이브의 머리를 다시 토닥인다.

"부탁이에요, 무슨 문제인지 알려 주세요, 의무관님."

"채취한 샘플을 살펴보겠지만, 포도구균 감염인 건 확실합니다."

시오는 에이브의 귀에 체온계를 꽂고 버튼을 눌러 온도를 기록한다.

"해티 씨, 아이는 무사할 테지만, 박테리아 종류를 확인하면 곧 투약을 시작하고 싶습니다."

"죄송해요, 부인. 날 해고하셔도 이해하겠어요."

나는 해티가 그래 주길 바란다.

"들판 데크에서 감염됐을 가능성은 없어요. 다른 사람에게
감염시켰는지 확인하려고 선실 밖 어디서 지내는지 물어본 겁
니다."

진찰이 끝날 때까지도 애스터는 오지 않았다. 시오가 물건
을 치우고 여주인이 에이브를 침대에 눕힌다. 그러고 나서 시
오가 내게 말을 건다.

"여기 오도록 통행증을 써 준다고 했습니다."

마치 내가 말 안 해도 무슨 생각을 하는지 아는 것 같다.

"그런데?"

"땅에 코를 박고 있겠다고 했습니다. 정확히 그렇게 말한 건
아니지만."

"말썽을 피한다니 그 애답지 않네."

시오가 끄덕인다.

"서리의 즉위에 겁이 난 사람이 많은 듯합니다."

"아니. 그 애가 그렇게 걱정하는 건 더 구체적인 일 때문이
야. 내게 온갖 걸 다 물었어."

시오와 마주 본다. 혹시라도 그 애가 내 아들임을, 내가 그
저 유모가 아님을 알 수 있도록. 나는 추수년 1년 가까이 그
애를 내 살갗과 근육으로 감쌌었다. 창백한 피부만 빼면 시오

는 나와 꼭 닮았다. 훌륭한 예절을 가르친 게 나라고 말하고 싶지만, 실은 그 애 본성이 그렇다. 참 애정 많고 친절한 사람으로 태어났고 나와는 반대로 내내 그 성품을 지켰다.

"애스터는 준비되면 무슨 생각인지 모두 알려 줄 거예요."

나는 자리에 앉는다. 요즘은 몇 분 이상 서 있을 수가 없다.

"그 애가 네겐 이야기를 하니? 연인처럼? 나보다 네게 더 많이 이야기할지도 모르겠구나."

나는 캐묻기 좋아하는 노파처럼 군다. 둘이서 시간만 나면 함께 있으니 정말 궁금하다. 나는 늙은 수다쟁이다. 어디선가 이야깃거리를 얻어야 한다.

"우린 좋은 동료로서 신뢰를 쌓았어요."

얼굴을 조금 붉히며 말한 시오가 나간 뒤 나는 에이브를 살핀다. 아이가 잔다. 해티가 침대 안을 들여다보며 노래를 흥얼거린다.

"시트랑 전부 빨고 있을 테니, 필요하면 부르세요."

"오, 멜루신. 그럴 필요 없어요. 이리 와요. 여기 있어도 돼요."

있고 싶지 않다. 에이브의 더러워진 침구를 빠는 게 낫다. 그러느라 손 관절이 들판 데크에서 자라는 야생 딸기처럼 부어오른다 해도.

"기록보관소에 다녀오면 어떨까요, 부인? 에이브에게 읽어 줄 새 그림책을 가져올게요. 통행증만 써 주시면 돼요."

그러자 해티가 미소를 짓는다.

"어머, 좋은 생각이네요."

기록보관소에 도착한 뒤 접수대에서 일하는 남자에게 통행증을 보여 주자 남자는 기계적으로 끄덕인다. 몇 년째 그는 나를 거기서 봤다. 애스터가 어릴 때도 책을 구해다 줬다. 그 시절 내가 처음 찾아갔을 때 남자는 까탈을 부리며 애스터가 책에 흙을 묻히고 책장을 찢었다고 했다. 내 아들 시오가 사서의 입을 다물게 했다. 열 살 때 시오는 내 손을 잡고 서고로 들어가서는 사서에게 나를 곤란하게 하지 말라고 했다.

"서명하고 들어오시오."

남자는 고개도 들지 않고 말한다. 해티가 난리를 칠 테니 오래 있지 못할 거다. 다 검색할 시간은 없지만 원하는 책을 찾아 가방에 넣을 시간은 되겠지. 크림색 종이에 내 이름을 끼적이고 물리학 서가, 2-N.55를 적는다.

에이브에게 보여 줄 그림책이 아니다. 나는 거짓말을 잘한다.

애스터가 온갖 것을 물어본다. 그 애 마음이 딴 데 가 있다. 그 애와 지젤이 뭔가를 꾸미고 있다. 나는 돕고 싶을 뿐이다. 도울 수 있다는 걸 알리고 싶다.

과학 서가는 다른 곳처럼 좋지 않다. 하층 데크랑 비슷하다. 길쭉하고 사람 하나 겨우 지나다닐 좁은 통로다.

불쌍하기 짝이 없는 책들. 이따금 벌레 말곤 아무 동무도 없이 외로운 가죽으로 장정한 외로운 페이지들. 그것들의 존재 이유는 단 하나, 누군가가 읽어 주는 건데 아무도 읽지 않으니 태어나지도 못한 셈이다. 손이 닿는 책등을 쓰다듬어 본다. 책들을 다독여 주는 거다. 내가 이야기를 좋아하는 사람임을, 화학이나 생물이나 그 밖의 진리에 관한 이야기들도 좋아하는 사람임을 알려 주려고.

도서 목록을 보니 기록보관소에는 왜곡 풍선 관련 도서가 세 권 있고 그것만을 주제로 다룬 책은 한 권이 있다. 네 권 모두 대출되어 나갔다. 서가에 그 책들 자리가 비어 있다.

좀 더 일반적인 주제의 책을 찾는다. 실내가 침침해서 작은 인쇄 글자가 보이지 않는다. 색인 페이지로 가서 왜곡 풍선이 『고급 우주항공학 교과서』의 8, 323, 411~415페이지에 언급된 것을 확인한다. 펼쳐 보니 누군가 페이지를 찢어 간 자국만 남아 있다.

곧바로 접수대 남자에게 가서 말한다.

"실례합니다, 선생님. 선생님?"

"뭐요?"

입술에 침이 허옇게 말라붙어 있다. 남자는 죽었다가 되살아나 살아 있는 자들 가운데로 돌아온 게 침통한 사람 같다. 잿빛 턱수염은 조금도 다듬지 않았다. 엉망으로 헝클어져 있다.

"누가 어느 책을 빌려갔는지 기록이 있나요?"

"이름이?"

"네?"

"찾는 책 말이오."

"『광속 여행을 위한 왜곡 시스템의 이론적 모델』이요."

아무거나 하나를 골라 말한다.

노골적으로 좀 못마땅하다는 듯한 표정을 지은 남자는 자리에서 일어나더니 책상 뒤 책장으로 간다. 왼쪽에서 다섯 번째에 있는 두꺼운 파란 책을 집어 든다. 남자는 그 책을 책상 위에 턱하고 내려놓더니 말한다.

"알파벳 순서요. 무슨 말인지 알아듣는다면 말이지만."

작업할 구석 자리를 찾는다. 기록보관소에 사람이 나 혼자는 아니지만 서가가 커서 적당한 구석을 찾으면 편안해진다.

목록에서 제목을 찾아보니 중간쯤에 나온다. 기록 오류가 아니라면 그 책은 현재 시머스 루드네키라는 남자의 손에 있다. 그 현재란 빌어먹을 25년 전이다.

책이 대여된 날짜가 우리 애스터가 태어난 날이란 것도 눈에 들어온다. 그 애에게 줄 것을 발견했다. 그 애가 고마워하고 어릴 적처럼 나를 바라보게 만들 것을.

18장

애스터는 새로운 집착 대상, 시머스 루드네키를 알게 된 직후 잘 준비를 하다가 서리의 사무실로 오라는 소환장을 받았다. 아주머니가 루드네키라는 이름을 알려 주고 기록보관소에서 사라진 책들 이야기를 전했다.

호출은 애스터가 자려고 눕기 직전에 경비원 편에 전달됐다. 그날은 일요일, 당번 근무가 없는 하루였다. *애스터, 특권을 잃지 않으려면 당장 O-0211에 보고하라.*

애스터는 경비원들과의 접촉을 피할 새도 없이 중앙계단을 통해 O로 달려 올라갔다. '서리'라고 적힌 소환장을 보여 주면, 경비원들은 애스터를 밀며 서두르라고 했다.

"계세요?"

애스터는 해치에 다다르자 인터콤 스피커 버튼을 누르며 말했다. 오시지 윙에는 사무실과 창고, 하층 데크에서 근무하는 경비원 휴게실뿐이었다. 지잉 소리와 함께 해치가 열렸다.

"들어오너라."

마틸다호의 수장 앞에 서니 기분이 이상했다. 이 남자는 자신을 신 바로 다음 존재라고 여기면서도 참 소박한 사무실을 썼다. 안으로 들어서면서 애스터는 고개를 숙이고 싶은 마음을 누르고 그의 시선을 마주했다. 사실 그가 잘 기억나지도 않았다. 마지막으로 얼굴을 본 지 2년쯤 됐다.

연갈색 눈, 갈색 머리, 곧은 코를 봐도 아무 생각도 나지 않았다. 얼룩덜룩한 자줏빛 피부는 세월이 흘렀음을 의미했다. 과거에도 그런 게 있었다면 애스터는 기억했을 테니까. 나이는 많은 것을 변색시켰다. 너무 창백하게 만들거나 반대로 너무 짙은 색으로 만들거나. 눈동자는 빛바랜 무색으로 변하고 눈 밑 피부는 밝은 자줏빛이 됐다.

"앉아도 될까요?"

애스터는 책상 맞은편의 의자를 보며 물었다.

"실은 방금 닦은 거라 앉지 않는 편이 낫겠군. 이해하게."

애스터는 그 말이 상처가 된 걸 드러내지 않으려고 한순간도 망설임 없이 곧바로 대답했다.

"괜찮습니다. 어쨌든 서는 쪽이 좋습니다."

서리가 피곤한 미소를 지었지만, 애스터는 진심이 담긴 미소일 거라고 생각했다. 그는 굳이 꾸밀 필요가 없었으니까. 원한 것을 다 손에 넣었으니까.

서리는 무심하지만 깜빡이지 않는 눈으로 애스터를 살폈다.

"지난번보다 자랐군. 사람들 예상처럼 못난 꼴은 아니야, 작은 비둘기."

"오래전 잠시 만났을 뿐인데 제 외모를 그렇게 상세하게 기억하다니 놀랍네요."

"애스터, 난 천계에 저지른 죄는 잊지 않는다. 넌 아직도 죄를 저지르는 것 같고."

"전에는 일탈한 존재란 소릴 들었죠."

"일탈이라. 그렇지. 그 말이 마음에 든다. 참, 네 상층어 억양은 흠잡을 데가 없어. 내 아내의 말투 같군. 아내는 상층 데크에서도 최고급 신분인데. 진정한 숙녀지."

"의무관 밑에서 일하는 동안 연습했습니다."

애스터는 처음부터 상층어를 쓴 것으로 기억하지만, 그렇게 대답했다. 말문이 트이기 오래전부터 사람들의 말소리를 듣고 자기 것으로 만들어 연습했더랬다.

"그렇군."

서리는 일어나 선반에서 보온병을 쥐더니 뚜껑을 열었다. 그가 검은 액체로 머그를 채우자 씁쓸한 커피 향이 애스터에게 흘러왔다.

"의무관은 아주 훌륭한 사람이다, 애스터. 최고에 속하지. 이 우주선에서 천계의 손 노릇을 하도록 선택된 자다. 하지만 네 일이라면 그 녀석은 뭐랄까, 무른 데가 있어. 그건 문제 될 것 없다. 완벽한 인간은 없는 법, 하층 데크 여자와 관계를 맺으려는 것도 그 녀석이 처음은 아니다. 너희 족속에게 그 녀석의 피를 끓게 하는 구석이 있는 모양이다. 짐승 같은 천성이 그것이겠지.”

애스터는 등 뒤에서 양손을 너무 꽉 잡아 아플 지경이었다. 조금만 더 힘을 주면 손가락이 부러질 것 같았다.

“시오랑 저는…….”

“그런데도 서로 이름을 부르는구나. 부인할 것 없다. 소용없으니. 네 거짓말은 죄악의 바다를 건널 수 없이 넓힐 뿐이다. 의무관이 하필 네게 집착하는 게 이상하지만 남자들이란 모두 기벽이 있는 법이니. 게다가 내가 뭐라고 나무라겠나? 문제는 네가 그 녀석의 약점을 이용해서 이 우주선에서 멋대로 구는 거다. 그래선 안 될 일이야.”

애스터는 보안경을 잡아 이마에서 눈으로 끌어내리고 싶었다. 하지만 서리를 만나러 서둘러 오느라 깜빡하고 왔다.

“할 말은 없나?”

서리는 팔꿈치를 책상에 대고 주먹을 턱에 괴었다.

“의무관과 제가 성적인 관계를 맺고 있다는 결론에 어떻게 도달하셨는지 모르겠지만, 우리는 전적으로 플라토닉한 사이입니다.”

애스터는 변명조로 말하지 않으려고 애쓰며 대답했다.

"너희 족속은 거짓말을 안 할 수가 없구나. 그건 병이다."

"거짓말 아닙니다. 그리고 말씀하신 것처럼 의무관을 유혹하거나 이용하지 않을 겁니다. 그럴 리는 없지만 제가 유혹한다고 해도, 너무 선한 사람이라 굴복하지 않을 겁니다."

애스터도 감정이 있지만, 감정적으로 행동하지 않았고 앞으로도 그러지 않을 생각이었다. 시오가 원하지 않는다면.

"천계에 대한 믿음이 한없이 강한 이들도 윤리적인 잘못은 저지르지. 나도 그렇고."

서리가 짧게 잘라 말했다.

"아마 의무관의 믿음이 더 강한 모양이죠. 의무관이라면 말씀하신 것 같은 관계를 결코 맺지 않을 테니까요."

서리의 눈이 뾰족한 화살촉처럼 가늘어졌다. 침을 삼키자 목과 목덜미의 근육이 수축했다. 동작이 작고 행동거지가 섬세한, 미묘한 사람이다 보니 만약 애스터가 눈을 한 번만 깜빡였으면 그 뺨이 경련하는 순간 이를 꽉 무는 걸 놓쳤을 것이다.

"사과해라."

애스터는 죽은 자루처럼 고개를 푹 숙였다.

"죄송합니다."

어릴 적 말을 못 하던 때처럼 스스로를 미워하며 말했다.

"죄송합니다. 죄송합니다. 죄송합니다. 진심이 아니었습니다. 물론 군주의 믿음은 흔들림 없고 물론 선하시며 저와 비교하면 신이나 다름없는 분이십니다. 저는 먼지 같은 존재입니다. 용서해 주세요."

애스터는 이런 말을 연습한 적 없었고, 연기를 하는 것도 아니었다. 거짓말을 잘 못해서 회개하는 연기를 하지도 못했을 것이다. 불쌍한 표정으로 자비를 구하는 한마디, 한마디가 진심이었다.

"죄송합니다."

애스터는 다시 말했다. 더 이상의 고통은 견딜 수 없었다. 지난밤 멍든 등이 여전히 아팠다.

서리는 애스터의 애원에 즐거운 듯했다. 그는 커피를 더 부었다. 얼굴에 미소가 떠오르기 시작했다.

"그럼 내게 남긴 선물도 미안한가?"

서리는 냉정을 되찾고 실크처럼 매끄럽고 우아하게 물었다.

"그건…… 그건 추위 때문에 정말 심각한 결과가 있다는 걸 알리려고 드린 겁니다. 플릭은 어린애였어요."

애스터는 그 발을 왜 놓아두었는지, 불현듯 알 수 없어졌다. 무의미한 행동이었다.

"물론 추위에는 심각한 결과가 따르지. 그렇지 않다면 그런 결정을 내리지 않았을 거다."

"무엇을 위해서요? 그 애가 무슨 짓을 했다고 그런 일을 당하는 건가요? 저도 통금 시각을 몇 번 어긴 것 말고 무슨 큰 잘못을 저질렀다는 건가요? 그 논리를 이해할 수 없습니다. 노력해도 이해가 안 됩니다."

"물론 그렇겠지. 넌 큰 그림을 보지 못하고, 짧은 생에 시시하고 작고 무의미한 쾌락과 고통만 보니까. 짝짓기나 하고 술이나 마시면서 버티는 거야. 발목을 다치면 일을 안 하겠다고 버티는 짐말처럼."

서리가 으르렁거리는 소리로 말했다.

"우리에겐 목표가 있다. 마틸다호엔 목표가 있어. 우리는 신의 길을 따라가야지, 방황하면 안 된다. 지금까지 수백 년이 걸렸고, 앞으로도 수백 년이 더 걸릴 것이다. 우리가 할 수 있는 건 잘 사는 것뿐이다. 천계의 뜻에 따라 선하게 사는 것이지."

애스터는 서리가 저런 연설을 한 적 있는지 의아했다. 분노를 드러내는 방법을 연습해서 전달하는 느낌이었다. 그가 거울 앞에서 비난이 절정에 다다르는 순간을 상정해 눈썹을 일그러뜨리고 눈을 크게 뜨며 연습하는 모습을 상상했다. 서리는 자신의 뜻이 오해받는 걸 두고 볼 사람이 아니었다.

"제 벌은 뭡니까?"

실망하는 서리의 표정을 보니, 기대한 대답이 아닌 모양이었다.

"진정한 벌은 제안할 수 없다. 네 행동을 고칠 기회는 숱하게 많았어."

서리는 커피를 한 모금 더 마시고는 뜨거운지 치아 사이로 쓸 공기를 빨아들였다.

"네가 내 뜻을 혼동하고 있어서 확실하게 알려 두는 거다. 그것이 내 유일한 소망이다. 환기라고 생각해라."

"그럼 가도 됩니까?"

"그렇다, 비둘기."

서리의 말에 애스터는 말없이 돌아섰다. 해치 손잡이를 잡으려는데 서리가 불렀다.

"비둘기?"

"네?"

애스터는 돌아보지 않았다.

"하층 데크에 거울이 거의 없는 건 참 친절한 일이다. 너희들을 위해서지. 너희가 안다면, 얼굴을 자꾸 본다면, 자살하고 말 거다. 그래서 말인데, 너희들만 우글거리는 복도를 어떻게 돌아다니는지, 그 꼴들을 어떻게 보고 사는지 모르겠다."

애스터는 문만 보면서 그 말을 들었다.

"너처럼 갈색인 핏불이 여섯 마리 있다. 검게 태운 메이플시럽 색이지. 녀석들은 참 우아하고, 용감하고, 아름다운 생명체야. 코가 뭉툭하고 스스로 씻지도 못하는 네 발 달린 짐승이 말이다, 그게 어떻게 너보다 더 아름답지? 공평하지 못한 일 아닌가?"

그의 기본 전제를 받아들이지 않았으므로 애스터는 대답할 수 없었다.

"뭐니 뭐니 해도 네가 불쌍하다. 널 길들이려고 하지만, 해로

운 것들은 길들일 수 없구나. 말해 봐라. 생쥐가 해명도 사과도
하지 않고 저녁 식탁에 올라온다면 어떤 기분이겠나? 움츠리
지 않겠나? 쫓아 버리고 덫을 놓지 않겠나? 생쥐가 덫에 다리
를 잃는 일은 흔해. 그게 최선 아닌가?"

이제 서리의 말이 끝난 듯해서 애스터는 천계에 감사했다.

"예전에 이런 생쥐가 있었습니다. 가시생쥐. '아코미스 스피
노시시무스'라고 하죠. 다리를 잃고 나면 새로 자라났습니다.
기록보관소에서 읽은 내용입니다."

"음. 그만 가 봐."

애스터는 또 서리가 부를까 봐 얼른 나와 해치를 닫았다.

서리는 자비로운 사람이 아니었다. 조금이라도 느슨하게 대
하는 건 애스터에게서 앗아 갈 것이 있기 때문이었다. 처벌이
무엇인지 알 수 없었지만, 받게 될 것만은 확실했다.

19장

서리가 새 군주가 된 지 얼마 안 됐지만 벌써 Q데크에 변화가 있었다. 이동할 때는 줄지어 걸어야 했다. 선실 기습 점검을 명했다. 먹는 음식이 건강에 좋지 않다고 매콤한 고기 스튜를 멀건 국물과 뜨거운 시리얼로 바꿨다. Q데크에는 아직 제복을 도입하지 않았지만 W데크에는 도입했다는 설이 있었다.

새로 정해진 기도 시간 동안 들판 데크에 나오라는 명령을 들었을 때, 애스터는 모두 흥분한 까닭이 엄격한 규칙이 새로 생긴 탓이라고 여겼다. 종교적인 낭송과 조용한 기도보다는 햇볕을 쬐는 게 더 나았으니까.

"너도 가?"

애스터가 지젤에게 물었다.

다른 여자들은 이미 출발했다. 쿼리 윙에 거의 둘만 남았다.

"피곤해."

지젤이 침대에 누워 말했다. 감금됐던 밤 이후 침대에서 꼼짝도 안 했다. 경비원 서넛이 깨워 보려고 했지만 지젤은 꼼짝도 안 했다. 벌을 주겠다는 위협에도 더 웅크릴 뿐이었다. 사제는 지젤이 너무 아파 일할 수 없다고 했다. 비록 몸이 아니라 마음의 병이지만.

"널 여기 혼자 두고 싶지 않아."

지젤이 자꾸 자살할 것 같아서 애스터는 작별인사를 할 때마다 이게 마지막이 아닌가 싶었다. 자기 탓이라고, 자기가 불러일으킨 일이라는 생각이 들었다.

"밖은 안전하지 않아. 이걸로는 안전하지 않아."

지젤이 잠옷을 가리켰는데, 애스터는 몸을 가리킨 것임을 깨달았다.

"새로운 게 필요해. 낡은 걸 버려야 새것을 얻을 수 있어."

"가져온 과일 좀 먹을래?"

애스터가 물었다. 지젤은 계속 벽만 멍하니 봤다.

"룬의 일지 가져온 거 봤어? 그걸 하나하나 재미있게 읽었잖아."

지젤은 대답하지 않았다.

애스터는 한숨을 쉬며 모자를 썼다.

"가능하면 빨리 돌아올게."

애스터는 라이플을 식물관에 옮겨 두길 잘했다고 생각했다. 물약과 의료용 칼도 모두 열쇠 채운 상자에 보관했다.

애스터는 들판 데크로 향하는 친구들을 따라잡았다. 그네들은 감자밭에 모이고 있었다. 편평한 땅이라 큰 모임에 적당하기 때문이었다. 주로 쿼리 윙 사람들이 모였지만 애스터가 모르는 사람들도 있었다. 사람들은 가운데 의자가 하나 놓인 큰 무대 주위에 모였다.

누군가가 손을 잡고 차갑고 부드러운 손가락으로 깍지를 끼는 것이 느껴졌다. 손바닥의 느낌으로 시오임을 알 수 있었다.

"이리 와."

시오가 복도 쪽으로 이끌다가 애스터가 잡아당기니 멈췄다.

"여기서 뭐 하는 거예요?"

애스터는 반가우면서도 놀라서 물었다. 이브닝 스타에서 버리고 나온 후로 처음이었다.

"너는 무슨 일인지 몰라."

시오가 말했다. 머리는 헝클어지고 셔츠 소매가 올라가 있었다. 사람들 사이에서 애스터를 찾고 있었던 것이다. 언제부터 찾았는지 알 수 없었다.

"이번만큼은 날 믿어. 서둘러야 해."

"당신은 서둘러요. 어쩔 수 없으면 날 여기 두고 가요. 난 아무 데도 안 가요."

애스터는 그의 손에서 손을 빼냈다. 선실로, 서리가 더욱 살기 힘들게 만든 곳으로 돌아가기 싫었다. 애스터는 왕복선 구역에 가 볼 겨를이 없었다. 자유롭게 돌아다닐 통행증을 얻을 수 없었다. 식물관에도 겨우 갈 수 있었을 뿐이다.

"내 말 들어."

"싫어요."

애스터가 사람들 틈으로 들어가려고 돌아섰다.

시오가 다시 애스터의 손을 잡았다. 이번에는 깍지를 끼는 대신 손가락을 움켜쥐었다.

"나랑 같이 가. 지금. 이건 부탁이 아니야. 총감이 민간인에게 하는 명령이야. 내 말 들어, 애스터."

시오가 그런 식으로 음성을 높이는 건 처음이었다. 애스터에게 그러는 건 더욱. 애스터의 이름을 내뱉듯이 말하는 것도.

"나한테 다시는 그런 식으로 말하지 말아요."

시오는 애스터의 손가락을 꽉 쥔 채 눈꺼풀에 주름이 잡히도록 눈을 꾹 감았다.

"용서해. 제발, 부탁이니 용서해. 하지만 가야만 해. 네가 이걸 보게 할 순 없어."

몇몇 사람이 의아한 표정으로 두 사람을 봤다. 어리둥절한 표정으로 의무관을 가리키는 사람도 있었다. 누군지 기억을 더듬는 것이었다. 애스터는 시오가 한눈을 판 사이에 빠져나갔다.

서리가 손을 들고 무대에 오르자 모두 조용해졌다.

"군주보위부와 천계의 뜻을 대신하며, 군주의 우주선 마틸다호 동료 승객들을 대표하여, 새로운 시대를 맞이하는 가운데 평정을 유지하기를 당부하는 바이다. 경비대의 처벌은 무겁고 적절할 것이며, 그런 이유에서 오늘 한 생명을 이 세상에서 다음 세상으로 보낼 책임이 있다. 그곳에서 재판관들이 그녀의 잘못에 따라 처벌할 것이다. 우리는 겸허한 마음으로……."

그러자 모인 사람들이 그와 함께 합창했다.

"할렐루야. 축복 있으라."

"처형이야."

누가 말했다. 구경하는 사람들 자리를 웅얼거리고 우는 소리가 채웠다. 누군가가 죽는 모습을 보라고 여기 부른 거였다.

"정숙."

서리가 외쳤다.

시오는 애스터를 찾아서 사람들 틈바구니를 가로질러 왔다.

"제발. 아직 나갈 기회가 있어. 네가 볼 필요도, 보고 싶어 할 일도 아니라고 장담해."

"뭔데요? 누군데? 말해요."

애스터는 소리 죽여 말했다.

"내가 말하고 나면 주워 담을 수 없는데, 넌 들은 걸 분명 후회하게 될 거야. 내 온몸을 다해 부탁할게. 같이 가자. 네가 하라는 건 다 할게. 진심이야. 지금 바로 돌아간다면, 천계가 아니라 네가 내 주인이 될 거야."

시오는 애스터 앞에 기도하듯 무릎을 꿇었다.

"뭔데요, 시오? 무슨 일인지 말해요."

그다음 순간, 애스터는 알게 됐다. 서리가 사슬에 묶어 끌고 나온 사람은 플릭이었다. 아직 다 낫지 않은 작은 다리로 걷게 해서 붕대에 피가 배어 나왔다. 사람들의 울음소리가 너무 커서 그 순간 애스터는 신들이 존재하지 않는다는 것을 알게 됐다. 신들이 존재한다면, 그 순간 다 끝내 버렸을 테니까. 전 인류를. 손가락을 한 번 탁 튕겨서.

"세상에. 아직 어린애잖아."

경비원 둘이 수갑을 찬 사형수를 끌고 나오는 걸 보고 애스터 근처에서 누군가 말했다.

"이해가 안 돼요."

애스터가 움직이려고 했지만 시오가 붙들며 애스터의 손을 세게 꽉 잡았다. 애스터도 그 손길의 박자에 맞춰 꽉 쥐었다.

"이건 나한테 주는 벌이에요."

"네 잘못이 아니야. 지금이라도 가자."

"아뇨. 내 잘못이에요."

애스터는 다시 움직이려고 했지만 시오가 무릎을 꿇고 앉아 허벅지를 껴안았다.

"아직 의족도 못 만들어 줬는데."

모인 사람들을 향해 서리가 읽은 고발 내용은 아주 사소했다. 너무 사소해서 아무것도 아니었다. 반항. 경비원에게 말대꾸. 곤봉을 든 경비원들이 무대를 에워쌌다. 가스통을 들고 있는 경비원도 있었는데, 누가 진행을 막으려 들면 하층 데크 사람들을 향해 주저 없이 방출시킬 것이었다.

"이전 정권하에서 너희들은 죄와 악에 파묻혀 살았다. 오늘 천계의 분노를 달래려면 무엇이 필요한지 알게 될 것이다."

"무슨 일이에요? 내가 뭘 잘못했으면 사과할게요. 우리 증조할머니 어디 있어요? 증조할머니가 설명해 주실 거예요."

플릭이 외쳤다.

경비원이 아이의 발목을 의자에 묶고 팔을 고정시켰다.

"애스터, 여기서 움직이지 마. 듣고 있어?"

"네."

"부탁이야, 애스터. 내게 맹세해."

"맹세해요. 맹세해요. 맹세한다고요."

애스터는 더 말하고 싶었지만 참았다.

"뭘 맹세하는데?"

"여기서 움직이지 않는다고 당신에게 맹세요."

의무관은 애스터의 어깨를 꼭 쥐더니 절뚝이는 다리로 서리와 플릭에게 달려갔다.

"이러지 마세요, 숙부. 이건 천계의 뜻이 아닙니다. 신의 잔혹함을 능가하는 처사예요."

시오가 하는 말이 애스터에게도 들렸다. 플릭은 얼굴이 눈물범벅이 되어 울었다.

"너도 이런 일에 여자처럼 구는 건 그만둬라."

서리가 말했다.

한 청년이 안에 주사가 든 은상자를 들고 있었다.

그 순간 애스터는 일어나서 대신 '날 잡아가.'라고 말해야 했다. 하지만 말할 수 없었다. 의사가 플릭의 팔에 바늘을 꽂는 걸 말없이 지켜봤다. 플릭이 죽는 모습을 말없이 지켜봤다. 무대로 몰려드는 무리에 끼지는 않았지만, 그래도 가스 스프레이에 닿은 사람 중에 애스터도 있었다. 몸이 바닥에 쓰러지는 걸 느끼면서 애스터는 깨어나지 않기를 바랐다.

애스터가 여덟 살 때 말을 배우던 날, 멜루신 아주머니는 여자아이들에게 「꼬마 실버」라는 인형극을 보여 줬다. 검은 머리에 빛나는 회색 머리카락이 있어서 실버라는 이름이 붙은 거였다. 실버에겐 여섯 명의 언니가 있었는데 모두 왕과 결혼했고 다음은 실버 차례였다. 왕과 결혼하기 싫었던 꼬마 실버는 물의 정령이 사는 늪으로 가서 진흙둑에 앉아 말했다. "나는 열네 살이 되어 어른이 되었다고 하면 왕과 결혼하고 싶지 않으니 영원히 열세 살로 살게 해 주세요."

늪에서 웅얼거리는 소리가 나다가 그쳤다. 꼬마 실버는 마을로 돌아가야 했지만 정령들은 열네 살 생일 전날 밤에 실버의 부탁을 들어준다고 했다. 그래야 실버의 청을 들어주는 데 필요한 마법을 배울 시간을 벌 수 있으니까.

"이 이야기 지루하다."

지젤이 방해했다. 지젤은 개어 놓은 빨래 바구니를 뒤집어 깔고 앉아 있었다.

"입 다물어라."

아주머니가 그렇게 말해서 애스터는 흡족했다. 그날 밤은 지젤의 말대꾸를 들어 줄 기분이 아니었다. 멜루신 아주머니는 길고 가느다란 나뭇가지로 지젤의 팔을 찰싹 때리더니 잘 난체하려던 아이들을 향해 경고의 뜻으로 가지를 흔들었다. 그리고 이야기를 계속했다.

"그러다, 어느 따뜻한 여름 저녁에⋯⋯."

"그게 뭐예요?"

넬라란 어린 소녀가 물었다.

애스터는 알고 있었다. 여름은⋯⋯ 음, 우선 오래전에는 '위대한 생명의 집'이 있었다는 사실을 알아야 했다. 그곳은 위대한 별에게 잘 보이려고 발레리나처럼 빙빙 돌았다. 한 번 돌면 하루였다. 한 번의 댄스는, 여러 번의 회전을 합친 것인데, 1년이었다. 1년에는 사분기가 있었고, 위대한 별이 가장 많이 오래 빛나는 때(위대한 생명의 집에 대한 애정의 표현이었다.), 그때가 여름이었다.

"애스터, 할 말 있니?"

멜루신 아주머니가 의자에 앉아 물었다.

고개를 끄덕인 애스터는 입술을 깨물고는 아주머니가 쓰던 인형극장을 빤히 봤다.

"그럼 해 봐. 말을 해 보렴. 입을 열고 문장을 말하면 돼."

애스터가 낮게 꼬르륵거리는 소리를 내니 넬라가 웃기 시작했다. 넬라는 멜루신 아주머니의 회초리를 맞고 팔에 작은 물집이 잡혔다.

"네 얼굴이 그렇게 못나도 내가 비웃더냐?"

아주머니가 묻고는 넬라가 울 때까지 회초리로 때렸다.

"내가 물었잖니."

"아뇨, 아주머니."

"천계에서 주신 모습을 가지고 놀리는 건 옳지 않다. 별이 행성을 비웃더냐? 별이 해바라기를 비웃어? 응? 그러냐, 아가? 아니지. 그러니 남의 괴로움을 보고 즐거워하지 마라. 나쁜 사람들처럼. 네가 나쁜 사람이냐?"

멜루신은 분홍색 손바닥이 하얘지도록 회초리를 꽉 잡았다.

"아뇨."

"확실해?"

"확실해요. 난 안 그래요. 안 그래."

넬라는 울음을 그쳤다. 암탉처럼 가슴을 내밀고 있었다.

"그럼 뭐라고 할 거니?"

아주머니가 묻자 넬라는 눈물을 글썽이며 애스터를 봤다.

"미안하다고 하면 뭐해요? 너무 바보라서 못 알아듣는데."

그래서 멜루신 아주머니는 모두 다 보는 앞에서 넬라의 엉덩이를 까놓고 흠씬 때렸다. 속옷을 무릎까지 내리고 웃옷은 걷어 올렸다. 그러자 애스터의 목을 막고 있던 침묵이 한꺼번에 터져 나온 것 같았다.

"안 돼요."

회초리 소리 사이로 애스터가 말했다.

아이들의 시선이 아주머니와 넬라에게서 애스터로 옮겨 갔다. 나이가 많은 준벅은 메이의 머리를 다시 땋기 시작했다.

"네가 속이는 거 알고 있었어. 암송 안 하려고."

지젤이 말했다.

애스터는 말 한마디로 원하는 목적을 이룬 것에 만족해(실제로 아주머니가 넬라를 때리는 걸 멈췄다.) 다시 말했다.

"부탁이니 걔 옷을 입혀 주세요. 그렇게 엉덩이를 드러내고 싶어 하지 않으니까요. 그리고 사람을 벌거벗기는 건 예의가 아니에요."

아주머니는 회초리를 꽉 쥐면서도 넬라를 무릎에서 내려줬다.

"옷 입어라."

넬라는 속옷과 스타킹, 치마를 올리고 블라우스를 매무새를 고쳤다. 다른 아이들을 밀치고 선실에서 뛰어나갔다.

"자, 이야기를 계속하자꾸나."

하지만 애스터는 입술을 만지고 이를 딱딱 부딪느라 바빴다.

다음번에 누군가가 원치 않는 일을 하면 '원하지 않아요.'라고 말하면 그렇게 된다는 걸 알게 됐다. 꼬마 실버도 늪에 찾아간 뒤 그렇게 했을까? 왕을 찾아갔을까? 결혼하지 않겠다고 말했을까? 왕은 '알겠다.'고 했을까?

그런 건 아이의 질문이었다. 어른 애스터는 그런 어리석은 질문을 하지 않았을 것이다.

20장

애스터는 자유 시간이 생기면 식물관에서 식물들과 함께 지
내게 됐다. 식물들의 가느다란 가지에서 위안을 찾았다. 애스
터가 만든 것들이었다. 애스터는 어느 것에 가시가 있고 어느
것에 없고 어느 것이 한 번 찔러 중독시킬 수 있으며 어느 것
이 맛만 봐도 암을 낫게 하는지 알았다. 언제나 꼼꼼한 애스
터는 어느 씨앗이 싹을 틔우고 어느 것이 살지 못할지 점점 더
정확히 예측하려고 노력했다. 노트에는 크기, 모양, 색, 모식물,
온도, 토양 조건, 화분 위치를 기록했다. 씨앗의 90퍼센트는 싹
을 틔웠지만, 늘 한두 개는 죽었다. 애스터는 부드러운 흙에 손
가락을 넣어 그런 씨앗을 꺼낸 다음 비슷하게 죽은 씨앗을 모
아 두는 병에 넣었다. 슬퍼할 일은 아니었지만, 아주 가끔 슬펐

다.

그런 식이었다. 사는 건, 그리고 자손이 살게 하는 것도. 처음에도 그랬고 마지막 날까지 늘 그럴 거였다. 그리고 모든 것은 연결되어 있었다. 가장 처음 존재한 것부터 마지막에 존재할 것까지.

누군가 해치를 여는 소리가 들렸다.

"누구세요?"

"네 아주머니다."

"보고 싶지 않아요. 아무도 보고 싶지 않아요."

애스터는 장부로 돌아가 어느 씨앗이 싹트지 않았는지 잉크로 표시했다. 세게 눌러 써서 펜촉이 종이를 뚫었고 3이 있어야 할 자리에 진청색 얼룩이 남았다.

"애스터, 어서 열어라."

애스터는 이미 차가워진 찻잔을 불었다. 입김에 장밋빛 액체가 물결쳤다. 지난 두 시간 동안 네 잔의 차를 따랐고 한 입도 마시지 않고 식은 차도 네 잔째였다. 미지근한 달걀프라이가 찻잔 옆에 놓여 있었다. 노른자가 굳어 있었다.

"애스터? 아가?"

애스터는 포크로 달걀을 찔렀다가 펜을 내려놓고 해치를 열었다.

"집에 와야지. 통금까지 한 시간 남았고 환자들도 있잖니."

지팡이에 의지해 걸으며 아주머니가 말했다.

애스터는 크산토스 식물 잎사귀에 물과 혈분을 섞은 용액을 뿌렸다.

"아뇨. 일해야 해요."

식물의 녹색 잎이 물을 뚝뚝 떨어뜨렸고 그 냄새는 상쾌하고 달콤하고 깨끗했다.

"플릭 얘긴 들었다. T데크에 살던 아이."

서리의 계획대로 그 소식은 모두 다 들었다. 모든 신문, 기사, 라디오 방송에서 플릭이라는 반항적인 하층 데크 아이의 처형을 언급했다. 서리가 냉혹한 통치자로서 마틸다호를 복구할 거라는 평판을 확인시킨 사건이었다. *비윤리적 행동에 단호한 처사. 흔들림 없음. 신과 같은 분노. 신에 버금가는 존재. 신의 서리. 의무관이 우리 우주선의 어머니라면, 서리는 아버지다.*

애스터는 책상 위에 펼쳐 둔 노트를 닫아 '파종'이라고 적힌 책장 칸에 꽂았다. 그런 다음 공부하던 고대 언어의 원칙에 따라 식물에 이름 붙이는 일을 새로 시작할 생각이었다.

"애스터, 얘기 좀 하자. 네 방 친구들이 걱정하고 있다. 며칠째 그 애들과 이야기를 안 했다면서. 지젤 상태가 안 좋아."

"흥미로운 완곡어법이네요. 지젤은 우리 모두 해야 할 일을 하는 것뿐이에요. 포기하는 거죠."

"걔는 네가 필요해."

"왜요? 지젤에게 해 줄 게 없어요. 한다 해도 서리가 다 앗아가지 않는다고 누가 그래요? 놀란 사람들 앞에서 그 앨 죽이지 않는다고?"

"아니, 그 애의 의사가 되어 줘야지. 그게 너잖니, 안 그러니, 아가?"

"그렇게 부르지 말아요! 난 아기가 아니에요. 애정을 담아서 부르는 거 알지만, 어린애 취급하면서 무시하는 것 같아요."

얇은 입술을 꾹 다문 서리의 모습이 악몽처럼 애스터를 괴롭혔다. 그 악몽 속에서 그는 '비둘기'라고 입 모양을 만들었다.

"난 아이가 아니에요. 조용히 하라는 말은 들을 수 없어요."

서리는 애스터를 입 다물게 했지만, 애스터는 그 사실을 꿋꿋이 무시하고 말했다.

아주머니는 지팡이를 몇 센티미터 들었다가 바닥에 탁 내려놨다.

"네가 그렇게 짜증을 낼 때는 이야기할 수 없지."

"아이가 살해당해서 슬퍼하는 건 짜증이 아니니까 그런 식으로 몰아붙이지 마세요."

멜루신 아주머니는 상심한 상대에게 말을 거는 데 애스터만큼 서툴렀다. 아니, 더 서툴렀다. 사람들의 불행에 멜루신은 기운을 잃었다. 아주머니는 공감할 줄은 알지만 감정적으로 불안정했다. 애스터는 어릴 적부터 그걸 잘 알고 있었다.

"그래. 안다. 그냥 지금 너처럼 아무것도 못 하는 사람들이 많다는 말이다. 나는 연약한 사람이 아니지만, 나도 사람 떠나보낸 슬픔은 겪을 만큼 겪었거든."

그 순간 애스터는 멜루신 아주머니에 대해서 얼마나 모르고 있었는지 깨달았다. 아는 건 아주머니의 이야기뿐이었다. 아주머니가 자신의 과거에서 캐낸 단편들.

애스터는 책상에 앉아 멜루신에게서 시선을 피했다. 스케치북의 그림을 하나하나 살피면서 식물과 보통명을 정리하고 특성과 종류를 바탕으로 학명을 지을 생각이었다.

"그때 네가 목숨을 놓고 내몰린 기분인 거 안다, 애스……"

"내몰렸다고요? 지금 레드 로버* 게임을 하다가 제가 마지막으로 걸린 게 아니라고요. 한 아이가 저 때문에 죽었어요. 제가 생각이 짧아서. 누군가와 싸울 수 있을 줄 알았는데 그게 아니었고 그래서 플릭이 죽었어요. 다음은 누구죠? 나비드? 아주머니? 제가 건드리는 사람은 모두 서리가 잡아갈 거예요."

멜루신 아주머니는 의자로 절뚝이며 걸어가 앉으려고 했지만 너무 높아서 어정쩡하게 기대서고 말았다.

"쿼리 윙으로 돌아와. 집에 오면 기분이 나아질 거다. 항상 그러니까."

"쿼리 윙은 제 집이 아니에요. 전 집이 없어요. 우리 모두. 우리는 집 없는 사람이 어떤 건지 보여 주는 존재예요. 서리의 왕국에서 떠돌이들이죠."

"거기에 네가 없으니 모두 다 조금씩 힘들어하고 있어."

---

* 두 팀이 마주 보고 일렬로 서서 서로를 지명하면 지명당한 사람이 상대방의 열을 돌파하는 아이들 게임.

"상관 안 해요! 힘들게 지내라고 해요! 죽으라고 하라고요!"

애스터는 연필을 바닥에 내동댕이치고 스케치북을 탁 닫았지만 후련하지 않았다. 마음을 다잡고 내적 세계에서 우러나는 평정을 찾고자 했다. 고요, 리듬, 박자, 패턴. 숨을 들이쉬고 나직이 하지만 확실히 말했다.

"어쩌면 유령들이 하는 일이라곤 저더러 함께하자는 것뿐일지도 모르죠."

멜루신이 지팡이로 작업대를 어찌나 세게 때렸는지 애스터는 나무가 부러지는 줄 알았다.

"네 자신을 동정하지 마라. 우리는 오래전 천계가 버린 더러운 우주선 밑바닥에 살고 있다."

멜루신은 은색 천장을 올려다보더니 식물 줄기가 뻗은 갈퀴 말곤 아무것도 없는 아래를 내려다봤다.

"우리는 오직 마틸다호에 기도한다. 그리고 우리 자신에게. 나는 내 자신일 뿐이야. 널 쫓는 모든 것으로부터 널 지켜 주고 싶지만 어디서부터 시작해야 할까? 우리 모두 다른 때, 다른 곳에서 태어나는 게 좋을 뻔했지. 너는 모든 것에 이유가 있다고 생각하지. 네가 알아낼 수 있으니까. 하지만 그렇지 않아. 네게 일어난 나쁜 일들, 그건 너 때문이 아니었다. '저들' 탓이었지. 너 자신을 탓할 수 없다. 슬픈 일이야. 너무나 슬픈 일이다. 내가 다른 사람이라면 어린애처럼 울었을 거다. 지금도 울고 싶은 것 같아. 내가 울면 사람들이 날 가엾게 여기고 잘 대해 주겠지."

애스터는 또 차를 준비했다. 별로 뜨겁지 않은 물을 자주색 찻잎에 부었다. 그 차에 진정 효과가 있어야 했지만, 애스터는 차 한 잔으로 고칠 수 있는 상태가 아니었다.

"아주머니 말은 믿지 않아요. 전부 거미 신들처럼 아주머니 가 자아내는 허구라고요."

멜루신은 허약함을 과시하듯 쉰 소리로 기침했다.

"파이프에 불 좀 붙여라, 이 배은망덕한 녀석아."

그러면서 긴 치마의 보이지 않는 주머니에서 파이프를 꺼내 내밀었다.

애스터는 바로 옆에 성냥이 있었지만 손을 뻗지 않았다. 얼 마 남지도 않았는데, 쉽게 구할 수 없는 성냥을 아주머니가 담 배를 태우는 데 써서 그 입자로 폐를 채우게 하는 일에 낭비하 고 싶지 않았다.

"모두 잊고 싶어요."

특히 플럭이 이상하게 아이 같은 순진한 태도로 증조할머니 를 부르던 모습을. 보통은 엄마만 부르면 됐다. 엄마가 다 설명 할 거라고. 엄마들이 나서면 일이 해결되는 편이니까. 애스터 가 룬을 찾는 것도 다르지 않았다. 어리석은 일이었다. 참 어리 석었다.

애스터는 줄에 걸려 말라 가는 민들레 뿌리를 지켜봤다. 애 스터 자신보다 작고 단순한 뿌리였지만 암세포를 찾아 파괴하는 능력을 지녔다. 살갗이 근질거렸다. 살갗이 떨어져 나가 단단하고 뭉툭한 뼈만 남았으면 싶었다.

"널 위해 뭘 해 줄까?"

멜루신이 좀 더 나직이 말했다. 푸르스름한 회색 눈에 눈물이 글썽였지만, 작은 눈동자는 수술칼처럼 날카로웠다.

"나가 주세요."

이곳은 애스터에게 하나뿐인 성역이었다.

아주머니는 지팡이를 들더니 돌아서서 나갔다.

서리는 날마다 새로운 규율을 발표했다. 하층 데크에 직접 찾아오지 않아도 그의 영혼이 도사리고 있는 느낌이었다. 쿼리윙 사람들은 밍밍한 식사를 하고 모자란 잠을 자러(잘 수 있다면 말이다.) 선실로 서둘러 갔다. 모퉁이를 돌 때마다 경비원들이 배치되어 있었다. 평소보다 훨씬 많은 수였다. 서리는 하층 데크를 사실상 군정체제로 바꿔 놓았다.

애스터는 통금 시각에 맞춰 조용히 선실로 돌아갔다. 적어도 지젤의 몸 상태는 살피고 싶었다. 모퉁이를 도니 경비원이 셀라라는 작은 여자아이에게 고함을 치는 게 보였다. 생일을 맞은 아이는 웃으면서 선물 받은 줄넘기를 하며 통로를 뛰어가던 중이었다. 경비원이 붙잡는 바람에 그 애가 뛰다가 넘어졌다. 모두 복도를 비웠다.

"점호가 15분이나 남았는데 오다니 놀랍네."

애스터가 해치로 들어서자 피피가 말했다. 피피와 메이블은 함께 침대에 누워 라디오를 들었다. 잡음뿐이었지만, 취침 시간 전에는 항상 지하 방송이 있었다. 애스터는 그네들의 솜씨와 용기에 감탄했다. 어디에 감춰 놨기에 급습 때 압수당하지 않았는지 알 수 없었다. 크고 묵직한 물건인데.

비비언이 말했다.

"공주마마가 친히 납시기로 하셨네. 어디 있었어? 네 친구, 의무관이랑?"

지젤은 합세하지 않았다. 구석 러그에 앉아 검은 단추 눈을 단 인형을 만지작거릴 뿐이었다. 지젤은 인형을 자주 가지고 놀았고 성냥으로 불을 붙이려고도 했다. 말은 거의 안 했다.

"그 남자랑 하고 있어? 저기 쟤들처럼 너도 레즈비언인 줄 알았는데."

비비언이 메이블과 피피를 가리키며 말했다.

"하지만 넌 매일 새로운 걸 배우는 거 같으니."

애스터는 비비언의 예상처럼 슬그머니 피하는 대신, 비비언을 벽 쪽으로 밀어붙였다. 비비언의 머리가 빗장에 부딪혔다. 애스터는 온몸이 망치라도 된 양 이마와 코뼈로 비비언을 내리쳤다.

"애스터!"

메이블이 외쳤다. 피피는 피를 보곤 어쩔 줄 몰라 벽에 붙어

섰다. 지젤이 놀라서 휘둥그레진 눈으로 쳐다봤다.

애스터는 모두 다 싫었다. 이마에서 피를 닦았다. 아주 심한 말을 하려고 비비언을 돌아봤지만, 아무것도 떠오르지 않았다. 그래서 침대에 누워 이불을 덮고 녹슨 침대를 멍하니 바라봤다. 금속에 손을 대니 차가웠다. 아마 마틸다호는 옛날에 여자아이이였을 것이다. 거인이었을 것이다. 진공 상태의 우주에서 얼어 죽은 마틸다의 속을 비우고 물건으로 채웠기 때문에 이렇게 차가운 걸지도 몰랐다. 친구라고는 어리석은 소리를 지껄이는 작은 식민주의자들뿐인, 속이 텅 비고 고독한 천계의 거인 소녀.

이튿날 아침 일찍 애스터는 시오의 진료소 해치에 열쇠 카드를 밀어 넣었다. 노크를 하지도, 들어간다고 알리지도 않았다. 시오는 U데크 진료소에 있었다. 그곳은 애스터가 아직 갈 수 있는 몇 안 되는 장소였다. 애스터는 하층 데크 몇 곳 외에는 전부 출입을 금지당했다.

시오는 타이를 풀어 목에 걸고, 붉어진 눈을 부비며 책상에 앉아 있었다. 시오가 금주 서약을 반드시 지킨다고 확신하지 않았다면, 애스터는 그가 술을 마신 줄 알았을 것이다. 흐트러진 모습은 처음이었다.

"우선 노크 없이 들어오는 거 좋아하지 않는 거 알지. 못 볼 꼴을 보였을 수도 있어."

"당신은 못 볼 꼴을 보이기엔 너무 경건해요. 태어날 때도 옷을 입고 있었을 거예요. 욕구도 없고. 사실상 고자죠."

상처를 주려고 한 말인데 시오는 들은 척 만 척했다. 어쩌면 너무 지쳐서 애스터의 유치한 모욕에 상처받을 기운조차 없었을지 모른다. 애스터는 후회하고 사과하려고 했지만, 시오가 먼저 말했다.

"올 줄 몰랐는데. 여기 와도 되는 건가?"

"작업까지 30분쯤 남았어요."

"확실해? 서리가 네 감시를 맡긴 경비원들이 있는데."

"나도 알아요. 모를 수가 없지."

"그렇지. 그저…… 걱정이 돼서. 밤이고 낮이고 걱정이 가득해. 너 때문에 두려워. 너는…… 여기서 나가야 해. 당장. 우리가 만난 걸 숙부가 알면 너를 더 괴롭힐 거야. 그건 내가 허락할 수 없어. 명령이니, 제발 가. 네게 최선을 위해서라는 내 말을 믿어 줘."

"내게 가장 좋은 게 뭔지 결정하는 건 나예요. 시오, 당신이 아니라. 당신이 내게 독단적인 권력을 행사할 수 있다고 해서 그 권력을 반드시 휘둘러야 한다는 뜻은 아니야."

"널 보호할 윤리적 책임이 나한테 없나?"

"모르겠어. 그런 건 관심 없어."

이런 때야말로 시오가 시오 자신이 아니라, 옳고 그름, 당위에 집착하는 의무관이 되는 순간이었다. 그렇게 사는 건 사는 게 아니었다. 끊임없이 존재론적 위기의 절벽 끝에 서서, 이념적 순수라는 왕좌 앞에 엎드려서는.

"그러면 난 뭐가 되지? 내가 어떻게 너를 보호하면서 동시에 네 자주성을 존중하지? 너 자신이 네게 위험이 된다면?"

"자살만 아니면, 자신에게 위험이 되는 것도 내 권리예요."

자살을 생각했다 하더라도, 여전히 그 생명은 애스터 자신의 소유였다.

"네 무모한 성격과 이따금 보이는 자살 충동을 어떻게 구별해야 해? 네 아주머니와 이야기했는데……."

"멜루신 아주머니와 내 이야기를 했어요?"

"그동안 있었던 일 때문에 네가 걱정됐어. 그 후로 내게 말도 안 했잖아. 어떻게 지내는지 궁금했어. 나더러 어쩌란 거였지? 네 걱정을 안 하는 척하라고? 네 생각을 안 하는 척? 그럴 수 있다면 좋겠어. 네 생각을 안 할 수 있으면 좋겠어."

애스터는 어릴 적처럼 다시 혼란스러웠다. 주위 사람들의 말을 해석할 수 없었다. 그네들의 몸과 동작과 행동이 너무 많은 시제와 문법과 어형을 가진 언어로 말했다. 모든 동사가 불규칙동사였다.

"나중에 당신 감정 상태가 염려되면, 나도 당신의 친애하는 숙부인 서리를 찾아갈게요. 어때요? 고마울 거 같아요?"

시오는 손을 맞잡고 엄지로 책상을 두드렸다.

"가라고 했지. 그만 가 봐. 이젠 보고 싶지 않아."

"난 우리가……."

애스터는 입을 열었지만 말을 맺지 못했다. 사실 '친구'란 자신들의 사이를 제대로 설명하는 단어가 아닌 것 같았다. 시오에게 애스터가 품은 감정은 메이블이나 피피, 지젤에게 느끼는 감정과 같지 않았다. 애스터는 자신에 대한 시오의 감정도 비슷하다고 생각하곤 했다.

"우리가 뭐라고 생각했는데? 네가 내게 어떤 존재라고 스스로를 속였지?"

시오의 말소리가 공기를 채찍처럼 갈랐다.

애스터는 언젠가 풀어진 신발 끈을 바닥에 끌며 그 방에서 걸어 나왔다.

21장

까마귀의 집 이야기는 두 갈래로 나뉘는데, 애스터는 어느 쪽이 더 좋은지 알 수 없었다. 첫 번째 갈래는 아주머니가 이렇게 이야기했더랬다.

오랜 세월 날아다니다가 집에 돌아온 까마귀는 남자친구의 나무가 베어진 것을 알게 됐다. 커다란 참나무 몸통은 오두막을 지은 널빤지로 변했다.

까마귀가 가까이 다가가 보니 그 오두막 굴뚝에서 연기가 피어오르고 스튜를 끓이는 냄새가 났다. 까마귀는 문으로 다가가 부리로 쪼았다.

"누구요?"

안에서 누가 물었다.

"나예요, 까마귀."

남자가 문을 열었다. 남자는 까마귀를 보더니 군침을 흘리기 시작했다. 스튜에 고기가 필요했던 것이다.

"들어오시오."

남자가 까마귀에게 말했다. 까마귀가 들어갔다.

"됐다!"

남자가 손도끼를 들고 덤볐다. 하지만 까마귀가 말했다.

"아뇨, 아뇨. 날 잡아먹는 건 어리석은 짓이에요."

남자는 도끼를 내려놨다.

"그래?"

까마귀는 난로 위에 앉더니 이야기를 시작했다.

"나를 잡아 요리를 하면 고기가 질기고 딱딱해서 이가 부러질 거예요. 나를 산 채로 먹어야 해요."

그래서 남자는 소금, 로즈마리, 레몬 후추와 고춧가루를 까마귀에게 뿌리고 한입에 삼켰다. 배 속에 들어간 까마귀는 남자 몸속을 날아다니며 중요한 내장을 쪼아 먹었다. 남자는 몹시 괴로워하며 죽었다.

까마귀는 남자의 목구멍으로 날아올라 입으로 빠져나왔다. 그리고 스튜를 한 그릇 떴다. 까마귀는 집에 돌아오니 참 좋다고 생각했다. 끝.

애스터는 이 이야기에서 자신을 까마귀에, 서리를 남자에 대입시켰다. 그 몸속에 들어갈 수만 있다면. 내장을 먹어 치우고 자기 자리를 되찾을 것이다. 듣기 좋은 이야기는 아니었다. 두 번째 갈래는 이렇게 진행됐다.

까마귀가 집에 돌아가니 자기 여자가 다른 남자와 집에서 맛도 없는 스튜를 끓이고 있었다.

까마귀가 말했다.

"저건 내 스튜로군. 나만 스튜를 끓여 줘."

그러자 여자가 말했다.

"자, 착하지, 까마귀. 스튜를 누가 먹느냐는 별로 중요하지 않지만, 누가 스튜에 들어가는지는 중요하지. 그 안에 든 건 곧 내 몸이 될 테니까."

그때 쓸모없는 남자가 말했다.

"그럼 내가 스튜에 들어가고 싶어."

하지만 까마귀가 그 남자를 막고 그 대신 펄펄 끓는 냄비 속으로 몸을 던져 산 채로 몸을 끓였다. 자신이 대단하다는 걸 증명하기 위해 쓸모없는 남자도 스튜 속으로 뒤따라 들어가 산 채로 몸을 끓였다. 여자는 스튜를 맛있게 먹고 집에 있으니 참 좋다고 생각했다.

이야기 속에서 여자들은 용감하고 꾀가 많고 승리했다. 애스터는 그런 여자가 되고 싶었다. 경비원의 머리에 마치 자기 머리를 땋듯이 쉽게 총알을 박아 넣는 지젤처럼 되고 싶었다.

룬처럼 되고 싶었다. 심벌즈를 계속해서 울려 대듯이 슬픔이 머릿속을 쩌렁쩌렁 울려 대서 피곤했다.

쿼리 윙에선 모두 애스터를 피했다. 결국 애스터에게 말을 건 사람은 R데크의 레바인 윙 아니면 리버 윙에서 사는 프래니였다.

"어이, 의무관이 이거 전해 주래."

프래니가 애스터에게 봉투를 건넸다. 그네들은 작업하러 나가는 길에 서로 지나쳤다. 프래니는 자주 연락책을 담당했다. 인맥도 넓고, 친구와 연인, 도움 받은 사람들이 많아 서신을 전달하는 데 적임자였다.

애스터는 작업이 끝난 뒤 멀건 죽을 준비하는 주방에서 시오의 편지를 읽었다. 싱크대에 몸을 기대고 복도에서 감시하는 경비원들의 시선을 피했다. 그곳에서는 윙이나 숙소보다 감시를 덜 받는 느낌이었다.

애스터는 떨림 없는 손길로 봉투를 열어 접은 편지를 꺼내 읽었다.

가장 소중한 애스터에게

(맹세컨대 너는 그 누구보다 내게 소중해.)

지난번 만났을 때의 내 의도를 밝히기 위해 이 편지를 보내. 넌 무전을 받지 않을 테니까. 만나자는 말에 응하지도 않고. 네가

글을 보면 그냥 지나치지 못하는 성격이니 편지는 읽어 주길
바란다.

숙부가 두려워. 내가 어렸을 때부터 늘 그랬고, 부끄러운
일이지만 숙부의 애정 덕분에 아버지의 분노를 피한 적이
있어도 숙부에게 주로 느끼는 감정은 절대적인 경멸이야.
숙부는 내가 너를 가장 소중히 여기는 걸 알고 있어. 그래서
질투하지. 숙부는 나를 독점하려 해. 너와 내가 함께 있을
때마다 질투심이 불붙으니, 너를 눈앞에서 완전히 없앨 때까지
못살게 굴 거야.

나는 두렵고 화가 나서 너를 쫓아냈지만 후회하고 있어. 너랑
의논하고 싶은 일이 있는데, 내용은 위험해서 적을 수 없어.
하지만 너도 큰 관심을 가질 일이야. 냉담하게 군 것에 대해
사과하는 방편이기도 해.

그럼,
시오 씀

시오는 Q언어로 이 편지를 썼다. 그의 올바른 상층 데크 말
투가 일상어로 적힌 걸 보니 재미있었다. 시오가 좀 더 일찍 그
렇게 말해 주지 않은 것이 아쉬웠다. 사람들이 마음을 직설적
으로 표현하지 않는 이유를 알 수 없었다.

의무관 혹은 학생들에게는 스미스 의무총감인 시오는 일주일에 두 번, 상층 데크 남자 열한 명, 중층 데크 남자 한 명과 함께 신경생리학 세미나를 열었는데, 이날은 애스터도 초대를 받았다. 그것이 직접 만나 의논하자는 일이었다. 애스터는 애스턴으로 변장하고 참석할 예정이었다.

시오는 애스터가 참석할 수 있도록 세미나를 저녁때로 바꿨다. 애스터의 일이 끝난 지 15분 후였다. 그날은 신경질환의 병리학에 관한 논의가 있었고 애스터는 호기심을 채우느라 분노와 슬픔을 잠시 잊을 수 있었다. 학교에 다녀 본 적이 없던 애스터는 그 시간이 기다려졌다. 서리로부터, 룬으로부터, 에이니와 지젤, 온갖 근심거리로부터 벗어나는 휴식시간이었다.

"긴장돼?"

시오가 애스터를 데리러 와서 물었다. 그리고 애스턴의 복장을 한 모습을 살폈다.

"괜찮아요. 그 질문은 오히려 내가 해야 할 것 같은데."

애스터의 말에 시오는 어깨를 으쓱이더니 서류와 파일을 갈색 가방에 넣었다.

"너와 떨어져서 걱정하느니 함께 있으면서 걱정하는 편이 나아. 화가 나고 두려워서 그런 소리를 한 건 정말 미안해."

애스터는 아직 그를 용서하고 싶지 않았다.

"지금 안 나가면 늦지 않아요?"

시오는 끄덕이더니 셔츠 위에 모직 스포츠재킷을 걸쳤다. 애스터가 해치를 열어 주고 그가 지나가도록 골반으로 해치를 고정시켰다. 키가 큰 시오는 머리를 숙여야 했지만 그런 모습 조차 우아했다.

그네들은 계단으로 G데크로 올라가서 고슬링 윙부터 그래 나이트 윙까지 걸어갔다. 애스터는 유리 전망대로 달려갔다. 유리를 통해 내려다보이는 들판 데크는 너무나, 너무나 아름다웠다. 초록. 점점이 흩어진 색채. 자연 그대로의 향기로운 곳.

"가자, 애스터."

시오가 애스터의 어깨를 잡으며 말했다.

"네. 미안해요."

시오는 애스터를 데리고 모퉁이를 돌아 교실로 달려가는 청년 하나 말고는 아무도 없이 조용한 고지 윙으로 들어섰다. 통로 맨 끝 선실로 들어갔다. 걸리 윙, 게임 헨 윙과 함께, 고지 윙은 교육용이었다.

"기억해. 너는 수업을 관찰하며 즐기러 온 거지만, 참가하지는 않는 게 나을 거야."

애스터는 의무관의 조교인 척 들어갔다. 그러고는 둥그렇게 모여 있는 책상에서 떨어져 앉아 필기를 했다.

"스미스 의무관님?"

중층 데크 남자가 말했다. 질문은 주로 그가 다 했다. 5분마다 멈칫거리며 손을 들었다.

"네, 루드네키 씨. 뭔가요?"

순간 애스터는 시오의 말에 퍼뜩 고개를 들다가 공책에 잉크를 쏟았다.

"통증장애가 신경질환이 된다고 하셨는데, 신경성 통증과 심인성 통증의 차이가 뭔가요? 둘 다 화학적인 요인이 있지요?"

루드네키가 물었다.

소리 없이 의자에서 일어난 애스터는 시오가 가방을 놓아둔 책상으로 달려가서, 학생들이 대화를 계속하는 동안 가죽 가방을 뒤졌다.

"실례지만, 의무관님? 저 애가 의무관님 물건을 뒤지는 거 알고 계세요?"

상층 데크 남자가 물었다. 아직 미성년으로 보이는 학생이었다. 앙상한 팔다리를 어색하게 움직이는 청소년이었다.

"저한테 출석 확인하라고 말씀하셨잖아요?"

애스터는 상층어를 쓰면 자신을 지적한 남자애가 놀라길 바랐다.

시오는 혼란스러운 눈길로 애스터를 봤지만 뭐라고 하지는 않았다. 여전히 애스터의 용서를 구하는 중이었으니까.

"출석부는 바깥 주머니에 있어."

애스터는 미색 봉투를 발견하고 종이를 꺼내 이름을 읽기 시작했다.

"에번스, 클라크?"

"의무관님, 출석 확인을 꼭 해야 하나요?"

"쿠엔틴, 해리?"

"네."

루드네키 차례가 되자, 애스터는 그 사람이 자기가 찾던 루드네키가 아니라서 실망했다.

"루드네키, 캐시디?"

"음, 네. 나예요."

연갈색 피부에 머리카락에 젤을 발라 넘긴 중층 남자가 손가락을 들어 보였다.

"알겠습니다."

애스터는 자리로 돌아갔다.

"잠깐. 나는 안 불렀어."

애스터가 신경 쓰지 않는 누군가가 말했다. 윌리엄, 피터 혹은 스티븐 중 하나였을 것이다. 잘생겼지만 지친 얼굴의.

"어이, 출석부 좀 확인해 줄래? 이름은 티모시 월튼인데."

"나중에 정리하죠. 자, 그럼 모두 토론으로 돌아갑시다."

의무관이 말했다.

애스터는 출석부를 들고 루드네키의 이름에 동그라미를 자꾸만 그렸다. 종이에 펜이 매끄러운 선을 그리는 데 집중했다. 아주머니가 훔치려던 책을 대출한 건 캐시디가 아니라 시머스 루드네키였다. 하지만 처음 보는 흔치 않은 성이었다. 시머스는 캐시디의 형제가 아닐까? 캐시디의 정보에 줄을 그었다. L데크, 로럴 윙 거주자. 애스터는 그것이 룬의 신호임을 알고 있었다.

슬퍼할 시간은 지났다. 이제 탐색할 때가 왔다.

애스터는 변장한 채 캐시디의 선실로 찾아갔다.

"L-31, L-31, L-31."

누군가 청사진을 베껴서 경비원 배치를 적고 판 지도를 보면서 애스터가 중얼거렸다. 그 지도에 따르면 이미 다 왔어야 했는데, 도착한 곳은 라크 윙이었다. 분명 오류였다.

"실례합니다. 로럴 윙을 찾는데요."

복도에서 악기를 가지고 현을 다시 매는 듯 보이는 여자에게 물었다. 여자는 금속 줄을 노브에 감으면서 이맛살을 찡그리고 입을 벌리고 있었다.

"그렇군요. 로럴 윙은 멀지 않아요. 하지만 우현 쪽으로 넘어가야 해요."

"이 지도에 현창이 나와 있어요."

"누가 오래전에 로럴 윙과 라크 윙을 바꿨어요. 내가 태어나기도 전 일이라 이유는 몰라요. 레몬 트리 윙을 가로질러 간 뒤에 갈라지는 길에서 오른쪽으로 돌면 통로 끝이 로럴 윙이에요."

"감사합니다."

애스터는 L데크에서 환자를 본 적이 있었지만 다른 중층 데크처럼 잘 알지는 못했다. L데크도 M데크처럼 주로 가족들이 살았다. 강제 작업을 하는 사람도 있었지만, 보통은 상업에 종사했다. 구두상이나 시계상이었다.

15분 뒤, 애스터는 로럴 윙에 도착해 L-31의 위치를 찾았다.

"안녕하세요."

해치 밖에서 외쳤다. 초인종에 스피커가 없었다. 애스터는 다시 외쳤다.

"안녕하세요! 의무관이 보냈습니다."

문 너머에서 종이 넘기는 소리가 나더니 뭔가 바닥에 떨어지는 소리가 났다.

"잠시만요."

문을 연 캐시디는 애스터를 알아보곤 표정이 굳었다.

"당신이군요."

"그리고 당신도요. 캐시디 루드네키."

그가 해치를 닫으려고 했지만 애스터는 문에 손을 찧기 직전 안으로 들어갔다.

"넌 이곳 사람이 아니잖아."

시오의 세미나에서 캐시디는 과묵하고 소심했고 어색한 열의를 보였다. 집에서는 건방지고 무신경했다.

"중요한 일이 아니면 오지도 않았어요."

"그럼 중요한 일이 있을 때만 멍청해지나? 다시 말하지 않겠어. 나가."

캐시디는 타이를 풀고 머리 위로 벗어 침대에 던지더니 셔츠 단추를 풀었다. 턱에서 목덜미로 땀이 흘러 검은 털이 구불거렸다. 그가 옷을 벗는 걸 지켜보며 애스터가 느낀 것은……어렴풋한 실망감이라고 표현할 수밖에 없었다. 하루를 망치는 그런 분노가 아니라, 시시한 현실을 용인하다가 모든 것에 멀찍해서 환멸이 일어나는 느낌이었다.

"내가 관찰한 바로는 중층 사람들은 여러 가지 길을 갈 수 있죠. 지금까지 L데크에서 만난 사람들은 모두 아주 친절했어요. 당신도 그럴 거라고 생각했어요."

"친절은 불필요한 찬양을 받고 있지."

남자는 세상에 지치고 짜증이 난 음성으로 대답했다. 너무 화가 나서 슬프지 않고, 너무 슬퍼서 화를 낼 수 없는.

"그럴 때도 있죠."

아닐 때도 있었다.

"의무관의 수업에서 혼자 중층 데크 사람이니 무시당하는 게 어떤 건지 알 거예요. 하지만 날 멍청하다고 했죠. 왜죠?"

"넌 멍청하니까."

캐시디는 복숭아주스 캔을 따더니 부었다. 피치 지미. 하층 데크 사람들 사이에서 인기 있는 진한 탄산음료였다. 아주 먼 옛날, 마틸다호가 '위대한 생명의 집'을 떠났던 시절의 물건이었다. 10년 전 누군가가 남은 몇 상자를 뒤져 제조법을 복사했고 그 음료와 매우 비슷한 걸 만들어서 예전 캔에 포장을 새로 했다. 캐시디가 피치 지미 캔을 기울여 마지막 몇 방울을 따르는 걸 보기만 해도 입에서 들척지근한 탄산음료 맛을 느낄 수 있었다. 애스터로서는 좀처럼 찾을 수 없던 음료였다. 지난 추수년, P데크에서 빗자루와 오렌지향 세제, 곰팡이가 핀 귀리와 함께 있던 짐 상자에서 포장 안 된 피치 지미 캔을 한 상자 발견했었다.

"먹고 싶나? 캔을 잘라 줄 테니 안을 핥아먹어. 개처럼."

'멍청하다'더니, 이제는 '개'라고. 하지만 더 심한 소리도 많이 들었기 때문에 애스터는 신경 쓰지 않았다. 신경 쓸 수 없었다. 애스터에겐 많은 것이 필요하지 않았다. 애지중지하거나 사랑해 주거나 좋은 말을 해 줄 필요가 없었다. 그저 바라는 건, 애스터가 살아 있다는 사실을 형식적으로 존중해 주기만 하는 것뿐이었다. 자신이 실재하고, 숨쉬고, 생각하고, 움직이는 존재라는 점을.

"당신은 속이 좁아서 못되게 구는 거죠. 너무 좁아 자기 몸집도 감당할 수 없어서. 살갗을 채우려고 자존심을 키워야만 하는 거죠. 헬륨 풍선처럼 이리저리 떠다니는 거예요. 바람을 가득 불어 넣어 가스만 채워졌을 뿐 텅텅 빈 채."

애스터는 남자가 피치 지미를 꺼낸 책상으로 가서 자기 몫을 하나 집어 들었다. 캔을 딴 뒤 한 모금 길게 마시고 좀 남겼다. 그리고 남은 세 개를 모두 딴 뒤 똑같은 행동을 반복했다. 한 캔에 한 모금씩.

"무슨 짓을 하는 거야?"

"원하는 대로 하는 거예요."

애스터는 첫 캔을 반쯤 남을 때까지 마신 뒤 남은 음료를 그의 베개에 쏟았다.

"당장 그만둬!"

캐시디가 팔을 붙잡아 밀어냈지만, 애스터는 남은 캔에서 너무 가까이 있었다. 그의 손아귀에서 벗어나 손끝으로 주스가 가장 많이 든 캔을 쓰러뜨렸다. 진득한 액체가 그의 책상 위 서류 위에 고였다. 애스터는 그것이 아주 중요하고 대체 불가능한 서류이길 바랐다.

"미쳤어?"

응.

캐시디는 화가 나서 한숨을 쉬었다.

"내게 왜 이러는 거지?"

애스터는 그가 희곡에 나오는 사람처럼 외칠지도 모른다고 생각했다. *분하다! 오호라! 어째서 천계는 그 아이를 버렸는가?* 애스터는 기가 약한 이 중층 데크 남자가 불쌍해져서 용건을 말했다.

"당신 형제 시머스가 어디 있는지 알아야 해서 왔어요."

캐시디의 손아귀에 힘이 들어갔다.

"뭐라고?"

남자의 머리카락이 땀에 젖어 곱슬거렸다. 그는 초조한 성격이고 초조한 삶을 살았으며 심장마비로 요절할 확률이 높았다. 스트레스가 신체의 배선을 바꿔 놓았으므로 아마 그의 몸 속은 이미 과자극 호르몬의 샛길, 교차로, 터널, 교각으로 변했을 것이다. 심장은 그런 상태를 오래 감당할 수 없었다.

단추가 풀린 재킷 안 셔츠에 작은 커피 자국이 뚜렷했다. 구두는 낡아서 회색이었다. 어느 시점에는 검정색이었을 터지만, 그 시점은 오래전이었다.

"시머스를 어떻게 알지?"

캐시디의 음성이 10대 소년처럼 갈라졌다. 그는 선실 안을 걷기 시작했다. 그가 의무관 세미나에서 자주 질문을 하던 게 기억난 애스터는 갑작스럽게 서성거리는 행동이 가만있지 못하는 기질의 발현인지 문득 궁금해졌다.

"25년 전, 시머스 루드네키라는 사람이 내게 필요한 책을 대출했어요. 루드네키란 성을 가진 사람이 더 있는지는 모르겠고."

그가 대답을 하려고 입술을 오므리다가 멈췄다. 그러더니 미소를 지었다.

"가차 없군, '영와'."

"음. 하층 피진어를 써요?"

"아니, 당연히 아니지."

"나를 '영와'라고 불렀잖아요. 의무관도 그런 말은 안 쓰는데. 하층어를 원어민처럼 쓰는 사람인데도."

"전에 한번 들은 말이야. 유모가 쓰던 말이라서."

"억양이 완벽하던데."

"한마디만 듣고도 억양을 파악할 수 있나?"

"그래요."

그러자 좀 더 납득이 됐다. N데크 사람들조차 저속한 음료라고 여기는 피치 지미라든가. 그리고 낡은 구두라든가.

"음, 그럼 착각한 거야. 나는 L데크에서 태어났어. 하층어를 쓸 이유가 없지."

애스터는 어떤 데크나 위치, 통로와 무관하게 하층 데크 여기저기서 사용하는 피진어 방언으로 바꿨다. 예전에 경비원들이 그녀들에게 쓰던 말이었다.

"왜 거짓말을 하죠? 얼굴이 붉어지고 있어요. 자꾸 서성거리고."

"그런 이방어를 쓰면 알아들을 수 없어."

시머스가 중층어로 대답했다.

"아니, 알아듣잖아요. *라이와 아워 데니 실프.*"

자신을 부인하는 거짓말쟁이(Lying one who denies himself).

"*베트라야 나 버.*"

진실을 배반하는 자(Truth betrayer).

"당신은 누구죠, L데크의 시머스 루드네키? 어쩐지 로럴 윙 사람이 아닌 것 같아요. 의무관에게 연락해서 알릴까요?"

애스터는 양방향 무전기를 보여 줬다.

"시오, 애스턴입니다."

애스터는 아직 변장한 상태임을 잊지 않아 다행이라고 여기며 무전기에 대고 말했다.

잡음이 들리더니 의무관 목소리가 흘러나왔다.

"듣고 있다. 뭐가 필요하지?"

"현재 학생 캐시디 루드……."

캐시디가 무전기에 손을 뻗었지만 애스터는 빼앗기기 전에 손을 치웠다.

"나중에 말씀드리겠습니다, 시오. 제가 만약 죽는다면 범인은 L-31에 살고 있습니다. 안녕히 계세요."

애스터는 무전을 끊었다.

"저기, 머릿속으로 무슨 터무니없는 시나리오를 썼는지 몰라도, 네가 생각하는 그런 거 아니야."

캐시디는 침대에 털썩 앉더니 구두를 벗었다. 캐시디는 곧 자신이 아무렇지도 않다는 뜻에서 벗어 버릴 옷이 남지 않아 벌거벗게 될 처지였다.

"하층어를 쓰는 거예요, 안 쓰는 거예요?"

캐시디는 잠시 애스터를 빤히 보더니 고개를 한 번 끄덕였다.

"써. 아주 오랜만이지만. 너 때문에 정신이 없어, '영와'. 내 리듬이 흐트러졌다고."

원래 어디 출신인지를 묻자, 그는 애스터네 바로 아래인 R데크라고 했다. 죽은 중층 데크 사람의 신분을 받은 거였다.

"내게 서류를 준 게 시머스였어. 자기 형이 죽었는데 좋은 신분을 낭비할 이유가 없다고. 우리는 작업 중에 한 번 만났어.

나는 간절히 의사가 되고 싶어서 그 제안을 아무것도 묻지 않고 받아들였고. 내 선실도 얻었지. 작업에서도 벗어났고…… 음, 아직 일주일에 두 번은 하지만 예전 같지 않아. 그게 2년 전 일이야."

"사람이 바뀐 걸 아무도 몰랐나요?"

"아는 사람이 있었다 해도 신경 쓰지 않았나 봐."

"요즘도 시머스와 연락을 해요?"

망설이는 기색.

"아니."

"또 거짓말하는 건가요, '리와'?"

"참 끈질기군."

"중요한 일이니까요. 그 책이 있으면 내 어머니를 찾을 수 있을지도 몰라요. 오랫동안 어머니가 돌아가신 줄 알았는데, 그 생각이 틀렸다고 믿게 됐어요."

캐시디는 좀 누그러진 것 같았다. 앞선 행동이 상층 데크 사람들의 태도를 흉내 낸 것이 아닌가 싶었다.

"사라진 어머니를 쫓는 건 쓸데없는 짓이야, '영와'. 그만둬."

"망자들을 무시하는 건 어리석은 짓이에요."

캐시디가 애스터를 찬찬히 봤다.

"그럼, 어리석게 굴든지."

22장

자신을 알기 위해 자신을 만든 창조자를 알고 싶은 것은 존재의 본성이었다. 애스터가 간절히 바란 것도 자신을 살피고 마틸다호가 만들어 놓은 상태 너머의 자신을 아는 능력이었다. 애스터는 갈 길을 택했고 그 길이 시머스에게 안내했다. 좀 재촉하니 캐시디는 시머스가 있는 곳을 알려 줬다. 애스터는 시머스와 대면하지는 못했지만 서신을 교환했다. 시머스의 편지는 짧지만 정중했고 그날 밤 애스터는 그를 직접 만나기로 했다.

시머스는 마틸다호의 폐기물 처리 구역에서 열두 시간씩 일주일에 세 차례 저녁에 작업했다. 애스터는 새로 얻은 소년 복장을 한 번 더 이용해 그를 만나러 가기로 했다. 그럴 필요는 없었지만, 애스터는 남장이 좋았다. 소년이 되는 것에 끌리는 게 아니었다. 거짓말이 끌렸다. 다른 사람이 되는 것이. 전에 저지른 실수는 사라졌다. 그 사람은 존재하지 않으니까. 애스터는 타인의 모습을 하고 다시 용감해지는 법을 배웠다.

폐기물을 굴뚝에 퍼 넣어 이용 가능한 물질로 처리하는 일은 보통 하층 데크 남자들이 맡는 천한 일이었지만, 중요한 일이라서 중층 데크 사람들도 해야 했다. 변기부터 음식물쓰레기까지, 우주선의 모든 것을 그곳에 비웠다. 굵은 파이프가 내용물을 큰 실린더로 넣었고, 작업자들이 처리통으로 비웠다. 거기 모든 것이 용광로처럼 뜨겁고 악취를 풍겼다.

애스터는 거기서 시머스를 기다리며 일했다. 썩은 양상추를 손수레에 싣고 있는데, 주근깨가 나고 머리에 기름이 낀 남자가 콧방귀를 뀌더니 애스터를 어깨로 밀치며 '되다 만 놈'이라고 했다. 애스터는 그 몸뚱이가 잠시라도 몸에 닿는 느낌이 싫었다. 기억하고 싶지 않은 온갖 일이 떠올랐다. 몸에 남의 살갗이 닿는 게 싫었다. 특정한 사람의 살갗이 아니라면. 아주머니의 살갗이나 메이블의 살갗이나 피피 혹은 지젤. 혹은 시오.

"저 약해 빠진 어린놈 좀 보게."

누군가가 말하자 모두의 눈길이 애스터에게 향했다. 남자들이 입 안을 우물거리다 뱉은 침이 애스터의 부츠 근처에 떨어졌다.

"호모처럼 차려입었네."

"계집애 같은 놈."

누군가 가성을 흉내 내며 노래를 불렀다.

"놔둬. 가서 일이나 해."

감독관이 적고 있던 보고서에서 고개를 들지도 않고 외쳤다.

한 남자가 말했다.

"잠깐 노는 거뿐이에요. 아니면 경사님도 계집애 같은 분이신가? 애스턴이랑 한 판 하는 동안 피해 줘요?"

"닥치라고 했다. 안 그러면 빌어먹을 코를 부숴 버리겠어. 오늘 내 성질 건드리지 마."

감독관은 일어날 필요도 없었다. 서너 명의 남자들이 하던 일로 돌아갔으니까.

남자가 웃으며 말했다.

"좋아요. 계집애 같은 놈은 놔두겠어. 하지만 걸음걸이 좀 보라고. 저놈의 불쌍한 엉덩이 구멍이 쓰라리겠지. 경사님, 쟤 거기에 입 좀 맞춰 주지 그래요?"

애스터는 이 모욕이 자신을 향한 것이 아님을 알고 있었다. 자신을 이용한 것뿐이지. 그래도 상처가 됐다. 그 모욕이 겨냥한 사람들 때문에 쓰라렸고, 예전에 애스터 자신을 겨냥했던 모욕이 떠올라서 쓰라렸다. 모두에게서 그런 모욕을 당하다 보면 자신이 가치 있는 사람이라는 걸 믿기 어려워졌다.

애스터는 서리의 말이 옳다고 느꼈다. 이해할 수 없었지만, 스스로를 생각할 때면 혐오감을 느꼈다. 애스터는 사악한 악마이자 여자답지 못했으며 개보다 못생겼다. 그것 말고도 더 끔찍한 존재였다. 입 밖에 내어 말하거나 인정하기 쉽지 않은 그런 존재였다. 누가 쓰다 버린 부품을 모아 놓은 것. 아무나 필요하면 갖다 써도 되는 것이었다.

기억이 목을 졸라서 숨을 쉴 수 없었다. 눈앞이 어른거리며 회색으로 변했다. 애스터는 다시 아이가 됐다. 동시에 세 살, 네 살, 여섯 살, 아홉 살이었다. 경비원의 무릎에 앉아 있고, 무릎을 꿇고 있고, 누워 있었다. 에이니를 애걸하듯 불렀다. 애스터는 허벅지였고, 무릎이었고, 배였고, 신음이었고, 엉덩이였고, 사정이었다.

토가 나올 듯하면 탓할 건 약한 위장뿐이다. 아주머니는 애스터가 늘 먹는 것에 끔찍하게 까다로웠다고, 아기 때는 뭐 하나 제대로 소화시키지 못했다고 했었다. 토하는 건 예사라고.

기억은 잊을 수 없었다. 의식의 전면에 나서지 못하게 정리해 둘 뿐. 남자들에게 에워싸이면 그 기억이 전부 동시에 떠올랐다.

애스터는 삽을 내던지고 정수기 쪽으로 가다가 사람들과 부딪혔지만 일부러 밀치며 길을 만들었다. 그곳에서 애스터는 다른 사람이었다. 그걸 기억해야 했다. 사람들은 애스터가 벌벌 떨며 어쩔 줄 모르게 된 과정을 몰랐다. 애스터가 강하지 않다는 걸 몰랐다.

애스터 앞에 한쪽 눈에 흉터가 난 남자가 있었다. 눈꺼풀 조직이 손상되어 눈을 뜨지 못했다. 좀 전에 애스터를 놀리던 무리는 아니었다. 그는 애스터를 보더니 한쪽 얼굴을 일그러뜨리며 웃었다. 성한 눈을 크게 뜨며 애스터를 위협했다. 애스터는 그 눈이 커질 때 시선을 돌리지도, 마음을 굳게 먹으려고 숨을 들이쉬지도 않았다.

흉터남이 다가와 큰 키로 애스터를 압도했다. 갓 샤워를 하고 나온 듯 좋은 냄새를 풍겼고, 그 또한 그를 증오할 이유였다. 열심히 씻어 내면 청결해진다고 생각하다니. 남자가 가슴을 내밀었지만, 애스터는 이미 마음을 단단히 먹고 있었다. 두 발을 벌리고 버텼다.

"원하는 게 뭐지?"

"어린애로군. 여긴 네가 있을 곳이 아니다. 난 애들이랑 일 안 한다. 그건 모욕이야, 멍청한 년아."

남자들이 연장을 내려놓고 두 사람을 구경했다. 감독관은 꾸짖는 대신 물러서서 구경만 했다.

"내가 멍청한 년이라면. 나랑 붙어먹고 싶단 뜻이야?"

애스터는 좀 전의 남자들처럼 물었다. 주위에서 웃음이 터져 나왔다.

"방금 뭐라고 했냐?"

"나랑 붙어먹고 싶냐고. 그런 거 좋아해? 계집애 같은 놈들이랑 붙어먹는 거?"

일종의 엄마아빠 놀이를 하는 거였다. 연극을. 듣고, 따라 하기. 듣고, 따라 하기. 흉내 내기를 잘하려면 그것만 하면 됐다. 한 사람의 자아란 것도 결국 세심한 모방이 아닌가?

"넌 죽었어."

남자가 애스터를 대형 금속통에 밀쳤고 애스터는 아픔을 잊으려고 고개를 저었다. 남자가 거만한 미소를 짓자 구부러진 회색 치아가 드러났다.

"내장을 뽑아 버리겠어."

남자가 상대의 힘을 과소평가할 때 애스터가 기회를 포착했다. 통에서 몸을 일으켜 고함을 지르며 남자에게 달려들었다. 애스터는 새 부츠의 금속 끝을 그의 무릎에 있는 힘껏 차 넣었다. 남자는 신음하며 고꾸라졌다. 돼지처럼 으르렁거리며 동시에 끽끽거렸다. 그가 일어나려고 했지만 애스터는 무릎을 부러뜨린 걸 알고 있었다.

이어서 남자의 다른 쪽 무릎, 허벅지, 사타구니, 배를 걷어찼고 동작이 너무 빨라 그는 막지 못했다. 애스터는 사람들이 허리를 잡아 떼어 놓을 때까지 그의 온몸을 계속 쳤다. 말리는 남자에게도 달려들었다. 허락 없이 누구도 애스터 자신의 몸에 손대지 못하게 했다.

"진정해."

누군가가 말했다. 남자는 애스터를 돌려세우고 허리를 잡았던 손을 어깨로 옮겼다. 아는 사람이 아니었다.

"그만하게. 이제 괜찮아. 괜찮다고. 괜찮아."

남자의 다독임에 상처가 더 따가웠다. 예전처럼 괜찮아지는 일은 없었다. 애스터는 분노로 남자를 이기기를 바라며 몸을 비틀었다.

"그냥 넘기게."

"싫어."

애스터가 외쳤지만 몸이 남자의 말을 듣기 시작했고 심박도 느려졌다. 그의 손아귀 속에서 긴장이 풀렸다.

"내가 왔네."

"아무도 날 만질 수 없어. 아무도 내게 욕할 수 없어. 나는 살아 있어."

애스터가 흐느꼈다.

"난 살아 있다고."

"그래. 여기 살아 있고 아무 일 없을 거야. 다 지나갔어."

남자가 애스터를 찬찬히 살폈다.

"지나가지 않아요."

애스터는 돌아서서 흉터남의 쓰러진 몸뚱이에 침을 뱉으려고 했다. 두어 명이 그를 살피고 있었다.

"그런 식으로 굴다가는 누군가의 손에 죽을 거야."

남자는 귀를 덮는 털모자를 쓰고 있었다. 모자의 갈색은 짙은 갈색 피부에 비하면 흐리멍덩하게 보였다. 애스터는 그때 그가 시머스임을 깨달았다. 모자를 쓰고 있을 거라고 했었다.

"이런 꼴을 보일 생각은 아니었어요."

애스터가 나직이 말했다.

시머스가 끄덕였다.

"그렇다고 자네에 대한 생각이 바뀌진 않아."

애스터는 호흡을 가다듬으려고 애썼다.

"저자들에게 우는 모습을 보이고 싶지 않아요."

울음을 터뜨릴지 알 수 없었지만, 그 순간 애스터는 자신이 어떤 행동을 할지 알 수 없었다. 안정된 상태가 아니었다. 지젤처럼 감정이 불안정했다.

"갈 만한 곳이 있네. 애스터, 진짜 이름이 맞나?"

시머스가 조용히 물었다. 캐시디와는 전혀 다른 사람이었다. 애스터는 두 사람이 친형제가 아니기 때문이라고 생각했다.

"네. 하지만 여기선 애스턴이에요."

애스터는 재킷으로 이마의 땀을 닦았다. 진짜 계집애 같은 놈이라면 그런 행동을 하지 않겠지만, 애스터에겐 손수건이 없었다. 흉터남이 바닥에서 앓는 소리를 냈다.

"다음엔 내 몸에 손대기 전에 다시 생각하겠지?"

이렇게 외치고 애스터는 시머스에게 끌려 나갔다.

"내버려 두게. 이미 이겼잖나?"

전혀 이긴 기분이 아니었다.

두 남자가 흉터남을 일으켜 세웠다. 그중 하나가 애스터에게 말했다.

"쓸모없는 놈."

벨벳 같은 금빛 피부와 양쪽이 이어진 짙은 눈썹을 한 자였다. 검은 눈, 조각 같은 코, 화가 나서 꾹 다문 입 등, 잘생긴 얼굴처럼 목소리도 좋았다.

시머스는 애스터의 어깨를 감싸더니 흉터남과 그 무리를 피해 단둘이 있을 수 있는 다른 골목으로 접어들었다.

"저기서 지독하게 굴더군. 쓰러진 사람은 걷어차면 안 된다는 말 못 들었나?"

"누가 그래요?"

그런 말은 듣지 못했다. 그런 경우는 남자를 걷어차기 가장 좋은 때라고 멜루신이 가르쳤다.

"신이나 누군가가 말했지."

"어느 신이요?"

"큰 신."

시머스가 어깨를 으쓱이며 말했다.

애스터는 금속 기둥에 등을 기댔다. 발뒤꿈치가 부츠 뒤에 쓸려 물집이 생기고 있었다. 기둥에 기댄 채 주르르 내려가 주저앉아서 무릎을 끌어안았다.

"신을 안 믿나?"

시머스는 눈썹을 치켜뜨고 옆에 앉았다.

"보이지 않는 것들은 믿어요."

주위에 떠다니는 수십억 개의 원자들을 떠올리며 애스터가 대답했다.

시머스가 끄덕였다.

"자네 어머니도 그랬지. 이 우주선 이외의 세상을 믿었어. 나도 믿게 했고. 자네 어머니는 우리가 지낼 곳을 찾았고 마틸다 호를 거기로 안내할 수 있다고 생각했네. 난 과학적인 사고방식을 갖지 못했지만 그 사람이 너무 확신해서 덩달아 믿었지."

시머스에게는 침울한 느낌이 있었다. 룬이 그에게 희망을 줬다가 빼앗아 간 것이다.

"내 어머니의 어머니, 할머니는 그분의 어머니의 어머니가 이야기해 준 것을 내게 이야기해 줬어. 그분들에게서 전해 내려오는 사실이지. 땅에서는 태양이 빛나며 묵직하게 등을 비춰 주었다고. 태양 빛이 피부를 간지럽혔고 흙에 너무 오래 누워 있으면 그 빛이 깨웠다고 하더군. 뜨거운 햇살과 열기가 엄마의 손이 아기를 어루만지듯이 살갗에 닿았다고. 밝고 노랗고 가끔은 하얀 빛이. 식량을 키우는 아기 태양 같은 게 아니라 강황이나 신 우유 같은 짙은 빛깔이었다네. 그렇게 말씀하셨어. 그리고 내게 키스와 따뜻한 숨결을 퍼붓고 말씀하셨지. '내 할머니가 해 준 얘기란다. 너도 손주들에게 그렇게 전해라.'"

애스터도 떠올려 봤다. 항성이 플라즈마 빛을 쏟아부어 준다면 어떤 느낌일까. 거기 거의 닿을 수 있을 것 같았다. 애스터의 기관 속에, 검은 살갗에서 자라는 금빛 털에, 풀밭에서 자라는 걸 보고 애스터가 따서 먹은 민들로 꽃의 그늘 안에 새겨진 기억이었다.

"내 어머니의 친구였나요?"

"아니."

애스터는 폐에서 입으로 숨을 푸욱 내쉬고 팔다리의 긴장을 풀었다.

"어머니에게 당신은 누구였어요?"

"도움이 될 수 있는 남자였지. 그보다는 조금 더 의미 있는 사람이었나. 나는 신분을 조작하고 중층 데크 사람이 죽을 때마다 거래하네. 룬은 내가 도와주지 않으면 고발할 거라고 협박했어."

시머스가 웃었다.

"어떻게 도우라고요?"

"기록보관소에서 책을 빌려 달라고. 어떤 사람 숙소에 몰래 들어가 도면과 청사진을 가져다 달라고. 왕복선에 대해서도 도와달라고 했고."

"그 위에 가 봤어요?"

"자네가 태어난 후로는 안 갔어."

시머스가 일어나며 말했다.

"자. 휴게실에 가자고. 먹을 것 좀 가지러. 이야기는 식사하면서 나눌 때가 최고지."

애스터는 시머스가 일어나라고 내민 손을 잡았다.

식당은 테이블이 줄지어 있는 큰 선실이었고 한 여자가 끓는 냄비에서 갈색 음식을 떠 줬다. 애스터는 서리의 새 규칙 때

문에 아주머니가 만들지 못하는 식사가 그리웠다. 지난달만
해도 그녀들은 소기름과 옥수숫가루, 소금, 호박가루를 작게
굴려 만두를 빚어 매콤한 오리고기와 채소 국물을 곁들여 쪄
서 먹었다. 닭발과 후추가 들어간 진한 국물이었다.

"조금이라도 먹어 봐. 삽질하기 힘들었을 텐데."

애스터는 수프를 멍하니 바라봤다.

"한 입만."

시머스가 재촉했다. 앞서 남장을 하고 대단해진 듯했던 느
낌은 사라지고 없었다. 덧없는 것이었다. 남은 것은 조롱과 흙
터남의 부서진 무릎, 몰려든 과거, 유령들의 야속함뿐이었다.
과거의 삶이 애스터를 사로잡아 강하게 만들었지만, 모두 그렇
듯이 기력을 빼앗고 끝나 버렸다. 애스터는 수프를 입에 떠 넣
고 삼켰다.

"어머니는 왕복선에 무슨 도움이 필요하셨던 거죠?"

"고친 다음에 내 인맥을 이용해서 연료를 얻고 한 대에 몇 명
이나 태울 수 있는지 알아보려고 했어. 내가 알기로 자네 어머
니는 탈출을 계획했는데, 대체 어디로 갈 작정이었는지는 몰라."

"그런 다음엔요?"

"소식이 끊겼지. 어느 날부터 아무 연락이 없었어. 더 해 줄 이
야기가 없어서 유감이네. 하지만 자네 부탁대로 책은 가져왔지."

시머스는 묵직한 가방을 건넸다.

애스터는 룬이 왕복선을 타고서 무엇을 알아보러 떠난 것인

지 궁금했다. 어쩌면 어머니 자신이 마틸다호의 컴퓨터보다 낫다고 생각했을지도 모른다.

"어머니는 어떤 분이셨죠? 착한 분이었어요?"

"착한 사람이긴 했지만, 그 사람을 설명할 때 가장 먼저 착하다는 말을 들진 않겠어. 무섭게 똑똑하고 독설이 심했지. 하층 데크 출신이었지만 여러모로 상층 데크 사람 같았네. 자네 어머니는 과거의 개혁 교육 프로그램에 들어갔던 것 같아. 룬은 훌륭하고 말 잘하는 사람이었어. 사람들을 매료시켰지. 어떤 경우에도 말문이 막히는 법 없었네."

시머스는 후추통을 집어 그릇에 뿌리고 소금과 병에 든 붉은 소스도 넣었다.

"있잖아, 자넨 어머니를 꼭 닮았네. 아까 싸움에서 자넬 봤을 때 내가 만날 상대란 걸 단박에 알았다네. 자네 어머니를 마지막으로 본 게 아주 오래전이지만 자네 얼굴을 보자마자 20년 전 그때로 돌아간 느낌이었어."

시머스는 음식을 열심히 먹었다. 스스로를 위해서이기보다는 애스터를 위해 그러는 것 같았다. 애스터가 방금 얻은 정보를 소화할 시간을 주려고. 시머스가 수프를 더 뜨느라 일어나자 애스터는 눈을 감고 식탁을 손가락으로 두드렸다. 왜 책을 찾았는지도 알 수 없었다.

시머스가 돌아와서 말했다.

"말로가 자네를 보고 있어."

"누구요?"

"봐."

시머스가 손짓하는 쪽으로 애스터가 돌아보니 흉터남을 일으켜 세워 준 남자가 있었다. 완벽한 피부와 완벽한 눈, 완벽한 입술, 숱 많고 검은 일자 눈썹을 지녔다.

"가 봐야겠어요."

애스터가 쟁반을 버려 두고 일어났다.

"저자가 원하는 게 그거야. 자네를 또 싸움에 휘말리게 하려는 거. 여기 있어. 앉아. 먹어. 차분하게. 내 옆에 딱 붙어 있게, 응?"

"계속 있을 수 없어요."

애스터가 식사하는 남자들을 둘러보며 말했다. 마흔 명 혹은 그 이상이었다. 좀 전까지는 어떻게 못 보고 있었던 걸까. 애스터는 움직이기 시작했다.

"애스……"

시머스가 불렀다. 시머스가 따라오려고 일어서는 소리가 들렸지만 애스터가 이미 앞서 나가는 중이라 식탁을 뛰어넘지 않는 한 따라잡을 수 없었다.

"잠깐만!"

"모두 고맙다는 인사 다시 할게요."

애스터는 넘어지지 않으려고 남자의 어깨나 식탁, 벽을 닥치는 대로 붙잡으며 말했다.

식당을 헤치고 나와 복도에 다다랐다. 거기 나가서야 숨을 쉴 수 있었다. 폐기물 처리 구역으로 돌아가 감독관의 시선 아래 있어야 했다. 애스터는 좌우를 살피고는 시머스에게 이끌려 오느라 정신이 팔려 방향을 기억하지 못한다는 사실을 깨달았다. 왼쪽을 고른 뒤 운이 좋기를 바랐다.

"막다른 골목이야."

등 뒤에서 들리는 목소리에, 애스터는 그러지 말아야 한다는 걸 알면서도 돌아섰다.

"날 내버려 둬."

"네놈이 타이를 내버려 둔 것처럼? 방금 의사가 그 친구 다리를 봤어. 다시 제대로 걸을 수 없을지도 모른다더군."

애스터는 '잘됐네.'라고 생각했다.

말로가 다가오더니 애스터의 먹살을 쥐고 숨통을 막았다.

"우리를 그딴 식으로 취급하는 너 같은 새끼들이 지겹다. 누가 시킨 거야? 이름을 대면 넌 살려 주지."

말로가 손아귀 힘을 뺐지만 애스터는 여전히 쇄골에 멍이 든 것처럼 쓰라려 숨을 쉴 수 없는 느낌이었다.

"무슨 말인지 모르겠는데. 흉터남을 공격한 건 안 그러면 그놈이 날 공격했을 것이기 때문이야."

"흉터남? 이름을 제대로 불러."

말로가 애스터의 가슴을 손바닥으로 밀었다.

"타이."

"그 흉터도 꼭 너같이 계집애 같은 놈이 자기 힘을 과시하느라 그 친구 등에 매달려 얼굴에 면도칼을 그어서 생긴 거 알아? 호모들은 제대로 된 인간이 아니니 얼굴도 반만 있어야 한다고 했지. 너도 그렇게 생각하나?"

애스터는 고개를 저었지만 소리내어 말하기는 힘들었다. 애스터가 그리워하는 건 대부분 여자들이었는데, 타이란 사람이 다른 남자를 사귄다는 이유로 애스터가 보복한 거라고 여기는 사람이 있다니, 어이가 없었다.

말로는 애스터의 턱을 세게 쳐서 바닥에 쓰러뜨렸다. 신경이 끊어지며 얼얼해지자, 타이처럼 얼굴 절반이 순식간에 사라지는 느낌이었다.

"바지 벗어."

애스터는 그날 연고를 바르지 않았다. 그럴 겨를이 없었다. 일어나려고 했지만 눈물이 나와 앞이 어른거렸다. 애스터는 기어서 달아나려고 했다.

"너 착각한 거야."

애스터가 갈라지고 끊어지는 음성으로 말했다.

"닥쳐. 한 번 더 말하면 죽인다. 당장 바지 벗어."

말로는 뒷주머니에서 톱니 날이 달린 큰 칼을 꺼냈다.

"네 불알을 자르고 피를 흘리다 죽게 두든지 꿰매 주든지 마음을 정할 거다."

애스터는 눈을 질끈 감았고 바닥에서 흔들렸다. 망상 속에서 애스터는 늘 그네들에게 이렇게 말했다. 널 *찢어 버릴 수 있*

어. 널 죽여 버릴 수 있어. 몇 번이고 죽여 버릴 수 있어. 그러
면 남자들은 말하곤 했다. *그럼 한번 해 봐.* 그러면 애스터는
그네들을 물어뜯고 할퀴고 몸뚱이에서 살점을 뜯어내곤 했다.
그러면 남자들은 애스터를 제압하고 이렇게 말하곤 했다. *애
원하며 울어 봐라, 계집아.* 그러면 애스터가 말하곤 했다. *네가
애원하며 울어! 네가 애원하며 울어! 애원하고 울면 내가 살려
줄지도 모르니! 하지만 조심해, 나는 자비로운 신이 아니니까!*

애스터는 말로가 바지 지퍼와 팬티 천을 잘라 내는 걸 느끼
지도 못했다. 하지만 그가 놀라 숨을 들이켜고 물러나는 건 알
아차렸다.

애스터가 눈을 반짝 떴다. 말로가 내려다보고 있었다. 애스
터는 침을 꿀꺽 삼키고 바지를 추키려고 했지만 위쪽이 마구
잘려 엉망이 되어 속옷과 허벅지가 드러나 있었다.

말로는 바지 단추를 끄르고 내렸다. 내려간 바지에서 발을
빼더니 애스터 쪽으로 걷어차곤 내복만 입고 서 있었다. 애스
터는 찢어진 바지 위에 새 바지를 입었다.

"대체 너 누구야?"

'애스터'라고 대답하려고 했지만, 그것도 거짓말 같았다. 부
모 없이 떠돌아다니는 사람에겐 이름을 가질 자격이 없었다.

23장

수백 명이 학살당해 마틸다호 통로 전체에 축 늘어진 시체들을 널려 있게 한 반란이 애스터와 함께 시작됐다면 아무도 믿지 않았을 것이다. 따지고 보면 애스터는 몸집도 작고 호감도 얻지 못한 여자일 뿐이었고, 수십 년의 트라우마를 견딘 하층 데크의 그 누구보다도 폭력을 내켜하지 않는 사람이었으니까. 애스터는 고집이 세고 반항적이었지만, 그런 사람은 흔했다. 시작됐다 끝나는 모든 것이 그렇듯, 반란도 중간만 중요했다.

문제의 그날 밤, 이야기꾼이 잘 모르고 발단이 된 밤이라고 부를 그때, 마틸다호는 진동을 일으켰다. 애스터는 폐기물 처리 구역에서 숙소로 돌아가는 동안 우주선의 금속성 울림을 차단할 수 없어서 대신에 그 과잉 자극을 즐겼다. 엄마 없는 아이로 사는 것보다 나쁜 일도 있었다. 과거가 없으면 애스터에게는 한계가 없었다. 변형할 수 있었다. 빛나고 위대한 애스터가 될 수 있었다.

애스터는 시머스가 준 책을 훑어볼 수 있었고 책장 가장자리에 적힌 노트를 다 이해할 수는 없었지만 충분할 정도는 이해할 수 있었다. 과거를 가지고 할 수 있는 일은 그것이 전부였다. 절반쯤 알게 된 내용에 만족하고 나머지는 믿음에 맡기는 것. 애스터가 왕복선 구역과 룬의 일지에서 읽은 내용을 참고하면, 항공학 책을 어렴풋이 이해할 수 있었다. 어머니가 최후 며칠 동안 무엇을 하려 했던 것인지도 대략 알 수 있었다. 룬은 마틸다호의 방향을 바꾸고 싶었던 것이다. 애스터는 처음 읽고 너무나 좌절스러웠던 대목이 떠올랐다.

화장실을 쓰고 난 뒤, H데크 경비원이 앞에 보인다. 두려움 없이 그의 검은 눈동자를 빤히 본다. 그에게서 달아나지도, 그를 지나쳐 가며 보호본능을 만족시키지도 않을 셈이다. 그러다가 그가 나를 체포한다면? 뒤로 밀치면? 그가 해 준 일은 내 이동 시간을 조금 아껴 줘 숙소로 빨리 돌아가게 한 것뿐이다.

야간 점호 후, 애스터는 촛불을 켜고 선실 가운데 섰다. 달리 표현할 방법을 몰라서 이렇게 말했다.

"내가 우리 모두를 구할 거야."

피피, 메이블, 지젤이 모두 동시에 애스터를 봤다. 물론 비비언은 거기 없었다. 애스터가 코를 부러뜨린 뒤 다른 곳으로 옮겨 갔다.

애스터는 방금 한 말이 매우 진심임을 확인시키기 위해 친구들 하나하나와 눈을 맞췄다. 실성하려는 게 아니라고. 이미 실성했고 앞으로도 그런 상태일 거라고.

"우릴 어디서 구한다고?"

메이블이 물었다.

"무슨 꿍꿍이야?"

피피가 물었다.

애스터는『우주 압축과 상대성: 방법론』이라는 책을 꼭 쥐었다.

"내 어머니가 우주선에서 벗어날 방법을 찾았어."

지젤이 담요를 가지고 바닥으로 미끄러져 내려왔다.

"네가 알아냈어?"

지젤이 그렇게 긴 말을 하거나 그만한 관심을 보인 건 며칠 만이었다.

"끝까지 다 알아내진 못했어. 하지만 거의 다 됐어. 너희들이 모두 필요해. 유령들은 수수께끼와 은유로 이야기해. 내가 그런 방면에 강하지 못해서."

"음, 그건 사실이지."

피피가 말했다.

메이블이 안경을 쓰더니 촛불을 더 켰다. 기습 점검을 하려는 경비원들을 막기 위해 해치 손잡이에 파이프를 끼워 놓았다.

"너랑 지젤이 하는 이야기가 대체 뭐야?"

애스터는 약간 독단적으로, 25년 전에 발생한 정전에서부터 이야기를 시작했다. 모든 시작은 독단적이니까.

"어머니가 아기 태양을 조사하던 중에 왕복선 구역이랑 마틸다호의 항법 시스템 조종장치를 발견했어."

"마틸다호를 조종하는 건 신들이야."

피피가 말했다.

"어떤 면에서는 맞는 말이야. 컴퓨터를 사용하는 제어장치가 자동조종 프로그램을 돌리거든. 이 우주선은 계속해서 앞으로 전진하는데 장애물을 감지하면 스스로 방향을 바꿔. 그 방향전환 때문에 정전이 일어나. 큰 우주선이잖아. 가속도가 크지. 방향을 바꾸려면 에너지가 많이 들어. 그 에너지를 아기 태양에서 얻고."

"그래서 25년 전에 장애물이 있었던 거야?"

피피가 물었다.

"응. 천계의 변척이라는 건데, 모든 걸 빠져가지 못하게 잡아당기는 바닥없는 구덩이라고 설명할 수 있어. 공부하다가 그걸 블랙홀, 신의 목구멍, 절망의 우물, 중력의 결합체, 암상자라고 부르는 걸 봤어."

룬의 노트에서는 '그의 검은 눈동자'였다.

메이블이 말했다.

"피하는 게 상책이겠네."

"자동조종 시스템도 그런 결론을 내렸지. 하지만 어머니 의견은 달랐어."

"네 어머니가 우리를 바닥없는 구덩이 '속'으로 보내고 싶어 했다고? 너만큼 제정신이 아니었구나."

피피의 말에 애스터는 고개를 저었다.

"이것 봐."

애스터는 우주항공학 교과서 중, 오래전 룬이 표시해 둔 부분을 펼치고 목소리를 높여 읽었다.

"'비록 우주 압축과 왜곡장에 기초하는 오늘날 우주항공학 설계와의 관련은 적지만, 중력 추진력의 문제를 완전히 건너뛴다면 태만이 될 것이다. 상대적 속도로 여행하다 보면 천계를 여행하는 우주선을 가속시키는 행성의 중력을 이용할 필요가 없지만 모든 기술자는 이 궤도 역학 분야에 관련된 계산에 익숙할 것이다. 중력 추진력과 우주 압축을 동시에 이용할 수 있는 드문 순간이 존재한다.'"

피피는 신음했지만 지젤과 메이블은 열심히 경청했다.

"어머니가 변칙 주위에서 마틸다호를 운항하고 싶어 하셨다는 것 말고는 설명할 방법을 잘 모르겠어. 자동운항장치는 그 변칙을 완전히 피하려고 했지만, 어머니는 변칙에 가까이 다가가 그 궤도 안에 우주선을 넣은 뒤 주위를 돌면서 방향을 바꾸길 원하셨어."

그때 지젤이 짧은 앞머리를 뒤로 넘기며 말했다.

"H데크 경비원이 뒤로 밀쳤다는 부분."

"바로 그거야."

"뒤라니, 어디로?"

메이블이 물었다.

"'위대한 생명의 집'으로."

애스터와 지젤이 동시에 말했다.

"하지만 왜? 이해가 안 돼. 무슨 소용이라고? 3세기 '뒤'로 돌아가라고? 뭘 위해서? 마틸다호가 결국 죽은 행성 앞에서 멈추게?"

"메이블 말이 옳아."

피피는 흥미를 잃고 침대로 기어들어 갔다.

지젤이 말했다.

"다들 듣긴 하는 거야? 메이블, 난 네 머리 반도 못 따라가지만 애스터가 읽은 데서 '가속'이란 말은 들었어. 그건 더 빨리 간다는 뜻이지? 룬이 우릴 빙빙 돌려서 속도를 높인 거야."

애스터는 정확히 그런 표현을 쓰지는 않았을 터지만, 지젤 말이 옳았다. 룬은 블랙홀의 중력을 이용해 마틸다호를 더 빠르게 추진시켰다.

피피가 말했다.

"이제야 입을 여네. 좀 나아졌나 보다."

"지젤 말이 맞아. 내가 이해한 바에 따르면, 어머니는 애초에 생각했던 300여 년보다 훨씬 짧게, 단 1년으로 여정을 줄일 수 있다고 믿었어."

"그럼 네 어머니도 나만큼 수학을 잘하시나 보다."

지젤의 말에 애스터가 코웃음 쳤다.

"농담이지. 네가 다시 농담하는 걸 보니 다행이다."

그러자 지젤이 어깨를 으쓱였다.

"속지 마. 아직 나으려면 멀었어."

"그래도. 다행이야. 네가 그렇게 괴로워하는 걸 보니 마음 아팠어."

"애스터, 이제 마음의 대화를 하려는 거야?"

피피가 물었다. 감정과 다정한 순간은 피피가 뛰어난 재능을 가진 분야였다. 감정을 언급하자마자, 피피의 무관심이 열의로 변했다.

"네가 마음을 여는 걸 보니 기쁘다."

피피가 거만한 분위기로 덧붙였다. 마치 피피가 시간을 멈춘 뒤 잔머리를 새 머릿기름을 발라 넘기고, 깨끗한 외투로 갈아입은 뒤, 뺨에는 연지를 바르고 Q-10010 선실의 여왕으로서 제 자리를 차지하고 나서야 시간을 다시 시작한 듯한 느낌이었다.

"그럼 만약 룬의 계산이 틀렸다면 1년이 아니라 얼마나 걸리는 거야?"

메이블이 그렇게 묻더니 곧장 스스로 답했다.

"25년이겠지. 당연히."

애스터는 자기 침대로 가서 앉았다.

"확실히는 모르겠지만 '위대한 생명의 집'에 다가가면서 자동운항장치가 우주선의 속도를 늦추는 것 같아. 마틸다호가 궤도에 들어갈 준비를 하는 거지."

애스터는 아주머니가 공으로 운동을 설명해 준 것을 기억했다. 계속 굴러가는 공은 외부의 힘이 들어가야 방향이 바뀐다. 25년 전, 마틸다호가 블랙홀을 피하려고 했을 때 생긴 일이 그것이었다.

움직이는 물체가 속도를 줄일 때도 외부의 힘이 필요했다. 마틸다호가 '위대한 생명의 집'에 다가가면서 제동을 걸기 위해 아기 태양으로부터 에너지를 끌어갔다. 애스터는 룬의 노트를 보지 않고 이를 깨달았다. 니콜리우스 군주가 애스터의 추론을 도왔다.

모든 군주는 지젤이 설명했던 전용 유리 관측실을 통해 실루미늄에 노출됐지만, 정전이 시작되면서 그 노출이 니콜리우스에게 더 나쁜 영향을 줬다. 애스터는 우주선의 속도 감소 때문이라고 믿었다. 마틸다호가 광속에 가까운 속도로 이동하도록 실루미늄이 특별한 반응을 거쳤는데, 우주선이 멈춰야 할 때 그 반응이 멈췄다. 어떤 변화인지는 모르지만, 그것이 니콜리우스의 체내 실루미늄을 불안정하게 만들어 큰 피해를 일으켰다.

혹은 정전을 일으키고 우주선 속도를 늦춘 진동 전자석이 실루미늄에 영향을 준 것일 수도 있었다. 여러 가지 이론을 세울 수 있었지만 가장 중요한 것은 룬과 니콜리우스의 연관성이 부수적이라는 점이었다. 애스터는 이 작은 연결고리 덕분에 알게 된 것들에 고마운 마음이 들었지만, 두 사람 모두 그 액체에 노출되었다. 실루미늄이 룬의 죽음을 일으켰을 가능성은 없었고 애스터는 여전히 어머니가 어디로 갔는지, 그 이유는 무엇인지 알지 못했다. 어머니가 사망했다면, 그 원인도.

"그럼 브레이크를 밟느라 정전이 계속되는 거로군."

메이블이 일지에 메모하기 시작했다.

"내가 알기론 이걸 아는 사람은 우리뿐이야. 특별한 전략적 우위를 점했으니 이제 행동해야 해."

메이블이 물었다.

"우리가 어떻게 해야 할까?"

"지젤, 선실에서 나갈 수 있을 만큼 나았어?"

"아마도. 그……글쎄."

"잠시 네 라이플을 가질 수 있다면?"

"그럼 물론이지. 준비됐어."

지젤이 정신을 차리며 애스터에게 대답했다.

애스터는 타이드 윙 사람들의 지략을 기억했다. 그네들은 구하기 힘든 재료로 마법 같은 별항아리를 만들었다. 애스터는 지젤에게 타이드 윙 사람들에게 라이플을 가져가서 총알을 더 만들어 달라고 부탁하라고 했다.

"하지만 그 사람들에게 총이 필요할 거야. 총 만드는 법을 배우려면."

"할 수 있어."

지젤이 말했다. 라이플을 더 만드는 데 쓰는 거라면 자기 소유의 라이플을 기꺼이 포기할 수 있는 모양이었다.

피피가 물었다.

"정확히 무슨 계획을 하는 거야?"

"준비하고 싶어. 우리를 방어할 능력을 갖고 싶어. 네가 메이블을 지킬 수 있으면 좋겠는데."

애스터는 이렇게 말하면 피피가 옳은 일이라고 확신할 것임을 알고 있었다.

"메이블을 지킬 수 있어. 반드시 지킬 거야."

피피가 연인에게 더 바짝 다가갔다.

애스터가 말했다.

"네게서도 필요한 게 있어, 메이블."

"뭐든지. 새 군주 밑에서 하루 더 사느니, 차라리 죽은 행성으로 돌아가겠어."

룬도 같은 도박을 했다. 마틸다호에서는 300년이 흘렀지만 상대속도를 고려하면 '위대한 생명의 집'에서는 1000년 이상의 세월이 흘렀다. 어쩌면 그곳에서 새로운 생명이 시작됐을 것이다.

"소식을 퍼뜨려. 전부는 말고. 사람들이 변화에 대비하면 좋겠어. 확성기 작동할 줄 아는 사람들 아직 알아?"

"응, 물론이지."

"좋아. 우린 이렇게 해야 해."

애스터가 지시를 내렸다. 아직 정리할 일이 많았지만, 그네들은 전진하고 있었다.

24장

애스터가 산 수제 파이는 냄새는 그럴싸했지만 포장을 열고 나니 그나마 모든 매력이 사라졌다. 한입 베어 물어 보니, 파이 껍질은 말라 부스러졌고 고기는 질기고 맛없었다. 두 번, 세 번 먹어 봐도 나아지지 않았다. 구역질을 누르며 애스터는 거의 먹지 않은 파이를 호일 위에 올려 두고 쿼리 윙의 주방을 그리워했다. 새로운 식사 규정 전 화요일이면 멜루신은 플렌테인 바나나를 삶아 소금, 파, 고수, 양파, 돼지 껍질과 섞은 뒤 팬케이크 크기의 반죽으로 만들어 튀겼다. 피피는 그 요리가 너무 기름지고 고기 냄새가 나고 짜다고 했지만 플렌테인 바나나 만두는 애스터가 거부감 없이 즐긴 몇 안 되는 음식 중 하나였다. G데크에는 좋은 점이 많았지만, 맛있는 요리는 확실히 부족했다.

애스터는 벨트에서 펜을 꺼내 뚜껑을 열고 빈 노트에 구불구불한 선을 그렸다. 시오와 다시 일하니 좋은 점이 많았지만 깨끗한 종이를 충분히 쓸 수 있는 것이 가장 좋았다. 새 페이지를 펼친 뒤 애스터는 색깔별로 구분한 '할 일 목록'을 만들었다. 빨간색은 가장 중요한 일, 파란색은 중간 정도 중요한 일, 초록색은 하고 싶지만 빨간색과 파란색을 마친 뒤에 할 일로 정했다. 시머스에게 발사대 조작법을 아직 아는지 물어봐야 했다.

"무슨 언어로 써?"

시오가 애스터 어깨 너머로 들여다보며 물었다. 그의 그림자에 글씨가 가려졌다.

"Q로."

애스터는 이렇게 대답하고는 문득 그것이 언어 이름이 아니라는 걸 깨달았다.

"그러면 너만의 알파벳을 만들어 낸 거야?"

"표준 알파벳이에요."

애스터가 자기 노트의 글자를 책상 위에 놓인 문서의 글자와 비교하며 대답했다. 자신의 글씨체가 그네들과 많이 다를 것 같았다.

"그러면 그걸 읽을 수 있어?"

엉망으로 휘갈긴 애스터의 글씨는 역시 상을 받을 수준은 아니었지만, 손글씨 대회에 나간 것도 아니지 않은가? 애스터는 신경 쓰지 않았다.

"나도 읽을 수는 없지만, 적어 두면 기억에 도움이 돼요. 쓴 내용은 글자를 알아보려고 하기 전에 기억나니까요."

"나를 위해 적어 준 노트는 그것보다 훨씬 나았는데."

애스터는 어깨를 으쓱였다. 애스터는 글을 좋아했지만, 쉽게 쓸 수 없었던 것을 그쯤 되면 시오도 알 법했다.

"당신에게 뭘 적어 줄 때면 훨씬 더 노력해요. 하지만 그러면 피곤하고 굉장히 느리게 진행돼요. 내가 보려고 적을 때는 그 렇게 애쓰지 않아요."

"그런 말은 없었잖아. 말했더라면 해결 방법을 구했을 텐데."

"내 약점을 잘 숨기는 법을 배웠거든요."

그것이 생존의 비결이었다.

"잠깐만."

시오는 진찰실로 가는 대신 중앙 해치를 열고 구스풋 윙에 들어갔다. 1초, 또 1초가 흘렀다. 애스터는 혼자 있으니 불안했 다. 애스턴 노릇을 하고 있었지만 애스터의 얼굴을 잘 아는 사 람은 속일 수 없었다. 서리는 물론이었다.

시오가 돌아왔을 때, 애스터는 '할 일 목록'을 완성한 참이 었다. 시오는 커다란 검정 상자를 들고 있었다. 가죽이 잿빛으 로 바래고 군데군데 닳아 있었고 벗겨져 있었으며 가장자리는 말려 있었다. 시오는 애스터 앞에 앉았다.

"블랙박스군요."

"선물이야."

"방금 산 거예요?"

"내 숙소에서 가져왔어. 열어 봐 줘."

"선물은 좋죠."

애스터는 상자 위에 손이 닿도록 일어났다. 녹이 슨 황동 버클을 열었다.

"기계네."

단추 위를 쓰다듬으며 누르고 달칵 소리를 즐겼다. 갓 기름 칠해 반짝이는, 상자와는 전혀 다른 물건이었다. 긁힌 데나 흠결은 없었다. 위에는 아름다운 금박 글씨가 새겨져 있었지만, 애스터는 모르는 언어였다.

"참 아름다운 기계네요."

"타자기야."

시오가 어쩌나 크게 웃는지, 재미있을 지경이었다.

"아주 들떴네요. 방금 기계를 선물 받은 사람이 당신인 줄 알겠어요."

"타자기라니까."

시오가 애스터의 말을 다시 고쳤다.

"뭔지 알아요. 물론 알죠. 하지만 이게 기계라는 사실이 특정 기능보다 더 흥미로워요. 기계를 굉장히 좋아하니까."

애스터의 현미경, 회중시계, 무전기, 방사능 측정기.

"네 글씨가 한심해서 주는 거야. 부탁이니 그걸 사용해 줘."

시오가 '할 일 목록'을 가리켰다.

"아뇨. 내게 구애하는 거겠죠. 미안하지만, 난 안 넘어가요."

시오는 코웃음을 쳤다.

"날 무시하지 말아요. 선물은 애정을 뜻하죠. 그렇지 않나?"

"쉽게 일하도록 도와주려던 것뿐이야. 써 보고 싶으면, 바로 써도 돼."

애스터는 키보드를 눌러 봤다. 타자기에 종이를 끼우고 쓰기 시작했다.

시오는 마음ㅁ을 다해애스털를 사랑해다

자판이 끈적였다. 애스터는 종이를 빼내어 비행기를 접은 뒤 시오의 책상 쪽으로 날렸다. 시오는 비행기 뒤에 뭐라고 적어 애스터에게 도로 날렸다.

시오는 준다. 시오는 빼앗아 간다.

애스터는 타자기에 새 종이를 끼우고 편지를 한 장 더 썼다.

"애스터, 다음 예약은 10분 뒤야. 환자가 들어올 때 종이비행기를 날리지 않으면 좋을 것 같아."

두 사람은 이런 식으로 쪽지를 자주 교환했지만 타자기 덕분에 새로운 느낌이었다. 아무 생각 없이 장난치니 좋았다. 애스터는 자신이 유혹하기를 좋아하거나 가벼운 장난을 즐기는 사람이라고 생각하지 않았지만 마틸다호의 방향 전환을 되돌릴 방법을 찾아낼 때까지 시간을 죽일 수밖에 없었다. 시오는 아무런 의견을 내지 않고 그런 수준의 과학은 신의 소관이라 관여할 방법을 찾을 수도 없으며, 애스터에게 마틸다호를 고치기 전에 군주보위부를 고칠 걱정을 하라고 했다. 그것도 좋은 계획이었고 메이블과 지젤이 각자 맡은 일을 하고 있었다.

애스터는 쿼리 윙으로 돌아가 그네들을 도와야 했지만 이상하게도 상층 데크에서 더 자유를 느꼈다. 서리가 감시를 맡긴 경비원들은 애스터가 상층 데크에 있다는 사실을 몰랐다. 애스터는 방해 없이 룬의 노트를 읽을 수 있었다.

그날 밤 인원 점검을 하러 집으로 갈 시각이 됐을 때, 애스터는 아직 그럴 마음이 아니었다. 시오와 함께 계단으로 가다가 그의 사무실에 잊고 온 물건이 있다고 했다. 그리고 열쇠가 있으니 직접 가지러 돌아가겠다고, 기다리지 말라고 했다. 시오는 알겠다고 끄덕였지만 수상쩍은 표정이었다.

애스터는 퇴근 후 여자들이 청소하러 오는 것을 알고 있었으므로 책상 밑에 숨었다. 해치가 닫히는 소리를 듣고 애스터는 책상 밑에서 나갔다. 어둡고 춥고 아무도 없는 시오의 사무실은 밤중의 감옥과 비슷했다. 금속 벽이 아코디언처럼 끼익거렸다. 중층 데크 사람들로 가득하던 로비는 무덤 같았다. 레몬 향의 살균제가 모든 표면을 소독했고 그 화학물질은 애스터의 목구멍으로 불편하게 미끄러져 들어왔다.

G-1001 선실과 그 안의 물건에서는 고독의 냄새가 흘러나왔다. 시오가 함께 하지 않는다면 애스터가 전혀 좋아할 곳이 아니었는데, 시오는 없었다. 애스터는 쿼리 윙으로 돌아갈 방법을 생각해 봤지만, 그럴 수 없었다. 통로와 배관, 이송장치, 버려진 복도가 평소에는 아주 또렷했지만 그때는 흐릿하게 떠올랐다. 걸리 윙의 환기구가 막혔는지, 갈래 길로 이어지는지 알 수 없었다. 그리고 그런 갈래 길이 있다면, S데크로 내려가는 이송장치가 왼쪽인지 오른쪽인지도. 그 시각 애스터는 잡힐 것이고 복도에서 혼자 잡히면 벌을 받을 터였다.

애스터는 진료실로 살그머니 들어가 문을 닫았다. 몸의 통증이 불현듯 한꺼번에 느껴졌다. 애스터는 시오의 기계 의자에 몸을 말고 누웠다. 옆의 테이블에 수술 도구들이 일렬로 놓여 있었다. 혈관 폐색기, 견인기, 메스, 천공기. 애스터는 그것들을 살피다가 C자형 실리콘 장치가 혈관을 막는 데 필요하다는 것을 기억했다. 애스터가 잠에 빠져들면서 랜싯과 포셉의 금속빛이 흐릿해졌다. 설명할 수는 없지만, 안전한 느낌이 들었다.

얼마 후, 외이에 입김 입자가 뜨겁게 닿으며 작은 소리가 잠을 깨웠을 때, 애스터는 몸을 떨며 억지로 눈을 떴다. 눈곱이 껴서 눈꺼풀이 달라붙었다.

"지젤?"

그러나 지젤일 리 없었다. 그곳은 쿼리 윙이 아니었다.

"애스터, 미안."

이번에는 조금 더 큰 소리가 들렸다. 시오가 어깨를 꽉 잡았다.

"무슨 일이죠?"

애스터가 몸을 일으키며 물었다. 진료용 의자 등받이는 아주 조금만 세워져 있어 애스터는 몸을 비틀며 일어나 앉았다.

"네가 여기 있는 걸 그자가 알아."

애스터는 그의 목소리가 작은 것을 알아차렸다. 괴로움에 소리가 갈라졌다.

애스터는 머릿속이 멍해 그의 말을 제대로 알아듣지 못했다. 놀라 잠이 깨긴 했지만 의미를 제대로 파악하지는 못했다. 문은 닫혀 있었고 손잡이 밑에 끼워 둔 선반은 부서져 쓰러져 있었다. 진찰실은 살균 상태를 위해 환기구도, 비밀 장소도 없었다. 캐비닛은 너무 작아 들어갈 수 없었다.

"그 사람이 날 잡으러 온다고요?"

애스터는 의자에서 다리를 뻗어 바닥으로 미끄러지며 물었다.

"경비원들이 이미 저 문밖에 와 있어. 정말 미안해. 어떻게 하면 좋을지 모르겠어."

탈출이 불가능하자 애스터는 최대한 몸을 씻었다. 눈과 입가를 닦았다. 묻지도 않고 세면대로 가서 차가운 물을 틀어 얼굴에 뿌리고 손끝으로 피부를 문질렀다. 그리고 물을 입에 퍼넣었다. 문 두드리는 소리에 애스터는 몸을 일으켰다.

"당장 여시오, 의무관. 안 그러면 문을 부수겠소."

"애스터, 가야 해."

시오가 손을 내밀며 말했다.

애스터는 그 손을 잡지 않고 직접 문을 열었다.

"사과해, 사과, 사과해. 많이 사과해. 그리고 거짓말을 해. 부탁이야."

애스터는 대답하지 않았다.

경비원 넷이 로비에 서 있었다. 처음 보는 얼굴이었다. 한 명, 진갈색 눈을 한 남자는 본 적 있었다. 셋은 열중쉬어 자세로 대형을 이루고 있었다. 가늘게 뜬 눈과 각진 광대뼈가 주는 강인한 느낌에 두려움을 주는 대장이 수갑을 내밀며 말했다.

"나라면 저항하지 않겠다."

애스터는 돌아서서 경비원에게 수갑을 채우도록 했다. 너무 꽉 죄어 손가락이 얼얼했다.

"시오."

애스터가 그의 이름을 부르려는데, 딸꾹질하듯 말이 끊겨 엉망이 됐다.

경비원이 가한 타격에 감각이 둔해졌다. 그네들이 계단 위에 다다라 해치 쪽으로 애스터를 밀쳤을 때, 애스터는 선실문에 적힌 글을 겨우 읽을 수 있었다. 눈을 가늘게 뜨고 장식체에 초점을 맞췄다. *심문—D-00.*

호흡이 불규칙한 신음으로 잦아든 상태로, 애스터는 경비원의 손아귀에서 벗어나려고 했다. 그는 애스터의 뒷덜미를 꽉 쥐고 견갑거근과 목빗근에 손가락을 밀어 넣었다.

"너처럼 못생긴 여자에게 얼굴이 왜 필요하지?"

그가 묻더니 나이프로 턱에서 관자놀이까지 이어지도록 뺨을 그었다. 극심한 통증이 처음은 아니었지만 베인 곳의 쓰라림이 얼굴 전체로 퍼지자 애스터는 어릴 적 처음 맞았을 때처럼 비명을 질렀다. 한 번 더 소리를 질렀지만 소리는 입에서 힘없이 흘러나왔다.

"또 무슨 짓을 하려 들면 이번엔 귀다."

남자가 차가운 나이프를 애스터의 이마에 대고 말했다. 애스터는 감히 떨지도 못했다.

다른 경비원이 문을 열고 애스터를 밀어 넣었다. 다리에 힘이 들어가지 않았다. 가로세로 7미터의 작은 방이었다. 다리를 꼬고 손목시계를 보며 앉아 있는 서리의 존재감에 비하니 방은 더 작게 느껴졌다.

"너무 늦었군."

전구 하나가 목재 탁자 위로 매달려 있었다. 경비원들이 애스터를 끌어 서리 앞 의자에 앉히더니 수갑을 풀어 탁자에 다시 채웠다. 애스터는 손가락을 뻗고 움직여 봤지만 손목은 수갑에 단단히 채워져 있었다.

"자리를 비켜 주게."

서리가 차분히 말했다. 경비원들은 경례를 하더니 차례로 나갔고 나이프를 든 자는 칼집에 도로 넣었다.

애스터의 목덜미에 땀이 흘렀다. 얼굴에서 피가 났지만 탁자에 묶여 있어서 아무것도 할 수 없었다. 탁자 위에 금속 공구상자가 보였다. 아래쪽에 마커로 '군주 서리 스미스'라고 적혀 있었다. 그 위에는 '빌려가기 전에 물어보시오.'라고 적혀 있었다.

서리는 양손으로 피라미드 꼴을 만들었다.

"왜 오늘 여기 온 건지 아나?"

"점호를 놓쳐서 죄송합니다."

괴로워하는 어조처럼 들리기를 바라며 애스터가 말했다.

"내겐 마틸다호의 모든 시민에게 기대하는 바가 있는데, 너는 계속 그 기대에 미치지 못하고 있다."

애스터는 땀이 나는 손바닥을 탁자 위에 올리고 허리를 세우고 앉아 금속 기둥처럼 꼼짝하지 않았다.

"절 어떻게 하실 건가요?"

"죽이진 않을 거다."

서리가 공구상자를 열었지만 뚜껑 때문에 애스터는 내용물을 볼 수 없었다. 그는 안에서 망치를 꺼냈다. 손잡이를 쥐고 팔을 현란하게 움직이며 망치를 허공에 흔들었다.

"넌…… 지난번에 네가 뭐라고 했지? '일탈한 존재.' 그날 내 뜻을 분명히 밝혔다고 생각했는데, 넌 아직도 네 멋대로 굴고 있다."

애스터는 발을 바닥에 굴렀다. 오른발 다음 왼발. 실내가 불편할 정도로 더웠다. 땀에 젖은 셔츠가 쩍쩍 들러붙었다.

"네가 똑똑한 줄 알았겠지. 지금은 잘 모르겠다. 아니면 네게 양심이 없는 걸지도……. 플릭 일을 알고 부끄러움을 느끼긴 했나?"

애스터는 그 이름을 듣고 입술이 떨리는 것을 느꼈다.

"플릭을 죽인 건 너다, 애스터. 그건 알고 있나?"

애스터는 입을 다물고 있었다.

"대답해라."

서리는 망치머리에 턱을 댔다.

"네."

애스터는 주먹을 쥐며 작게 말했다.

"그 여자애를 끌어내기 전에 이야기를 했다. 상냥한 아이더군. 착하고. 그 애가 이제 저승에서 천상의 해변에서 안전하게 있다는 걸 알 테니 안심해도 좋다. 그 애의 죽음이 큰 의미가 될 수도 있었는데 너는 계속 반항을 하고 구제불능 짓을 하면서 그 애의 기억에 먹칠을 하고 있다."

애스터의 눈길이 서리의 눈을 향했다. 홍채 가장자리와 동공의 직경을 살피며 비밀 혹은 열쇠, 수수께끼를 찾고 또 찾았지만 어느 눈에나 존재하는 해부학적 요소를 발견할 따름이었다. 각막, 공막, 수정체. 애스터의 평정심이 비틀거리며 주저앉고 있었다. 서리의 단련된 편안한 모습에는 곧 무너질 기미가 없었다.

"이런 상황은 끝날 수 있다, 애스터. 지금 당장. 잘못했다고 하면 끝이야. 잊을 거다. 말해라, 애스터. 말해. 그러면 플릭의 죽음이 무의미하지 않을 거다. 말해라, 그리고 용서를 구해라."

애스터는 거짓말임을 알았다. 이 상황은 끝날 수 없었다.

"싫어요."

"말해! 말해라, 진심으로."

"잘못한 거 없어. 잘못한 거 없어. 잘못한 거 없어."

"그만."

"왜 이러는 거예요? 제발 내가 이해할 수 있게 말해 줘요. 내가 뭘 잘못했다고 말하라는 건가요? 살아 있는 거? 숨 쉬는 거? 내가 존재하는 건 어쩔 수 없어요. 내 존재가 그렇게 괴롭다면, 날 죽여요. 목을 부러뜨리고 끝내요."

"그러면 넌 좋겠지, 그렇지 않나? 비참한 존재를 편안히 끝내는 것이. 네가 순교자라고 생각하나? 순교자가 되려면 명분이 있어야지, 이 어리석고 어리석은 순진한 여자야. 네가 사라진다고 끝나지 않아. 나도 마찬가지고. 군주제는 영원하다. 죄악의 바다가 영원하니까. 과거도 미래도 우리 것이다. 건방진 하층 데크 년 하나가 나선다고 그걸 바꿀 수 없다."

서리는 손바닥을 문지르고 반대쪽 엄지와 검지로 살을 꼬집으며 어딘가 불편한 근육을 풀었다.

"하지만 관리할 필요는 있지. 그래서 네가 여기 온 거다."

애스터가 미처 숨을 참거나 애원하기 전, 서리는 망치를 들더니 오른손을 세 군데 내리쳤다. 뼈가 부서질 만큼의 세기였다.

25장

검은 머리에 빛나는 잿빛 머리카락이 한 줄 나 있어 리틀 실버라는 이름이 붙은 소녀에겐 언니 여섯이 있었는데 모두 왕과 결혼했다. 왕은 다양한 사업으로 큰 재산을 얻었고 온 세상과 그 안의 것들을 가질 자격이 있다고 느꼈다. 세상의 대부분과 그 안의 대부분이 이미 왕의 것이기 때문이었다. 아내 서른여섯과 북쪽 늪지대로부터 남쪽 바다에 이르는 땅, 상당이 큰영지와 그보다 더 큰 영지, 그리고 둘을 합친 것보다 더 큰 영지가 그의 소유였다.

어린 나이를 핑계로 왕과의 결혼을 피한 리틀 실버는 부엌에서 일했다. 하지만 그런 나이도 곧 지나갈 터였다. 만물의 섭리가 그러했으니까. 리틀 실버는 물의 정령이 사는 곳에 닿을 때까지 며칠 동안 북쪽으로 걸어간 뒤 진흙둑에 앉아 말했다.

"저를 영영 어리게 해 주세요. 왕과 결혼하지 않아도 되도록."

늪에서 웅얼거리는 소리가 솟아나더니 잠잠해졌다. 리틀 실버는 자기 마을로 돌아가야 했지만 정령들은 열네 번째 생일 전날 밤 그 청을 들어준다고 했다. 그사이 리틀 실버의 청을 들어주기 위해 필요한 마술을 배워야 한다는 것이었다.

어느 따뜻한 여름 저녁, 실버의 언니 하나가 노래하며 찾아왔다.

"리틀 실버, 리틀 실버, 머리에 칠을 한 유령아. 너는 우리 천계의 주인을 담을 땅의 그릇이란다.' 나는 이제 왕의 아내로서 노예살이에서 벗어나길 바라니 너와 교감하는 영혼들의 조언을 구하고 싶구나. 그네들이 뭐라고 하니?"

"언니, 영혼들과 교감했는데 왕의 노예로서 살지 않으려면 왕을 죽여야 한대."

리틀 실버는 사실 영혼들과 교감한 것이 아니었다. 머리 한 줄이 흰 것은 언니들과 마을 사람들이 믿는 것처럼 저승의 표식이 아니라 물의 정령과 처음 만나고 그네들의 기이한 얼굴에 겁을 먹었을 때 생긴 것이었다. 하지만 리틀 실버는 언니가 왕을 죽인다면 정령들의 도움 없이도 일곱 번째 아내가 되지 않을 수 있다는 걸 알았다.

"어떻게 왕을 죽이지, 리틀 실버?"

"자, 왕에게 이걸 먹일 방법을 찾아야 해."

리틀 실버는 마을 주위에서 딴 약초를 언니에게 건넸다.

그날 밤, 큰언니가 남편의 차에 약초를 뿌리고 잠자리에서 그가 죽기를 참을성 있게 기다렸다.

"부인, 키스합시다."

왕이 말했다. 그래서 큰언니는 마지막이라 생각하니 전처럼 키스가 싫지 않아 키스했다. 하지만 리틀 실버의 언니는 알고 보니 왕보다 독초에 더 민감했고 입술이 닿자마자 침대에 풀썩 쓰러져 죽었다. 그러나 왕은 그녀보다 독에 민감하지 않아서 멀쩡했다.

이튿날, 실버의 또 다른 언니가 찾아왔다.

"리틀 실버, 리틀 실버, 머리에 칠을 한 유령아. 너는 우리 천계의 주인을 담을 땅의 그릇이란다.' 왕이 우리 큰언니를 죽였어. 내가 다음 차례일 것 같아 두렵다. 너와 교감하는 영혼들의 조언을 구한다. 그네들이 뭐라고 하니?"

"영혼들과 교감했는데 언니도 죽지 않으려면 왕을 죽여야 한대."

실버는 지난번보다 훨씬 더 강한 독을 주었다. 그날 밤, 그 언니가 남편에게 줄 차를 끓일 때, 독초 잎을 만지기만 했는데도 죽어 버렸다.

그리고 리틀 실버의 나머지 언니 넷도 마찬가지였다. 차 냄새만 맡고 죽었고, 차를 보기만 하고 죽었고, 근처에 있었다고 죽었고, 마지막은 차 생각만 하고도 죽었다. 그래서 왕은 실버의 생일이 될 때까지 기다리지 않고 곧바로 신부로 삼기로 했다. 다른 아내들이 없어 몹시 외로웠기 때문이다.

리틀 실버는 늪지대로 달아나 물의 정령들의 조언을 구했다. 왕도 말을 타고 바짝 뒤쫓았다. 실버는 말을 걷어차며 재촉했다.

"이려, 이려!"

왕의 말이 달리는 말발굽 소리가 들려왔고 실버는 암말의 갈기를 꽉 잡았다.

처음 도착했을 때는 정령들이 나타나지 않아 실버는 왕에게서 달아나기 위해 은빛 조랑말을 버려 두고 늪으로 몸을 던졌다. 헤엄을 치고 또 쳤지만 진흙탕 늪이 너무 넓고 짐승으로 가득해 실버는 곧바로 익사해 버렸다.

자유롭게 지낼 수 있도록 영원히 어리게 해 준다는 약속을 지킨 정령들은 온 능력을 다해 리틀 실버를 유령으로 만들고는 기력이 다해 쇠약해져 물속으로 녹아들었다.

리틀 실버는 늪 가운데 작은 섬에 앉아서 좀 전에 물에 빠진 것이 너무 두려워 꼼짝 못 하고 있었다. 어둠 속에서 두려움을 잊으려고 실버는 노래를 흥얼거리다가 늪가에서 찾던 왕의 시선을 끌었다.

"리틀 실버, 이 어리석은 짓을 그만둘 게냐?"

"네."

왕은 하얀 말을 두고 실버를 따라 늪에 뛰어들었다. 왕은 헤엄을 치고 또 쳤지만 진흙탕 늪이 너무 넓고 짐승으로 가득해 곧바로 익사해 버려서는 물의 정령처럼 물속으로 녹아 버렸다.

으스스한 이야기였지만 예전에 애스터는 그 이야기에서 큰 위로를 받았다. 냄새만 맡아도 성 전체가 파멸할 정도로 강력한 독? 완벽했다. 그 독을 피한 왕이 이 이야기의 행운아였다.

예전에 애스터는 그렇게 생각했었다. 하지만 왕들은 원래 죽지 않는다는 것을 알게 됐다. 죽는다 해도 왕에게는 아들들이 있고, 그 아들들에게 또 아들들이 있다. 서리가 한 말의 의미가 그것이었을까? *군주제는 영원하다.*

애스터는 혼자 식물관에서 깨어났다. 비상벨이 울렸고 애스터는 무시했다. 결국 성한 손으로 벨을 벽에서 떼어 냈고, 그러느라 힘을 쓰자 오른손이 욱신거렸다. 시간이 뒤섞이고 사라지고 교란됐다. 애스터는 고통 속에서 시간을 셌다. 목에 양귀비액을 더 주사해야 할 때, 네 시간이 흘렀음을 알 수 있었다. 하루가 지났나? 반나절? 경비원 둘이 애스터를 사슬에 묶어 Q데크로 끌고 갔을 때, 우주선은 이른 아침이라 어두웠다. 애스터는 어찌어찌 식물관까지 왔다. 그냥은 할 수 없는 일을 에피네프린 덕에 해냈다.

양귀비액이 사고 과정을 질질 끌었고 머릿속은 안개가 낀 듯했다. 아팠다. 애스터는 아픈 것을 원치 않았지만.

책상 아래 만든 굴에 누워 있는데, 의료도구가 든 가죽가방이 옆에 놓여 있었다. 애스터는 쿠션이 될 만큼 두툼한 가방을 끌어다 베개로 썼다. 안에는 큰 나이프가 들어 있었다. 얼굴을 벤 경비원의 칼보다 더 큰 것이었다. 애스터는 마음을 정하고 그것을 들고서 의자를 잡고 비틀거리며 일어났다.

멜빵을 한 손으로 벗느라 평소보다 시간이 두 배 걸렸다. 그리고 애스터는 멜빵으로 손목을 앉은 의자 팔걸이에 묶었다. 왼손에 나이프를 들고 다친 팔을 고정시킨 뒤, 칼날을 내리기 시작했다.

몸이 떨렸다. 애스터는 빠르게 해치워야 한다는 걸 알았다. 빠르게 경상돌기를 끊어야 했다. 절단 수술은 해 봤다. 아프겠지만, 그때 느끼는 중수골의 측정 불가능한 통증보다 더하지는 않을 터였다.

"애스터?"

해치를 두드리는 소리가 들렸다.

"거기 있어? 애스터. 시오야. 문 열어 줘."

"가요."

애스터는 왼손에 칼을 든 채 말했다.

"내가 열쇠 딸 수 있는 거 알지?"

"그러지 않으리라는 것도 알아요."

"날 그렇게 잘 안다고 생각해?"

"네."

그러고는 아무 소리도 들리지 않았다.

"그래서? 해 봐요. 문을 열어 보라고요. 하라고."

애스터는 자신의 약한 목소리가 싫었다. 높낮이 없는 음성으로 돌아가고 싶었다. 손의 통증이 온몸으로, 구석구석 퍼지며 성대에도 영향을 미쳤다.

"애스터. 제발 열어 줘."

애스터는 멜빵으로 묶은 것을 풀고 축 늘어진 손을 배에 올리고 일어났다.

"밀고 들어오지 않겠다고 했잖아요."

애스터는 해치를 열고 시오가 경비원과 서리가 한 짓을 제대로 보기 전에 돌아섰다.

"고마워."

시오가 애스터의 어깨를 잡았다. 그의 손이 압박하는 걸 느끼고 애스터는 몸을 빼냈고, 그렇게 움직이자 손가락에 통증이 느껴졌다.

"돌아서 봐."

"싫어요."

"부탁이야, 애스터. 얼굴 보여 줘."

"왜요? 눈물이라도 닦아 주게? 안 울어요."

시오가 꼭 다문 입술 사이로 숨을 들이쉬자 휘익 소리가 났다.

"미안하단 말은 하지 말아요."

시오는 입을 열다가 멈췄다.

"날 좀 봐 줘."

애스터는 의자로 돌아가 돌아서서 앉고서야 그를 마주 봤다.

"애스터."

애스터는 얼굴의 상처에 반창고를 붙이지 않았다. 그렇게 얼굴 한쪽을 갈라 놓은 상처에는 봉합이 필요했다. 그대로 드러난 상처가 쓰라렸다.

"나한테 왔었어야지."

그러다 애스터의 손을 내려다본 시오의 목소리가 떨렸다.

"당신과 서리 둘만의 시간을 방해하고 싶지 않았어요."

애스터는 진심인지 비꼬는 건지 스스로도 알지 못한 채 대답했다. 올바른 정신은 다른 곳으로 가 버리고, 그 자리에 억울하고 분하고 빈정거리는 것이 자리 잡고 있었다. 멜빵의 고무줄을 만지작거렸다.

"방금 한 말은 후회해요."

"용서할게. 그런 소리를 들어도 싸. 놈들이 널 데려가게 한 나 자신에게 화가 나."

"당신은 금욕적인 사람이에요. 늘 자신에게 화가 나 있죠. 하지만 그럴 거 없어요."

"손 좀 봐도 될까?"

시오는 애스터 앞에 무릎을 꿇으며 말했다. 애스터는 배에 대고 있던 손을 움직여 얼마나 다쳤는지 드러냈다. 시오는 반응 없이 몇 분이나 눈을 감고 있었다.

"내가 고쳐 줄게. 내가 할 수 있다는 거 알지?"

"그러기를 바라요. 아주 말랑해진 느낌이에요."

애스터의 절제된 표현에 시오는 미소를 지었다.

"진통제는 먹었어?"

"여러 가지 먹었어요."

시오는 웃었지만 얼굴은 여전히 지나치게 창백했고 눈 아래 혈관이 드러나 보였다. 온몸이 하얘진 것 같았다.

"날 찾아왔었어야 한다는 말은 진심이었어. 아니면 무전이라도 했어야지. 선실로 바로 찾아가 상층 데크로 데려갔을 텐데."

"통행증 없이?"

"통행증 따위."

애스터는 손등에 통증을 느끼고 몸을 떨었고 시오는 손을 뻗어 뜨겁게 달아오른 오른손 살갗을 손가락으로 쓰다듬었다. 아주 살짝 닿도록. 애스터는 그 손길을 잘 느끼지 못했다. 양귀비기름 때문에 멍한 상태라 더욱.

"이런 상태는 계속될 수 없어. 서리와 너 사이는. 그 인간이 품은 미움에. 네 성격에. 그 인간이 아무리 뼈를 부숴도 너는 절대 말없이 고분고분한 사람은 되지 않을 테니까. 넌 또 다칠 거야. 이미 너무 많이 다쳤어. 서리가 아니라 이건······."

"왕이죠. 수많은 왕. 오랜 세월 버티는 왕들."

시오는 무슨 말인지 이해했다.

"왕국이 그렇지. 어느 왕국이나."

"그럼 어떻게 해요?"

"필요한 일을 해. 나도 필요한 선택을 할 거야."

시오는 손을 어디에 둘지 모르는 듯했다. 자기 머리를 만졌다가 늘어뜨렸다가 바지 주머니에 넣었다가 다시 꺼냈다.

애스터는 그의 가설을 생각하느라 인상을 쓰면서 뺨을 무릎에 기댔다.

"난 너무 불편해서 필요한 일을 할 수 없어요."

"네겐 제대로 된 침대가 필요해, 끔찍한 담요 더미가 아니라. 내 숙소로 와. 손도 고쳐 줄게."

애스터의 바지 무릎에 구멍이 나서 살갗의 딱지가 보였다. 성한 손으로 검은 부분을 떼어내자 연분홍색 살이 드러났다.

"당신 숙소요?"

"부적절한 일인 건 알아. 네가 원하면 내 사무실로 돌아갈 수도 있어. 그저……."

"아뇨. 숙소도 좋아요. 그런 걸 금지하는 성서 구절이 있을 줄 알았죠. '해가 진 뒤에는 애스터를 만나지 말라.'"

자기가 시도한 농담에 시오가 미소를 짓자 애스터는 고마웠다.

"가자. 같이 걸어가자."

"경비원을 만나면요?"

"그럼 죽여 버릴 거야, 애스터. 군주에게 보고하려 한다면.

닥치는 대로 죽일 거야. 잠재적인 위협이라면 무조건 죽이겠어. 사실 간단해. 널 잡으러 온 자들을 죽였어야 하는데. 믿음이 부족해서 그러지 못했어. 그 문제를 놓고 기도했고 이제 결심이 섰어."

시오가 손을 내밀자 애스터가 잡고 그를 지렛대로 이용해 몸을 일으켰다. 시오는 재킷을 벗어 애스터 어깨에 감아 팔걸이를 만들어 부러진 손을 감쌌다.

애스터는 그의 침대에서 깨어났다. 매트리스는 하층 데크 침대 세 개를 붙인 크기였다. 두꺼운 담요가 너무 묵직해서 눈을 뜨면 시오가 위에 누워있을 것 같았다.

애스터가 고개를 돌려보니 시오는 침대 가장자리에 책을 들고 앉아 있었다. 그는 책을 덮고 탁자에 놓았다. 표지에 갈색 얼룩이 있었다. 커피나 차? 요오드? 뭘 엎지르다니 시오답지 않았고, 양귀비액 약효에서 벗어나지 못한 애스터 자신이 원인인 듯했다.

애스터는 오른손을 들어 깁스를 봤다. 하얀 거즈 위에 검은 글씨가 보였다. *여기 애스터의 손이 잠들다.* 물어뜯어 손톱이 짧은 손가락 끝이 깁스에서 나와 있었다. 손끝에 남은 소독젤 냄새가 났다.

"통증 수준은 어때?"

"거의 없어요."

시오가 초음파로 신경 위치를 확인하고 그 부분에만 마취제를 주사했다. 애스터는 하층 데크 환자들에게 그렇게 해 줄 수 없었다. 초음파기계를 하층까지 어떻게 옮긴단 말인가? 주삿바늘을 정확히 넣는 것도 애스터가 잘하는 분야는 아니었다. 쓱쓱 잘라 내는 것, 그게 전문이었다.

"시험해 볼까?"

시오가 묻더니 손을 내밀었다. 애스터가 끄덕이자 시오가 드러난 엄지 끝을 꼬집었다.

"어때?"

그의 손가락이 살갗을 건드리기는 두려운 듯 손톱을 건드렸다.

"느낌은 있지만 아프진 않아요, 의무관님."

그렇게 부르니 뭔가 떠올랐는지, 시오는 손을 치웠다. 그는 의사 복장에서 딱 붙는 진녹색 바지와 실크 셔츠로 갈아입고 있었다. 애스터는 혼자일 때 그의 옷차림이 좋았다. 눈가를 검게 칠하고. 시오의 손길은 언제나 망고버터처럼 부드러웠지만 사람들 사이에서 그는 어색하고 딱딱하게 굴었다.

"당신은 특이한 남자예요."

"남자가 아니어서 그럴지도 모르지."

시오가 더 가까이 다가앉았다. 그가 몸을 기울이자 시트가 구겨졌다.

"그렇죠. 당신은 젠더-반대자죠. 예외 같으니."

마취제로 인한 몽롱한 느낌이 사라지고 있었다. 그래서 시오가 또렷이 보였다. 말려 올라간 속눈썹. 마른 입술에 일어난 하얀 부분.

"나도 마찬가지죠. 난 남자와 여자와 마녀를 아주 이상하고 조잡하고 애매한 몸뚱이에 밀어 넣은 존재니까요. 내 몸이 원하는 존재를 결정할 수 없었던 걸까요?"

"상관없다고 생각해. 우리 몸이 어떤 것이고 어떤 것이 아닌지 우리가 결정하게 되니까."

애스터가 일어나 앉자 시오는 머리에 베개를 두 개 받쳐 줬다.

"그런가요? 그럼 난 마법이에요. 나는 말한다. 고로 그것은 사실이다."

"사실이야. 넌 아주 드문 마법이야, 애스터. 몰랐어?"

애스터는 시오의 선실로 시선을 돌리면서도 그의 눈길을 느낄 수 있었다. 처음 와 본 곳이었다. 침대는 크지만, 그 외에는 기본적인 것뿐이었다. 작은 책상. 시오가 나머지는 모두 나눠 줬기 때문에 물건이 적었다.

"당신이 과장해서 칭찬을 하면 즐거워요."

애스터는 시오를 마주하고 눈을 보고 싶었지만 그럴 수 없었다. 시오의 눈을 바로 보기가 벅찼다. 애스터는 그의 귀와 귀고리에 시선을 꽂았다.

"애스터?"

"당신을 보라고 하지 말아요."

애스터는 여전히 사람들의 눈을 보기가 싫었고 둘만의 그 순간을 그런 불안으로 망치고 싶지 않았다.

"그럴 생각은 아니었어."

"그럼 뭐죠?"

"난…… 널 아주 소중하게 생각해."

"그럴 거라고 자주 생각했어요."

시오가 낸 소리에는 웃음과 한숨이 섞여 있었고, 시오가 손을 뻗어 뺨을 만지자 애스터는 그 손길에 기댔다. 시오는 애스터의 이마에, 그리고 양쪽 눈꺼풀에 키스했다.

"이거 괜찮아?"

애스터는 그 순간을 비언어적 몸짓으로 망치지 않을 자신이 없어서 고개를 끄덕이는 대신 말했다.

"네. 괜찮아요."

시오는 애스터의 왼쪽 뺨, 그리고 오른쪽 뺨 봉합한 상처 위에 키스했다. 따끔거리긴 했지만 아프지 않았고 애스터는 고개를 돌려 입술에 키스했다. 애스터는 키스할 줄 알았고 해 본 적도 있었지만 시오와는 처음이었기에 조심스레 입술을 뗐다.

시오는 바로 누운 애스터 곁에 모로 누웠고 한쪽 팔꿈치에 체중을 싣고서 애스터의 아랫입술을 깨물고 혀를 넣었다.

애스터는 이따금, 자기도 모르게 자기 외모가 예쁘지 않을까 봐 염려했는데, 왜였을까? 예쁘다는 건 염려할 문제가 아니었다. 예쁘다는 건 주관적이고 오류를 일으키기 쉬운 속성이다. 예쁘다는 건 실험실에서 복제할 수 있는 일도 아니었다. 애스터도 남들처럼 아마란스 꽃의 아름다운 색채와 동물체 몸의 모습에서 즐거움을 느꼈다. 하지만 사람들에게 적용하면 예쁘다는 말을 몇몇 사람들에게만 쓸 수 있다는 생각이 틀렸다고 느껴지지 않았다. 더욱이, 가끔은 애스터도 다른 사람들보다 예쁜 사람이 되고 싶다는 생각이 싫지 않았다. 그것은 바나듐 성분을 더 갖거나 주황색 색소가 많은 피부를 원하는 것이나 비슷했다. 그만큼 자의적이고 기괴하며 무의미한 바람이었다. 그럼에도 애스터는 예쁜 사람이 되고 싶다는 바람이 있었는데, 시오는 애스터가 이미 스스로를 예쁘다고 느끼게 했다.

"삽입은 원하지 않아요."

시오의 손이 허벅지 근처에 다가오자 애스터가 말했다.

고개를 끄덕이는 시오의 뜨거운 숨결이 애스터 목덜미에 느껴졌다.

시오는 애스터의 셔츠 단추를 풀지도 다른 옷가지를 벗기지도 않고 아래로 내려가 상의 옷감 위로 배에 키스했다. 그가 하의 단추와 지퍼를 만지더니 속옷까지 전부 무릎으로 내렸다. 그는 애스터의 허벅지에 뺨을 대고 몇 초 동안 머물렀고 애스터는 다리 사이에서 움직이는 그의 얼굴이 느껴졌다.

그 순간, 애스터는 언어를 통해 생각할 수 없었다. 오로지 감각으로만 생각할 수 있었다. 그의 혀와 수염이 까끌, 까끌, 까끌거리는 느낌. 그걸 느낄 수 있으리라 생각한 적 없었다. 평소 그는 무자비하게 면도했으니까.

시오가 잠든 사이 애스터는 침대 발치 이불 밑에 말려 있는 바지를 찾아 입었다. 시오의 서랍장에서 팬티와 깨끗한 셔츠를 꺼냈다. 그가 입은 걸 본 적 없지만 기도할 때 태우는 향냄새가 강하게 밴 플란넬 셔츠였다.

시오에게. 애스터는 떠날 준비를 한 뒤 종이에 적었다. *왕복선 구역으로 가요.* 쪽지에서 애정이 느껴지지 않자, 이렇게 덧붙였다. *당신이 잠든 모습은 보기 불쾌하지 않아요. 사랑을 담아, 애스터.*

듄 윙은 비어 있었다. 순찰하는 경비원이 없었다. 애스터는 카펫이 깔린 복도를 발을 끌며 걸으면서 일부러 부츠에 묻은 진흙을 정교한 아라베스크 문양에 남겼다. 통로는 넓었다. 서너 명이 함께 지나다닐 수 있었다. 익숙한 금속 해치가 아닌 목재 문이 활짝 열려 굉장히 넓은 내부를 드러내고 있었다.

애스터는 C, B 그리고 A로 이동한 뒤 계단이 뚝 끊어진 곳에서 발견한 비밀 입구로 뛰어내려 붙박이식 사다리를 내렸다. 사다리를 올라간 뒤 입구를 닫고 왕복선 구역으로 향했다.

우주항공학

제4부

26장
지젤 은와쿠

나에 관해서 알아 둘 가장 중요한 점은 엉덩이가 굉장히 멋지다는 것이다. 치고, 때리고, 꽉 쥐고, 핥고, 물고 싶은 그런 엉덩이. 이야기로 오래오래 전해질 엉덩이다.

그래서 무슨 일이 있었냐면, 지젤의 엉덩이가 있었다.

옛날 옛적 지젤의 엉덩이가 있었다.

수퇘지 형제는 지젤의 엉덩이로부터 세상을 구했다.

말하자면 일생일대의 엉덩이다.

멜루신 아주머니는 내 자아가 엉덩이만큼 크다고 하는데, 그 말이 옳다.

애스터가 제대로 봤다면 이렇게 말할 거다. *네 엉덩이는 좀 더 연구가 필요해.* 즉, '나 흥분해서 팬티가 젖었어.'라는 뜻의 애스터식 표현이다.

뜨개질이나 비스킷 만들기 등, 좀 더 건전한 이야기를 해야 되겠지만, 그런 건 생각만 해도 송과선이 멜라토닌을 분비한다. *송과선. 멜라토닌.* 잠이 오게 하는 거. 생체리듬을 조절하고 어쩌고. 이게 바로 애스터랑 친하면 벌어지는 일이다! 그 애는 말이 많은데, 무시하지 않으면 이런저런 것을 주워듣게 된다.

나는 아주 나쁜 아이라서(부루퉁하게 입을 비죽 내민 얼굴), 벌을 받아야 한다. 자신이 당한 일을 부끄러워하고 그런 이유에서 스스로 '나쁘다'고 여기는 사람들이 있지만, 나는 부끄럽지 않다. 내가 당한 일이 부끄럽지도, 내가 한 일이 부끄럽지도 않다. 전에 메이블과 피피가 어떤 아래 데크 여자 이야기를 들었는데, 아마 웨일링 크릭 윙이었던 것 같다. 그 여자는 여동생을 상층에 사는 남자에게 팔았다고 한다. 뭐, 우리 모두 겪은 일을 하도록 말이다. 메이블과 피피는 할머니들처럼 법석을 떨며 슬퍼했다. "오, 나라면 그런 짓을 절대 안 해!" 피피가 말했다.

잔인한 짓이지만, 나라면 할 것이고 그다지 죄책감도 느끼지 않을 것이다. 그런 일은 나도 당했지만 아직 무사하니까, 그 여자애도 무사하리라고 추론할 수 있다. 나는 망가지지 않았다. 망가지는 건 불가능하다.

세브리올렘 몰레셰카 리스 너.

우리 언어로 '안녕하세요'라는 뜻이다. 세브리는 '빵을 넣다'라는 뜻이다. 올렘은 '모두 같이' 혹은 '함께'란 뜻이다. 몰레셰카는 '공동의 냄비 속으로'라는 뜻이다. 리스 너는 '하자'는 뜻이다.

우리 빵을 공동의 냄비 속에 넣자.

전에는 그 말밖에 몰랐는데 애스터가 제대로 말하는 법을 알려 줬다. 우리는 그해에 다 자란 것처럼 행동했다. 내가 열한 살 때였던 것 같다. 하지만 우린 애들이었다. 아직도 옷 갈아입기 놀이를 했다. 나는 여왕처럼 차려입었고 애스터는 작은 신사로 꾸몄다.

"내가 담배 피우는 동안 빨래를 해!"

애스터가 말하곤 했다. 애스터는 흉내를 잘 내서 가장 놀이를 아주 잘했다.

"네, 여보."

나는 가짜 세탁물을 나무통으로 가져가 넣었다.

"저녁식사가 필요해!"

그쯤 되면 나는 지친 아내가 되어서 말했다.

"망할 놈의 저녁은 알아서 지어 먹어! 그렇게 배가 고프면!"

그러면 애스터가 말했다.

"여기서 내가 널 때려야 하는데, 때리고 싶지 않아."

그러면 내가 말했다.

"정말? 원하면 때려도 돼."

그 애의 고집 센 머리카락이 얼굴 주위에 동그랗게 삐져나와 있었다. 하나로 묶은 데서 빠져나온 철사 같은 머리카락이었다.

"놀이의 완성도를 위해서 할게. 하지만 살살 때릴 거야."

나는 팔짱을 끼고 말했다.

"아니, 세게 해."

애스터는 그렇게 했다. 한번은 너무 거칠게 때려서 내가 지오바나(우리랑 함께 자던 여자아이)의 침대로 나동그라지기도 했다. 그러자 애스터는 나를 올라타고 골반 위에 걸터앉았다.

"이제 뭘 해?"

뭘 했는지 정확히 기억나지 않는다. 아마 침을 꿀꺽 삼키고 입술을 핥았을 것이다. 애스터에게 지시했다.

"이제 네 음경을 꺼내서 내게 집어넣고 들락날락해."

"난 음경이 없어."

"그럼 그냥 움직여. 남자들이 하는 것처럼."

그래서 우리는 지칠 때까지 옷을 입은 채로 몸을 문질렀다.

애스터가 기록보관소에 몰래 들어가 『아이프릭어 실용사전』이란 책을 찾았다.

"이게 네 언어야."

애스터가 말했다. Q언어 이전의 언어였다.

"알고 싶어?"

"그게 '내' 언어면 난 이미 알고 있어. 그렇지 않아?"

"그럼 왜 똑같은 단어 다섯 개만 말하는 거야? 이제 지겨워."

애스터가 내 가슴에 사전을 들이밀었다. 애스터의 손은 강황이 묻어 주황색이었고, 그 양념이 사전 책장에 묻었다. 그 해에 멜루신 아주머니는 애스터에게 요리를 가르치려고 했는데, 애스터는 버터를 반죽에 넣거나 야자유가 가장 맛있는 분홍-주황색으로 변할 때까지 가열하는 건 고사하고 자기 옷도 제대로 못 입는 애였다.

내 언어에는 '나'에 해당하는 단어가 없다. 그나마 비슷하게 말하려면 '이티시렘 베레미 프릴러스'라고 해야 하는데, '여기 모두와 동떨어진 존재'라는 뜻이다. 우리는 그렇게 '외롭다'와 '혼자'를 말한다. 그건 '이방인'이라는 뜻이기도 하다. 또 '약하다'는 뜻이기도 하다.

모두가 '사랑해'를 궁금해한다. 아이프릭어로 '메브 오템' 즉 '우리는 함께야'라고 말한다.

사람들이 묻는다.

"'피곤해'는 어떻게 말해?"

"'이커브 날 비시 라이.' 휴식의 시간이 다가온다."

다시 내 엉덩이로 돌아가서. 애스터가 식물관에 있을 줄 알

왔다. 늘 거기 있으니까. 할 말이 있었다. 뭐라고 할까, '미안해, 고마워, 네가 미워' 등. 하지만 애스터가 여기 없어서 기다리고 있다. 시간을 보내려고 엉덩이를 흔들면서. 내가 숲속의 요정이라고 생각한다. 어릴 적에는 단풍나무 숲 주위를 뛰어다니며 아이를 훔쳐가는 요정이 나를 훔쳐가 주기를 바랐다. 나 정도면 상당히 가치 있는 아이였을 것이다. 굳이 요정이 되지 않아도 괜찮았을 것이다. 나를 죽이는 대신 요정들이 나와 자리를 바꿔도 괜찮았을 것이다. 나는 팔을 흔들며 바보처럼 뛰어다녔다. 요정들의 시선을 끌기 위해서 뭐라도 해 보려고.

09시 00분이다. 애스터는 어젯밤 자러 오지 않아서 여기 있을 줄 알았는데 이곳에 잔 흔적이 없다. 그 애 침낭은 나무 책상 아래 정리되어 있다. 일찍 나간 모양이라, 레코드를 켜고 엉덩이를 흔들면서 최대한 유혹적으로 몸을 비틀고 돌면서 곡선을 만든다.

아무도 보는 사람이 없으니 별로 재미가 없어 음악을 끄고 레코드플레이어를 톡톡 두드리면서 뭘 할지 생각해 본다. 한숨을 쉬며 의자에 털썩 앉아 애스터의 책상 맨 위 서랍을 뒤져 노트를 들여다본다. 손글씨는 엉망이지만 이제 익숙해서 더듬더듬 읽을 수 있다.

몇 장을 넘기니 재미있는 부분이 나온다. 인쇄체가 이상하게 여기저기 적힌 페이지가 구겨져 있다. 종이비행기로 접었던 것 같다. 여기서는 애스터의 글씨가 판독 가능하다.

밤에 내 생각을 하나요?

내겐 종교가 있어.

종교적으로 내게 헌신하죠.

그럼 네가 신인가?

네.

그래서 네가 내게 그렇게 호기심을 가졌구나.

그렇다면 의무관과 애스터 사이에 오간 내용이다. 참 재미없고 지루한 내용이라, 페이지를 찢어 둥글게 뭉쳐서 쓰레기통에 던지고 쓰레기통을 걸어차 내용물을 바닥에 쏟는다. 티슈, 예전에 쓴 슬라이드, 잎사귀 모은 것.

나는 아주 육체적인 사람이다. 내가 만지는 것과 남이 만져주는 것을 좋아한다. 기회만 있으면 물건을 찢어 버리는 것도 좋아한다. 가끔은 어쩔 수가 없는 느낌이지만, 이렇게 생각한다. 아니, 할 수 있었어, 재채기처럼 참을 수 있었다고. 하지만 아주 잔인한 말을 하고, 상처를 주고, 해를 끼치는 게 훨씬 더 기분 좋다. 내가 더 좋은 사람이면 좋겠지만, 그렇지 않으니 나 자신을 사랑할 수밖에 없다.

애스터를 돕고 싶었다. 뼛속에 뭔가 나쁜 것이 박혀 있지만, 너무 깊어 빼낼 수 없는 것이 어떤 기분인지 아니까.

그건 마치 뇌수술 같다. 의사들은 전두엽을 절제하지 않고 서는 종양을 제거할 수 없으므로, 나 자신을 지키려면 병들어 죽기를 기다릴 수밖에 없다. 우리에겐 그것(자기 자신)뿐이니까. 우리에겐 역사조차 없다. 가족도 없다. 어머니 얼굴도 거의 기억나지 않는다. 어머니는 내 동생 에밀을 낳다가 돌아가셨다. 그러면 어머니의 어머니는? 또 그분의 어머니는? 아버지들은? 우리 족속의 기원은? 애스터는 과학자라 그런 것을 연구한다. 연구를 하고 또 해서 모든 생명체가 연결되어 있다는 걸 안다. 애스터는 내가 섹스에 몸을 던지듯 연구에 몸을 던진다. 열심히 하면 하나의 진정한 어머니를 발견할 수 있는 것처럼. 그 어머니가 우리를 품에 안고 난생처음 겪어 보는 방식으로 달래 줄 것처럼. 우리 어머니들, 나와 애스터만 아니라 우리 모두의 어머니들은 너무 거칠고 차가웠다. 그네들은 아기 입술이 젖꼭지에 닿는 걸 느끼느니 젖을 컵에다 짜서 아기들에게 먹였을 것이다. 나도 이해한다.

10시인데 애스터는 아직 돌아오지 않는다. '마이로빌 네토세이트'라는 표가 붙은 커다란 병을 들어 애스터가 사랑하는 국화밭에 비운다. 아무 변화가 없어서 국화 밑동을 잡아 뽑는다.

금속 쟁반에 메스 하나가 똑바로 놓여 있는데, 애스터가 도구를 가지런히 정돈할 시간은 있으면서 제때 오지 않는다고 생각하니 화가 치민다. 나는 어딘가 욕조에 물을 받아 놓고 즐길 수도 있었는데. 신사 숙녀가 나오는 책, 겉모습은 차갑지만 속에는 열정이 있는 신사가 나오는 책을 읽을 수도 있었는데.

메스를 집어 국화 뿌리를 거칠게 갈가리 찢어 놓는다. 불쏘시개처럼 보여서 머릿속에 아주 완벽한 생각이 떠오른다.

연기를 내는 데 쓰는 작은 모닥불도 괜찮다. 나는 담배를 재빨리 피우고 싶은 때에 대비해서 치마 주머니에 성냥을 숨겨 놓는다. 그걸 하나 꺼내 성냥갑에 긋고 작은 불꽃을 식물 뿌리에 놓는다. 재빨리 불이 붙는다. 태워서 불을 살릴 종이가 아주 많으니 하나씩 둥글게 뭉쳐 태운다. 도표, 숱하게 많은 노트, 두툼한 파일이 검게 타들어 간다.

의자들은 탁자 주위에 균일한 간격으로 완벽한 대칭을 이루며 놓여 있다. 그것을 벽에 쳐서 다리를 떼어 내기는 쉽다. 나뭇조각을 넣자 불길이 더 높아진다.

나는 차분히 열 필터 쪽으로 다가가 애스터의 암호를 써서 정화 시스템을 가동시키고 연기가 우주선 전체로 퍼지지 않도록 환기구를 차단한다. 애스터는 마틸다호에 관해서는 모든 것을 안다. 오래전부터 스위치 하나만 눌러 산소 공급을 차단해서 마틸다호를 파괴할 수 있었다. 어쩌면 그러는 편이 나았겠지.

나는 허벅지에 찬 술병을 꺼내 사방에, 식물들에, 보고서와 연구서에 붓는다.

그 애 어머니의 서류에 에탄올이 잘 젖어들도록 한다. 입과 코로 연기가 마구 들어온다. 구석에 앉아 나 포함 모든 것이 타기를 기다린다. 나는 다시 태어날 것이다.

애스터가 의무관과 일하기 시작했을 무렵, 1년간 말을 안 하고 지낸 때가 있었다. 멜루신 아주머니는 늘 애스터가 참 똑똑하고, 명석하고, 특별하고, 이렇고, 저렇다고 했다. 마치 천사라도 된다는 양. 어쩌면 애스터는 천사일지도, 나는 작은 악마일지도 모르겠다. 그것도 괜찮다.

그저 너무 화가 날 뿐이다. 이 모든 것들 때문에, 내가 어쩔 수 없는 이 모든 것들 때문에.

나는 천계도 믿지 않고 지옥도 믿지 않는다. 그래서 낯선 소리에 깨어났을 때, 아직 살아 있으며 내 엉성한 자살 시도가 원하는 결실을 얻지 못했다는 뜻임을 알았다. 매사에 다 그렇듯이 뿌린 만큼 거두는 법이다.

숨을 들이쉬자 타는 느낌이 든다. 기침을 너무 세게 해서 내 몸에 담즙을 게워 올린다.

"괜찮다면 모로 눕도록 자세를 바꿀 거야."

아버지가 떠오르는 목소리가 들린다. 비록 아버지 말소리를 들은 적은 없지만. 신이나 그런 존재처럼 다독이는 목소리지만, 위로는 되지 않는다. 나처럼 위로 불가능한 존재는 위로할 수 없으니까.

나는 몸에 힘을 꽉 주고 지나치게 점잖고 상냥한 손길이 닿는 것에 마음의 준비를 한다. 그는 너무 부드러워 닿는 것이 느꺼지지 않는 손길로 내 어깨와 골반을 쥐고 편안히 눕도록 몸을 뒤집는다. 나는 다시 토하지만 이번에는 토사물이 바닥에 떨어진다. 이유는 모르겠지만 고맙지 않다. 나는 고마운 법이 없다. 고마운 마음을 품고 싶지만 느껴지는 건 계속되는 짜증뿐이다. 내게 누가 조금이라도 친절히 대해 주면 분노만 남는다. 마치 이런 느낌이다. 그래 봐야 너무 늦었다는 느낌뿐이다. *스스로 죽어 버리고 내 앞에서 사라져. 지금 네가 내게 해 줄 수 있는 최선은 그거야.*

눈물과 따끔거림 때문에 눈을 뜨기가 망설여지지만, 결국 눈을 뜨자 의무관이 서 있다. 그의 가운이 누런 걸 보니 그에게도 토한 모양이지만, 미안하지 않다.

"목구멍이 요로염에 걸린 거 같아."

쉰 소리로 흐느끼며 겨우 이렇게 중얼거린다.

"연기를 많이 들이쉬었으니까."

"네."

그 대답만으로는 충분히 재수 없게 군 것 같지 않아서 최대한 잘난체하는 소리로 덧붙인다.

"참 대단한 탐정이시네요."

"진정제를 놓으면 안 될까요? 군주께서 저런 건방진 태도를 참아 주실 것 같지 않군요."

두 번째 목소리가 말한다. 따끔거리는 눈으로 경비원 제복을 입은 낯선 얼굴들이 보인다.

의무관이 내게 물을 건네자 목이 말라 거절할 수가 없다. 꿀꺽꿀꺽 불쾌한 소리로 마시지만 상관없다. 액체가 텁텁한 입과 쑤시는 '식도'를 식혀 준다. 애스터가 잘 쓰는 말이라 나도 주워들었다. 신체를 가리키는 모든 말이 그렇듯, 식도도 이상하다. 가끔 재미로 애스터가 그런 어휘로 야한 말을 하는 걸 상상한다. 네 정액을 내 식도에 쏴. 내가 이런 소리를 하면 애스터는 싫어한다. 애스터 자신이 얼마나 다른지 새삼 떠오르고, 우리 둘 다 그 차이를 알고 있다는 사실이 떠오르기 때문에. 하지만 나는 계속 그런다. 그 애를 화나게 하는 게 좋다. 그 애가 당황하고 부끄러워하는 게 좋다. 거기서 쾌감을 얻는다. 나중에 너무 후회돼서 속이 메스꺼워지더라도. 내가 왜 이러는지 모르겠다. 남에게 상처를 주려는 충동이 자꾸 든다. 그러지 않으려고 노력하고 또 하지만 멈추지 못한다.

"경비원, 해산하시오."

"이 건에 대해선 군주로부터 직접 지시를 받았습니다."

분홍빛이 감도는 흰 피부와 잿빛 머리를 가진 남자가 의무관의 말에 대꾸한다. 칭얼거리는 음성과 들창코, 놀라 휘둥그레진 두 눈 등, 모든 것이 혐오스러운 남자다.

"내가 입 다물라는 지시를 직접 내리지."

나는 이렇게 말하고 일어나려고 한다. 그제야 내 손목이 수갑으로 침대에 묶여 있는 걸 깨닫는다.

"이게 뭐죠? 내가 뭘 어쨌다고?"

하지만 나는 무슨 짓을 했는지 안다. 내 장부에 기록된 죄는 너무 많다.

머리가 모래색인 경비원이 곤봉을 쥐고 다가온다. 그게 얼마나 남근이랑 비슷한지 그가 알고 있는지 궁금하다.

"다가오면 당신 자지를 물어뜯어 버리겠어."

이렇게 말하지만 그러지는 않는다. 남자의 몸을 물어 본 적 없다. '치아를 쓰라'고 부탁하지 않는 한. 나는 고분고분 따른다. 편안하게. 원하는 걸 말하면 저항 없이 해 주지. 사람들은 내가 싸움꾼이라고 생각하지만 침대에 관해서는 사실 그 반대다. 사람들이 날 원하면 날 가진다. 다른 방법은 없다.

"나랑 이 사람에게 15분만 주시오. 이건 명령이오. 군주께서도 분명히 이해할 거요. 이제 나가시오."

의무관이 나와 네 명의 경비원들 사이에 서서 말했다.

넷이 알겠다는 소리를 내고 한 명이 말한다.

"그다음에 내게도 15분 주시죠."

이런 소리를 하면 똑똑해 보이는 줄 아는 모양이다. 그네들은 전부 갈팡질팡하는 멍청이들이고 나는 연기를 마셔도 눈을 굴리며 어이없다는 표정은 지을 수 있어 기쁘다.

경비원들이 해치를 통해 나가고 하나는 나를 흘깃 돌아본다. 두렵지 않다. 언제 마지막으로 두려움을 느꼈는지 기억도 안 난다.

"시간이 많지 않아."

"무슨 일이죠? 무슨 일이 있었어요?"

의무관이 물을 한 잔 더 줘서 게걸스럽게 마신다. 배 속에 뭘 넣을 때마다 아프고 쓰라리지만 이제 제대로 말할 수 있다.

"실험실에서 네가 정신을 잃고 있기에 안전한 곳으로 데려왔어. 물론 복도에서 발견됐지. 식물관 안에 연기를 가두려는 네 시도는 성공 못 했어."

"젠장. 날 내버려 뒀어야죠."

의무관이 끄덕이는데, 내가 예상한 반응이 아니다. 그는 후회하는 표정이다.

"네가 애스터인 줄 알고 열쇠를 땄어. 정말이지, 너인 줄 알았다면 그냥 내버려 뒀을 거야."

모욕하려는 어조이지만 거기 속아 넘어가기엔 내가 그를 너무 잘 안다. 그의 입술이 떨린다. 정말로 떨린다. 뭔가 숨기는 게 있다.

"내가 죽게 버려 뒀을 거라고?"

"그게 더 자비로운 방법이었을 거야."

"무슨 말이에요?"

하지만 무슨 말인지 아주 잘 안다. 나는 플릭과 같은 열차에 탄 것이다.

"처형이야. 군주의 명령이지. 이번에는 우주선 안의 모두가 지켜볼 거야."

물을 더 달라고 손짓하니 그가 주전자를 들어 내 잔을 채워 준다.

"애스터도 알아요?"

"곧 무전으로 연락할 거야. 애스터는 누구도 널 해치지 못하게 했겠지."

나는 입술을 깨물고 눈을 감고 애스터의 특이한 음성을 상상한다.

"애스터는 마음만 먹으면 하고 마니까."

내 음성은 원하는 만큼 단호하지 않다. 손끝에 물이 튄다. 잔이 손에서 미끄러져 떨어질 뻔했지만 의무관이 잡는다.

"당신과 애스터는 함께인가요?"

내가 묻자 이번에는 그가 잔을 떨어뜨릴 뻔했다.

"그 애는 당신 생각보다 연약해요."

애스터는 유리다. 나도 유리다. 우리 모두 망가져 본래의 모습을 알아볼 수 없는 유리다. 우리는 산산조각이 난 채로 걸어 다닌다. 서커스 연기를 하듯이.

"애스터는 나와 친족이에요. 우리의 15분은 끝난 거 같네요."

"믿음을 버리지 마. 애스터의 지략은 무한하니까."

의무관이 해치로 걸어가며 말한다.

그렇다.

어쩌면 그 애가 날 구출할지 모른다. 어쩌면 나는 구출받기를 원할지도 모른다.

27장

애스터는 무전기로 지젤 소식을 들었다. 시오가 잡음 사이로 물었다.

"듣고 있어?"

"네. 알파에 있어요. 왕복선에 항로를 입력하는 법을 알아냈지만 연료는 한 대에만 있어요. 물론, 그건 암호가 걸려 있어요. 서리에게 들키지 않고 제조공장에서 더 구할 수 있을지 모르겠지만, 시간만 있으면 암호는 풀 수 있을 거예요."

애스터는 어머니가 화학 모형 가운데 파란 점으로 감추어 놓은 별 지도를 보고 왕복선 경로를 골랐다. 그것이 '위대한 생명의 집'이었다.

운항 시스템에 관한 룬의 노트를 점점 더 이해하게 됐다. 조종실에서 애스터는 컴퓨터 조작 콘솔 설명서를 읽었다. 그중 하나는 마틸다호의 외부 시스템 센서를 이용해 거주 가능한 행성의 데이터를 정리했다. 룬 시절에 나온 결과는 굉장히 암울했다. 광년이 지나고 또 지나도 거주 가능한 행성은 없었다. 적어도 끝이 보이는 곳을 향해 룬이 우주선을 돌린 것도 놀랍지 않았다.

"아직 식물관에 안 갔지?"

"실은 며칠 동안 못 갔어요."

애스터가 플리팅호 꼭대기에 다리를 달랑거리며 앉아서 말했다.

"그렇군. 나랑 헤어져 왕복선 구역으로 곧장 간 건가?"

"네."

시오가 한숨을 푹 쉬는 소리가 들렸다.

"뭐라고 말을 시작해야 좋을지 몰라서 그냥 이야기할게. 네 식물관은 없어졌어, 애스터."

시오가 말을 서두르며 얼버무렸다.

"지젤이 불을 질렀어."

무전음이 뚝 끊어지고 텅 빈 정적이 자리 잡았다.

"잘 못 들었어요. 다시 말해 줘요."

"들은 것 같은데. 유감이지만 그게 가장 나쁜 소식은 아니야. 애스터, 아직 듣고 있어?"

애스터는 이미 두려움이 몰려와 아래층으로 이동하고 있었다. 사라진 건가, 사라지고 있는 건가? 아직 불타는 건가?

"애스터, 부탁이야. 네가 아직 듣고 있는지, 의식이 있는지, 집중하고 있는지 알아야 해."

"듣고 있어요, 의식도 있고, 집중하고 있어요."

실제로 애스터는 비밀 계단을 확고한 발걸음으로 내려가고 있었다. 작은 해치를 통과하며, 나사를 다시 끼우지 않았다.

"그자가 그 애를 죽일 거야."

"내가 그 애를 죽인단 말이겠죠."

"애스터."

"서리가 명령한 건가요?"

"신 정권에 온 걸 환영해."

"곧 연락할게요."

애스터가 무전을 끊었다.

애스터는 식물관의 연구실 벽을 손끝으로 훑었다. 벗겨진 종이가 검게 굳어 바닥에 떨어져 있었고, 그 질감은 갓 벗어 놓은 뱀 허물을 연상시켰다. 애스터가 씨앗부터 키운 열네 살 된 나무 아르키메데스가 불에 타 바닥에 쓰러져 있었다. 잎이 노랗고 잘 자라지 못한 허약한 묘목일 때가 기억났다. 시원한 공기와 낮은 조도, 물과 뼛가루, 오리알 껍질을 섞어 주고 살려 냈다. 녀석은 소리에 활기를 찾았다. 애스터가 제대로 말하는 법을 배우는 데 쓴 녹음은 아르키메데스에게도 도움이 됐다. 녀석의 줄기는 단풍나무처럼 짙은 초록빛으로 변했다. 아르키메데스는 키가 훌쩍 자라 연구실을 모두 장악하려는 듯 새순을 퍼뜨렸고, 달콤하고 싱그러운 향기를 뿜었다.

신기할 만큼, 현미경으로 봐야 할 정도로 작은 글씨로 세심하게 색깔별로 나눠 적고 깔끔한 설명과 함께 자세한 도표를 넣은 어머니의 실험 노트도 타서 사라졌다. 별과 은하계와 애스터가 결코 이해하지 못할 장소들의 수많은 지도, 우주에 마지막 남은 것들이 소실됐다.

애스터가 소중히 여긴 것은 전부 식물관 안에 있었다. 이번에는 용서할 수 없었다. 사람을 파멸시키는 것도 그렇지만, 사람이 해낸 일을 파괴하는 것은 애스터가 쉽게 잊을 수 없는 모독이었다. 한 사람의 삶에서 남은 것은 전부 종이에, 일지로, 연감으로, 만든 물건으로 기록됐다. 그걸 없애는 건 사람의 역사를, 현재와 미래를 없애는 짓이었다.

노트도 없고 연구실도 없는 애스터에겐 시오의 벽장을 하나하나 열고 혹시라도 작동하는 것을 찾아 그 내용물을 뒤지는 것 말고 달리 할 수 있는 일이 없었다. 코르크 마개를 한 갈색 유리병이 바닥에 깨져 있었다. 라튬 콜테이트, 암모늄 브리슬리하이드, 실버 딜렉타이드, 전부 쓸모없게 됐다. 마취제라면

제 기능을 해서 지젤을 코마 상태에 빠뜨리고, 심장이 느리고 끈적이는 왈츠를 추도록 늦출 수 있을 터였다.

시오의 도움을 받으면 애스터는 지젤을 죽인 뒤 인공적으로 체내에 산소를 주입해 장기를 유지한 뒤 적당한 때 살려 낼 수 있었다.

그러려면 장비와 도구, 치유자 한 팀이 필요했다. 쉽고 우아하며 단순한 방법이 필요했고, 한 가지 답이 떠올랐다. 양귀비 액을 농축해 먹으면 호흡기와 심장박동이 느려져 군주를 속일 수 있었다. 의무총감으로서 시오가 사망선고를 할 것이다. 시체를 시체안치소로 옮길 때, 감시를 벗어나면 애스터는 아드레날린을 주사해 지젤의 신체를 깨워 낼 수 있었다. 완벽한 계획과는 거리가 멀었다. 오히려 여러 가지 위험 요인이 있었다.

애스터는 열쇠 꾸러미를 뒤져 필요한 것을 찾아 시오가 진정제를 보관하는 벽장에 밀어 넣었다. 눈을 가늘게 뜨고 병들을 살피다가 '디하이드로모르피논'이라고 적힌 병 두 개를 발견했다. 커다란 벽시계는 22시를 가리켰다. 시간이 많지 않았다. 애스터는 병 두 개를 의료용품 벨트에 끼우고 그 어느 때보다 빨리 달렸다.

시오를 만나기 전에 시머스에게 연락해야 했다. 메이블에게도. 그리고 타이드 윙 사람들과도. 때가 왔다.

마틸다호 사람들이 복도 확성기 주위에 모여 있어서 지나가기 힘들었다. 하층 데크 사람들은 서리의 공포정치에 이미 익숙했지만, 국가에서 승인한 우주선 내 전원이 참석하는 처형은 새로운 사건이었다. 사람들은 나무 스피커에 귀를 대고 있었다. 부부들은 손을 잡았다. J데크에는 다양한 마틸다호 거주자들로 가득했다. 하층 데크 사람, 들판 이외에는 교대 근무가 거의 없는 근로자, 성공한 사람들과 결혼한 하층민, 상인, 가난한 전문직 종사자. 애스터는 '실례합니다.'라는 말도 없이 그 모두를 가로질러 걸었다. 처형은 단풍나무 숲 공터에서 집행될 예정이었다. 특히 잔인한 선택이었다. 사람들이 신들을 섬기는 장소에서 한 여자의 혈관에 독약을 주사하다니, 애스터로서는 짐작도 할 수 없는 증오의 표현이었다.

애스터는 마틸다호의 아래 그리고 중심을 향해 라군 윙, 로럴, 로커스트, 라크, 라이트닝을 달려 지났다. 10분밖에 없었다. 계단 난간에 몸을 올려 3층을 미끄러져 내려가자 드디어 M데크였다. 그곳에도 마틸다호 사람들이 단풍나무 숲으로 연결되는 이중 해치 주위에 모여들고 있었다.

눈을 가늘게 뜨고 한숨을 몇 번씩 내쉬는 것 이외에 사람들은 침착해 보였다. 애스터가 보기에는 체념의 표정이었다. 애스터도 그런 표정을 갖게 됐다. 반응을 한다고 뭐 하나 도움되지 않고 오히려 나빠질 뿐이라 반응하기를 거부하는 것이었다.

"비켜요."

애스터가 양털처럼 흰 머리를 한 마르고 검은 남자에게 말했다. 남자는 뭔가 대꾸하려는 듯했지만 그가 돌아섰을 때 애스터는 이미 지나쳐 갔다.

해치가 열려 사람들이 들여다볼 수 있게 되자, 애스터의 눈에 그가 보였다.

"시오!"

애스터가 들어가며 외쳤다. 그에게 양귀비액을 몰래 건넬 시간이 몇 분 남아 있었다.

예측 가능한 일이었지만, 경비원이 애스터의 팔을 거칠게 잡아당겼다.

"인원이 다 찼다. 더 이상은 들어갈 수 없어. 그리고 너는 총감님이라고 불러라. 예의를 갖춰."

앞에서 키 작은 나무들이 이룬 덤불 사이로 웅성거리는 소리가 새어 나왔지만 애스터에겐 무슨 일인지 보이지 않았다.

"놔줘. 내가 데리고 온 사람이니."

고함치는 소리였다. 평정의 화신 같은 남자가 그렇게 분노하다니, 애스터는 겁이 덜컥 났다.

"내 조수다. 혹시 치울 것이 있으면 정리하려고 온 거다. 군주의 명령이야."

12미터 높이의 단풍나무들이 두텁고 짧은 덮개를 이뤄 아기 태양의 햇빛을 막는 바람에 시오가 어두워 보였다. 그림자가 그의 얼굴에 무서운 주름을 드리웠다. 그는 경비원에게 감정을 감추지 않았다. 그에게서 정말로 분노가 쏟아져 나왔다.

"예절 좀 가르치시죠."

경비원이 애스터를 시오에게 밀치며 말했다. 그의 눈초리, 키스하는 척 입술을 삐죽거리는 표정을 보면 애스터를 시오의 조수가 아니라 창녀라고 믿는 것이 분명했다. 그런 생각 따위 애스터는 신경 쓰지 않았다. 그게 사실이라고 해도 부끄러울 것 없었다. 애스터는 경비원이 잘난 척 다 안다는 눈초리로 바라보는 걸 이해할 수 없었다.

그 같은 사람들은 애스터에게 굴욕을 주려고 참 열심히 애썼지만 소용없는 날이 있었다. 바로 이날처럼. 애스터 스스로 자신이 얼마나 우월한지 확실히 알 수 있었으니까.

애스터는 시오의 옆에 서서 단풍나무 숲 공터로 걸어갔다. 시오의 보폭이 더 컸고 계속 빠르게 걸었지만 애스터는 계획을 설명하며 따라 걸었다.

공터에 다가가며 시오가 말했다.

"성공할지 모르겠어."

"나도 성공할지 모르겠어요. 계획이란 그런 거죠."

"2안은 있어, 애스터?"

"네. 2안은 당신이 하지 않는 거예요. 거절하는 거. 거절해도 돼요."

시오가 애스터의 손을 잡았지만 애스터는 피했다.

"내가 할 수 있는 건 할게. 몸조심해."

공터에 도착하자 100명 넘는 하층 데크 사람들이 커다란 연단을 에워싼 이엉 속에 모여 있었다. 연단은 높이 2미터, 사방 폭 10미터였고 주위에 나무 층계가 있었다. 애스터는 그것을 누가 지었는지 궁금했다. 누구를, 무엇을 위해 나무를 톱질하다 물집이 생기는지 그네들이 알았을까 싶었다.

5미터 간격으로 세워진 은색 장대에 건 비닐 차양이 군주보위부에 그늘을 제공했다. 경비원 16명이 연단 양쪽에 늘어서 하층 데크 사람들에게 조용히하고 물러서라고 명령했다. 불평하는 사람도 없었다. 사람들은 거기 있고 싶지 않았다. 그런 비극을 가까이서 지켜보고 싶지 않았다. 그네들은 하필 재수 없이 그때 단풍나무 시럽을 수확하던, 불운한 타이밍의 희생자였다.

공터 위에는 더 많은 하층 데크 사람이 유리를 통해 지켜보고 있었다. 멀리서 봐도 확연히 슬픈 눈을 하고 있었다. 억지로 지켜봐야 하는 사람들도 이 마음의 짐을 함께 지게 됐다.

"애스터."

메이블이 불렀다. 기침을 하고 있었다. 여기까지 달려온 것이었다.

"다 준비됐어?"

"그런 것 같아. 타이드 윙 사람들이 네게 보낸 것도 있어."

헉헉거리며 대답한 메이블이 치맛자락을 들어 라이플을 보여 줬다. 니콜리우스 군주의 라이플과는 다른 것이었다. 거긴 사용한 흔적이 있었다. 긁힌 자국. 표식. 새겨 넣은 이니셜. 이 라이플은 반짝이는 새것이었고 디자인도 훨씬 단순했다. 타이드 윙 사람들이 재주가 많다는 말은 과장이 아니었다. 새 탄환만 만든 것이 아니라 새 총까지 만들었다. 애스터는 타이드 윙 사람들이 벽 뒤에 있는 구리 파이프를 총열로 썼을 거라고 상상했다.

"전부 스무 정이야. 지금 그네들이 나눠 주고 있어. 이거 가질래?"

애스터는 고개를 저었다.

"네가 가져. 너를 보호해. 피피와 아주머니를 지켜."

이 난리통이 지나가고 메이블을 다시 만나고 싶었다.

"지금 양귀비기름을 줘."

시오의 말에 애스터가 약병을 넘겼다.

"지젤을 저기에 묶을까요?"

애스터는 조악한 나무 연단 위에 놓인 의자를 가리켰다. 팔걸이에 갈색이 너무 진해 자주색으로 보이는 가죽 벨트가 걸려 있었다.

"아마도."

"왜 이렇게 말이 적죠. 할 수 없을 것 같아요?"

시오가 미처 대답하기 전, 공터에 불편한 침묵이 내려앉았다. 애스터가 금속이 쩔렁거리는 소리에 몸을 돌려 보니 경비원 둘이 수갑을 찬 지젤을 공터로 끌고 나왔다. 발목에는 겨우

30센티미터 길이의 족쇄가 채워져 있었고, 손목도 마찬가지였다. 검은 안대가 두 눈을 가리고 있었다. 검은 곱슬머리는 두피에서 힘없이 흘러내려 있었다. 올리브색 피부는 누런 초록빛이 감돌아 병색이 느껴졌다. 지젤 뒤로 경비원 네 명이 베일로 가린 크고 무거운 것을 끌고 왔다. 애스터는 눈을 가늘게 뜨고 봤지만 무엇인지 알 수 없었다.

두 경비원이 지젤을 떠밀었다. 속옷에 작업 부츠만 신은 지젤은 스물다섯 살로 보이지 않았다. 영원히 아이처럼 작은 몸집에서 순수함은 조금도 느껴지지 않았다.

새 군주가 마지막으로 들어와 연단 왼쪽에 자리 잡았다. 경비원들은 지젤을 한쪽에 붙잡아 뒀고 나머지 경비원들은 연단 중앙으로 가린 것을 밀었다. 서리는 그네들에게 손짓했다. 신호를 본 경비원들이 베일을 치웠다.

공터에 모인 사람들이 놀라 동시에 숨을 들이켰다. 천 아래서 교수대가 나왔다. 사람들이 다시 한번 소리 죽여 급히 이야기하는 소리가 들렸다.

군주는 시오 곁으로 오더니 속삭였다.

"미리 알리지 못한 건 미안하다만, 네 도움이 필요하지 않았다. 이런 행사는 좀 더 떠들썩해야 할 것 같아서."

시오는 무표정을 유지했다.

"교수형만큼 떠들썩한 건 없죠."

서리는 미소를 짓더니 고개를 오른쪽으로 갸우뚱했다.

"너는 마음이 놓일 게다. 네가 젊은 여자들에게 얼마나 유약한지는 잘 안다."

서리는 애스터 쪽으로 고갯짓을 했다.

"그렇지 않나, 애스터? 너희 둘이 그 점에서는 교훈을 얻었고 둘 다 내 은혜에 감사한다는 것도 알고 있다."

시오가 대신 대답했다.

"물론입니다, 군주시여. 자제심과 은혜 한량없습니다."

애스터는 『식물철학』*을 암송하며 군주 서리에게 신경 쓰지 않았다. 체계적이고 정연한 그 운문은 완벽한 약강격으로 이루어져 애스터에게 필요한 안정을 제공했다. 지젤이 교수형으로 죽는다면 계획은 시작도 전에 실패였다. 절망해 봐야 무슨 소용인가? 최선의 시나리오가 이뤄질 가능성이 있다고 생각한 애스터 자신의 잘못이었다.

애스터의 시야 가장자리에 사는 유령들이 있었다. 거대한 이빨과 두툼한 입을 가진 고르곤이었다. 땋은 머리는 커다란 밀짚모자 챙 아래로 오징어처럼 튀어나와 있었다. 작업복 바지에는 구멍이 여기저기 나 있었다. 그네들은 담배와 말린 고기와 뼈에 붙은 기름을 씹었다. 상처에서 화약이 흘러나왔다. 애스터가 자세히 보려고 고개를 돌릴 때마다, 영원히 주변에만 사는 그네들은 사라지고 없었다. 애스터는 희망이란 그런 것이라

---

* 1751년 스웨덴의 생물학자 칼 폰 린네가 출간한 식물분류학서.

고 여겼다. 지나치게 마음을 줘서는 안 되는 것이라고.

"군주시여. 구경거리를 원하시는 건 알고 있지만, 지나친 광경은 공포보다는 분노를 일으킬 수 있습니다. 약물 처형을 재고해 주시기 바랍니다. 교수대는 경고의 뜻으로 그냥 두셔도 됩니다."

시오가 말하자 서리는 코웃음보다 겨우 조금 점잖은 소리를 냈다.

"그럼, 아가씨는 어떻게 생각하나?"

서리의 질문은 정확히는 수사의문문이 아니었지만, 그렇다고 그가 애스터의 대답에 진심으로 관심을 갖고 있는 것도 아니었다.

"군주께선 가학적이고 교수형을 보고자 하니 교수형이 있겠죠."

고개를 들고 그의 눈을 바라볼 만큼 용감해지고 싶었지만, 애스터는 예의 바르게 고개를 숙이고 시선을 들지 않았다.

"가학적인 것이 아니라 가차 없는 것이지. 그건 다르다. 그것 말고는 영리한 답변이군."

서리는 그렇게 말하고 모인 사람들에게 시선을 돌렸다.

"군주보위부와 천계의 뜻, 군주의 우주선 마틸다호의 동료 승객들을 대신해, 새롭고 더 나은 시대의 도래를 발표하게 된 것을 영광으로 생각하는 바이다. 그런 이유에서 우리는 오늘 함께 이승으로부터 그녀가 죄에 따라 심판받을 저승으로 한 생명을 보낼 것이다. 우리는 겸허한 마음으로……."

군중은 플릭 때와 같이 한목소리로 외쳤다.

"할렐루야, 축복 있으라."

피고의 정식 이름을 소리내어 부를 때, 서리는 뜻밖에 웅장하고 근엄하게 발음했다. 그는 작은 쪽지를 보며 읽었다.

"지젤 은와쿠."

"그건 내 이름이 아니야. 다시는 내 이름이 되지 않을 거라고!"

지젤이 사슬을 당기며 비명을 질렀다. 서너 명이 악의로 가득한 지젤의 음성을 듣고 조심스레 뒤로 물러섰다. 지젤을 아는 사람들은 흔들림 없이 고개를 끄덕였다.

"너는 이름을 버림으로써 조상에게, 더 나아가 천계에 무례를 범하는 것이냐?"

"그건 내 이름이 아니야! 이제 내 이름은 악마다! 그리고 너희들을 모두 죽일 테다, 맹세하겠어! 이승에서가 아니라면, 저승에서라도."

경비원 하나가 연단으로 올라가도록 걷어차자 지젤은 층계에서 무릎을 꿇었다.

아이가 울부짖었는데 업고 있는 여인이 젖꼭지에서 아이 입에 가죽끈을 연결해 주어도 소용없었다. 그래도 아이 울음소리는 지젤의 비명에 견줄 수 없었다.

아까 걷어찬 경비원이 지젤의 목줄을 당기자, 지젤이 돌아서며 그의 코에서 피가 터져 나올 정도로 머리를 세게 들이받았다. 애스터는 그때가 기회임을 깨달았다.

"지젤. 받아!"

애스터는 부츠 속에 감춘 칼집에서 나이프를 꺼내 지젤에게 던졌다. 지젤은 받지 못했다. 칼은 가슴에 부딪혀 사슬 위로 굴러서 땅에 떨어졌다.

지젤은 그 칼을 쫓아 경비원들을 뛰어넘어 달려갔다. 경비원 서넛이 뒤따랐지만, 족쇄 때문에 속도를 내지 못해도 결의에 찬 지젤은 멈추지 않고 달렸다.

"그래! 죄다 죽여 버려라!"

군중 속의 나이 지긋한 여자가 외쳤다.

"그래! 해 버려!"

또 하나가 외쳤다.

"악마! 악마! 악마!"

잠시 후 다른 사람들도 합세해서 연호했다.

애스터는 지젤이 서리를 포함한 이 모두를 죽일 수 있는 세상은 존재하지 않는다는 걸 알았다. 반쯤 정신 나간 여자가 할 수 있는 것은 그 정도임을 잘 알고 있었다. 그래도 애스터는 외치고 있었다.

"아무도 봐 주지 마! 관용은 없어!"

지젤, 악마는 나이프를 잡아 칼날을 펼치더니 주위를 에워싼 경비원 다섯을 향해 휘둘렀다.

"네놈들에게 붙어 절대 떨어지지 않겠어."

그 말을 끝으로 지젤은 칼날을 자기 배에 찔렀다.

놀란 애스터는 비명을 꾹 억눌렀다. 영원한 반항아, 지젤. 지젤은 경비대에게 자기 목숨을 맡기지 않았다. 자기 목숨을 자기가 쉽게 취할 수 있을 때는. 공터 전체에 놀란 숨소리가 퍼져 나갔다. 악마는 연단에 쓰러졌다. 팔다리를 축 늘어뜨리고.

"정숙."

서리의 기세에 모두 순종했다. 그는 지젤의 시신이 있는 층계로 걸어갔다. 지젤의 힘겨운 숨소리가 들렸다. 서리가 발을 들어 나이프의 손잡이 끝을 밟았다. 몸을 양쪽으로 돌려 칼날으로 지젤의 몸속을 휘저었다.

지젤이 울부짖었다. 영혼이 존재한다면 그 순간 지젤의 영혼은 우주선을 떠났으리라. 지젤이 바란 것은 얼마나 작은 것인가. 혼자 있고 싶다고, 자기 존재가 선사하는 기쁨을 오롯이 누리게 달라고. 지젤은 스스로 청한 성기만 몸속에 넣길 원했고, 원하는 손길만 몸에 닿기를 원했으며, 스스로 찌른 칼만 배 속에 넣기를 원했다.

애스터는 시오가 뒤에서 붙잡는 걸 느꼈지만 그 손에서 벗어나 지젤을 향해 달려갔다.

"막아!"

경비원이 외쳤지만 서리가 말했다.

"놔둬라. 다 끝났으니."

피와 땀에 지젤의 속치마가 투명해져서 가슴과 배, 다리, 음부를 가린 세모꼴의 털이 비쳤다. 지젤은 세상 앞에서 벌거벗고 있었다.

지젤이 흐느끼며 잦아드는 소리로 말했다.

"애스터?"

"악마."

"나 죽어?"

"응."

"그럼 나를 좋게 기억하지 않겠다고 약속해. 네 자신을 탓하겠다고 약속해."

속삭임처럼 작은 소리가 급하게 흘러나왔다.

"그래, 그럴게. 그럴 수밖에 없어."

"내가 너를 투사로 만들고 싶어. 지금부터 50년 뒤, 넌 명하니 날 떠올릴 거야. 약속해. 내가 널 미치게 할 못된 년 유령이될 거야. 꼭 그럴 거야. 행복해지지 마. 사람들이 '지젤은 네가행복해지기를 바랄 거야.'라고 하면 듣지 마."

"그래, 그래, 응, 응."

애스터가 끄덕였다.

"애스터?"

지젤이 눈을 경련하듯 깜빡이며, 채 뺨으로 흐르지 못한 눈물을 글썽이며 불렀다. 속눈썹에 바른 짙은 검은 잉크가 눈꺼풀에 번졌다.

"응? 네가 바라는 게 있으면 뭐든지 말할게. 천 번이라도 말할게. 네가 원하는 건 뭐든지 맹세할게."

애스터가 더 말해 보라고 졸랐지만, 지젤은 그러지 못했다. 원망 가득한 두 눈이 멍해졌다. 애스터는 고개를 숙이고 지젤의 가슴에 뺨을 댔다. 심장 박동이 들리지 않았다. 옅은 숨소리를 들으려고 악마의 입술에 귀를 댔지만, 돌아오는 건 침묵뿐이었다.

애스터는 지젤의 발치로 기어가 마르고 상처투성이인 발에서 부츠를 벗겼다. 모인 사람들이 웅성거렸고 애스터는 발가락에 침을 뱉은 뒤, 셔츠 자락을 집어 조금이나마 빛나도록 닦아 줬다.

"좋아. 그만."

서리의 말에 경비원이 애스터의 등을 곤봉으로 두 번 때렸다. 애스터는 아파서가 아니라 지젤 때문에 울었다. 지젤의 마지막 소원을 무시하고 있었다. 사실, 지젤을 꽤 좋게 기억할 테니까.

경비원이 애스터를 또 때렸다. 몹시 아팠다. 손힘이 센 자였다. 애스터는 다른 곳이라고 상상하려고 했지만 할 수 없었다. 그녀는 그곳, 자기 것이 아닌 피가 흩어진 곳에 있었다. 지젤이 죽어 쓰러져 있었다. 입술이 갈라지고 희게 말라붙어 있었다.

무거운 슬픔에 짓눌린 애스터는 자신이 아무것도 아닌 꼭두각시임을 다시 기억했다. 불쾌한 기억들이 의식의 전면에 떠올랐다. 거친 손길, 쪼개진 나무 숟가락, 모두에 대한 증오.

무릎을 꿇고 웅크리고 있던 애스터는 또 한 차례 곤봉이 치는 걸 느꼈다.

"당장 야만스러운 짓을 멈추지 않으면 무자비하게 죽여 버리겠어."

시오가 분노를 억누르고 싸늘한 음성으로 말했다. 그는 이를 드러내고 애스터를 때리는 자를 노려봤다. 굳은 결의가 드러날 뿐, 동요는 느껴지지 않는 표정이었다. 시오도 애스터처럼 원칙주의자였다. 질서 속에서 시오는 근엄한 태도를 유지했다. 체제가 흔들리면 그의 평정심도 흔들렸다.

경비원은 곤봉을 내려놓지 않았다. 애스터는 그가 다시 곤봉을 치켜드는 걸 보고 얼굴을 찡그렸다. 하지만 타격은 오지 않았다. 그는 곤봉을 내리치던 중 다트에 맞은 목을 움켜쥐고 고꾸라졌다. 지젤에게 주려던 독이 경비원의 혈관 속으로 흘러들었다. 통증에 어지러운 애스터가 무슨 일인지 알아차리는 데는 몇 초가 걸렸다. 시오에게 마취총이 있었던 것이다.

사람들 사이에서 또 놀란 숨소리가 터져 나왔다. 애스터는 동요하는 사람들 쪽으로 고개를 돌렸다. 그렇게 아프지만 않았다면 일어났을 것이다. 시오는 애스터를 때리던 경비원을 쓰러뜨린 뒤, 마취총을 서리에게 겨눴다.

"이런 식으로 계속하게 둘 수 없습니다. 이건 옳지 않은 일이고, 나는 용인할 수 없습니다. 더는."

경비원들은 이처럼 엄청난 배신에 익숙하지 않아 올바른 대응을 몰라서 그 자리에 서 있었다. 그네들이 사랑하는 의무관, 신의 정교한 손이 신임 군주에게 코탈비스 500밀리리터를 쏘려고 하다니. 경비대는 놀라 꼼짝도 못 한 채로 몽둥이와 곤봉을 들고 지켜봤다.

서리 본인만큼 꼼짝 않고 선 사람은 없었다.

"경비대를 무시해? 나를 무시하는가?"

믿을 수 없다는 반응은 그에게 어울리지 않았다. 충격에 그의 바리톤 음성이 하나도 무섭지 않은 울음소리로 변했다.

"넌 거짓말쟁이이고 반역자다."

찡그린 한쪽 눈이 심한 경계심을 드러냈다.

진한 자줏빛 제복의 구리 단추를 아기 태양의 강렬한 빛에 번쩍이며 선 서리는 마르고 유약해 보였다. 넓은 어깨와 튼튼한 몸집도 그 이미지를 상쇄하지는 못했다. 굳게 쥔 주먹도 마찬가지였다. 애스터는 그의 권력이 엄격한 태도가 아니라 모든 것을 다 안다는 침착함에서 나온 것임을 깨달았다. 시오의 돌발적인 공격이 그것을 빼앗았다.

"너와 함께 봉사하고, 빵을 나누고, 너를 전장의 형제라고 불렀다니. 넌 아무것도 아니다. 넌 죽는 게 낫다. 태어나지 않은 게 나아. 아무도 믿을 수 없는 구역질 나고 더러운 놈아. 충성심 없는 자는 영혼 없는 자다. 네가 용감하다고 생각하나? 고결하다고? 명예롭다고?"

서리의 질문은 수사의문문이 아니라, 대답이 간절해서 던진 것이었다.

그 질문에서 필사적인 호기심을 감지한 시오는 또 한 번 쓸 코탈비스를 장전한 마취총을 들고 진지하게 대답했다.

"난 명예를 좇지 않습니다, 숙부. 내 의로운 분노는 오늘 여기서 일어난 악행을 돌이킬 수 없습니다. 하지만 숙부를 죽일 수 있고, 그렇게 함으로써 유사한 비극을 막을 수 있습니다."

서리는 할 말을 잃고 조카를 노려봤다. 그러고는 말없이 손가락을 튕겨 경비원들을 불렀지만 그때 애스터가 나섰다. 애스터는 온 힘을 다해 시오에게서 가장 가까운 경비원에게 달려들었다. 그가 미처 대응하기 전에 팔로 목을 세게 밀어 기도를 짓눌렀다.

시오가 마취총 방아쇠를 당기자 슉 소리가 들렸다. 애스터가 고개를 들어 보니 주삿바늘이 서리의 눈에 박혀 있었다. 그는 몇 분 안에 사망했다.

경비원 셋이 시오를 붙잡았고, 그와 동시에 폭동이 시작됐다. 하층 데크 사람들이 경비원들에게 달려들었다. 무기가 없어 약세였지만, 대신 머릿수로 승부했다. 가장 용감하거나 무모한 이들은 곧바로 공격에 나섰다. 좀 더 소심한 이들은 처형대 주위에 모여 거친 고함으로 응원하며 조용히 시키려는 경비원들을 밀어냈다.

애스터 또래거나 조금 나이가 많은, 적갈색의 긴 머리와 넓은 어깨를 가진 여자가 머릿수건을 벗더니 경비원에게 달려들어 그걸로 목을 졸랐다. 부드러운 곡선을 이루는 그녀의 근육 위로 살갗이 팽팽히 당겨지며 경련했다. 여자는 경비원의 목에 감긴 머릿수건을 힘껏 비틀었다. 진정 굉장한 광경이었다. 애스터는 늘 살아 있는 몸과 그렇지 못한 몸의 움직임에 관심이 있었고, 교살의 과학에는 예술성이 있었다. 생물학적, 해부학적, 생리학적 과정을 유지할 산소가 떨어지면 신체는 시들어 암흑으로 떨어지고, 그게 끝이었다. 그것은 현상 내에서 확실하고 가시적인 변화를 가져왔다.

경비원의 얼굴이 붉어지더니 볼썽사나운 가지색이 됐다. 갈색 머리 여자가 부자의 주머니에서 금화를 한 닢 꺼내듯 생명을 끄집어내는 동안, 경비원은 숨을 쉬어 보겠다고 젖은 소리를 냈지만 소용없었다. 다른 경비원들이 구하려고 달려 들었지만 성난 민간인들이 막아섰다.

일가족 넷은 신처럼 무자비했다. 어머니와 또 어머니, 목소리가 굵어지지 않은 아들과 가슴이 조금 나온 딸이었다. 경비원이 어머니 한 사람에게 다가가자, 두 아이("옐라, 에이작스!"라고 어머니들이 불렀다.)가 경비원의 발목을 잡았다. 아이들이 잡아당겨 고꾸라진 그는 머리를 단풍나무 밑동에 부딪쳤다. 옐라는 남자 허리춤에서 몽둥이를 끄집어내 어깨 위로 번쩍 들고 온몸을 떨었다. 에이작스는 토할 것 같은 기분을 느끼고 나무 둥치에 눈을 감고 기댔다. 기도를 하는 거였다. 사람들 소리에 정확히 뭐라고 기도하는지 듣기 어려웠지만, 그가 한 짓을 용서해 달라는 게 아니라 또 다른 경비원에게도 그렇게 할 수 있는 무자비함을 달라고 기도한 거였다.

또 다른 경비원이 어머니 한 사람의 팔을 잡고 몽둥이로 배를 세게 때리자 어머니는 단 한 방에 풀밭으로 쓰러졌다. 에이작스는 무기가 없는데도 그를 향해 달려갔다. 쓰러지지 않은 다른 어머니가 외쳤다.

"안 돼, 에이작스! 안 돼!"

애스터가 곁눈질로 본 것을 그녀도 보고 말았다. 다른 경비원이 팔 길이쯤 되는 구부러진 칼을 들고 다가오고 있었다. 그러고는 그 칼을 에이작스의 배에 휘둘렀다. 아이는 비명을 지르며 쓰러졌다. 경비원이 또다시 찌르는 칼에 에이작스는 절명했다.

애스터는 시오의 가는 팔이 뒤에서 끌어안는 것을 느꼈다. 그는 애스터를 싸움터에서 끌어냈다. 에이작스가 겨우 몇 초 전 기도하던 단풍나무에서 15미터 떨어진 곳, 뜨거운 개울 바로 옆이었다. 시오는 싸우느라 찢어진 셔츠를 벗어 물에 적셨다.

"괜찮을까?"

그가 애스터의 셔츠 단을 가리키며 물었다. 애스터는 작게 괜찮다고 했고 시오가 천을 들어 올렸다. 그네들 근처에서 성난 폭도가 전쟁을 선포하는데, 그곳에서 그는 애스터의 멍든 등에 뜨거운 찜질을 했다.

"저들이 당신을 죽일 거예요. 그리고 나도."

시오는 끄덕이더니 천을 다시 적셨다.

"바라는 바는 아니지만, 그렇게 되겠지."

"당신이 서리를 죽였어요."

"응."

"내가 하고 싶었어요. 내 손으로 죽이고 싶었어요."

"알아. 하지만 나도 그랬어."

애스터는 서 있었다. 등이 쓰라리긴 해도 움직이지 못할 정도는 아니었다. 애스터는 굉장히 애를 써 한 걸음, 또 한 걸음을 내디뎠다. 몸을 억지로 가누며. 몸을 굽히고 숙이고 싶은 충동이 자세를 위협했지만, 애스터의 의지는 강했다.

"지젤을 왕복선에 태우고 갈 거예요."

지젤의 시신을 여기서 망가지고 재활용하거나 더럽혀지게 두고 갈 수 없었다.

"뭐든 도울 수 있는 건 할게. 가야겠어."

시오가 손목시계를 확인하더니, 성역을 향해 점점 다가오는 폭도들을 향해 돌아섰다. 지젤의 시신은 목재 연단 위에서 보호되고 있는 듯했지만 애스터가 거기까지 가긴 힘들었다.

확성기들이 동시에 켜지더니 걸걸한 상류층 사람의 목소리가 흘러나왔다.

"마틸다호 탑승자 전원……."

발표가 시작됐다. 메이블이 정말로 해낸 것이다. 군주보위부 위원회 회원의 목소리를 흉내 내어 모두 좌현으로 이동하라는 안내 방송을 미리 녹음해 놓았다. 그래야 애스터가 왕복선 구역으로 이동하도록 우현을 비울 수 있었으니까. 시머스가 거기서 애스터를 기다리기로 했다.

"마틸다호 탑승자 전원에게 알린다. 나는 총독 서리 윌킨스 보리거드, 군주와 현재 마틸다호 군주보위부의 총독 서리다. 경비대는 모든 군사 요원을 즉시 이롤 윙으로 이동시켜 소요에 대응한다. 오지 않는 경비원들은 전원 징계받을 것이다. 시민들은 진정하도록."

방송이 반복해서 나왔다. 진짜 윌킨스 보리거드는 분명 당황할 것이고, 누군가가 자기 목소리를 똑같이 흉내 낸 것에 분개할 터였다.

폭동은 바깥쪽, 들판으로 이동해 퍼졌다. 아직 살아 있는 경비원들은 나갔고, 하층 데크 사람들은 무기를 내려놓고 애스터 주위를 에워싸고 돕겠다고 나섰다. 온통 피투성이였다. 메이블이 사람들에게 라이플을 나눠 준 통로의 광경은 어떨지 차마 상상할 수 없었다.

애스터가 연단으로 향했다. 지젤의 시신은 이상하게 천사 같았다.

"데려가야 해요."

"거기 두 사람."

시오가 싸움을 그만두고 서 있는 두 사람에게 말했다.

"들것을 좀 만들 수 있어요?"

두 사람은 끄덕이더니 중앙 관람석 텐트를 쓰러뜨려 튼튼한 합성 섬유를 찢어 내어 그 끝을 장대에 묶었다. 10분도 걸리지 않았다. 사람들이 울며 다가와 지젤에게 키스했다. 스웨터와 재킷으로 몸을 덮어 줬다. 한 여자는 자기 머리에서 상아빗을 뽑더니 지젤의 머리에 꽂았다.

"나랑 같이 가요. 왕복선 다른 곳에 타고. 연료는 어떻게 해 볼게요. 내가 사용하려던 것에서 조금 빼낼 수 있어."

애스터는 말도 안 되는 소리란 걸 알았다.

"여기 내 도움이 필요한 사람들이 있어. 넌 돌아올 거야. 괜찮아."

"내 어머니와 같은 운명을 맞이하면 어쩌죠? 내가 영영 사라지면요? 내 생각이 틀렸으면?"

"그럼 내가 찾으러 가지."

너무나 낭만적인 말이었지만, 애스터는 그 말에 용기를 얻었다.

더 오래 작별인사를 나눌 여유가 없었다. 애스터는 들것을 만든 남자의 도움을 받아 시신을 운반했다. 무게에 근육이 긴장됐다. 손바닥 살갗이 갈라지고 물집이 생겼다. 살았을 때처럼 죽어서도 지젤은 일을 어렵게 만들었다. 손에 땀이 나서 금속 장대를 잡기가 어려웠다. 애스터는 더 꽉 쥐었지만, 그럴수록 더 힘들었다.

남자가 물었다.

"괜찮아요?"

"네."

"확실해요?"

"확실해요."

그렇지 않았다. 앞서 급등한 아드레날린으로 버틸 수 있는 건 거기까지였다.

그네들은 들것을 들고 작은 무리를 이끌고 들판에서 벗어나 통로로 들어갔다. 다음 데크로 이어지는 계단에 멜루신이 휠체어 옆에 서서 기다리고 있었다. 멜루신이 남자에게 말했다.

"그 애를 여기 앉히게."

멜루신의 말이 반갑고 마음이 놓였다. 애스터는 그를 도와 지젤을 내려놓고 휠체어에 앉히려고 했다.

"그 애 말고, 이 애."

멜루신이 그러더니 애스터의 손목을 잡고 휠체어 쪽으로 당겼다.

"이번만큼은 나랑 싸우지 마라, 아가. 내가 안다는 걸 믿으려무나. 나는 오래 살았으니 안다."

남자는 애스터의 다른 쪽 팔을 잡고 부드럽게 이끌며 말했다.

"잡았어요."

애스터는 앉을 수밖에 없었다.

"지젤은 누가 맡았어요?"

"조용히 쉬어라. 염려하지 말고."

무리 중 남자 넷이 휠체어를 왕좌처럼 번쩍 들어 옮겼다. 그 네들이 애스터를 들고 계단을 올랐다. 멜루신이 지젤 쪽으로 몸을 숙였지만, 힘이 없어 옮길 수 없었다. 그 대신 또 다른 남 자에게 지젤을 옮기게 했다. 그는 가뿐히 지젤을 들어 올렸다. 계단을 오르는 동안 애스터는 장례식 행렬을 떠올렸다. 니콜리 우스 군주의 장례식 같았다.

경비원 몇 명과 마주쳤지만, 군중의 행렬이 경비들을 압도 했다. 행렬은 거침없이 나아갔다. 쉬니까 좋았다. 애스터는 지 치고 기운이 다했지만 친족들에게 에워싸여 있었다. 알파 윙의 문턱에 닿았을 때, 애스터는 연설을 하고 싶었다. 좁은 통로와 계단에 사람들이 꽉 들어찼다. 기대에 찬 시선에 애스터는 입 을 열었다.

"저는 쿼리 윙의 애스터입니다. 이건 추도사입니다."

애스터는 이렇게 말하고 모두 조용해지기를 기다렸다. 추도 사는 죽은 자에 대한 찬사로, 연설자는 망자에 대해 깊이 생 각해서 말해야 했다. 애스터는 그렇게 할 준비가 됐다.

"지젤은 숱한 정신장애가 있던 사람이었습니다. 지젤이 겪은 상처의 당연한 결과였죠. 극심한 트라우마에 해당하는 사건을 91건 겪은 것으로 알지만, 데이터가 부족하고 결정적이진 않습 니다. 지젤은 좋아하는 것은 적고, 싫어하는 건 많았습니다. 아 주 까다로운 성격이었죠. 굉장히 비열하고 남을 괴롭히기를 좋 아했습니다. 지젤이 죽지 않기를 바랐지만, 하복부 자상의 결과 혈액 손실량을 보면 죽음은 피할 수 없었습니다. 그녀의 영혼이 드디어 안식하기를."

애스터는 모인 사람들의 반응을 기다리지 않고 남자들에게 위로 올라가자고 손짓만 했다.

"네 삶에서 짐이 덜어지기를 기원한다, 애스터."

아주머니가 말했다. 오랫동안 헤어지기 전에 건네는 전통적인 작별인사였다.

"아주머니도요."

말하면서 애스터는 찌르는 듯한 그리움을 느꼈다.

군중이 몸으로 밀기만 해도 통로의 벽은 쉽게 뚫렸다.

왕복선 구역의 플리팅호에 도착한 애스터는 키패드를 손가락으로 눌렀다. A-S-T-E-R를 눌렀지만 아무 변화가 없었다. 다음에는 L-U-N-E을 시도했다.

"생각을 해, 생각을."

애스터가 혼잣말했다. 룬의 노트를 떠올렸다. 노트를 훑어보고 싶었지만, 이제 그것들은 없었다. 다만……

방사능 측정기를 빼내어 뒷면을 떼어 내 어머니의 작별 쪽지를 꺼냈다.

애스터, 아가. 마음 아프고, 슬프고, 눈물나고, 후회스럽고,

화가 나지만 너를 두고 떠난다. 미안해.

애스터는 지젤의 시선에서 내용을 반복해 읽었다. 지젤은 거기 없는 패턴을 읽어 내는 재주가 항상 뛰어났으니까. 억양의 높낮이를 느끼며 한 번 더 읽어 보았다.

"애스터, 아가. 마음 아프고, 슬프고, 눈물나고, 후회스럽고, 화가 나지만, 너를 두고 떠난다.(Aster dear. Achingly, sorrowfully, tearfully, regretfully, angrily, I leave you) 미안해."

혀끝에 단정하게 미끄러지는 자음을 느끼며, 애스터는 그 내용을 반복했다.

다시 한번 키패드에 암호를 넣었다. A-D-A-S-T-R-A. 별들을 향해(AD ASTRA). 그 메시지는 내내 거기에 있었다. 서너 차례 달칵거리고 지잉 울리는 소리와 함께 두 개의 문이 열려 올라갔다.

안에 뼈가 있었다. 뒷자리에 인간 골격이 의료용품을 쥔 자세로 누워 있었다. 애스터는 놀라 뒤로 물러섰다.

"엄마."

대기하던 시머스 역시 놀라 숨을 들이쉬었다. 애스터는 그의 왼쪽 눈에 눈물이 고이는 것을 봤다. 애스터도 눈물을 글썽였다. 따지고 보면, 룬이 내내 여기에 있었던 건 놀랄 일이 아니었다. 기계공이었으니까. 룬은 하늘로 날아간 것이 아니었다. 수리를 하러 간 것이었다.

변칙을 이용해 역행하여 돌아가는 데 에이돌론 펌프가 기능을 다하도록, 룬은 마틸다호 선체 손상을 고쳐야 했다. 사소했던 손상 부위가 룬이 우주선에 그렇게 큰 간섭을 계획한 순간에 중대해진 것이다.

애스터는 마비되는 신경을 진정시키려고 애쓰며 숨을 들이쉬었다. 룬은 우주선 외부 압축장의 방사능에 노출되면 수리하다가 사망하리라는 것을 알았다. 애스터는 어머니가 왕복선에서 나올 기력조차 없는 상태로나마, 마틸다호로 돌아올 수 있었던 것에 감사했다.

경비원 둘이 왕복선 구역 금속 계단을 내려오면서 외치는 소리가 울려 퍼졌다.

"어서, 태워 줘요."

시머스가 지젤을 좌석에 앉히고 안전장치를 내린 뒤 다리 사이 버클을 채웠다.

"저들은 내가 맡지. 시간이 많지 않을 거야. 에어록을 열면 출발할 준비해."

애스터는 끄덕이고 왕복선 계기판에 집중해 어머니가 실험 노트에 표와 화학 방정식으로 감춰 둔 꼼꼼한 도표를 하나하나 기억하려고 애썼다.

애스터는 산소량을 확인하고 승객 수를 입력한 뒤 두 칸 옆의 뷰 스크린 다이얼을 클릭해 창밖의 광경을 전자화했다. 갑자기 온도, 습도, 그 밖의 대기 수치가 유리 위에 나타났고, 우주 내에서 애스터의 위치를 알려 주는 성좌표도 보였다.

경비원들이 유리창을 두드리는 걸 보니 시머스가 반대편에서 봉쇄한 모양이었다. 곧 그가 에어록을 열기 전에 이륙 준비를 마쳐야 했다.

운항 계획을 입력하기 위해 다이얼을 돌리자 회색 화면이 나타났다.

'암호를 입력하시오.'

애스터는 AD ASTRA를 눌렀다.

화면이 바뀌더니 같은 지시가 나왔다.

'암호를 입력하시오.'

애스터는 같은 내용을 대문자와 소문자를 바꿔 가며, 중간에 띄어쓰기를 했다가 생략하며 반복했다.

'오류 횟수를 초과했습니다.'

모니터가 검게 변했다. 애스터는 손가락을 넣어 다이얼을 계속 돌렸지만 화면에는 아무것도 나타나지 않았다.

"젠장, 젠장."

중얼거리며 화면을 주먹으로 쳤다. 밖에서 경보가 울리더니 에어록이 열리기 60초 전이라는 메시지가 나왔다. 출발 트랙까지 이동해야 했다. 고음의 경보에 귀가 아팠다. 시스템을 리셋하면 정지 상태를 취소할 수 있었다. 전원 레버를 중립에 놓았다. 전원을 모두 꺼 버리면 에어록이 열릴 때까지 왕복선의 생명유지장치를 다시 켤 수 없기 때문이었다. 10초 뒤, 애스터는 전원 레버를 다시 맨 위로 밀었다. 운항 계획을 입력할 준비가 되자, 원래의 메시지가 나타났다.

'암호를 입력하시오.'

"유령처럼 생각해."

애스터가 소리내어 말했다.

몇 초를 남긴 순간, 애스터는 직감을 믿고 입력했다. A-D-T-E-R-R-A-M.

운항 계획 입력 완료. 화면에 글자가 나왔다.

'조종을 시작하려면 오른쪽 페달을 밟으시오.'

플리팅호가 출발하는 순간, 산소가 우주로 훅 쏟아져 나가는 데 대비하지 못했던 애스터는 머리를 뒤에 찧었다. 하지만 의식을 잃기 전 페달을 밟을 수 있었다.

"아드 테람.' 지구로."

28장

눈을 가늘게 뜨고 주위를 관찰했지만 왕복선 창문에 더께가 앉아 있었다. 더러운 유리를 통해 파란 얼룩밖에 보이지 않았다. 애스터는 몸을 더듬어 다친 데가 있는지 확인했다. 안전장치가 어깨와 쇄골, 가슴, 갈비뼈를 눌러서 붉은 단추를 눌러 풀었다. 벨트는 좌석으로 쑥 들어가고 옷 아래 몸에 멍만 남겼다.

애스터가 기척을 느끼고 돌아보니 지젤이 고개를 숙인 채 턱으로 가슴을 찌르고 있었다. 아주 잠시 애스터는 믿었다. 미친 사람처럼 믿었다. 지젤이 졸고 있다고.

"일어나."

그렇게 말하고는 착각을 깨달았다.

화면에는 이해할 수 없는 숫자가 있었지만 상관없었다. 어머니의 일지에서 필요한 정보는 얻었다. 망설임 없이 왕복선 해치를 눌러 열었다. 숨을 들이쉬자, 달콤한 공기가 얼굴과 입술에 차갑게 닿으며 이마와 목덜미의 땀을 말려 줬다.

눈앞의 이 땅은 군주보위부가 천계라고 부른 곳이 분명했다. 크기가 마틸다호 100개와 맞먹는, 너무나 넓고, 높고, 거대한 식물이 완벽하게 뒤엉켜 있었다. 애스터는 높다란 풀과 아마란스 줄기처럼 어깨에 닿는 황갈색 새순 속으로 걸음을 내디뎠다. 풀잎 하나를 잡아 냄새를 맡고 재채기를 했다.

"너랑 함께 죽은 것 같아, 지젤. 그래서 우리 영혼이 천계의 땅으로 왔나 봐."

그 소리에 주위의 생물들이 놀란 모양이었다. 바스락바스락 소리가 들려 돌아보니 애스터가 만난 것 중 가장 큰 나무들이 있었다. 눈길이 닿는 곳 끝에서 끝까지, 정말 짙은 초록이 가득했다.

파란 것은 알고 보니 우주였다. 애스터가 온 우주공간이었다. 그리고 거기, 먼 곳에 진분홍색 동그라미 모양의 별이 있었다. 가엾은 아기 태양은 견줄 수도 없는 별이었다.

이곳에서 무슨 비극이 일어났는지는 몰랐지만, 시간이 그 비극을 지워 버린 듯했다. 마틸다호에서는 325년이 흘렀지만, 이곳에서는 1000년이 흘렀다.

50마리가 넘는 까마귀 떼가 멀리 한곳을 향해 하강했다. 그렇게 많은 새를 본 적 없는 애스터는 지젤을 남겨 두고 그쪽으로 따라갔다.

절반 넘는 까마귀가 까옥거리고 날아갔지만, 남은 까마귀들은 호기심 어린 동그란 눈으로 두려움 없이 애스터를 보고 있었다.

애스터는 왕복선으로 돌아와 룬의 뼈가 있는 자리에 다시 올라탔다. 무시무시한 광경에서 벗어나고 싶기도 했지만, 만지고 싶은 욕구가 더 강했다. 턱에서 부서진 치아, 광대뼈를 쓰다듬던 손이 눈두덩이에 닿자 멈췄다.

룬의 옷은 그대로였다. 아주 부드러운 진녹색 재킷과 가죽으로 만든 레깅스였다. 애스터는 뼈대가 흐트러지지 않도록 살며시 재킷을 벗겼다. 나쁜 냄새가 날 거라고 생각하며 옷감 냄새를 맡았지만, 세월이 악취를 씻어 낸 덕에 나는 건 양모 냄새뿐이었다. 어머니의 흔적이나 냄새는 남아 있지 않았다.

뼈대 옆 바구니 안에 실로 짠 상아색 담요가 있었다. 부드러운 실을 쓰다듬어 보고 뺨에 대었다. 아기 때 애스터는 그 담요에 누웠을 것이다. 아마 배내옷을 벗기 전 잠시였을 것이다.

애스터는 어머니의 뼈를 바구니에 담아 밖으로 가져가 땅에 놓았다. 엎드려 땅을 팠다. 흙이 부드럽고 젖어 있어 다루기 쉬웠고 풀은 뿌리가 얕아 쉽게 뽑혔다. 애스터는 미친 듯이 손으로 흙을 파내어 옆으로 던졌다. 숨이 가쁘고 가슴이 따가웠다. 팔과 손가락에 감각이 없어도 멈출 수 없었다. 1미터 깊이의 구덩이를 파기 전까지는.

우선 어머니를 안에 넣고 담요로 덮었다. 지젤을 옆에 눕히는 일은 훨씬 더 힘들었다. 근육이 아팠지만, 애스터는 지젤을 품에 한참 안고 뺨에 키스하고 머리카락에 코를 박으며 귀에 "미안해."라고 속삭였다. 이곳을 찾아낸 건 애스터가 아니라 지젤이라고 말했다.

검은 흙을 덮었다. 흙 알갱이는 마틸다호의 가장 차가운 시트보다 차가웠다. 마음속에서 슬픔이 마치 밧줄이나 어쩌면 뱀 혹은 묵주처럼 뒤틀리며 일어났다. 그게 무엇이든, 이 흐느적거리는 슬픔이 애스터의 척추를 휘감았고 앞으로도 한참을 그렇게 남아 있을 것 같았다.

애스터는 감상에 사로잡혔다. 미신을 믿고 싶었다. 울면서 마법의 병에 눈물을 담아 지젤의 얼굴에 뿌리면 부활시킬 수 있을 것만 같았다. 하지만 애스터는 수분 부족으로 울 수 없었고, 그게 아니더라도 죽어서 무심한 지젤의 얼굴을 적신 눈물은 곧 증발해 버릴 터였다. 지젤과 손깍지를 끼고서 애스터는 그 옆에서 쉬었다. 고정된 형태가 없는 물은 이런 때 소용없었다. 하지만 흙은, 흙은 적당했다. 두 사람은 그 흙으로 몸을 감쌌다.

〈끝〉

감사의 글

   감사의 글에는 가장 먼저 내 가족을 적고 싶다. 가족은 내 창의력의 일부인 특이한 면을 지지해 주고, 길러 주고, 격려해 주었다. 특히 할머니, 엘리자베스 험블에게 감사드린다. 암호 풀기와 크로스워드를 좋아하신 할머니 덕에 나도 언어를 좋아하게 됐다. 골디 이모, 폴린 이모, 플로런스 이모, 마디어, 리사 이모, 케이시 이모, 칼린 이모, 그리고 열렬한 헌신으로 지원해 주시는 어머니에게 감사드린다. 내가 훌륭하다는 믿음으로 여러 번 나를 부끄럽게 하는 아버지에게 감사드리고, 이루 말로 표현할 수 없는 내 파트너에게도 고마움을 전한다.

   여러 글쓰기 선생님들이 없었다면 이 책을 결코 쓸 수 없었을 것이다. 특히 애덤 존슨, 엘리자베스 매크라켄, 짐 크레이스에게 감사를 전한다. 『떠도는 별의 유령들』이 태어난 미치너 작가 센터에 마음을 다해 감사하다.

마지막으로, 나를 믿어 주고 내 책을 믿어 준 로라 잿스에게 감사를 전한다. 내게 끝없는 인내심을 발휘해 주고 이 모든 것을 가능하게 해 준 사람이다.

옮긴이 **이나경**

이화여자대학교 물리학과를 졸업하고 서울대학교 영문학과에서 르네상스 로맨스를 연구해 박사학위를
받았다. 현재 전문 번역가로 일하고 있다. 옮긴 책으로는『메리, 마리아, 마틸다』,『어쌔신 크리드:
르네상스』,『어쌔신 크리드: 브라더후드』,『불타 버린 세계』,『세상의 모든 딸들』(전2권),『애프터 유』,
『로그 메일』,『세이디』,『프랑켄슈타인』,『너의 집이 대가를 치를 것이다』,『길고 빛나는 강』등이 있다.

떠도는 별의 유령들

1판 1쇄 찍음 2022년 8월 8일
1판 1쇄 펴냄 2022년 8월 19일

지은이 │ 리버스 솔로몬
옮긴이 │ 이나경
발행인 │ 박근섭
편집인 │ 김준혁
책임편집 │ 장은진
펴낸곳 │ 황금가지

출판등록 │ 2009. 10. 8 (제2009-000273호)
주소 │ 06027 서울 강남구 도산대로 1길 62 강남출판문화센터 5층
전화 │ 영업부 515-2000 편집부 3446-8774 팩시밀리 515-2007
홈페이지 │ www.goldenbough.co.kr

도서 파본 등의 이유로 반송이 필요할 경우에는 구매처에서 교환하시고
출판사 교환이 필요할 경우에는 아래 주소로 반송 사유를 적어 도서와 함께 보내주세요.
06027 서울 강남구 도산대로 1길 62 강남출판문화센터 6층 민음인 마케팅부

㈜민음인은 민음사 출판 그룹의 자회사입니다.
황금가지는 ㈜민음인의 픽션 전문 출간 브랜드입니다.